Flash CS4动画制作与创意典型实例

一线文化工作室 编著

電子工業出版社
Publishing House of Electronics Industry
北京 · BEIJING

内 容 简 介

本书针对Flash CS4的特性，按照不同的应用专题，精心设计了多个能够体现Flash技术精华的经典实例，包括图形绘制实例、帧动画实例、形状与动作补间动画实例、蒙版与引导动画实例、Action动画实例、鼠标特效动画实例、按钮与菜单特效动画实例、文字动画实例、网页广告制作实例、游戏制作实例等。详细介绍了Flash CS4在各个方面的使用技巧与操作方法。本书内容丰富，结构清晰，是读者进行学习、实践的最佳选择，图文并茂的版式使内容更加浅显易懂，从而让读者能够迅速领悟并掌握Flash CS4的操作方法，并能够从实例中得到一些创意的启迪，制作出精美的Flash动画作品。

本书适合于初、中级读者学习使用。特别适合于已经掌握了Flash的基础知识，想进一步提高创作水平的读者阅读。同时，本书也可以作为电脑培训班、大中专职业院校案例教学用书。

图书在版编目（CIP）数据

Flash CS4动画制作与创意典型实例/一线文化工作室编著.—北京：电子工业出版社，2009.8
ISBN 978-7-121-09232-9

Ⅰ. F…　Ⅱ. 一…　Ⅲ. 动画—设计—图形软件，Flash CS4　Ⅳ. TP391.41

中国版本图书馆CIP数据核字（2009）第115304号

责任编辑：姜　影　wuyuan@phei.com.cn
印　　刷：北京天竺颖华印刷厂
装　　订：三河市鑫金马印装有限公司
出版发行：电子工业出版社
　　　　　北京市海淀区万寿路173信箱　邮编：100036
　　　　　北京市海淀区翠微东里甲2号　邮编：100036
开　　本：787×1092　1/16　印张：16.75　字数：420千字
印　　次：2009年8月第1次印刷
定　　价：30.00元

凡所购买电子工业出版社图书有缺损问题，请向购买书店调换。若书店售缺，请与本社发行部联系，联系及邮购电话：（010）88254888。
质量投诉请发邮件至zlts@phei.com.cn，盗版侵权举报请发邮件至dbqq@phei.com.cn。
服务热线：（010）88258888。

前　言

Flash CS4是美国Adobe公司推出的矢量动画制作软件，是当今最为流行的网络多媒体制作工具。它在多媒体设计领域中占据着不可替代的地位，在继承以前版本所有优点的基础上，又增加了许多新的功能，使用更加便捷，广泛应用于动画设计、多媒体设计、Web设计等领域。

我们针对初、中级读者在学习过程中的要求及习惯，综合了具有丰富经验的设计师的设计经验，编写了这本书，希望能有助于读者快速了解动画制作的设计思路，熟练掌握各种工具及命令的功能与使用技巧，从而快速成长为一名具有非凡创造力的动画设计人员。

本书精选了多个具有代表性和说明性的精彩作品，将软件的应用技巧与实际创意完美地结合在一起，实例堪称在软件使用中的经典。所选实例把握了两个原则：具有很强的代表性、非常美观。具体内容包括如下：

Chapter01 图形绘制实例；

Chapter02 帧动画实例；

Chapter03 形状与动作补间动画实例；

Chapter04 蒙版与引导动画实例；

Chapter05 Action动画实例；

Chapter06 鼠标特效动画实例；

Chapter07 按钮与菜单特效动画实例；

Chapter08 文字动画实例；

Chapter09 网页广告制作实例；

Chapter10 游戏制作实例；

Chapter11 上机操作实验。

在书的最后一章，还专门为读者安排了多个上机操作实验题。其目的是通过上机操作练习，使读者通过前面10章实例的讲解和学习，更好地巩固所学知识，检验学习效果。并且，每个上机操作实验题都写出了具体的制作分析与大致操作步骤。

本书实例力求用最简单、最直接的方法达到最好的设计效果，并在带领读者熟练掌握软件操作的同时，掌握各种动画的制作方法和操作技巧。

本书通过实例介绍、制作分析与实例制作相结合的方式，力求全面地将Flash CS4所涉及的知识点深入浅出地进行透彻讲解，再由浅入深地引导，同时配以相应的图像，不仅使读者清晰、快捷地了解Flash动画的创作过程，还对有关Flash动画制作的概念、技巧也一目了然。

本书由一线文化工作室策划并组织编写，全书由胡子平主编并审校。由于计算机技术发展非常迅速，加上编者水平有限、时间仓促，错误之处在所难免，敬请广大读者和同行批评指正。

为方便读者阅读，若需要本书配套资料，请登录“华信教育资源网”（http://www.hxedu.com.cn），在“下载”频道的“图书资料”栏目下载。

目 录

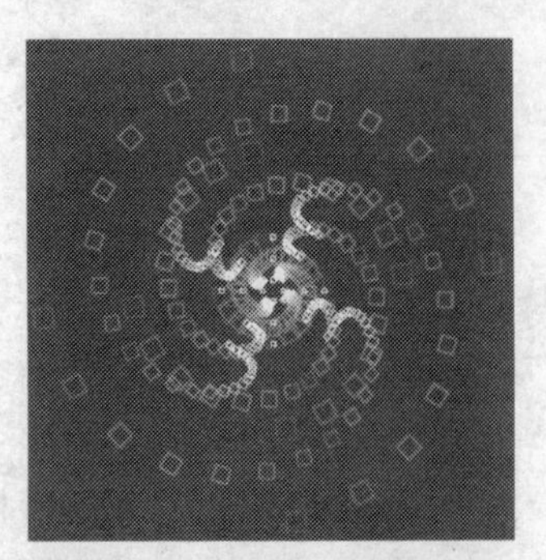

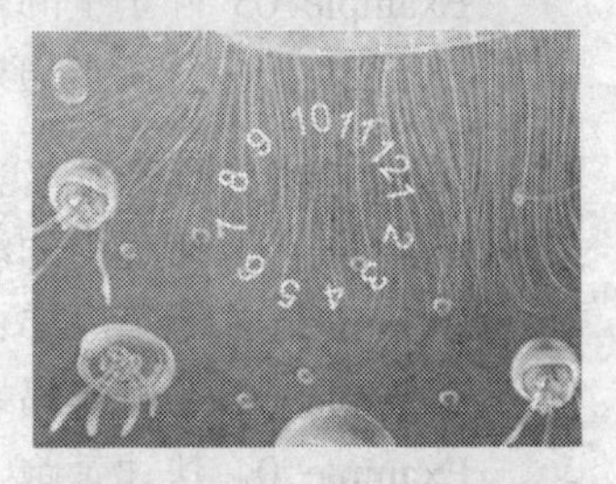

开始
停止

Chapter 01 图形绘制实例

图形绘制是动画制作的基础，只有绘制好了静态矢量图，才可能制作出优秀的动画作品。在Flash中，图形造型工具通常包括铅笔工具、笔刷工具、多边形工具、线条工具以及钢笔工具等。

本章通过6个综合实例，重点给读者讲解在Flash CS4中绘制图形的相关操作与技巧，这也是Flash用户经常需要使用的知识。

绘制鼠标 Example 01

实例效果

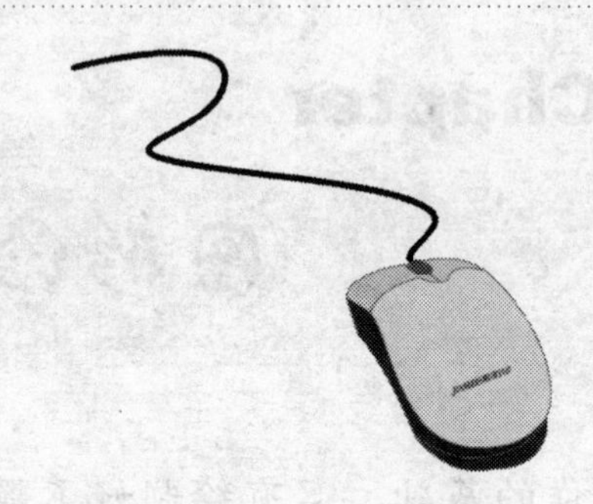

图1-1 绘制鼠标

实例介绍

本实例使用Flash的绘图工具来绘制一个鼠标。

制作分析

利用钢笔工具或者线条工具先勾勒出图形的外框，再通过选择工具和部分选取工具等对线条作相应的调整，以求达到完美流畅的矢量图形。

制作步骤

本实例所使用素材文件及结果文件如下：

上机同步练习文件:		
素材路径	素材文件	源文件与素材\素材\第1章\实例1\鼠标.jpg
	结果文件	源文件与素材\结果\第1章\实例1\绘制鼠标.fla

具体操作方法如下：

Step 01 运行Flash CS4，新建一个Flash空白文档。执行“修改”|“文档”命令，打开“文档属性”对话框，在对话框中将“尺寸”设置为600像素（宽）×400像素（高），如图1-2所示。设置完成后单击“确定”按钮。

Step 02 在文档中执行“文件”|“导入”|“导入到舞台”命令，导入一张作为参照的鼠标图片（位置：源文件与素材\素材\第1章\实例1\鼠标.jpg），如图1-3所示。

行家提示

一般情况下，当需要绘制某个图形时，可以找来一些实物图片作为参考，比如需要绘制一个鼠标，就要首先找来一个理想的鼠标的实物图片，再根据这个实物图片绘制出需要的鼠标。

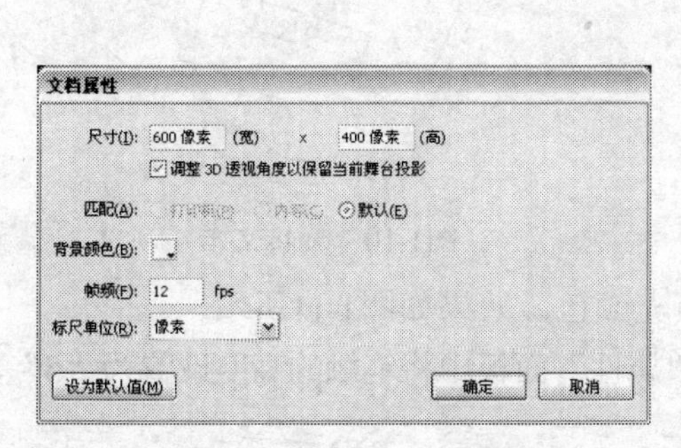

图1-2　“文档属性”对话框

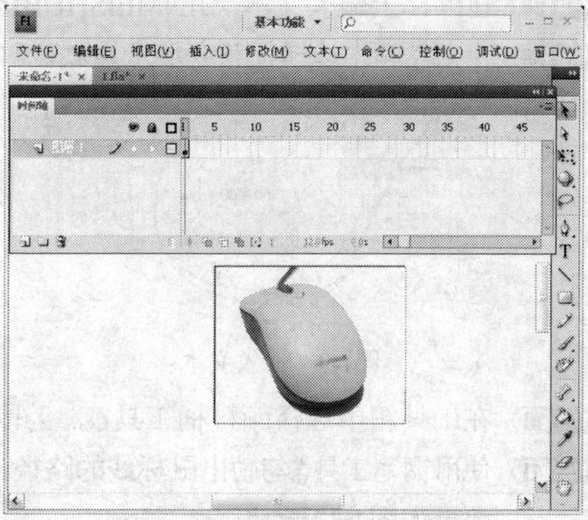

图1-3　导入图像

Step 03 在“时间轴”面板中单击按钮锁定图层1，然后再单击按钮新建一个图层2，如图1-4所示。

Step 04 选择钢笔工具围绕着鼠标的外框绘制出几段大致相连的直线，如图1-5所示。

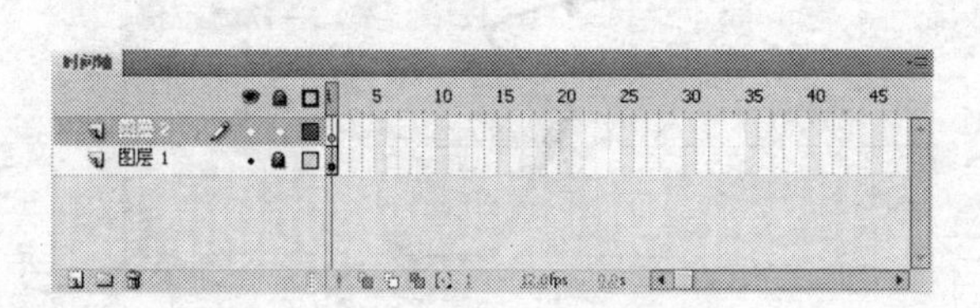

图1-4　“时间轴”面板

图1-5　绘制直线

Step 05 单击选择工具按钮，将这些直线调整为比较符合鼠标外框轮廓的曲线，如图1-6所示。

Step 06 调整完毕，在时间轴面板中单击按钮隐藏图层1，效果如图1-7所示。

行家提示

将图层1隐藏后，文档中就只显示图层2中的内容，也就是刚刚绘制与调整好的线条。这样方便接下来的编辑操作。

Step 07 在工具箱中选择文本工具T，在“属性”面板中将字体设置为“BauerBodni BlkCn BT”，字号设置为“8”，字体颜色设置为“红色”，如图1-8所示。

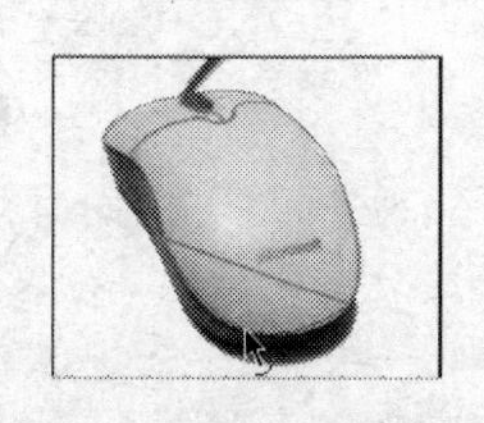

图1-6　调整线条

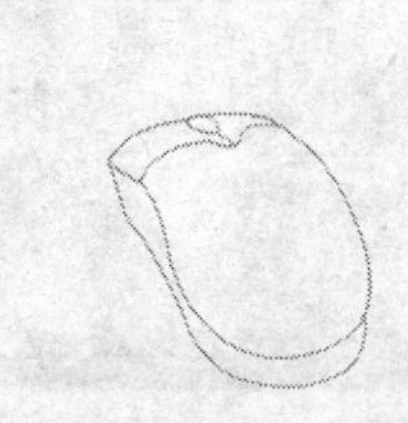

图1-7　隐藏图层1的效果

图1-8　“属性”面板

Step 08 在鼠标上输入文本“JINMEISHUBIAO”，如图1-9所示。

Step 09 在工具箱中选择任意变形工具，对输入的文本向左旋转15度左右，如图1-10所示。

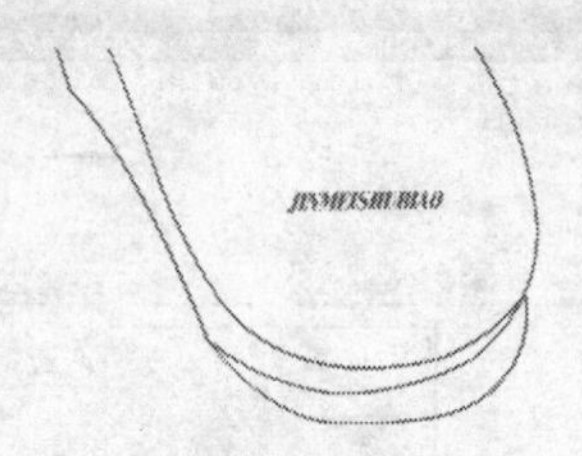

图1-9 输入文本

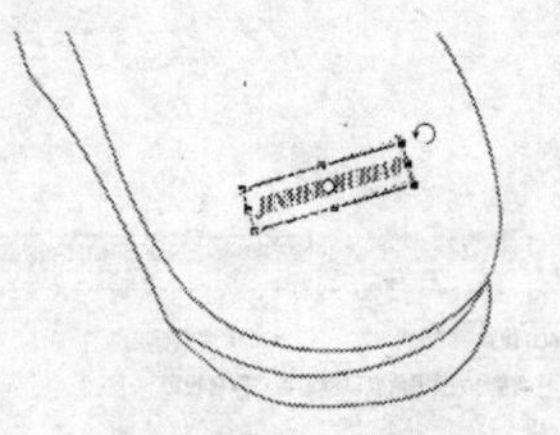

图1-10 旋转文本

Step 10 在工具箱中选择颜料桶工具，为鼠标填充颜色，效果如图1-11所示。

Step 11 使用钢笔工具勾勒出鼠标线的路径，在“属性”面板中将笔触的高度设置为“5”，效果如图1-12所示。

图1-11 填充颜色

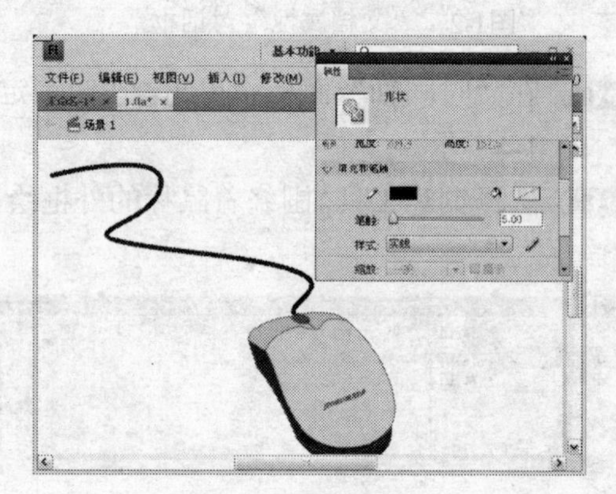

图1-12 绘制鼠标线

Step 12 在“时间轴”面板中选中图层1，单击按钮进行删除，鼠标就绘制完成了，按下Ctrl+S组合键保存文件，按下Ctrl+Enter组合键输出测试影片。

知识总结

在本实例的操作过程中，主要是从绘制一个鼠标图像的实例中来了解和掌握图形轮廓的勾画，该方法对绘制造型特别有用，希望读者能好好掌握。

绘制窗帘 Example 02

实例效果

图1-13 绘制窗帘

实例介绍

通过线性渐变的颜色的调整可以制作出许多特殊的图像效果，由于线性渐变使不同颜色之间有一种柔和的过渡，故广泛应用于图形颜色的填充中。

制作分析

在本实例的制作过程中，由于黑白照片的文件色彩模式为“灰度”模式，因此，要进行照片的彩色处理，必须先将文件的“灰度”模式转换为“RGB”色彩模式。然后利用Photoshop CS4的色彩调整功能进行照片颜色的处理。

制作步骤

本实例所使用素材文件及结果文件如下：

上机同步练习文件:		
素材路径	素材文件	源文件与素材\素材\第1章\实例2\背景.jpg
	结果文件	源文件与素材\结果\第1章\实例2\绘制窗帘.fla

具体操作方法如下。

Step 01 运行Flash CS4，新建一个Flash空白文档。执行“修改” | “文档”命令，打开“文档属性”对话框，在对话框中将“尺寸”设置为600像素（宽）×420像素（高），如图1-14所示。设置完成后单击“确定”按钮。

Step 02 执行“文件” | “导入” | “导入到舞台”命令，在弹出的“导入”对话框中选择一幅图像（位置：源文件与素材\素材\第1章\实例2\背景.jpg），如图1-15所示，完成后单击“打开”按钮，将图像导入到舞台中，如图1-16所示。

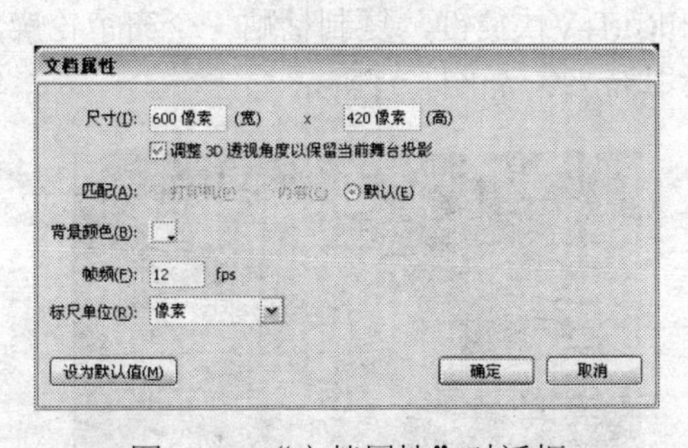

图1-14 “文档属性”对话框

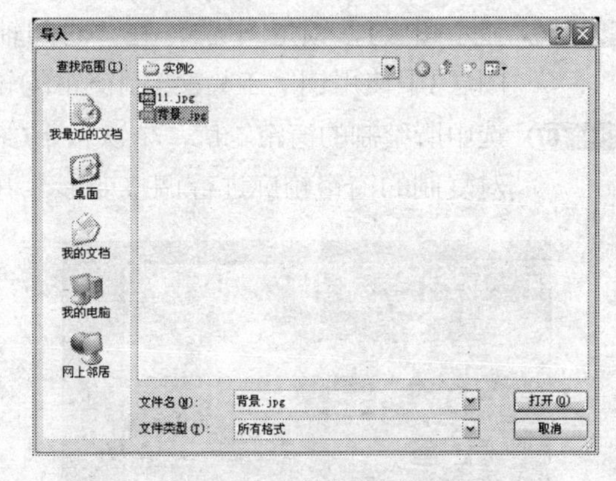

图1-15 “导入”对话框

Step 03 锁定图层1，在“时间轴”面板中单击插入图层按钮插入图层2。如图1-17所示。

Step 04 隐藏图层1，在工具箱中选择线条工具，在文档中勾勒出窗户的轮廓。如图1-18所示。

行家提示

将图层1隐藏后，方便在文档中绘制窗帘，需要时再将图层1恢复显示即可。

图1-16 导入图像

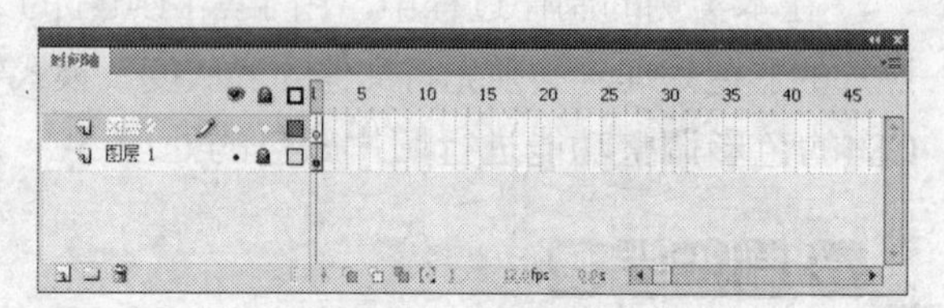

图1-17 插入图层2

Step 05 在工具箱中单击颜料桶工具按钮，将颜色填充为“#993300”，将中间线条的笔触颜色调整为“#CC6600”，笔触宽度设置为“5”，将最里面的线条宽度设置为“4.5”，如图1-19所示。

图1-18 勾勒轮廓

图1-19 填充颜色

Step 06 显示图层1，锁定图层2，在“时间轴”面板中单击插入图层按钮插入图层3，并在图层3中使用钢笔工具绘制窗帘的轮廓，如图1-20所示。

Step 07 选中所绘制的窗帘轮廓，依次按下Ctrl+C和Ctrl+V快捷键，复制粘贴一个窗帘轮廓，对复制的窗帘轮廓进行调整变形，并调整其位置，如图1-21所示。

图1-20 绘制窗帘轮廓

图1-21 复制粘贴窗帘轮廓

Step 08 执行“窗口→颜色”命令，打开“颜色”面板，将填充类型设置为“线性”，添加6个颜色块，将填充颜色全部设置为“#B0F9B7”，将各颜色块的透明度依次设置为“60%”、“89%”、“50%”、“85%”、“45%”、“83%”，如图1-22所示。然后填充所绘制的窗帘轮廓，如图1-23所示。

图1-22　设置颜色

图1-23　填充颜色

Step 09　使用选择工具选择纱窗的轮廓线，按下键盘Delete键删除轮廓线，如图1-24所示。

图1-24　删除轮廓线

行家提示

如果在选择图形轮廓时有多条未连接的线条需要选择，可以按住“Shift”键并使用选择工具进行复选，如果是已连接的多个线条，可在线条的位置双击鼠标选择所有轮廓线。

Step 10　执行“文件”|“保存”命令，保存文件，然后按下Ctrl+Enter组合键输出测试影片即可。

知识总结

在对图像进行颜色调整时，首先要查看图像的颜色模式，因为不同的颜色模式决定了图像的上色效果。另外，对图像调整颜色的命令及方法有多种，这就要根据不同的色彩调整命令的属性来选择合适的调整命令和方法。

绘制百事可乐标志 Example 03

实例效果

图1-25 百事可乐标志

实例介绍

本实例使用Flash的绘图工具来制作百事可乐的标志。

制作分析

在本实例的制作过程中，主要利用椭圆工具、选择工具、线条工具、铅笔工具与颜色面板以及滤镜特效来制作。

制作步骤

本实例所使用素材文件及结果文件如下：

上机同步练习文件：		
素材路径	素材文件	
	结果文件	源文件与素材\结果\第1章\实例3\绘制百事可乐标志.fla

具体操作方法如下：

Step 01 运行Flash CS4，新建一个Flash空白文档。执行“修改”|“文档”命令，打开“文档属性”对话框，在对话框中将“尺寸”设置为550像素（宽）×200像素（高），如图1-26所示。设置完成后单击“确定”按钮。

Step 02 选择椭圆工具，按住Shift键在舞台上绘制一个边框为黑色，无填充色的正圆，如图1-27所示。

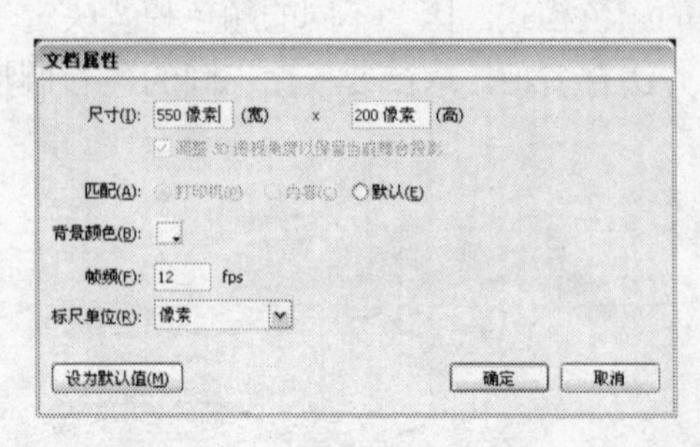

图1-26 “文档属性”对话框

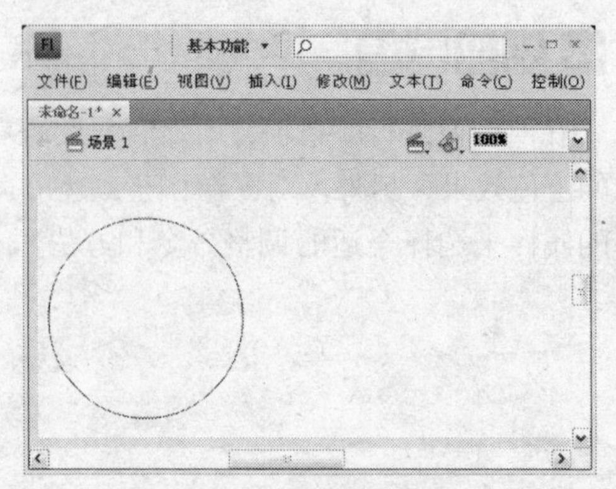

图1-27 绘制正圆

Step 03 选择线条工具，按住Shift键在舞台上绘制一条红色的线段，如图1-28所示。

Step 04 单击选择工具，按住Ctrl键拖动线段，如图1-29所示。

Step 05 继续使用选择工具将线段变形弯曲，如图1-30所示。

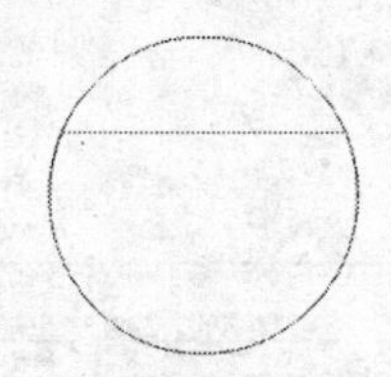

图1-28　绘制线段

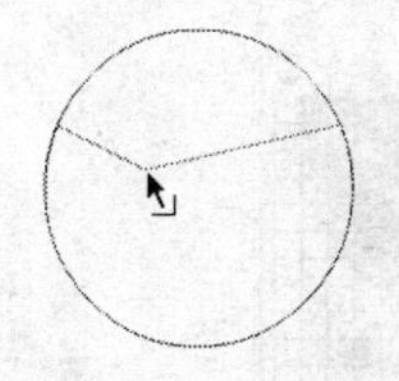

图1-29　拖动线段

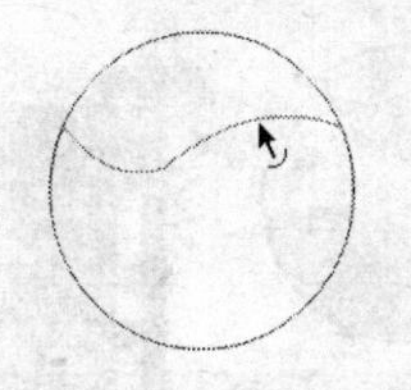

图1-30　变形弯曲线段

Step 06 复制并粘贴变形弯曲了的线段，然后将其向下拖动，如图1-31所示。

行家提示

选中线段，按住Ctrl键不放拖动线段也能复制出一条线段。

Step 07 选择颜料桶工具，在“属性”面板中将填充颜色设置为红色，然后为圆的上部填充颜色，如图1-32所示。

Step 08 按照同样的方法，分别将圆的中部和下部填充为白色与蓝色，如图1-33所示。

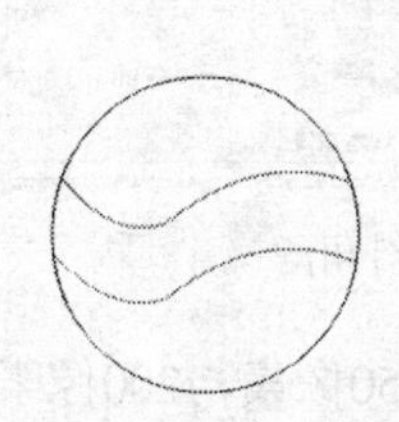

图1-31　复制线段

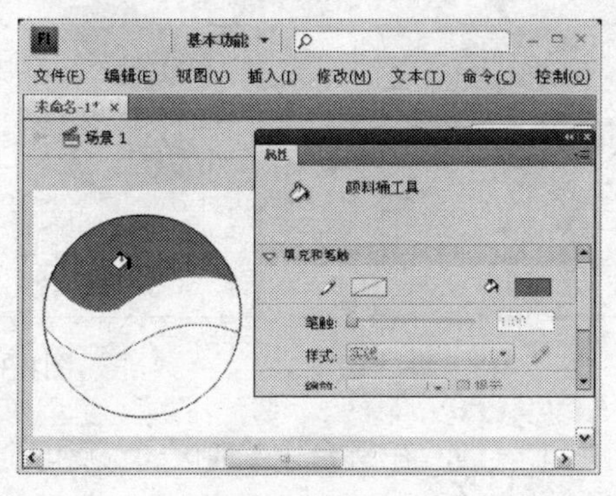

图1-32　填充颜色

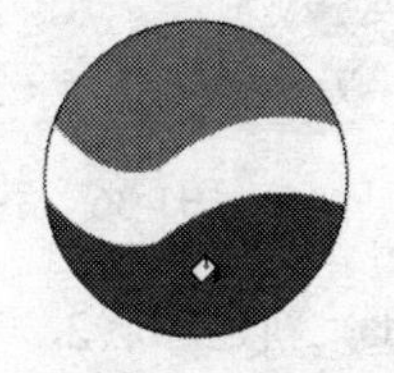

图1-33　填充颜色

Step 09 按下Ctrl+A快捷键将图形线条全部选中，然后在“属性”面板上将笔触设置为“无”，如图1-34所示。

Step 10 保持图形的选中状态，按下F8键，打开“转换为元件”对话框，在“名称”文本框中输入“标志”，在“类型”下拉列表中选择“影片剪辑”选项，如图1-35所示。完成后单击“确定”按钮。

行家提示

将绘制的图形转换为影片剪辑元件是为了给它添加特殊的滤镜效果，普通的图形是不能添加滤镜效果的。

Step 11 选中图形，在“属性”面板上为图形添加发光滤镜，如图1-36所示。

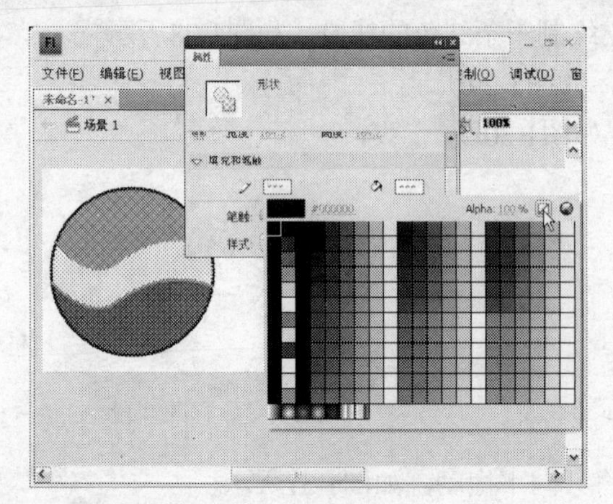

图1-34 设置笔触

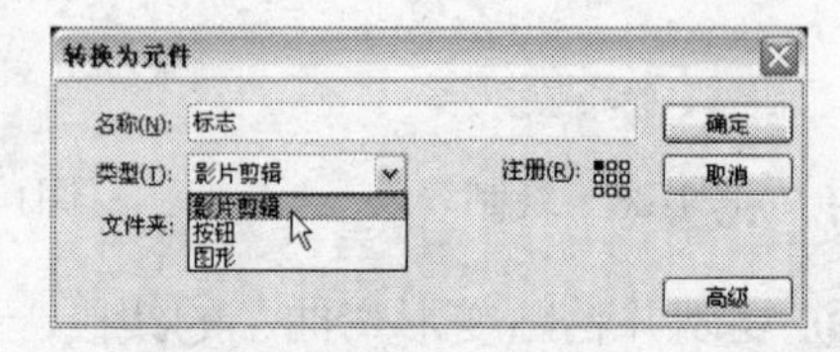

图1-35 “转换为元件”对话框

Step 12 保持图形的选中状态，继续在“属性”面板上为图形添加斜角滤镜，如图1-37所示。

图1-36 添加发光滤镜

图1-37 添加斜角滤镜

Step 13 新建图层2，单击矩形工具，在舞台上绘制一个宽和高分别为550像素与200像素的无边框、颜色随意的矩形，并遮盖住舞台，如图1-38所示。

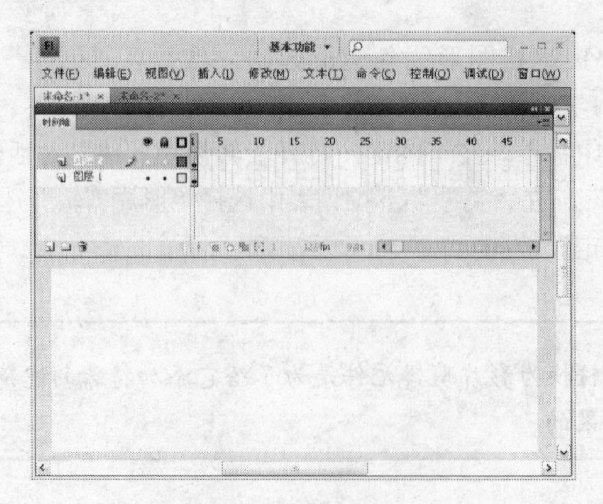

图1-38 绘制矩形

Step 14 执行“窗口”|“颜色”命令或者按下Shift+F9组合键打开“颜色”面板。将“类型”设置为“线性”，把左端的调色块颜色设置为蓝色（#3333CC），把右端的调色块颜色设置为黑色，如图1-39所示。然后使用颜料桶工具填充矩形，如图1-40所示。

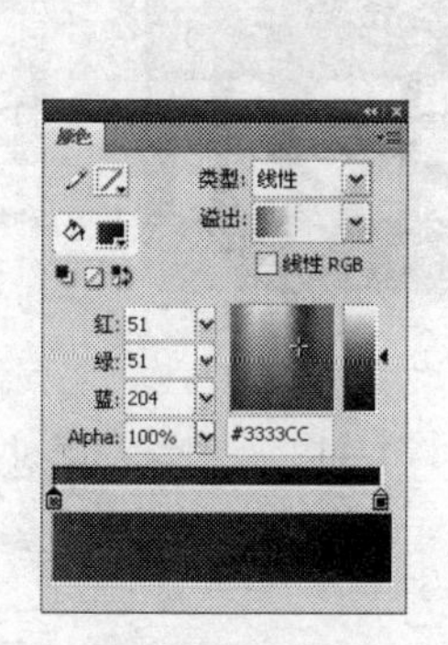

图1-39　“颜色”面板

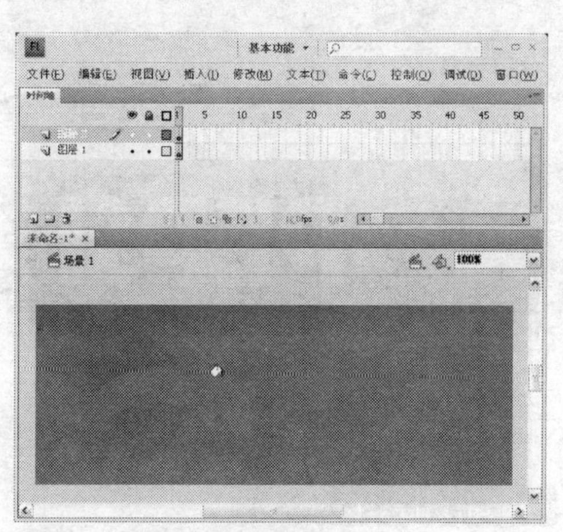

图1-40　填充矩形

Step 15 在“时间轴”面板中将图层2拖动到图层1下方，如图1-41所示。

行家提示

将图层2拖动到图层1下方是为了不使蓝色的矩形遮挡住绘制的百事可乐标志。

Step 16 新建图层3，在工具箱中选择文本工具T，在“属性”面板中将字体设置为“Berlin Sans FB Demi”，字号大小设置为“80”，字体颜色设置为白色，字母间距为2，如图1-42所示。

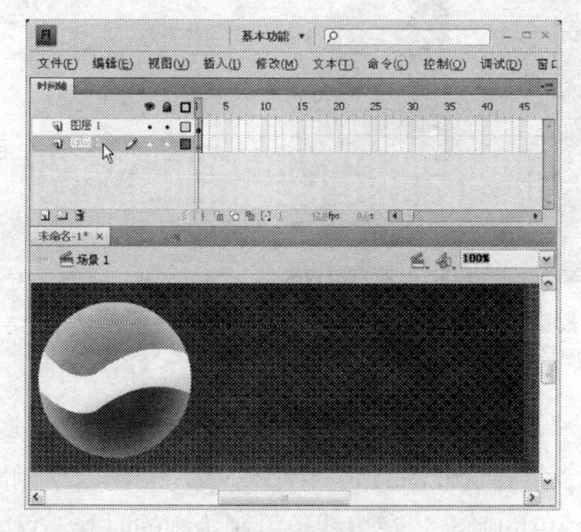

图1-41　拖动图层

图1-42　“属性”面板

Step 17 在舞台上百事可乐标志的右方输入文本“PEPSI”，如图1-43所示。

Step 18 选中输入的文本，在“属性”面板上为文本添加发光滤镜，如图1-44所示。

Step 19 执行“文件”|“保存”命令，保存文件，然后按下Ctrl+Enter组合键输出测试影片即可。

图1-43 输入文本

图1-44 添加发光滤镜

知识总结

在本实例的制作过程中，主要用到了Flash的椭圆工具、选择工具、线条工具、铅笔工具与文本工具。在制作中需要注意：为绘制的图形添加滤镜特效时，一定要将其转换为元件，普通的图形是不能添加滤镜效果的。

绘制咖啡杯 Example 04

实例效果

图1-45 绘制咖啡杯

实例介绍

在Flash中绘图的时候，大多都是利用线条工具＼或者是铅笔工具／来先勾勒出要绘制图形的外部轮廓线，再对绘制好的线条图形进行颜色的填充，在用线条绘制轮廓的时候，就需要用到“部分选取工具”来对线条的曲度进行一些编辑和调整，这样绘制出来的线条才会更简洁，更流畅。

制作分析

在本实例的制作过程中，由于绘制的咖啡杯与背景图片的色调不一致，所以需要先将绘制的咖啡杯转换为图形元件，再设置咖啡杯的色调。

制作步骤

本实例所使用素材文件及结果文件如下：

上机同步练习文件：		
素材路径	素材文件	源文件与素材\素材\第1章\实例4\背景.jpg
	结果文件	源文件与素材\结果\第1章\实例4\绘制咖啡杯.fla

具体操作方法如下。

Step 01 运行Flash CS4，新建一个Flash空白文档。执行“修改”|“文档”命令，打开“文档属性”对话框，在对话框中将“尺寸”设置为710像素（宽）×400像素（高），背景颜色设置为橙黄色（#FF6600），如图1-46所示。设置完成后单击“确定”按钮。

Step 02 在工具箱中单击椭圆工具，在“属性”面板中设置笔触颜色为“#999999”，笔触高度为“1”，填充颜色为白色，在舞台中绘制一个椭圆形。如图1-47所示。

图1-46 “文档属性”对话框

图1-47 绘制椭圆

Step 03 单击选择工具，选中所绘制的椭圆，依次执行“编辑”|“复制”命令、“编辑”|“粘贴到当前位置”命令，将椭圆复制一个并粘贴到原位置，再执行“修改”|“变形”|“缩放和旋转”命令，在弹出的对话框中将缩放值设为“96”，如图1-48所示。完成后单击“确定”按钮。

Step 04 在工具箱中选择线条工具，在椭圆形的下方绘制一条直线，再使用选择工具调整线条。如图1-49所示。

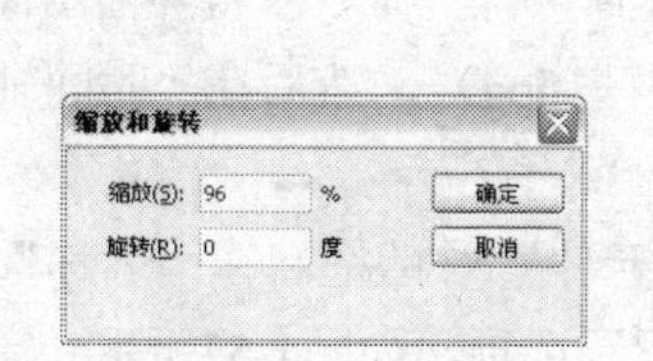

图1-48 “缩放和旋转”对话框

图1-49 调整线条

Step 05 在工具箱中选择部分选取工具，对线条的节点进行如图1-50所示的调整。

Step 06 按照同样的方法在椭圆形的右边制作一条弧线，然后通过部分选取工具对其进行节点调整，如图1-51所示。

图1-50　调整节点

图1-51　调整节点

Step 07 在工具箱中选择线条工具绘制杯子底部的线条，并使用部分选取工具，对其节点进行调整，然后填充为白色，如图1-52所示。

Step 08 选择线条工具绘制杯子的把柄，使用部分选取工具进行调整，并填充为白色，如图1-53所示。

图1-52　填充颜色

图1-53　绘制把柄并填充颜色

Step 09 使用椭圆工具绘制两个同心的椭圆，并填充为白色，如图1-54所示。

Step 10 按照同样的方法通过椭圆工具、线条工具和部分选取工具绘制一个小勺，并填充为白色，如图1-55所示。

图1-54　绘制椭圆

图1-55　绘制小勺

Step 11 新建一个图层2，执行“文件”|“导入”|“导入到舞台”命令，将一幅图像导入到舞台中（位置：源文件与素材\素材\第1章\实例4\背景.jpg），然后在“时间轴”面板中将图层2拖动到图层1的下方，如图1-56所示。

Step 12 选中绘制的咖啡杯，按下F8键，打开“转换为元件”对话框，在“名称”文本框中输入“杯”，在“类型”下拉列表中选择“图形”选项，如图1-57所示。完成后单击“确定”按钮。

图1-56　拖动图层

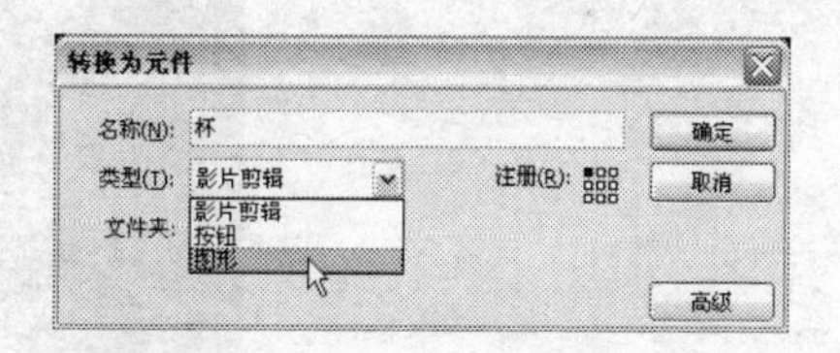

图1-57　"转换为元件"对话框

行家提示

将绘制的咖啡杯转换为图形元件是为了设置咖啡杯的色调，使其与背景图片一致，普通的图形是不能设置色调的。

Step 13 选中图形，在"属性"面板上的"样式"下拉列表中选择"色调"选项，然后将色彩设置为"土黄色"（#8B7249），如图1-58所示。

图1-58　设置色调

Step 14 执行"文件"|"保存"命令，保存文件，然后按下Ctrl+Enter组合键输出测试影片即可。

知识总结

在对图像进行颜色调整时，首先要查看图像的颜色模式，因为不同的颜色模式决定了图像的上色效果。另外，对图像调整颜色的命令及方法有多种，这就要根据不同的色彩调整命令的属性来选择合适的调整命令和方法。

叶子上的露珠 Example 05

实例效果

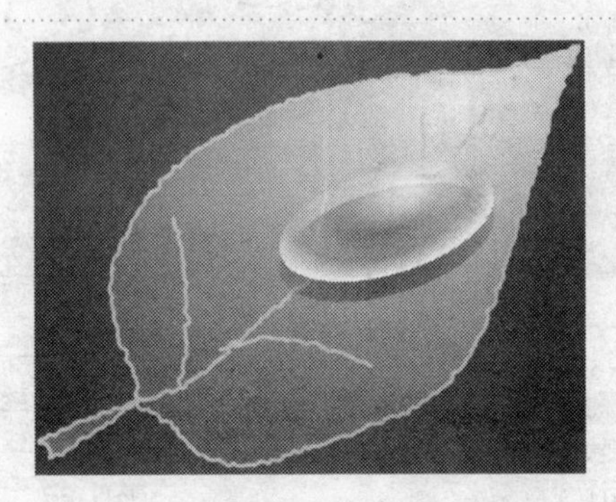

图1-59 叶子上的露珠

实例介绍

透明渐变填充通常运用于露珠效果的静态图片中，通过对渐变色彩和透明色彩的运用，模拟制作出露珠的效果。整个露珠的效果包括三个部分：渐变色、高光和阴影。当然，露珠的逼真程度取决于在制作过程中对露珠透明度和渐变效果的把握。

制作分析

在填充渐变的过程中，对渐变色的修改所花费的时间往往多于渐变色的编辑和填充时间。要对渐变色进行准确修改，首先要掌握渐变变形工具中的几个控制点的作用。

制作步骤

本实例所使用素材文件及结果文件如下：

上机同步练习文件：		
素材路径	素材文件	
	结果文件	源文件与素材\结果\第1章\实例5\叶子上的露珠.fla

具体操作方法如下。

Step 01 新建一个Flash空白文档，在工具箱中单击矩形工具，在舞台上绘制一个宽和高分别为550像素与400像素的无边框、颜色随意的矩形，并遮盖住舞台，如图1-60所示。

Step 02 执行“窗口”|“颜色”命令或者按下Shift+F9组合键打开“颜色”面板。将“类型”设置为“放射状”，把左端的调色块颜色设置为蓝色（#0000FF），把右端的调色块颜色设置为黑色，如图1-61所示。然后使用颜料桶工具填充矩形，如图1-62所示。

Step 03 在工具箱中选择渐变变形工具，调整矩形的填充位置，如图1-63所示。

Step 04 锁定图层1，在“时间轴”面板中单击插入图层按钮插入图层2。在工具箱中选择铅笔工具，在“属性”面板中设置笔触颜色为绿色（#66CC00），笔触高度为“3.5”，如图1-64所示。

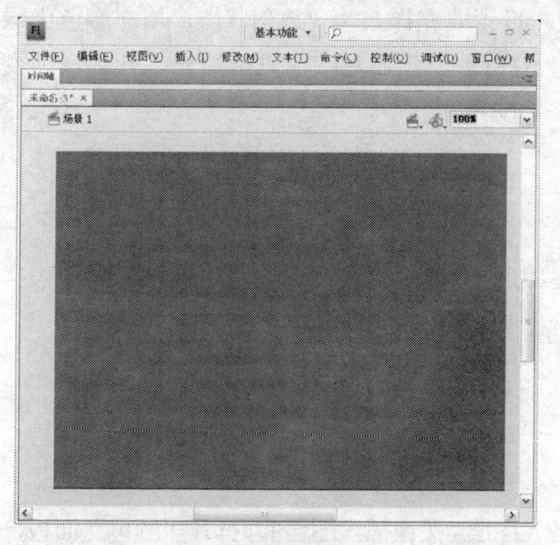

图1-60　绘制矩形

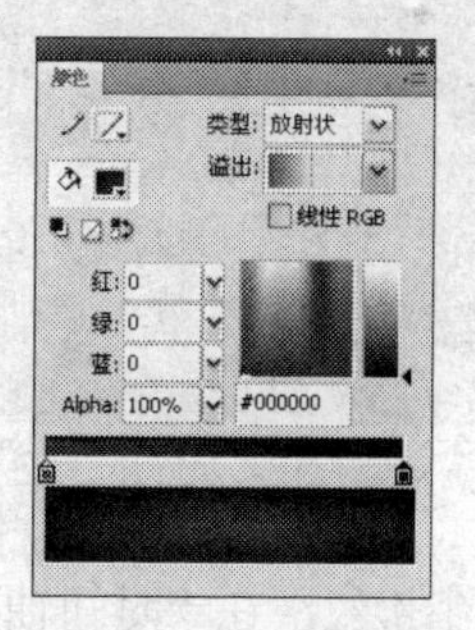

图1-61　“颜色”面板

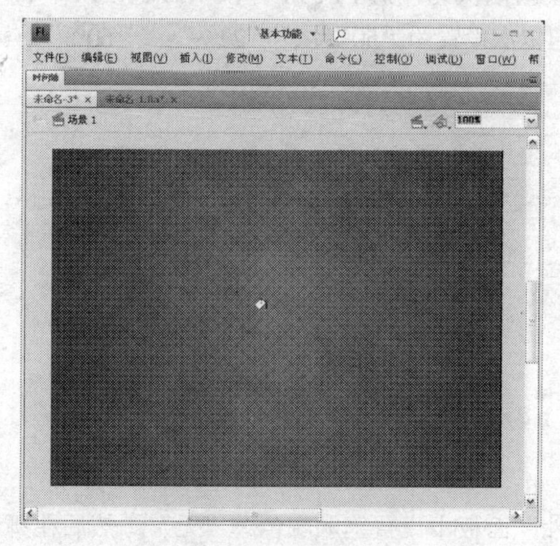

图1-62　填充矩形

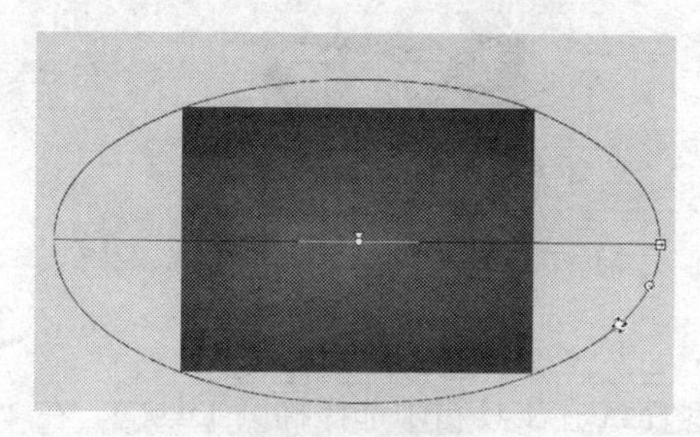

图1-63　调整填充色

Step 05 单击“样式”下拉列表右侧的编辑笔触样式按钮，在弹出的“笔触样式”对话框中进行如图1-65所示的设置。完成后单击“确定”按钮。

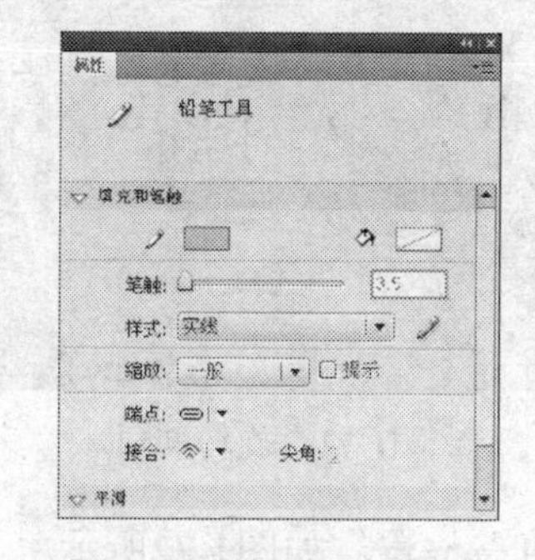

图1-64　“属性”面板

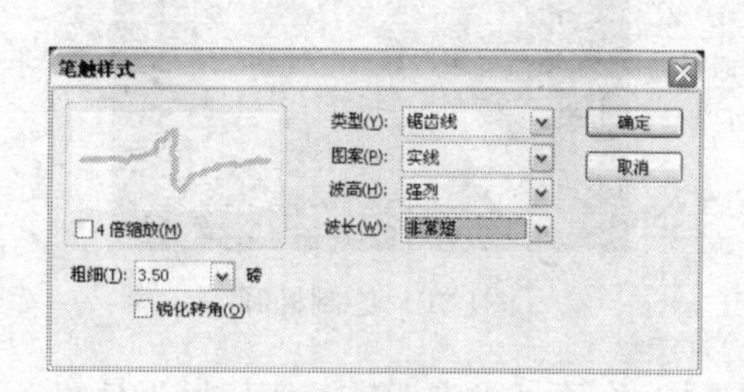

图1-65　“笔触样式”对话框

Step 06 使用铅笔工具在舞台上绘制叶子的外围轮廓和经脉轮廓，如图1-66所示。

Step 07 选择颜料桶工具，打开“颜色”面板，设置填充样式为“放射状”，填充颜色由绿色“#00FF00”到“#FFFFFF”，如图1-67所示。然后对叶子进行填充。并选择渐变变形工具对填充位置进行调整，如图1-68所示。

图1-66 绘制叶子轮廓

图1-67 “颜色”面板

Step 08 锁定图层2，在“时间轴”面板中单击插入图层按钮插入图层3。打开“颜色”面板，设置填充样式为“放射状”，填充颜色依次为“#FFFFFF”、“#FFFFFF”、“#A4A5FF”、“#FFFFFF”，Alpha值依次设置为“50%”、“22%”、“60%”、“100%”，如图1-69所示。

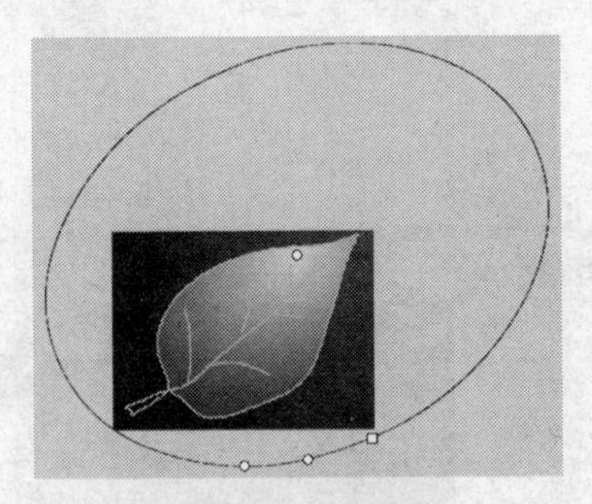

图1-68 填充颜色

图1-69 “颜色”面板

Step 09 在工具箱中选择椭圆工具，在“属性”面板中设置笔触颜色为“无”。然后在舞台上绘制一个椭圆，如图1-70所示。

Step 10 在工具箱中选择任意变形工具，对绘制的椭圆进行向左旋转。如图1-71所示。

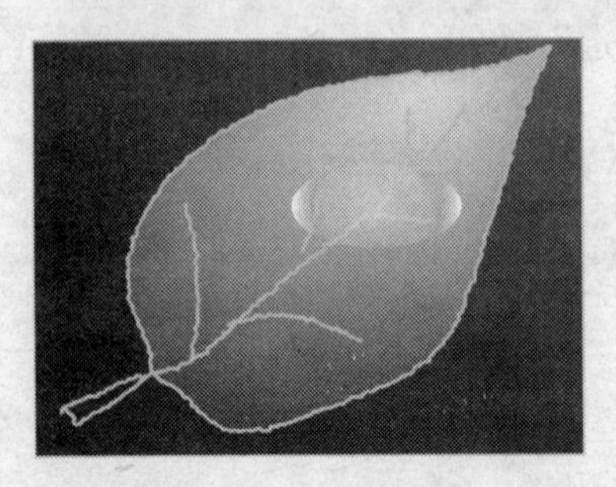

图1-70 绘制椭圆

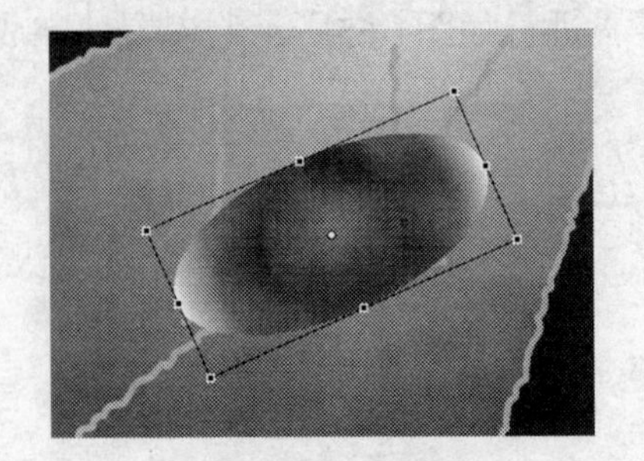

图1-71 旋转椭圆

Step 11 在工具箱中选择渐变变形工具，调整椭圆的填充位置，如图1-72所示。

Step 12 选择绘制的椭圆，按下Ctrl+G组合键进行组合，然后打开“颜色”面板，设置填充样式为“放射状”，填充颜色为白色到白色，透明度设置为由“80%”到“0”。如图1-73所示。

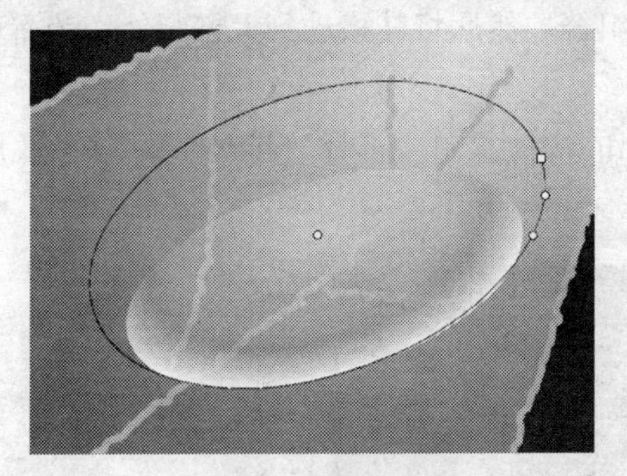

图1-72 调整填充色

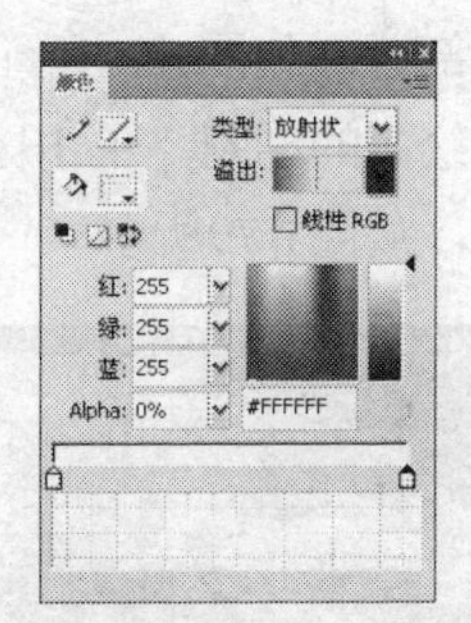

图1-73 “颜色”面板

行家提示

在制作露珠高光时需要在“颜色”面板中运用放射渐变填充，然后设置填充色的透明度，由白色产生高光效果。

Step 13 选择椭圆工具绘制一个椭圆，然后使用任意变形工具对绘制的椭圆进行旋转变形，最后选择渐变变形工具，调整椭圆的填充位置，如图1-74所示。

Step 14 选择绘制的椭圆，按下Ctrl+G组合键进行组合，并将其移动到大的椭圆上作为露珠的高光部分，如图1-75所示。

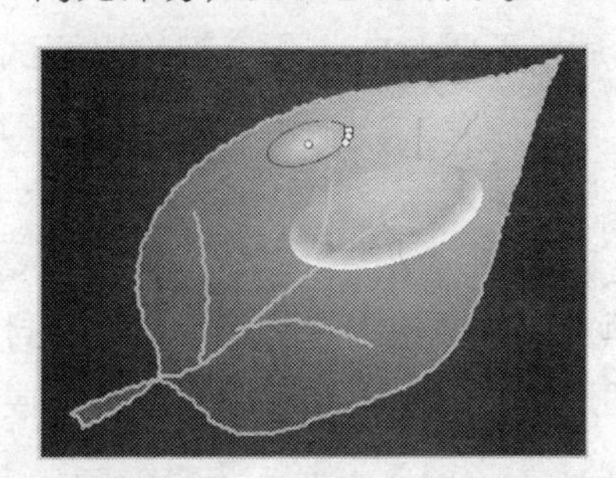

图1-74 绘制并调整椭圆

图1-75 移动椭圆

Step 15 打开“颜色”面板，设置填充样式为“放射状”，填充颜色为黑色到黑色，Alpha值设置为由“80%”到“20%”，如图1-76所示。

Step 16 选择椭圆工具绘制一个椭圆，然后使用任意变形工具对绘制的椭圆进行旋转变形，最后选择渐变变形工具，调整椭圆的填充位置，如图1-77所示。

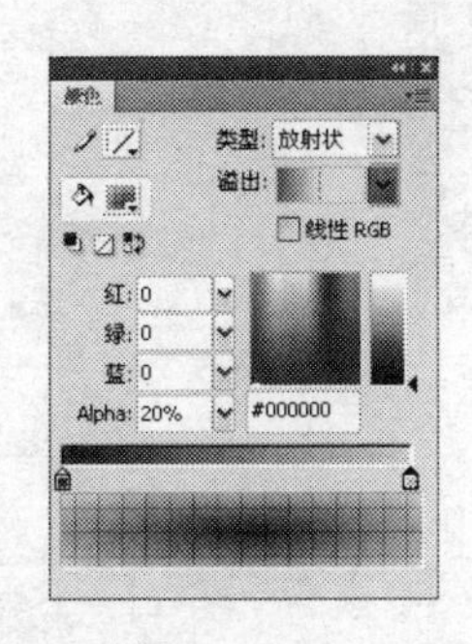

图1-76 “颜色”面板

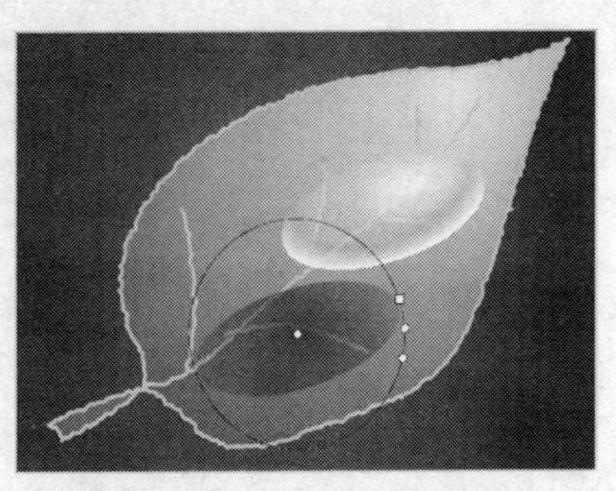

图1-77 绘制并调整椭圆

Step 17 选择绘制的椭圆，按下Ctrl+G组合键进行组合，然后将其移动到大椭圆处作为露珠的阴影部分，如图1-78所示。

Step 18 选择绘制的椭圆，单击鼠标右键，在弹出的快捷菜单中选择“排列”|“移至底层”命令，如图1-79所示。

图1-78　移动椭圆

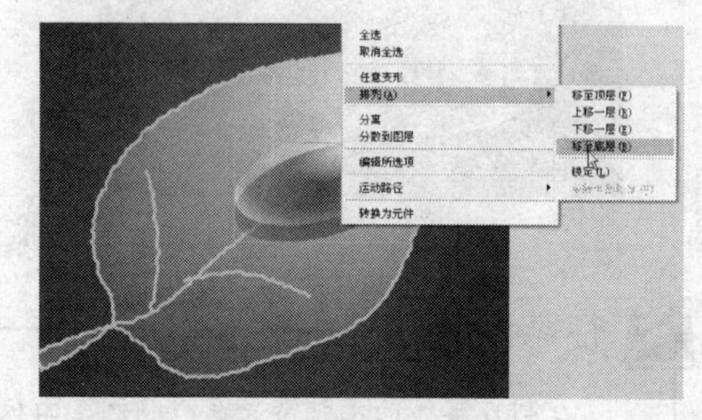

图1-79　选择“排列”|“移至底层”命令圆

行家提示

执行“排列”|“移至底层”命令，是将作为露珠阴影部分的椭圆移动到露珠的下方，而不遮挡住露珠。

Step 19 执行“文件”|“保存”命令，保存文件，然后按下Ctrl+Enter组合键输出测试影片即可。

知识总结

一个图形的轮廓一般都是线条组成的，它将被填充的区域包围起来，形成一个封闭的空间，这样我们可以为这个封闭的空间填充上颜色，通过本例的学习，希望读者能掌握线条渐变变形的填充方法和技巧。

绘制卡通果盘　Example 06

实例效果

图1-80　卡通果盘

实例介绍

本实例使用Flash的绘图工具来绘制一个堆满水果的卡通果盘。

制作分析

通过使用铅笔工具、刷子工具、多角星形工具以及颜料桶工具来制作。

制作步骤

本实例所使用素材文件及结果文件如下：

上机同步练习文件:		
素材路径	素材文件	源文件与素材\素材\第1章\实例6\背景.jpg
	结果文件	源文件与素材\结果\第1章\实例6\绘制卡通果盘.fla

具体操作方法如下。

Step 01 运行Flash CS4，新建一个Flash空白文档。执行“修改”|“文档”命令，打开“文档属性”对话框，在对话框中将“尺寸”设置为400像素（宽）×250像素（高），如图1-81所示。设置完成后单击“确定”按钮。

Step 02 在工具箱中选择多角星形工具，在“属性”面板中单击“选项”按钮，在弹出的“工具设置”对话框中设置样式为“星形”，边数为“8”，星形顶点大小为“1.00”，如图1-82所示。完成后单击“确定”按钮。

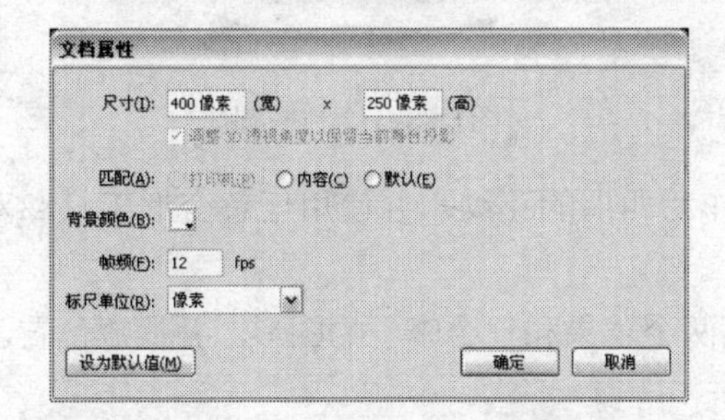

图1-81 “文档属性”对话框

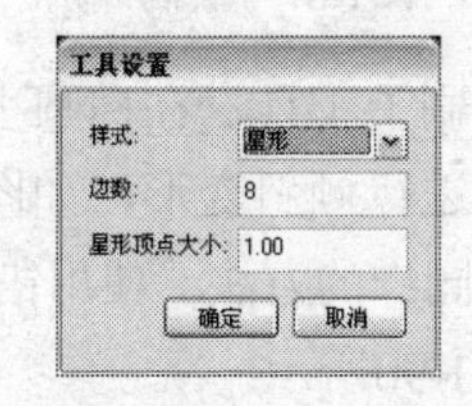

图1-82 “工具设置”对话框

Step 03 在舞台上拖动鼠标绘制一个8角星形，打开“颜色”面板，将填充样式设置为“放射状”，渐变颜色设置为由白色到浅蓝色“#A2F4CE”，如图1-83所示。然后使用颜料桶工具填充星形，如图1-84所示。

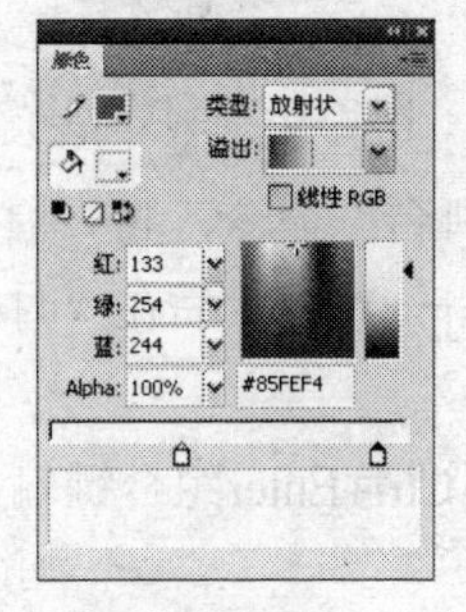

图1-83 “颜色”面板

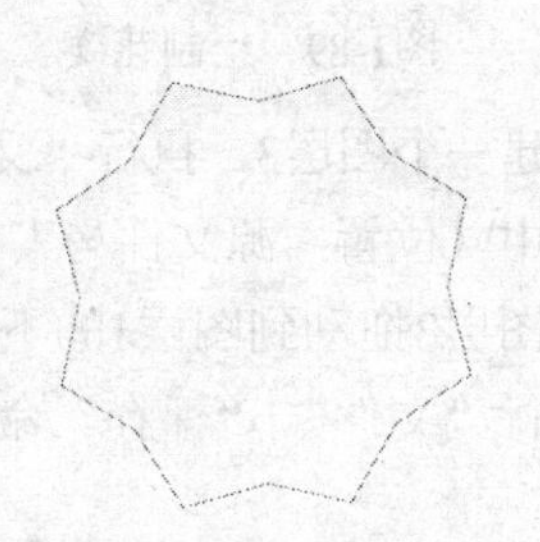

图1-84 填充星形

Step 04 在工具箱中单击椭圆工具，按住Shift键在舞台中绘制一个正圆形，并使圆形位于8角星形正中。然后将其填充为绿色（#009966），如图1-85所示。

Step 05 选中所绘制的全部图形，单击任意变形工具，将此图形垂直压缩，如图1-86所示。

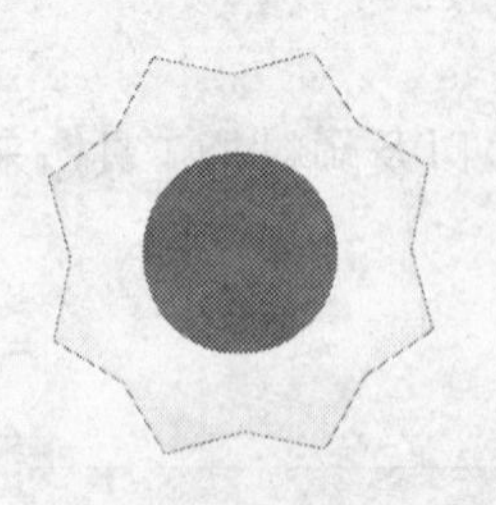

图1-85 绘制正圆

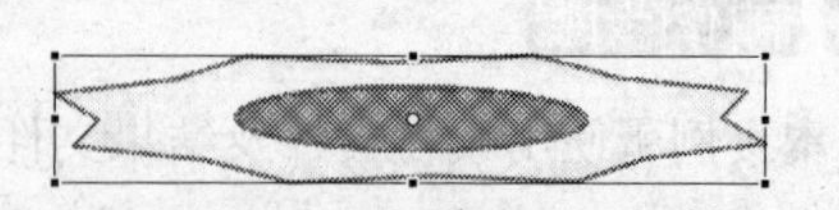

图1-86 垂直压缩图形

Step 06 选择线条工具勾勒出盘子的底部，并填充颜色，填充样式设置为“纯色”，填充颜色为绿色“#004F33”，这样就绘制出了水果盘，如图1-87所示。

Step 07 锁定图层1，在“时间轴”面板中单击插入图层按钮插入图层2，选择椭圆工具，在“属性”面板中设置笔触颜色为“#006600”，笔触高度为“3”，填充颜色为“#33CC00”。在文档中绘制一个椭圆，如图1-88所示。

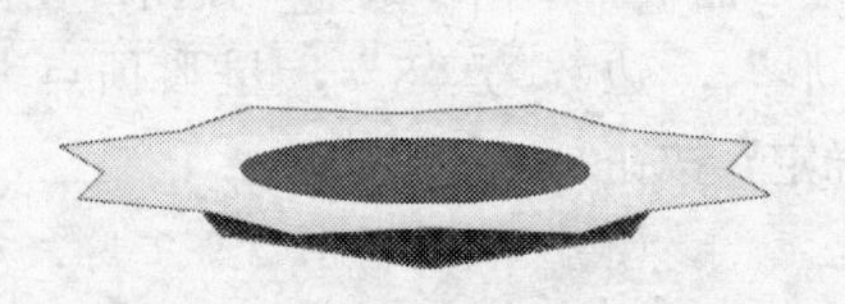

图1-87 绘制线条

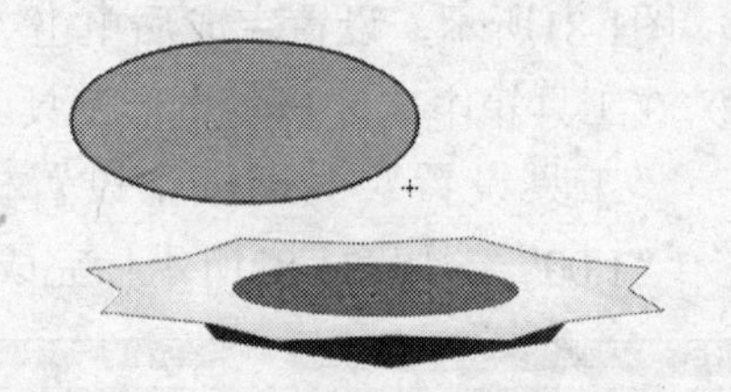

图1-88 绘制椭圆

Step 08 选择刷子工具在椭圆上添加三道纹路作为西瓜的花纹，并使用任意变形工具对西瓜进行倾斜变形，如图1-89所示。

Step 09 按照同样的方法，使用铅笔工具绘制出两个苹果和三个李子的图形，并摆放位置，如图1-90所示。

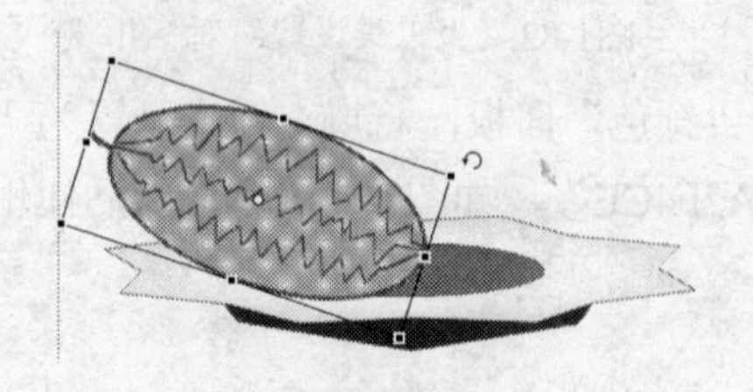

图1-89 绘制花纹

图1-90 绘制图形

Step 10 新建一个图层3，执行“文件”|“导入”|“导入到舞台”命令，将一幅图像导入到舞台中（位置：源文件与素材\素材\第1章\实例6\背景.jpg），然后在“时间轴”面板中将图层3拖动到图层1的下方，如图1-91所示。

Step 11 执行“文件”|“保存”命令，保存文件，然后按下Ctrl+Enter组合键输出测试影片即可。

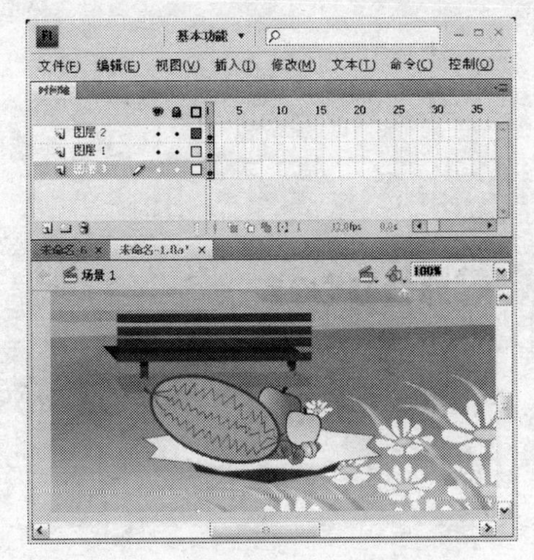

图1-91 拖动图层

知识总结

本实例通过使用铅笔工具、刷子工具，多角星形工具以及颜料桶工具等共同编辑制作，与其他绘图工具不同的是，刷子工具本身绘制出的是一个填充色，没有任何轮廓。

Chapter 02 帧动画实例

帧动画技术利用人的视觉暂留原理，快速地播放连续的、具有细微差别的图像，使原来静止的图形运动起来。

本章通过7个综合实例，重点给读者讲解Flash CS4中制作帧动画的相关操作与技巧，这也是Flash用户经常需要使用的知识。

阳光下的海浪 Example 01

实例效果

图2-1 阳光下的海浪

实例介绍

帧动画技术利用人的视觉暂留原理，快速地播放连续的、具有细微差别的图像，使原来静止的图像运动起来。本实例就通过导入图像来制作阳光下的海浪效果。

制作分析

本实例主要使用了导入功能与逐帧动画来编辑制作。主要通过使用导入功能，将形态各异的海浪图片导入到库中；创建逐帧动画，编辑出海浪翻滚的动态效果。

制作步骤

本实例所使用素材文件及结果文件如下：

上机同步练习文件：		
素材路径	素材文件	源文件与素材\素材\第2章\实例1
	结果文件	源文件与素材\结果\第2章\实例1\阳光下的海浪.fla

具体操作方法如下：

Step 01 运行Flash CS4，新建一个Flash空白文档。执行“修改”|“文档”命令，打开“文档属性”对话框，在对话框中将“尺寸”设置为400像素（宽）×120像素（高），“背景颜色”设置为黑色，“帧频”设置为30fps。如图2-2所示。设置完成后单击“确定”按钮。

行家提示

Flash CS4的默认“帧频”是12fps，也就是1秒钟播放12帧的动画，将“帧频”设置为30fps，表示1秒钟播放30帧的动画，这样动画播放就更加紧凑、流畅。

Step 02 执行“插入”|“新建元件”命令，或者按下Ctrl+F8组合键，打开“创建新元件”对话框，在“名称”文本框中输入“海浪”，在“类型”下拉列表中选择“影片剪辑”选项，如图2-3所示。完成后单击“确定”按钮进入影片剪辑编辑区。

Step 03 在影片剪辑“海浪”的编辑状态下，执行“文件”|“导入”|“导入到库”命令，将30幅海浪的图像导入到库中（位置：源文件与素材\素材\第2章\实例1\h1.jpg～h30.jpg），如图2-4所示。

图2-2 “文档属性”对话框

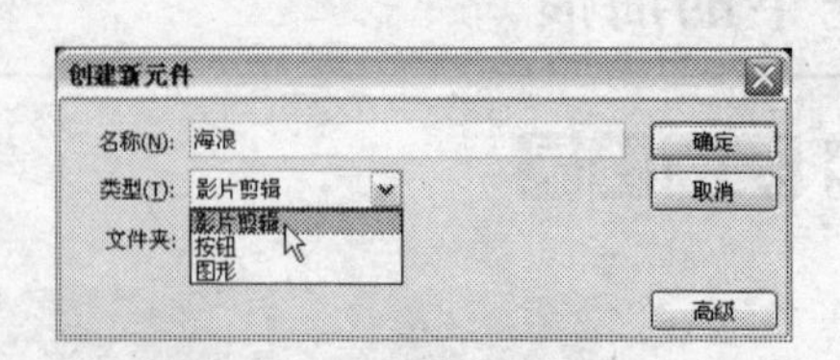

图2-3 “创建新元件”对话框

Step 04 分别选中时间轴上的第2帧、第3帧、第4帧……第29帧与第30帧，按下“F6”键，插入关键帧，如图2-5所示。

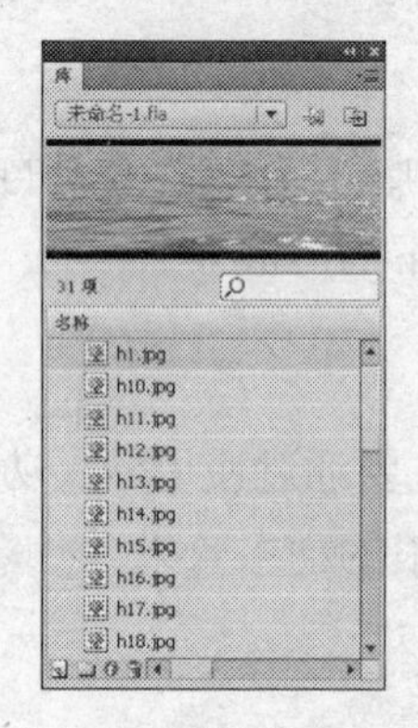

图2-4 “库”面板

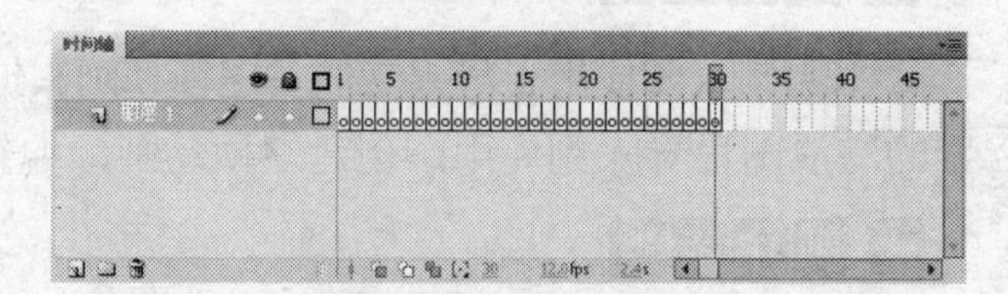

图2-5 插入关键帧

Step 05 选中时间轴上的第1帧，从“库”面板里把h1.jpg拖入到工作区中，如图2-6所示。并按下Ctrl+K组合键打开“对齐”面板，单击水平中齐按钮与垂直居中分布按钮，如图2-7所示。

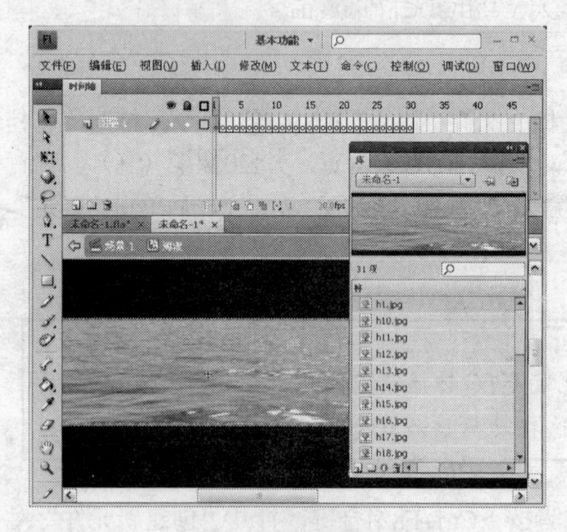

图2-6 拖入图像

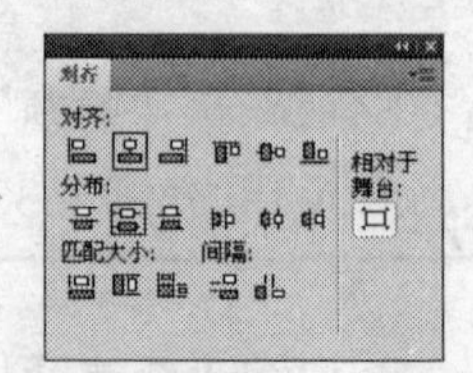

图2-7 “对齐”面板

Step 06 选中时间轴上的第2帧，从“库”面板里把h2.jpg拖入到工作区中，如图2-8所示。并在“对齐”面板中单击水平中齐按钮与垂直居中分布按钮。

Step 07 选中时间轴上的第3帧，从“库”面板里把h3.jpg拖入到工作区中，如图2-9所示。并在“对齐”面板中单击水平中齐按钮与垂直居中分布按钮。

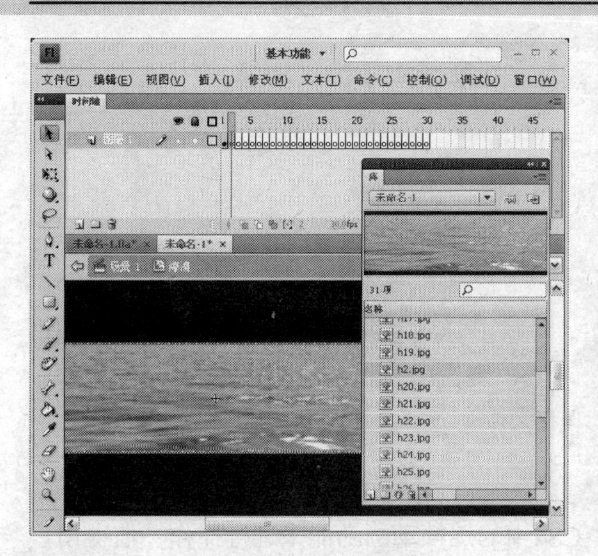

图2-8 拖入图像

图2-9 拖入图像

Step 08 按照同样的方法，从“库”面板中将图片拖入到对应的帧所在的工作区上，如图2-10所示。并在“对齐”面板中设置图片相对于舞台水平居中和垂直居中。

Step 09 单击场景 1按钮回到主场景，从“库”面板里将影片剪辑“海浪”拖入到舞台中，如图2-11所示。然后按下Ctrl+K组合键打开“对齐”面板，单击水平中齐按钮与垂直居中分布按钮。

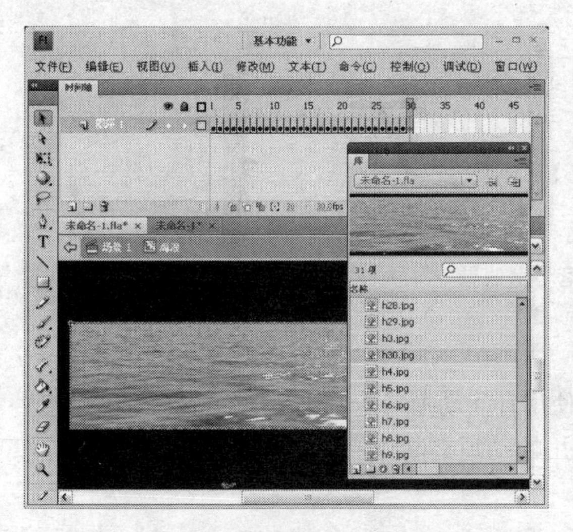

图2-10 拖入图像

图2-11 拖入影片剪辑

Step 10 执行“文件”|“保存”命令，打开“另存为”对话框，在“保存在”下拉列表中选择保存路径，在“文件名”文本框中输入动画名称，如图2-12所示。完成后单击“保存”按钮。

Step 11 按下Ctrl+Enter组合键，即可欣赏最终效果。

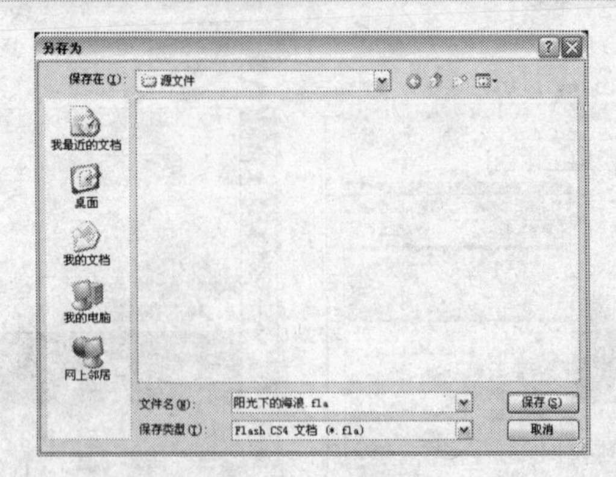

图2-12　保存文档

知识总结

在本实例的操作过程中，主要使用Flash CS4中的逐帧动画功能来进行操作。值得用户注意的是，制作本例的海浪动画时，在影片剪辑中一定要将图像在“对齐”面板中对齐，否则在浏览动画时图像的位置不对，这样会影响动画效果。

毛笔写字　Example 02

实例效果

图2-13　毛笔写字效果

实例介绍

在动画的制作过程中，常常需要制作一些使用补间动画功能无法实现的特殊效果，这些效果可以通过使用帧动画来实现，本实例就使用帧动画来制作毛笔写字效果。

制作分析

本实例主要使用了矩形工具、椭圆工具、选择工具、文本工具与创建逐帧动画来进行制作。主要使用矩形工具、椭圆工具与选择工具在舞台上绘制毛笔形状；使用文本工具，在舞台上输入要用来编辑的文字；创建逐帧动画，产生一笔一笔写字的效果。

制作步骤

本实例所使用素材文件及结果文件如下：

上机同步练习文件：		
素材路径	素材文件	源文件与素材\素材\第2章\实例2\
	结果文件	源文件与素材\结果\第2章\实例2\毛笔写字.fla

具体操作方法如下。

Step 01 运行Flash CS4，新建一个Flash空白文档。执行“修改”|“文档”命令，打开“文档属性”对话框，在对话框中将“尺寸”设置为512像素（宽）×400像素（高）。设置完成后单击“确定”按钮。

Step 02 选择矩形工具，在舞台中绘制一个边框线为黑色的矩形。执行“窗口”|“颜色”命令，打开“颜色”面板，将“填充”设为“线性”，在调色条中间添加1个颜色块，将两边的颜色块设置为“#FF9933”、“#999999”，中间的颜色块设置为“#996600”，如图2-14所示。

Step 03 选择颜料桶工具，给矩形填充颜色，并将矩形调整到如图2-15所示的大小与位置。

Step 04 选择椭圆工具，在舞台上绘制一个边框线与填充色都为黑色的圆，再使用选择工具，将圆形调整到一个毛笔笔尖的形状，如图2-16所示。

图2-14 “颜色”面板

图2-15 填充颜色

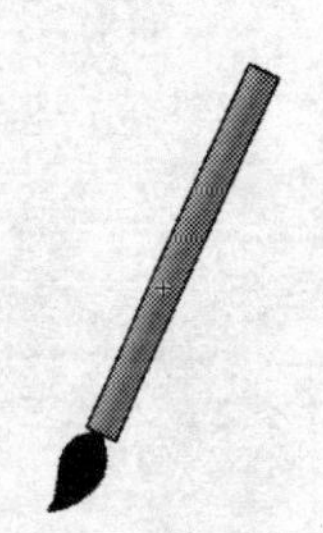

图2-16 调整圆形

Step 05 使用选择工具，将整支毛笔都框选起来，按下“F8”键，弹出“转换为元件”对话框，在“名称”文本框中输入“毛笔”，在“类型”下拉列表中选择“影片剪辑”选项，如图2-17所示。完成后单击“确定”按钮。

Step 06 选择文本工具T，在舞台上输入文字“三”，字体为“文鼎中楷简”，字号为180，颜色为黑色，如图2-18所示。

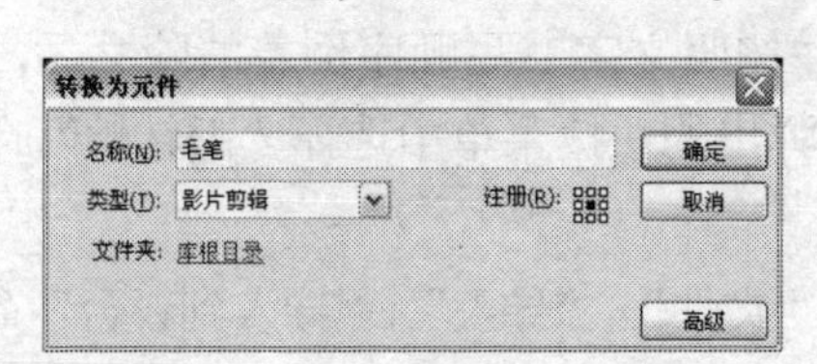

图2-17 “转换为元件”对话框

图2-18 输入文字

Step 07 选中文字，按下Ctrl+B组合键将文字打散。将“毛笔”影片剪辑移动到文字的最后那一笔划处，如图2-19所示。

Step 08 在“图层1”的第2帧处按下“F6”键，插入关键帧。并且使用橡皮工具将文字的最后那一笔划处稍微清除一些。将“毛笔”影片剪辑稍微移动一点，使其仍然停留在文字的最后那一笔划处，如图2-20所示。

Step 09 在第3帧处按下F6键，插入关键帧。继续用橡皮工具按照文字的书写顺序倒着清除，并将“毛笔”影片剪辑跟着移动，如图2-21所示。

Step 10 按照同样的办法，继续插入关键帧，用橡皮工具按照文字的书写顺序倒着清除，并将“毛笔”影片剪辑移动到清除的最后，如图2-22所示。

图2-19 移动毛笔

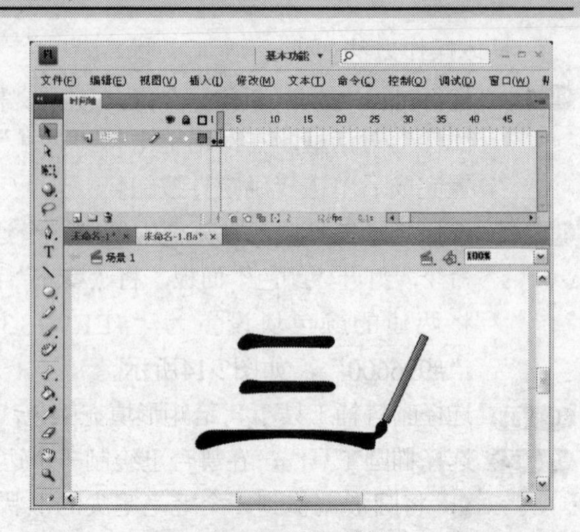

图2-20 清除笔划

图2-21 清除笔划

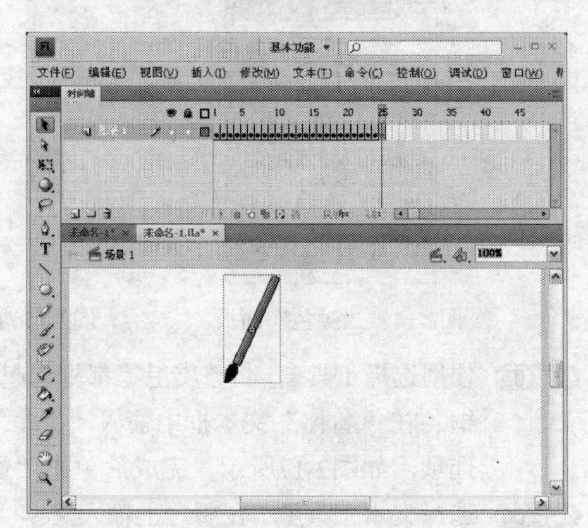

图2-22 移动影片剪辑

Step 11 经过一系列的插入关键帧，并用橡皮工具按照文字书写顺序倒着清除之后，选中时间轴上的所有关键帧，单击鼠标右键，在弹出的快捷菜单中选择“翻转帧”命令，如图2-23所示。

Step 12 单击新建图层按钮，新建“图层2”，执行“文件”|“导入”|“导入到舞台”命令，将一幅卷轴图像导入到舞台上（位置：源文件与素材\素材\第2章\实例2\beij.jpg），如图2-24所示。

Step 13 将“图层2”拖动到“图层1”的下方，如图2-25所示。

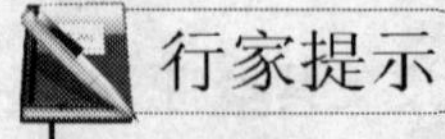

行家提示

将“图层2”拖动到“图层1”的下方是为了使“图层2”中的图像处于底层成为背景图像，并且图像不遮挡住毛笔写字的动画。

Step 14 保存文件并按下Ctrl+Enter组合键，欣赏最终效果。

图2-23 选择“翻转帧”命令

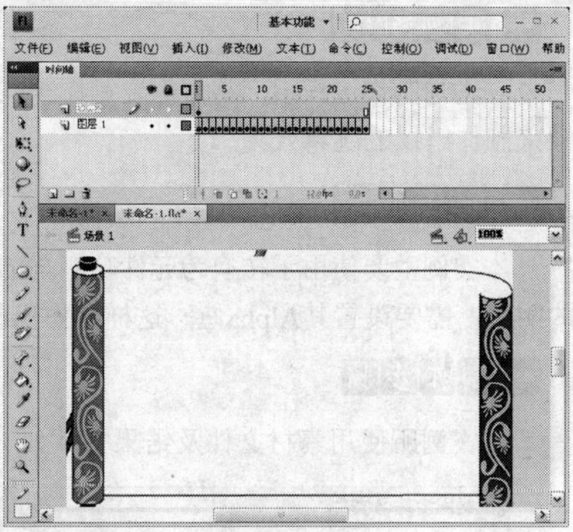

图2-24 导入图像

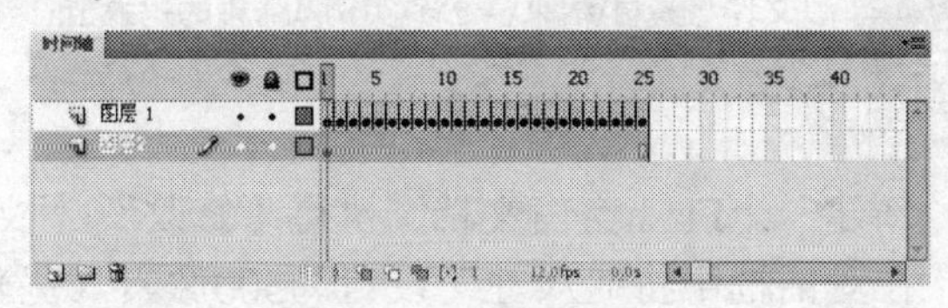

图2-25 拖动图层

知识总结

要创建逐帧动画，需要将每个帧都定义为关键帧，然后给每个帧创建不同的图像或动画元素。每个新关键帧最初包含的内容和它前面的关键帧是一样的，因此可以递增地修改动画中的帧。制作逐帧动画的基本思想是把一系列相差甚微的图形或文字放置在一系列的关键帧中，动画的播放看起来就像一系列连续变化的动画。

跳舞的蚂蚁 Example 03

实例效果

图2-26 跳舞的蚂蚁

实例介绍

在动画制作过程中，常常需要制作一些人物或动物的行为动作动画，本实例就使用帧动画来制作蚂蚁的跳舞效果。

制作分析

本实例主要使用了转换为元件功能与创建逐帧动画来进行制作。在制作蚂蚁跳舞动作时的阴影，需要设置其Alpha值，这样制作出的阴影更加逼真一些。

制作步骤

本实例所使用素材文件及结果文件如下：

上机同步练习文件:		
素材路径	素材文件	源文件与素材\素材\第2章\实例3\
	结果文件	源文件与素材\结果\第2章\实例3\跳舞的蚂蚁.fla

具体操作方法如下。

Step 01 运行Flash CS4，新建一个Flash空白文档。执行“修改”|“文档”命令，打开“文档属性”对话框，在对话框中将“尺寸”设置为500像素（宽）×350像素（高）。设置完成后单击“确定”按钮。

Step 02 在“时间轴”面板中将图层1命名为阴影，再新建一个图层，并将其命名为“跳舞”，如图2-27所示。

Step 03 在图层“跳舞”的第4帧、第7帧、第10帧、第13帧、第16帧、第19帧、第22帧、第25帧与第28帧处按下F6键插入关键帧，并在第30帧处按下F5键插入帧，如图2-28所示。

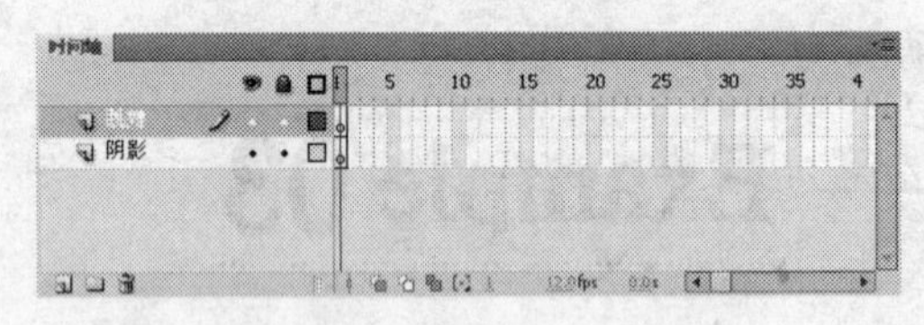

图2-27 “时间轴”面板

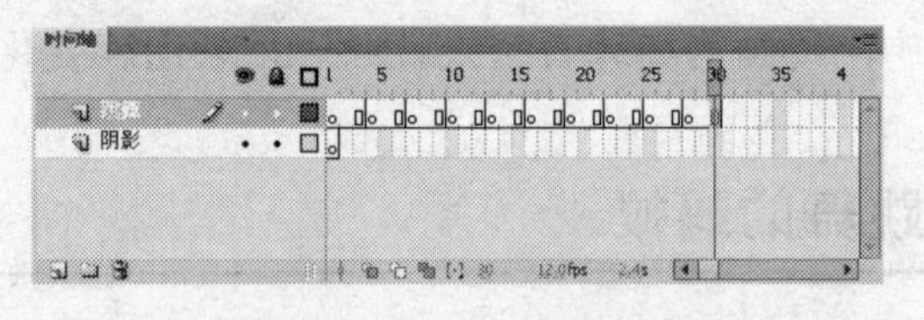

图2-28 插入关键帧与帧

Step 04 在图层“跳舞”的第1帧处导入一幅蚂蚁图片（位置：源文件与素材\素材\第2章\实例3\m1.gif），在图层“阴影”的第1帧处绘制一个无边框，填充为“灰色”的椭圆，如图2-29所示。

Step 05 选中绘制的椭圆，按下“F8”键，打开“转换为元件”对话框，在“名称”文本框中输入“阴影”，在“类型”下拉列表中选择“图形”选项，如图2-30所示。完成后单击“确定”按钮。

Step 06 保持椭圆的选中状态，在“属性”面板中的“样式”下拉列表中选择“Alpha”选项，将Ahpla值设置为55%，如图2-31所示。

Step 07 在图层“阴影”的第4帧、第7帧、第10帧、第13帧、第16帧、第19帧、第22帧、第25帧与第28帧处插入关键帧，并在第30帧处按下F5键插入帧，如图2-32所示。

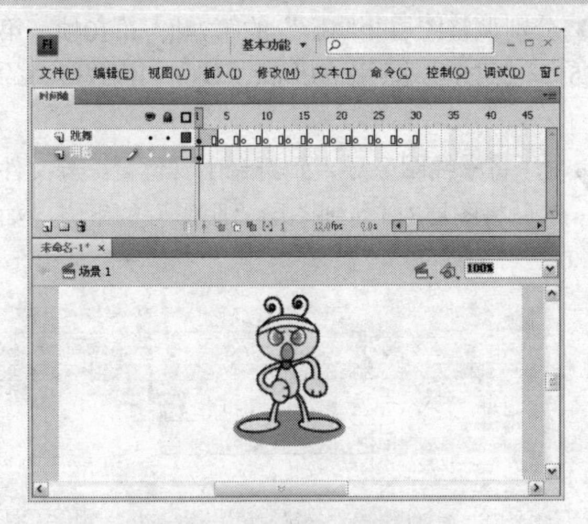

图2-29　导入图片并绘制椭圆

图2-30　“转换为元件”对话框

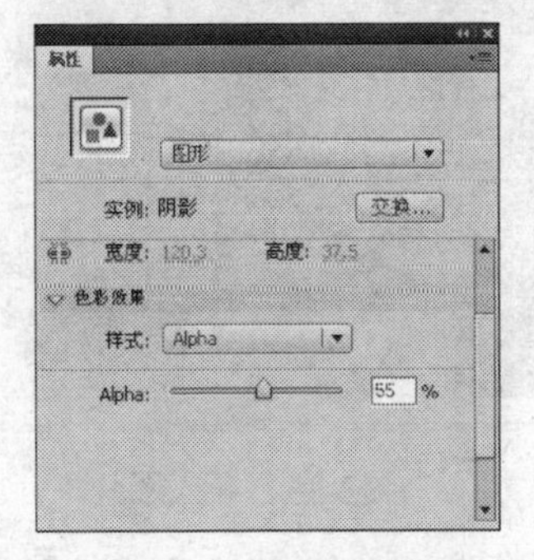

图2-31　“属性”面板

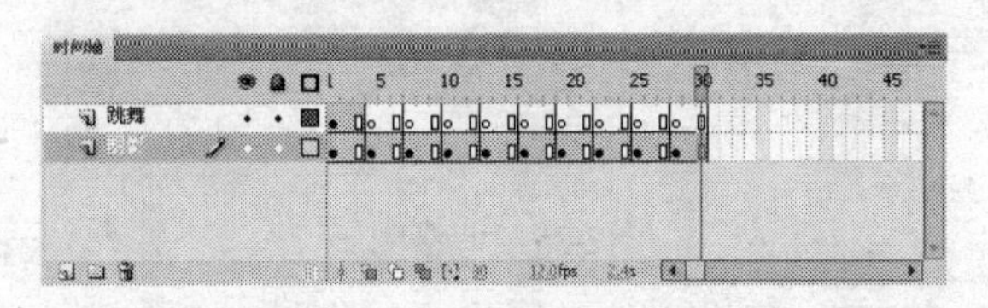

图2-32　插入关键帧与帧

Step 08 分别在在图层“跳舞”的第4帧、第7帧、第10帧、第13帧、第16帧、第19帧、第22帧、第25帧与第28帧处导入蚂蚁的图片（位置：源文件与素材\素材\第2章\实例3\m2.gif～m10.gif），如图2-33所示。

Step 09 使用填充变形工具调整图层“阴影”的第4帧处阴影的形状，使之与蚂蚁跳舞的动作相匹配，如图2-34所示。

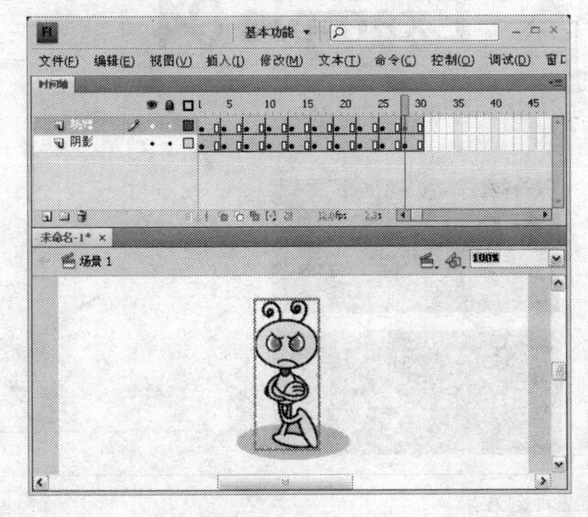

图2-33　导入图片

图2-34　调整阴影

Step 10 按照同样的办法，使用填充变形工具分别调整图层“阴影”的第7帧、第10帧、第13帧、第16帧、第19帧、第22帧、第25帧与第28帧处阴影的形状，使之与蚂蚁跳舞的动作相匹配，如图2-35所示。

Step 11 新建图层3，执行“文件”|“导入”命令，将一幅图像导入到舞台中（位置：源文件与素材\素材\第2章\实例3\背景.jpg），然后将图层3拖动到图层“阴影”的下方，如图2-36所示。

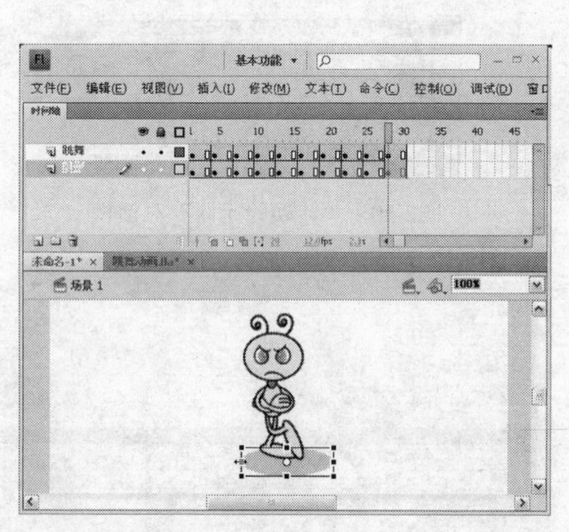

图2-35 调整阴影

图2-36 导入图片

Step 12 保存文件并按下Ctrl+Enter组合键，欣赏最终效果。

知识总结

在本实例的操作过程中，主要使用了转换为元件功能与创建逐帧动画来进行制作。值得注意的是，在制作蚂蚁跳舞的阴影时，一定要根据蚂蚁当时的跳舞动作来使用任意变形工具调整相应的阴影形状。

快速奔跑 Example 04

实例效果

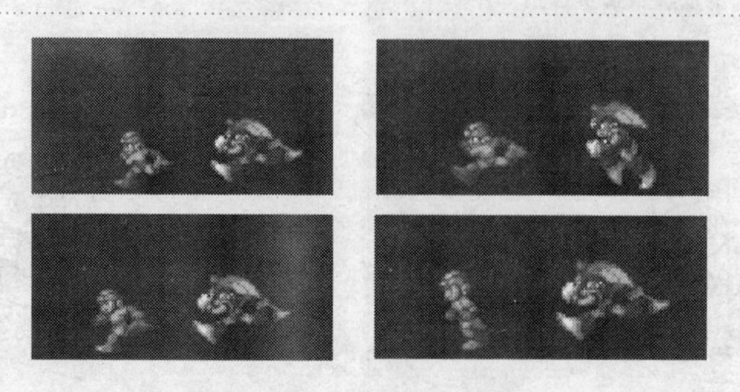
图2-37 快速奔跑效果

实例介绍

在动画短片的制作中，常常需要制作人物奔跑的效果，这些效果可以通过使用帧动画来实现，本实例就使用帧动画来制作人物快速奔跑的效果。

制作分析

在本实例的制作过程中，由于在影片剪辑中制作的人物是脸朝右方奔跑，将影片剪辑拖入到主场景中时，就需要使用任意变形工具将影片剪辑调整为脸朝左方。

制作步骤

本实例所使用素材文件及结果文件如下：

上机同步练习文件：		
素材路径	素材文件	源文件与素材\素材\第2章\实例4\
	结果文件	源文件与素材\结果\第2章\实例4\快速奔跑.fla

具体操作方法如下。

Step 01 运行Flash CS4，新建一个Flash空白文档。执行“修改”|“文档”命令，打开“文档属性”对话框，在对话框中将“尺寸”设置为500像素（宽）×250像素（高），“帧频”设置为10fps。设置完成后单击“确定”按钮。

Step 02 按下Ctrl+F8组合键，新建一个影片剪辑，在“名称”文本框中输入“树”，如图2-38所示。

Step 03 在影片剪辑“树”的编辑状态下，执行“文件”|“导入”|“导入到舞台”命令，将一幅图片导入到工作区中（位置：源文件与素材\素材\第2章\实例4\树.jpg）。然后选中图片，在“属性”面板中将其X轴值和Y轴值分别设置为-416.0与-125.0，如图2-39所示。

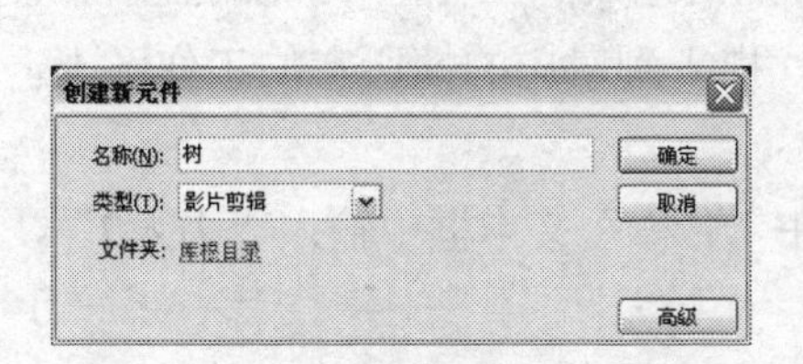

图2-38 新建影片剪辑

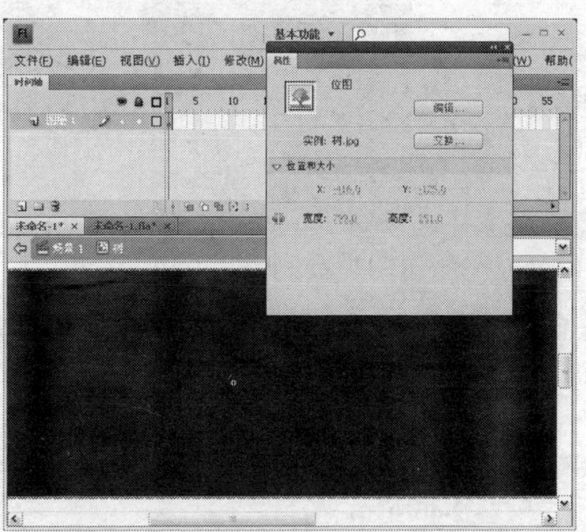

图2-39 导入图片

Step 04 在时间轴上的第2帧与第3帧处插入关键帧。选中第2帧处的图片，将其X轴值设置为-276.0，Y轴值不变。选中第3帧处的图片，将其X轴值设置为-176.0，Y轴值不变。如

图2-40所示。

Step 05 按下Ctrl+F8组合键，新建一个影片剪辑，在“名称”文本框中输入“小人1”，如图2-41所示。

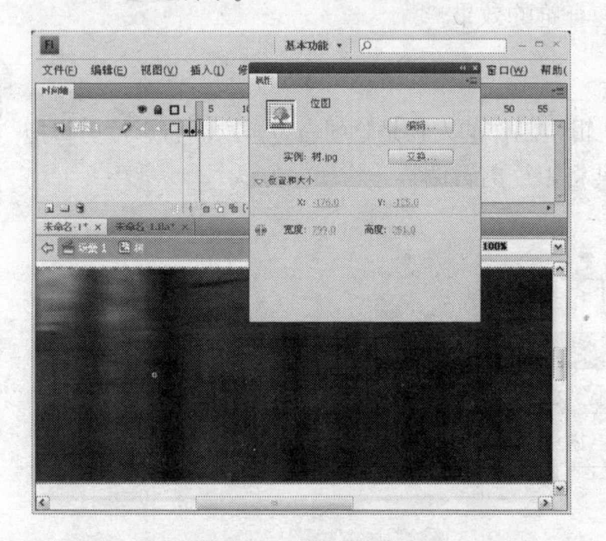

图2-40 设置X轴值

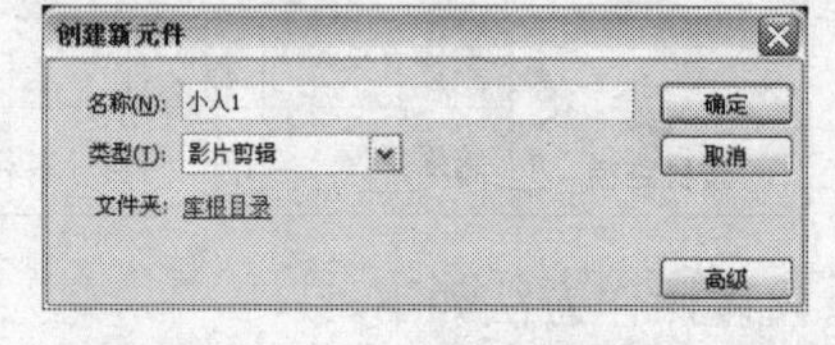

图2-41 新建影片剪辑

Step 06 在影片剪辑“小人1”的编辑状态下，执行“文件”|“导入”|“导入到库”命令，将9幅图像导入到库中（位置：源文件与素材\素材\第2章\实例3\位图1.swf～位图9.swf）。如图2-42所示。

Step 07 分别选中时间轴上的第2帧～第9帧，按下F6键，插入关键帧，如图2-43所示。

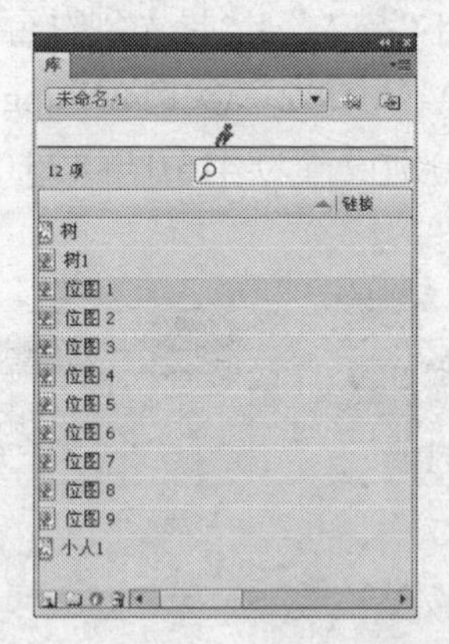

图2-42 导入图片到库中

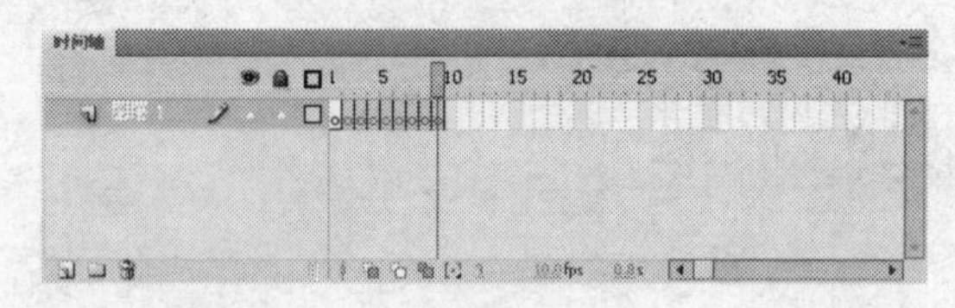

图2-43 插入关键帧

Step 08 选中时间轴上的第1帧，从库面板里把位图1.swf拖入到工作区中，如图2-44所示。

Step 09 按照同样的方法，从库面板中将其余的图片拖入到对应的帧所在的工作区上。如图2-45所示。

Step 10 按下Ctrl+F8组合键，新建一个影片剪辑，在“名称”文本框中输入“小人2”，如图2-46所示。

Step 11 在影片剪辑“小人2”的编辑状态下，执行“文件”|“导入”|“导入到库”命令，将17幅图像导入到库中（位置：源文件与素材\素材\第2章\实例3\小人2\位图1.swf～位图17.swf）。然后分别选中时间轴上的第2帧、第3帧……第16帧与第17帧，按下F6键，插入关键帧，如图2-47所示。

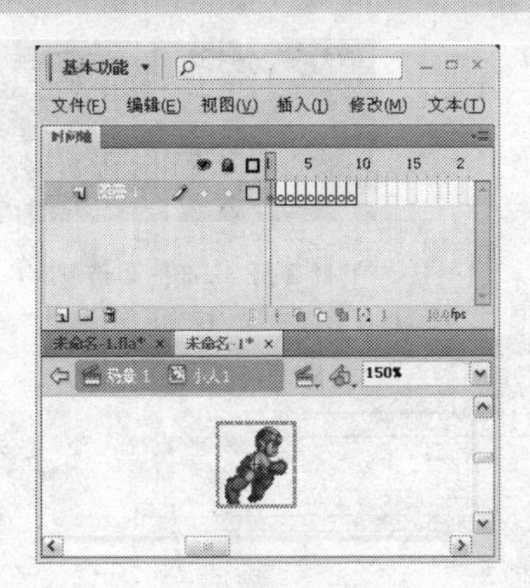

图2-44 拖入图片

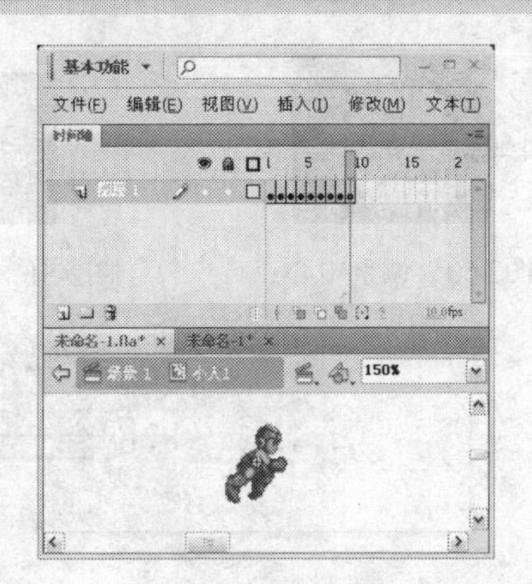

图2-45 拖入图片

图2-46 新建影片剪辑

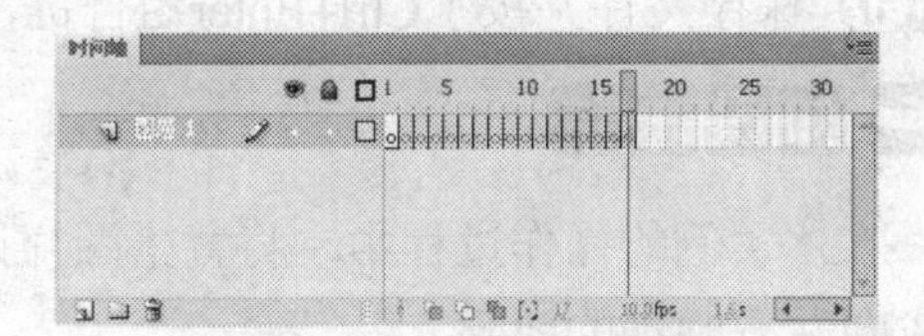

图2-47 插入关键帧

Step 12 按照前面讲过的方法，从库面板里将位图1.swf～位图17.swf拖入到第1帧至第17帧所在的工作区中，如图2-48所示。

Step 13 回到主场景，将影片剪辑“树”从库面板里拖入到舞台中。然后在“属性”面板中把它的X轴值和Y轴值分别设置为131.1与125，如图2-49所示。

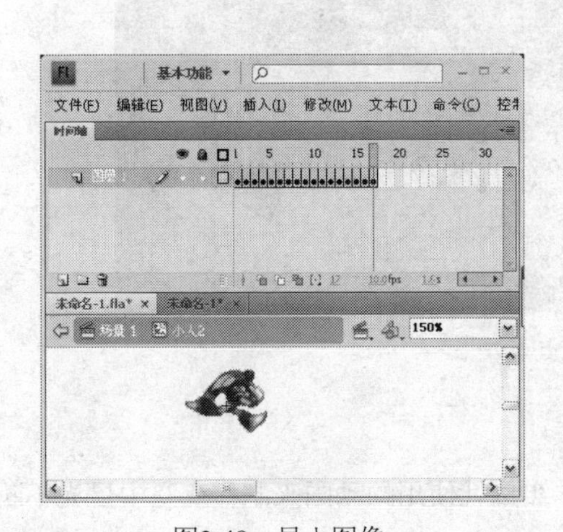

图2-48 导入图像

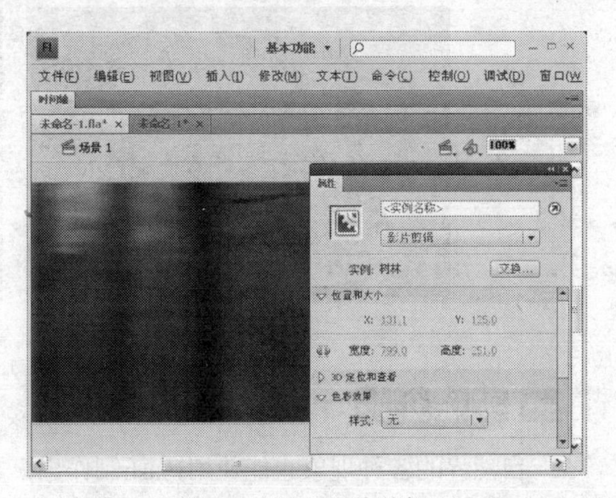

图2-49 拖入影片剪辑

Step 14 新建一个图层2，从库面板里将影片剪辑“小人1”拖入到舞台上。然后使用任意变形工具把它的中心点调整到如图2-50所示的位置。最后使用任意变形工具将其围绕中心点翻转一次，这样小人就变成了脸朝左方。如图2-51所示。

Step 15 再新建一个图层3，从库面板里将影片剪辑“小人2”拖入到舞台上。然后按照同样的方法，使用任意变形工具将其变成脸朝左方，如图2-52所示。

Step 16 分别在“图层1”、“图层2”与“图层3”的第180帧处按下F5键插入帧，如图2-53所示。

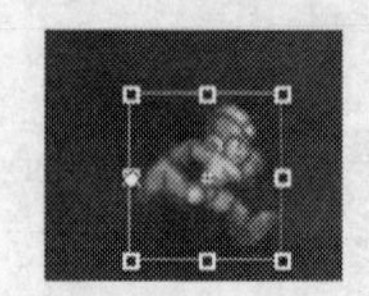
图2-50 调整中心点

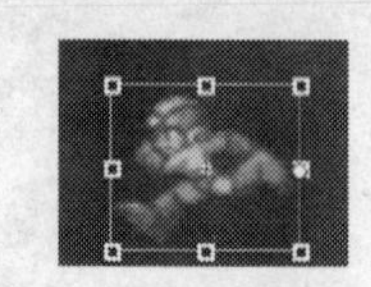
图2-51 翻转影片剪辑

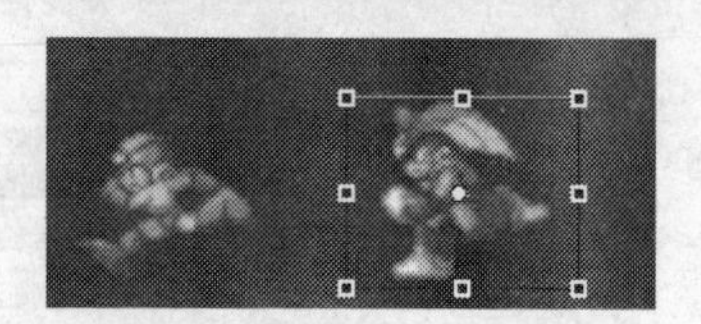
图2-52 翻转影片剪辑

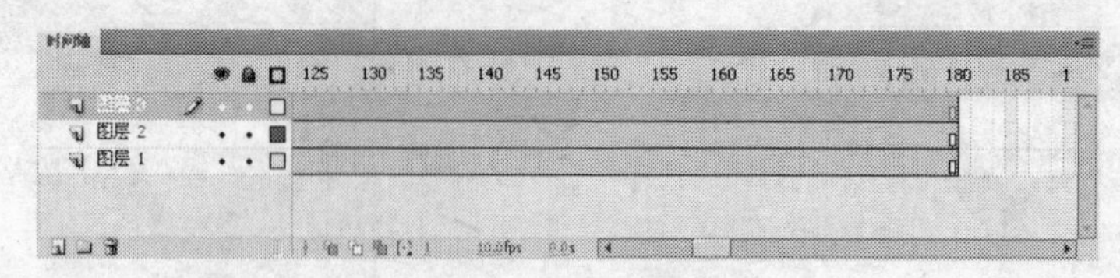
图2-53 插入帧

Step 17 保存文件并按下Ctrl+Enter组合键，欣赏最终效果。

知识总结

在本实例的操作过程中，将背景图片设置成向右移动，这样人物原地跑动的动画就给人造成向左方跑动的效果。

繁星点点 Example 05

实例效果

图2-54 繁星点点效果

实例介绍

自然界的各种现象也能使用Flash制作出，本实例就使用帧动画来制作夜空中星光不断闪烁的效果。

制作分析

本实例主要通过创建影片剪辑元件来制作星光闪烁效果；然后拖拽影片剪辑至布满舞台来完成。

制作步骤

本实例所使用素材文件及结果文件如下：

上机同步练习文件:		
素材路径	素材文件	源文件与素材\素材\第2章\实例5\背景.jpg
	结果文件	源文件与素材\结果\第2章\实例5\繁星点点.fla

具体操作方法如下。

Step 01 运行Flash CS4，新建一个Flash空白文档。执行“修改”|“文档”命令，打开“文档属性”对话框，在对话框中将“尺寸”设置为600像素（宽）×400像素（高），“背景颜色”设置为黑色。设置完成后单击“确定”按钮。

Step 02 执行“文件”|“导入”|“导入到舞台”命令，将一幅图片导入到舞台上（位置：源文件与素材\素材\第2章\实例5\背景.jpg），如图2-55所示。

Step 03 按下Ctrl+F8组合键，新建一个影片剪辑，在“名称”文本框中输入“星星”，如图2-56所示。

图2-55 导入图片

图2-56 新建影片剪辑

Step 04 影片剪辑“星星”的编辑状态下，执行“文件”|“导入”|“导入到库”命令，将14幅图像导入到库中（位置：源文件与素材\素材\第2章\实例5\星1.swf～星14.swf）。如图2-57所示。

Step 05 分别选中时间轴上的第2帧～第14帧，按下F6键，插入关键帧，如图2-58所示。

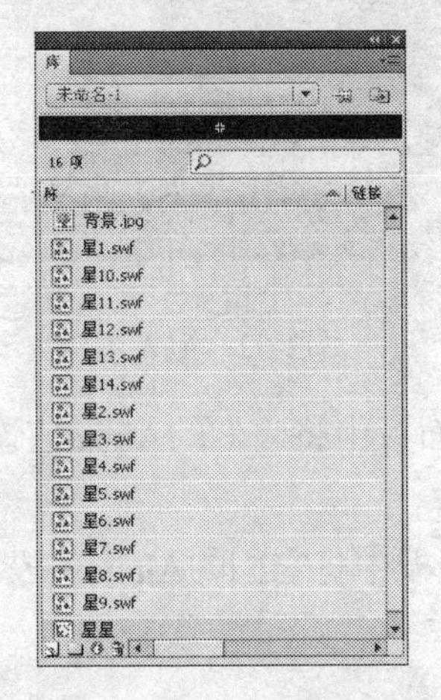

图2-57 导入图像到库

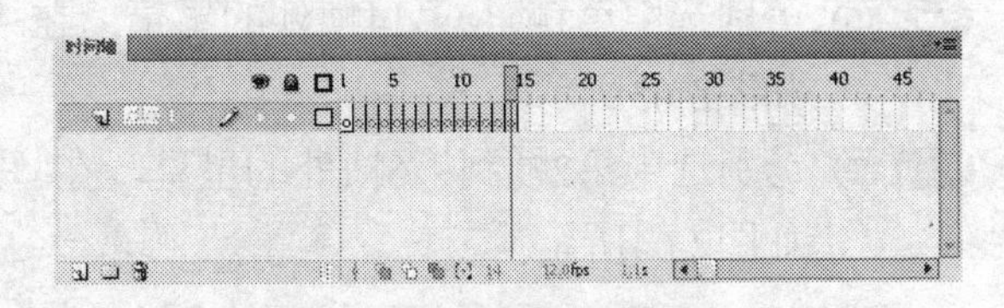

图2-58 插入关键帧

Step 06 选中时间轴上的第1帧，从“库”面板里把星1.swf拖入到工作区中，如图2-59所示。并按下Ctrl+K组合键打开“对齐”面板，单击水平中齐按钮与垂直居中分布按钮，如图2-60所示。

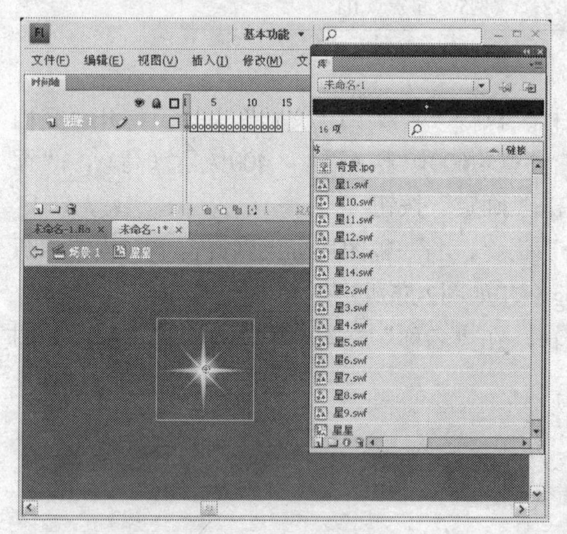

图2-59 拖入图像

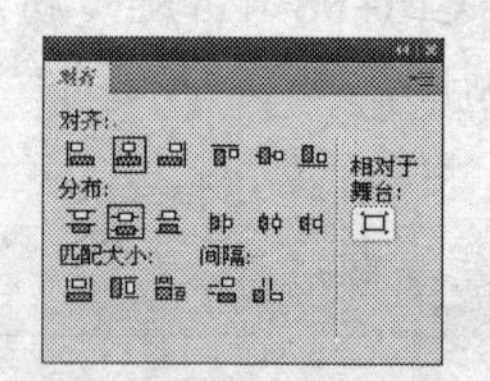

图2-60 “对齐”面板

Step 07 选中时间轴上的第2帧，从库面板里把星2.swf拖入到工作区中，在“对齐”面板中单击水平中齐按钮与垂直居中分布按钮，如图2-61所示。

Step 08 按照同样的方法，从“库”面板中将图片拖入到对应的帧所在的工作区中，如图2-62所示。并在“对齐”面板中设置图片相对于舞台水平居中和垂直居中。

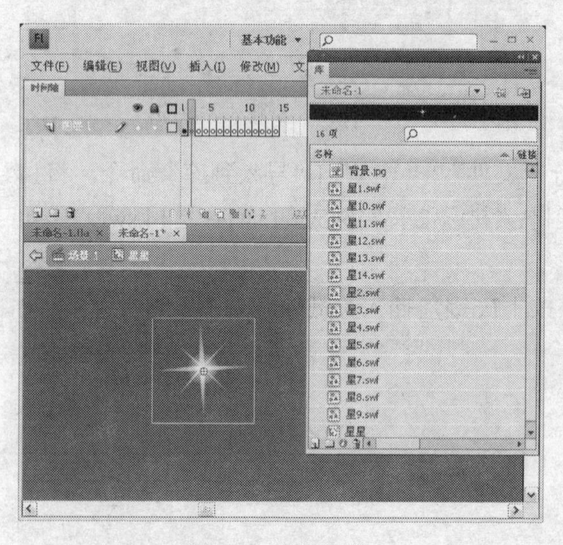

图2-61 拖入图像

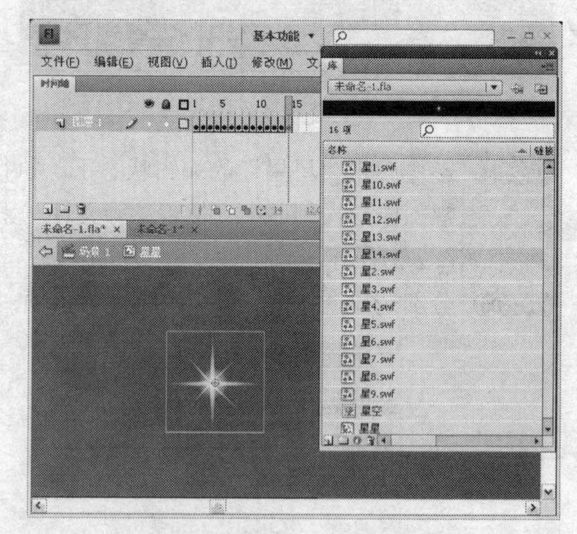

图2-62 拖入图像

Step 09 分别选中第1帧与第14帧处的星星，在“属性”面板中将它们的Alpha值设置为0%。如图2-63所示。

Step 10 分别选中第2帧到第6帧处的星星，在“属性”面板中将它们的Alpha值设置为16%。如图2-64所示。

图2-63 设置Alpha值

图2-64 设置Alpha值

Step 11 在影片剪辑“小人2”的编辑状态下，执行“文件”|“导入”|“导入到库”命令，将17幅图像导入到库中（位置：源文件与素材\素材\第2章\实例3\小人2\位图1.swf~位图17.swf）。然后分别选中时间轴上的第2帧、第3帧……第16帧与第17帧，按下F6键，插入关键帧，如图2-65所示。

Step 12 回到主场景，新建一个图层2，从库面板里将影片剪辑“星星”拖入到舞台上。然后选中影片剪辑“星星”，在“属性”面板中将它的宽和高都更改为27像素。最后选中影片剪辑“星星”，按住Alt键不放，将其拖曳到铺满大半个舞台。如图2-66所示。

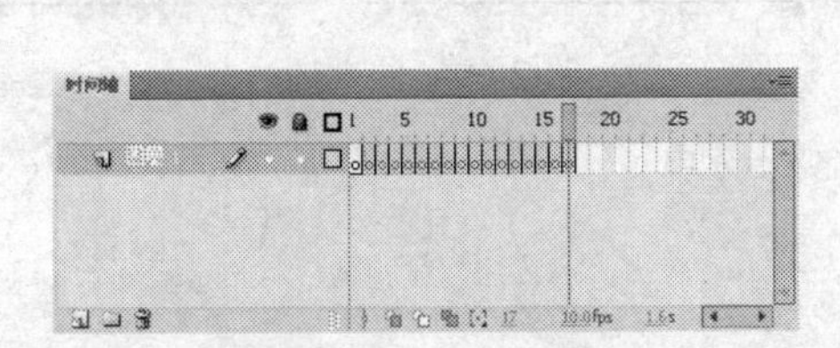

图2-65 插入关键帧

图2-66 拖曳影片剪辑

Step 13 新建一个图层3，并在该层的第3帧处插入关键帧。从库面板里将影片剪辑“星星”拖入到舞台上。然后选中影片剪辑“星星”，在“属性”面板中将它的宽和高都更改为25像素。最后选中影片剪辑“星星”，按住Alt键不放，将其拖曳到铺满大半个舞台。如图2-67所示。

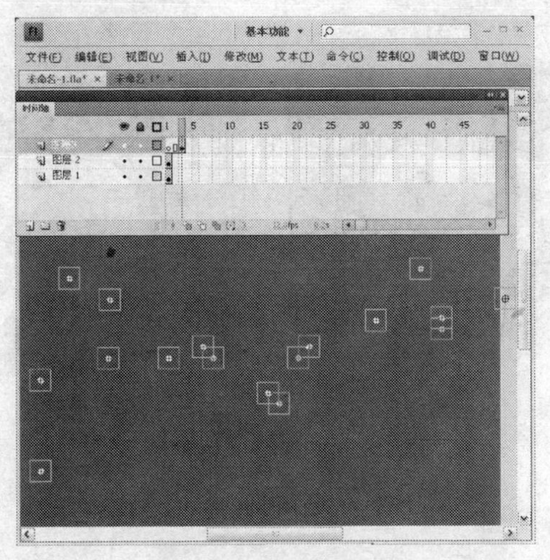

图2-67 拖曳影片剪辑

Step 14 新建一个图层4，并在该层的第6帧处插入关键帧。从库面板里将影片剪辑“星星”拖入到舞台上。然后选中影片剪辑“星星”，在“属性”面板中将它的宽和高都更改为27像素。最后选中影片剪辑“星星”，按住Alt键不放，将其拖曳到铺满大半个舞台。如图2-68所示。

Step 15 在图层1～图层4的第125帧处按下F5键插入帧，如图2-69所示。

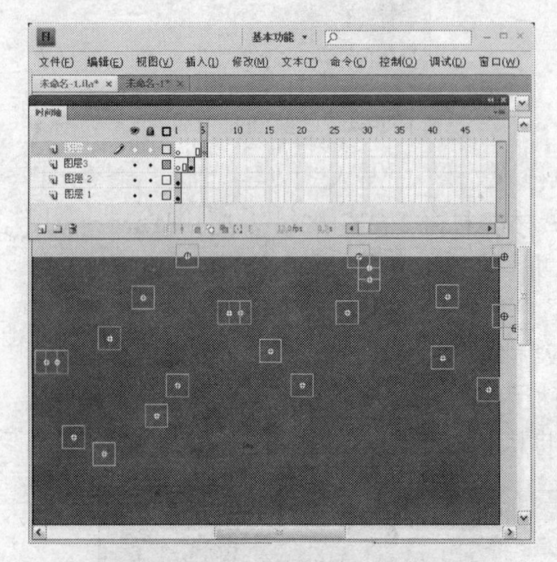

图2-68 拖曳影片剪辑

图2-69 插入帧

Step 16 保存文件并按下Ctrl+Enter组合键，欣赏最终效果。

知识总结

本实例制作一个星光闪烁的影片剪辑元件，然后将其拖动到舞台中，并进行复制，这样就形成了漫天星光闪烁的效果，这种方法对制作大型动画非常有用，希望读者好好掌握。

小猴子眨眼睛 Example 06

实例效果

图2-70 小猴子眨眼睛效果

实例介绍

在动画的制作过程中，常常需要制作一些脸部表情动作，如：眨眼、说话等。本实例就使用帧动画来制作一只可爱的小猴子眨眼睛的效果。

制作分析

本实例通过插入空白关键帧与关键帧来制作，使睁眼与闭眼的动作自然有序地执行。

制作步骤

本实例所使用素材文件及结果文件如下：

上机同步练习文件：		
素材路径	素材文件	源文件与素材\素材\第2章\实例6\
	结果文件	源文件与素材\结果\第2章\实例6\小猴子眨眼睛.fla

具体操作方法如下。

Step 01 运行Flash CS4，新建一个Flash空白文档。执行“修改”|“文档”命令，打开“文档属性”对话框，在对话框中将“尺寸”设置为500像素（宽）×400像素（高）。设置完成后单击“确定”按钮。

Step 02 执行“文件”|“导入”|“导入到舞台”命令，将一幅图片导入到舞台上（位置：源文件与素材\素材\第2章\实例6\背景.png），如图2-71所示。

Step 03 新建一个图层2，执行“文件”|“导入”|“导入到舞台”命令，将一幅小猴图片导入到舞台上（位置：源文件与素材\素材\第2章\实例6\小猴.swf），如图2-72所示。

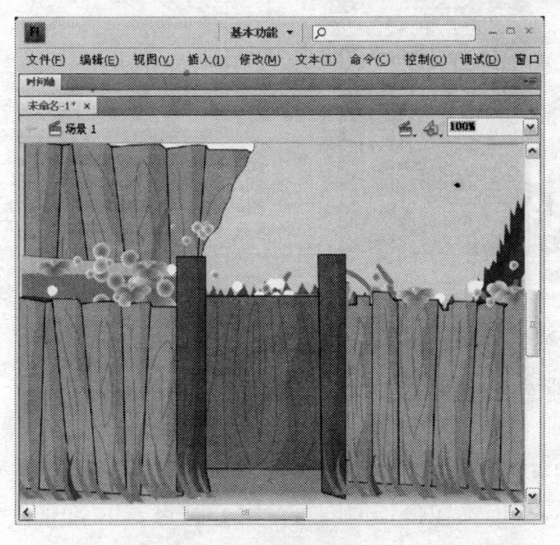

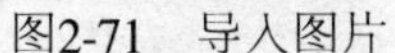

图2-71 导入图片

图2-72 导入小猴图片

Step 04 新建一个图层，并将其命名为“睁开”，然后使用椭圆工具在第1帧处绘制小猴的两只眼睛。如图2-73所示。

Step 05 分别在图层1、图层2与图层“睁开”的第8帧处按下F5键，插入帧，然后新建一个图层，并将其命名为“闭上”，如图2-74所示。

图2-73 绘制眼睛

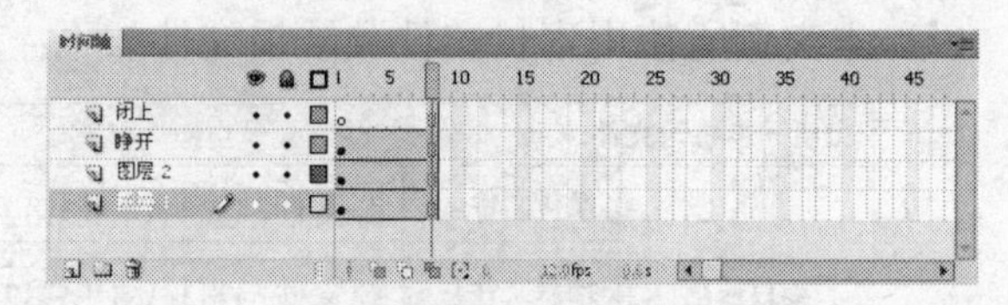

图2-74 插入帧

Step 06 在图层“睁开”的第4帧处按下F7键，插入空白关键帧，然后在图层“闭上”的第4帧处按下F6键，插入关键帧，最后在该帧处使用铅笔工具绘制小猴双眼闭上的形状，如图2-75所示。

图2-75 绘制小猴双眼闭上的形状

Step 07 保存文件并按下Ctrl+Enter组合键，欣赏最终效果。

知识总结

空白关键帧与关键帧的性质和行为完全相同，但不包含任何内容，空心圆点表示空白关键帧。空白关键帧一般用于需要将前面关键帧的内容隐去的位置。

风中的蜡烛 Example 07

实例效果

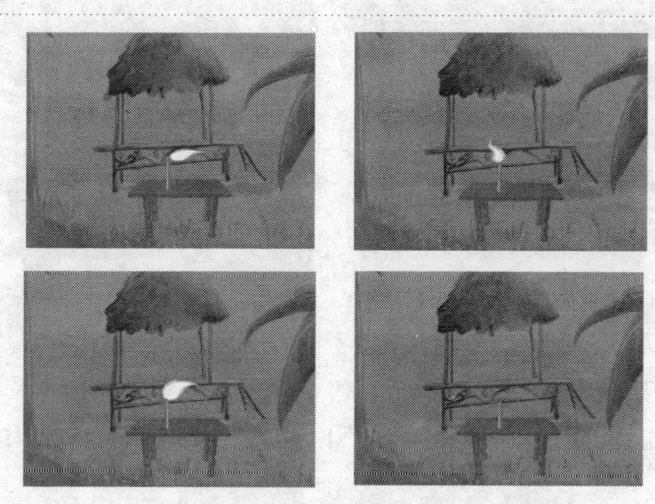

图2-76 风中的蜡烛效果

实例介绍

本实例使用帧动画来制作蜡烛在风的吹动下忽明忽暗最后熄灭的效果。

制作分析

本实例主要调整了图片的色调，制作要下暴雨前昏暗的天色，然后通过帧动画来制作风中的蜡烛的效果。

制作步骤

本实例所使用素材文件及结果文件如下：

上机同步练习文件：		
素材路径	素材文件	源文件与素材\素材\第2章\实例7
	结果文件	源文件与素材\结果\第2章\实例7\风中的蜡烛.fla

具体操作方法如下。

Step 01 运行Flash CS4，新建一个Flash空白文档。执行“修改”|“文档”命令，打开“文档属性”对话框，在对话框中将“尺寸”设置为600像素（宽）×400像素（高）。设置完成后单击“确定”按钮。

Step 02 执行“文件”|“导入”|“导入到舞台”命令，将一幅图片导入到舞台上（位置：源文件与素材\素材\第2章\实例7\01.jpg），如图2-77所示。

Step 03 再次执行“文件”|“导入”|“导入到舞台”命令，将一幅桌子图片导入到舞台上（位置：源文件与素材\素材\第2章\实例7\02.swf），如图2-78所示。

图2-77 导入图片

图2-78 导入桌子图片

Step 04 选中时间轴上的第1帧，执行“修改”|“组合”命令，将背景图片与桌子图片组合。如图2-79所示。

行家提示

将背景图片与桌子图片组合，是为了使两者成为一个整体，方便在后面的操作中设置其颜色样式。

Step 05 选中舞台上组合了的图片，按下F8键，将其转换为图形元件，在“名称”文本框中输入“背景”。如图2-80所示。

图2-79 执行“修改”|“组合”命令

图2-80 转换为图形元件

Step 06 选中舞台上的图片，打开“属性”面板，在“颜色”下拉列表中选择“色调”选项。然后将图片的色调设置为黑色，透明度为62%，如图2-81所示。

Step 07 按下Ctrl+F8组合键，新建一个影片剪辑，在“名称”文本框中输入“烛光”，如图2-82所示。

图2-81 设置色调

图2-82 新建影片剪辑

Step 08 在影片剪辑“烛光”的编辑状态下，执行“文件”|“导入”|“导入到库”命令，将23幅图像导入到库中（位置：源文件与素材\素材\第2章\实例7\z1.swf～z23.swf），如图2-83所示。

Step 09 分别选中时间轴上的第2帧～第23帧，按下F6键，插入关键帧。如图2-84所示。

Step 10 再新建一个图层2，使用矩形工具在工作区中绘制一个边框为黑色，无填充色，宽和高分别为12像素与53像素的矩形，如图2-85所示。

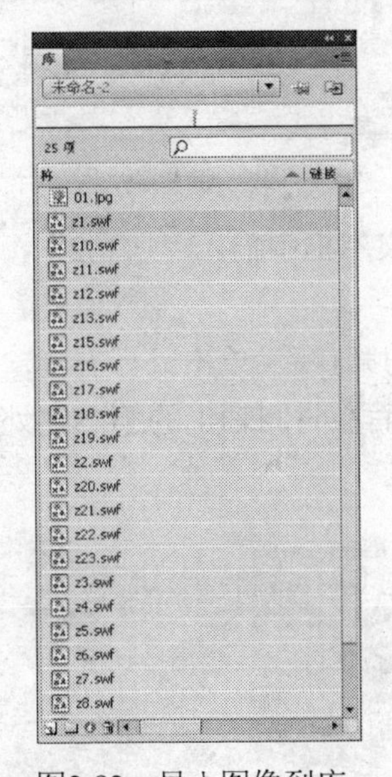

图2-83 导入图像到库

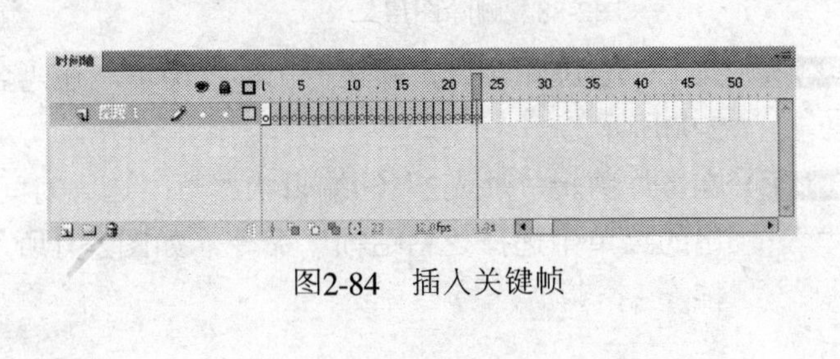

图2-84 插入关键帧

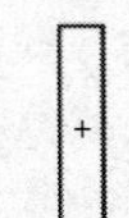

图2-85 绘制矩形

Step 11 选中图层1上的第1帧，从库面板里把z1.swf拖入到工作区中，并且保证蜡烛的身体部分在矩形中。如图2-86所示。

Step 12 选中图层1上的第2帧，从库面板里把z2.swf拖入到工作区中，并且保证蜡烛的身体部分在矩形中。如图2-87所示。

Step 13 照同样的方法，从库面板中将图片拖入到对应的帧所在的工作区上。并且保证蜡烛的身体部分在矩形中。然后选中图层2，按下时间轴下方的删除按钮，将图层2删除。如图2-88所示。

图2-86　拖入图像

图2-87　拖曳影片剪辑

Step 14 选中时间轴上的第11帧到第23帧，单击鼠标右键，在弹出的菜单中选择“剪切帧”命令，如图2-89所示。

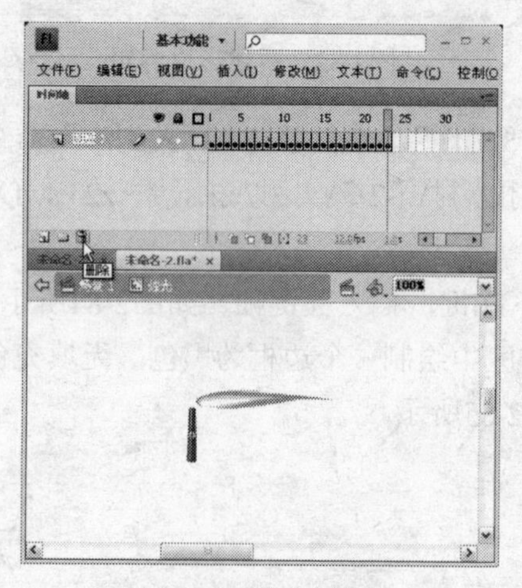

图2-88　删除图层

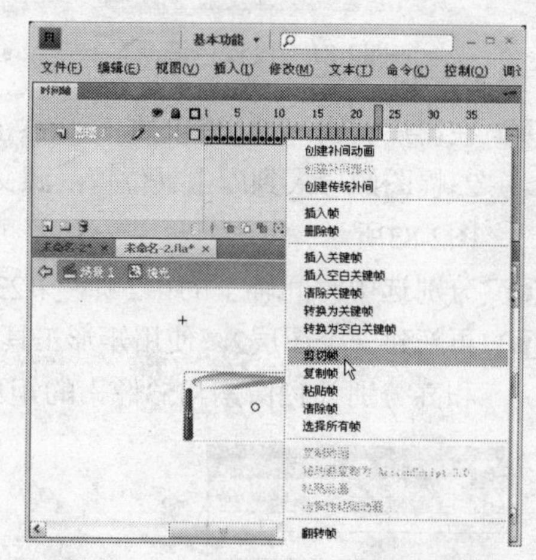

图2-89　选择“剪切帧”命令

Step 15 按下Ctrl+F8组合键，新建一个影片剪辑，在“名称”文本框中输入“烛光2”，如图2-90所示。

Step 16 在影片剪辑“烛光2”的编辑状态下，选中时间轴上的第1帧，单击鼠标右键，在弹出的菜单中选择“粘贴帧”命令，如图2-91所示。然后在时间轴上的第45帧处插入帧。

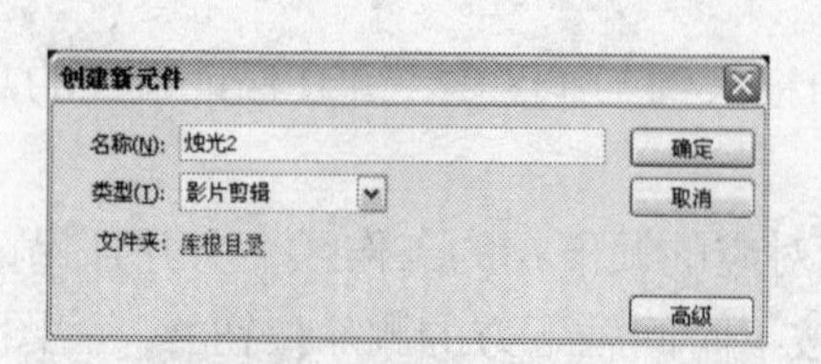

图2-90　新建影片剪辑

图2-91　选择“粘贴帧”命令

Step 17 回到主场景，新建一个图层2，从库面板里将影片剪辑“烛光”拖入到舞台上的桌子上。然后在图层1与图层2的第76帧处插入帧，如图2-92所示。

Step 18 在图层2的第31帧处按下F7键插入空白关键帧，并选中该帧，从库面板里将影片剪辑“烛光2”拖入到舞台上的桌子上，如图2-93所示。

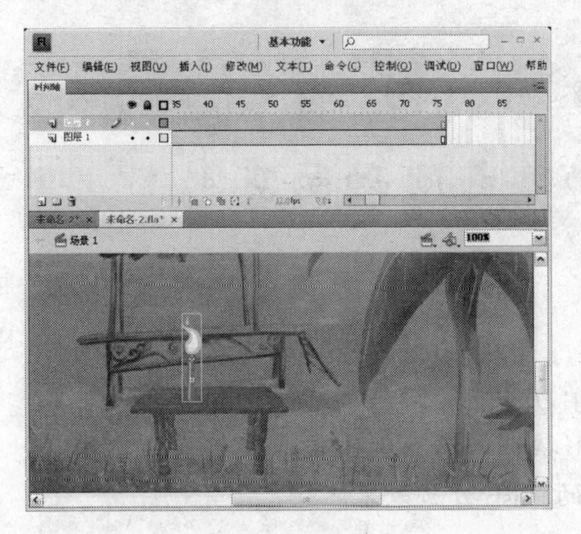

图2-92 插入帧

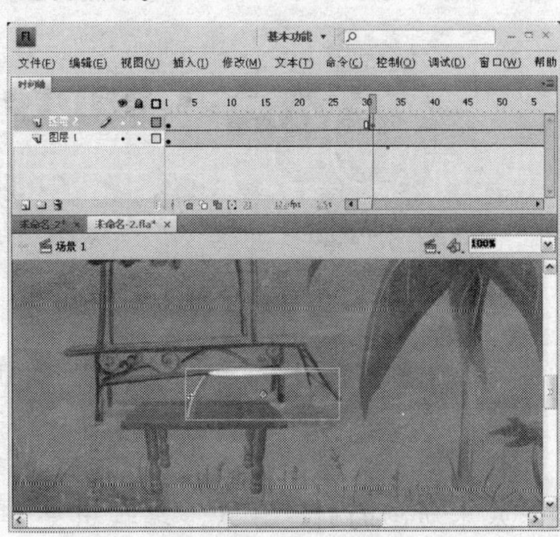

图2-93 拖入影片剪辑

Step 19 保存文件并按下Ctrl+Enter组合键，欣赏最终效果。

知识总结

要使每一帧的内容都处于同一位置，可以先绘制一个参照物，将帧中的内容都放置于参照物中，制作完成后再将参照物删除。

Chapter 03 形状与动作补间动画实例

本章通过对7个实例的详细讲解，介绍了Flash CS4中基本动画的创建方法。希望读者通过本章内容的学习，能了解补间动画的原理，其中补间动画又包含了动作补间动画和形状补间动画两大类，能够灵活运用基本动画的创建方式，编辑出更多的Flash动画效果。

01 头像变换
02 蓝天白云
03 百叶窗
04 齿轮滚动效果
05 红旗飘动
06 全景展示
07 松鼠荡秋千

头像变换 Example 01

实例效果

图3-1 头像变换效果

实例介绍

头像变换动画的制作方法以及具体的操作步骤是通过设置关键帧的不同状态，然后由Flash根据两个关键帧的状态，在这两个关键帧之间自动生成形状变形动画的过渡帧来完成的。

制作分析

本实例主要使用了打散功能将导入的图像打散，然后创建形状补间动画来完成。

制作步骤

本实例所使用素材文件及结果文件如下：

上机同步练习文件：		
素材路径	素材文件	源文件与素材\素材\第3章\实例1
	结果文件	源文件与素材\结果\第3章\实例1\头像变换.fla

具体操作方法如下：

Step 01 运行Flash CS4，新建一个Flash空白文档。执行“修改”|“文档”命令，打开“文档属性”对话框，在对话框中将“尺寸”设置为500像素（宽）×300像素（高）。设置完成后单击“确定”按钮。

Step 02 执行“文件”|“导入”|“导入到舞台”命令，将一幅女孩头像导入到舞台中（位置：源文件与素材\素材\第3章\实例1\女孩.swf），并将其移动到舞台的左侧，如图3-2所示。

Step 03 选中导入的女孩头像，按下Ctrl+B将其打散，如图3-3所示。

Step 04 在时间轴上的第20帧处按下“F7”键，插入空白关键帧，然后执行“文件”|“导入”|“导入到舞台”命令，将一幅男孩头像导入到舞台中（位置：源文件与素材\素材\第3章\实例1\男孩.swf），并将其移动到舞台的右侧，如图3-4所示。

图3-2 导入图像

图3-3 打散图像

Step 05 选中导入的男孩头像，按下Ctrl+B组合键将其打散，然后在时间轴的第1帧处单击鼠标右键，在弹出的快捷菜单中选择“创建补间形状”命令，如图3-5所示。这样就创建了形状补间动画。

图3-4 导入图像

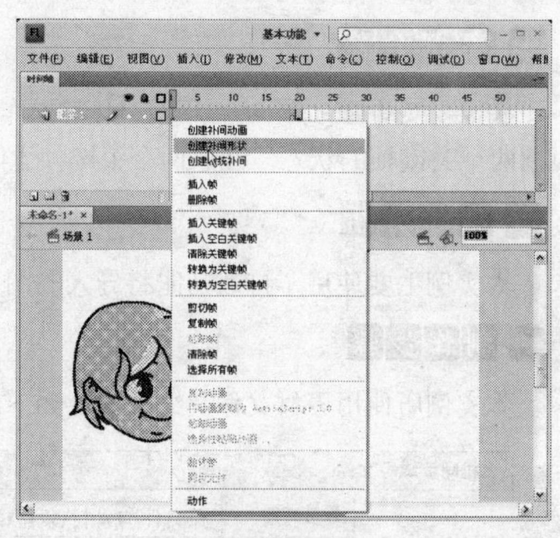

图3-5 选择“创建补间形状”命令

Step 06 执行“文件”|“保存”命令，保存文档，然后按下Ctrl+Enter组合键，即可欣赏最终效果。

知识总结

要创建形状补间动画，关键帧中的内容主体必须是处于分离状态的图形，独立的图形元件不能创建形状补间的动画。

蓝天白云 Example 02

实例效果

图3-6 蓝天白云效果

实例介绍

动作补间是根据同一对象在两个关键帧中大小、位置、旋转、倾斜、透明度等属性的差别计算生成的。本实例就通过动作补间来制作蓝天白云的动画效果。

制作分析

本实例编辑出蓝天、绿地、绵羊以及行云的画面。主要运用了线条工具、颜料桶工具、导入功能、创建补间动画技术以及混色器工具等来编辑完成，编辑出有云流动的效果以及风车的风叶不停转动的动画。

制作步骤

本实例所使用素材文件及结果文件如下：

上机同步练习文件：		
素材路径	素材文件	源文件与素材\素材\第3章\实例2\
	结果文件	源文件与素材\结果\第3章\实例2\蓝天白云.fla

具体操作方法如下。

Step 01 运行Flash CS4，新建一个Flash空白文档。执行“修改”|“文档”命令，打开“文档属性”对话框，在对话框中将“尺寸”设置为600像素（宽）×400像素（高）。设置完成后单击“确定”按钮。

Step 02 创建一个名称为“风车”的影片剪辑，使用绘图工具，在工作区中绘制房屋形状，如图3-7所示。

Step 03 新建一个图层2，执行“文件”|“导入”|“导入到舞台”命令，将一幅风车图像导入到舞台中（位置：源文件与素材\素材\第3章\实例2\风车.swf），如图3-8所示。

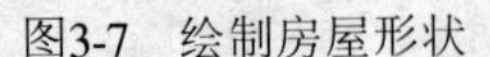

图3-7　绘制房屋形状

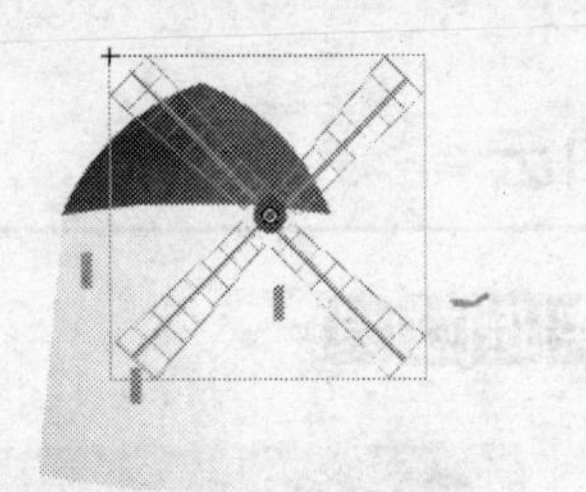

图3-8　导入图像

Step 04 在图层2的第120帧处插入关键帧，在图层1的第120帧处插入帧，然后在图层2的第1帧处单击鼠标右键，在弹出的快捷菜单中选择“创建传统补间”命令，如图3-9所示。这样就为图层2的第1帧与第120帧之间创建了补间动画。

Step 05 选择图层2的第1帧，打开“属性”面板，在“旋转”下拉列表中选择“顺时针”选项，如图3-10所示。

图3-9　选择“创建传统补间”命令

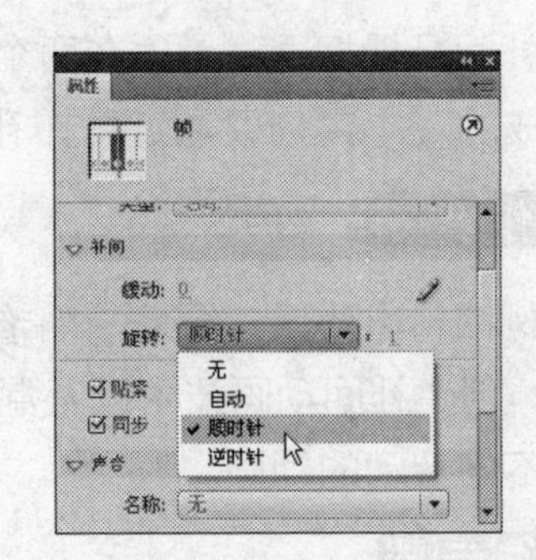

图3-10　“属性”面板

Step 06 创建一个名称为“云朵”的影片剪辑，执行“文件”|“导入”|“导入到舞台”命令，将一幅云朵图像导入到舞台中（位置：源文件与素材\素材\第3章\实例2\云朵.jpg），如图3-11所示。

Step 07 创建一个名称为“绵羊”的影片剪辑，执行“文件”|“导入”|“导入到舞台”命令，将一幅绵羊图像导入到舞台中（位置：源文件与素材\素材\第3章\实例2\绵羊.swf），如图3-12所示。

Step 08 单击场景 1按钮，返回主场景，执行“文件”|“导入”|“导入到舞台”命令，将一幅背景图像导入到舞台中（位置：源文件与素材\素材\第3章\实例2\背景.jpg），如图3-13所示。然后在图层1的第300帧处插入帧。

Step 09 新建一个图层2，从“库”面板中将影片剪辑“绵羊”拖入到舞台上，如图3-14所示，并复制多个使其分布在草地的四周，然后使用任意变形工具将部分绵羊缩小并水平翻转。

Step 10 新建一个图层3，从“库”面板中将影片剪辑“云朵”拖入到舞台上，并将其移动到右侧舞台之外，如图3-15所示。

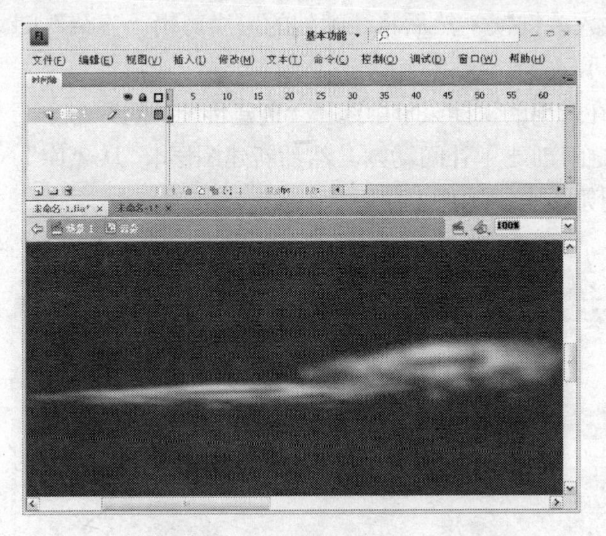

图3-11　导入图像

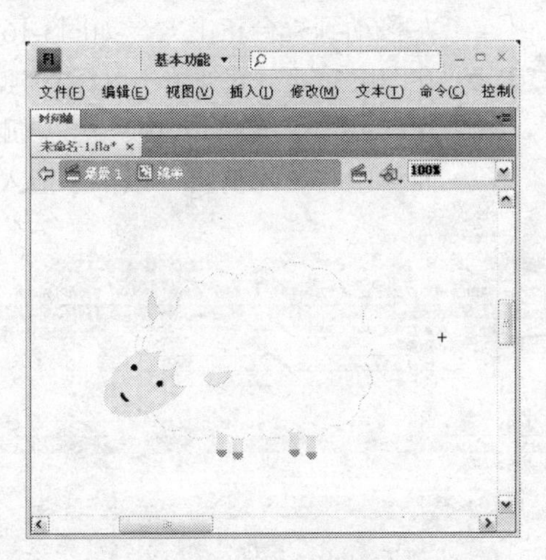

图3-12　导入图像

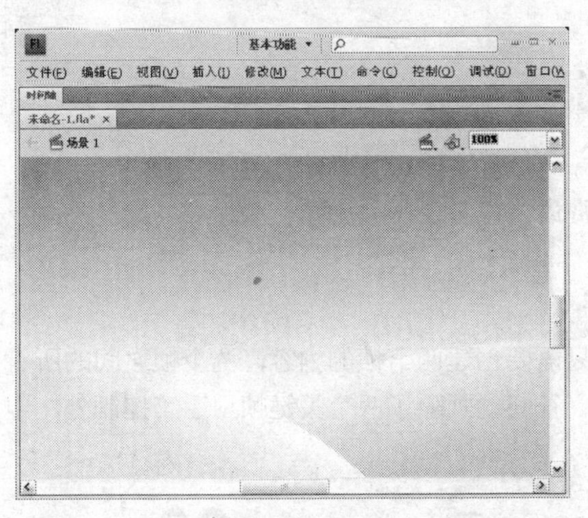

图3-13　导入图像

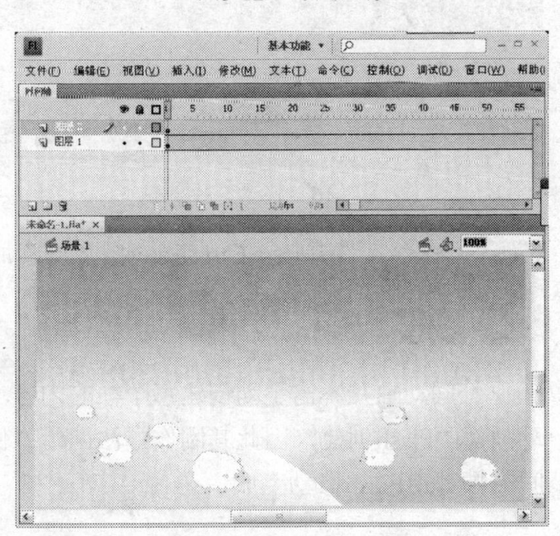

图3-14　拖入影片剪辑

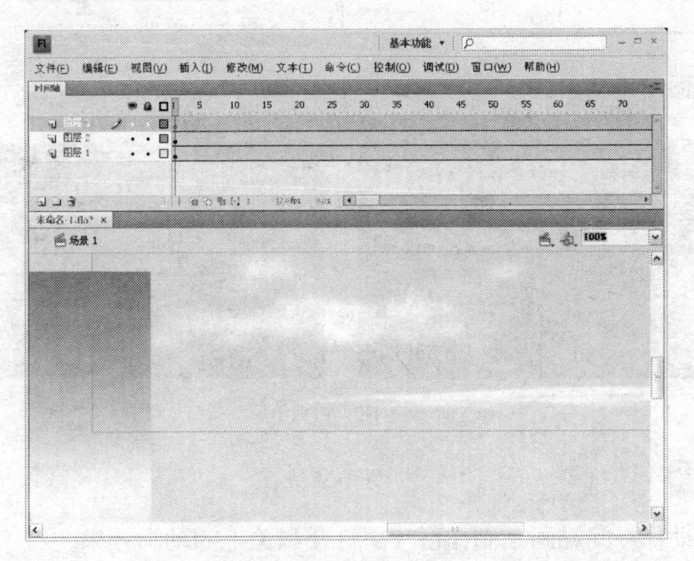

图3-15　拖入影片剪辑

Step 11 在图层3的第300帧处按下F6键，插入关键帧。然后将该帧处的影片剪辑“云朵”向左移动到舞台正上方，如图3-16所示。

Step 12 在图层3的第1帧处单击鼠标右键，在弹出的快捷菜单中选择“创建传统补间”命令，这样就为图层3的第1帧与第300帧之间创建了补间动画，然后新建图层4，从“库”面板中将影片剪辑“风车”拖入到舞台上，如图3-17所示。

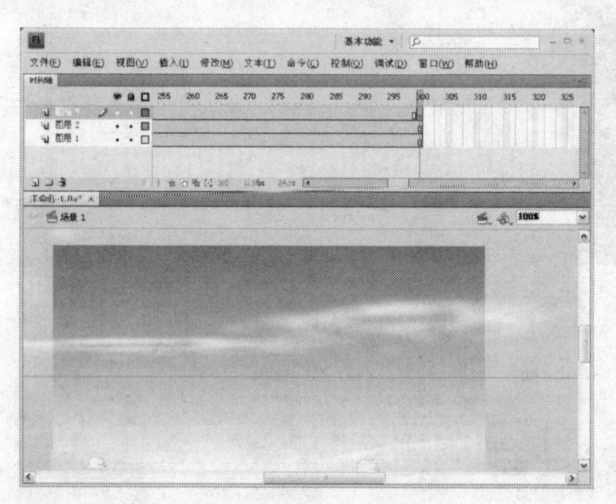

图3-16 移动影片剪辑

图3-17 拖入影片剪辑

Step 13 保存文件并按下Ctrl+Enter组合键，欣赏最终效果。

知识总结

补间动画并不需手动创建每个帧的内容，只需要创建两个帧的内容，两个帧之间的所有动画都由Flash创建，因此其制作方法简单方便。补间动画除了两个关键帧用手工控制外，中间的帧都由Flash自动生成。

百叶窗 Example 03

实例效果

图3-18 百叶窗

实例介绍

本实例使用动作补间动画来制作百叶窗打开和关上的动画效果。

制作分析

本实例是模拟百叶窗开关的效果。主要运用了反转、导入、创建补间动画等功能：先运用反转命令，使百叶窗的窗页翻转；再使用创建补间动画功能，编辑出百叶窗的翻转效果；最后运用导入功能，将背景图导入到舞台。

制作步骤

本实例所使用素材文件及结果文件如下：

上机同步练习文件：		
素材路径	素材文件	源文件与素材\素材\第3章\实例3\背景.jpg
	结果文件	源文件与素材\结果\第3章\实例3\百叶窗.fla

具体操作方法如下。

Step 01 运行Flash CS4，新建一个Flash空白文档。执行“修改”|“文档”命令，打开“文档属性”对话框，在对话框中将“尺寸”设置为550像素（宽）×300像素（高）。设置完成后单击“确定”按钮。

Step 02 创建影片剪辑元件“windows”，选择矩形工具，在舞台中绘制一个无边框，填充色为黑色的矩形，调整其大小为宽：346.0，高：25.0，如图3-19所示。再按下F8键，将其转换为名称为“pic-black”的图形元件。

Step 03 选择图层1的第30帧，插入关键帧，执行“修改”|“变形”|“垂直翻转”命令，再在属性面板里调整颜色为Alpha，Alpha值为0%，并为第1帧和第30帧之间创建补间动画，如图3-20所示。

图3-19　绘制矩形

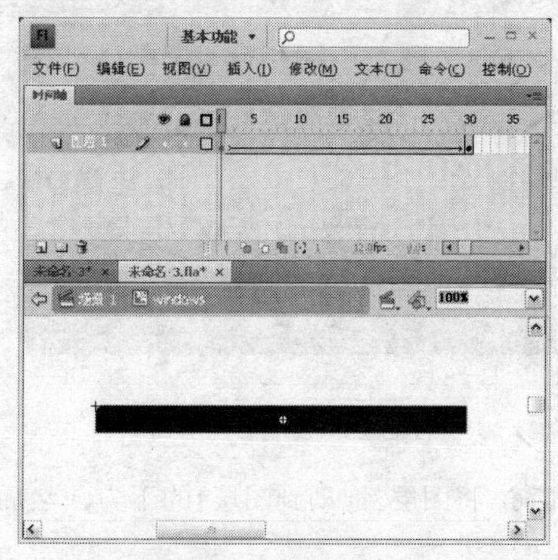

图3-20　创建补间动画

Step 04 分别在图层1的第44帧、第65帧插入关键帧，再选择第65帧，设置Alpha值为100%，将其垂直翻转，并为第44帧和第65帧之间创建补间动画，在第80帧插入帧，如图3-21所示。

Step 05 回到场景1，从“库”面板中将影片剪辑“windows”拖拽到舞台，调整其位置及大小为X：275.0，Y：15.5，宽：550.0，高：29.9，如图3-22所示。

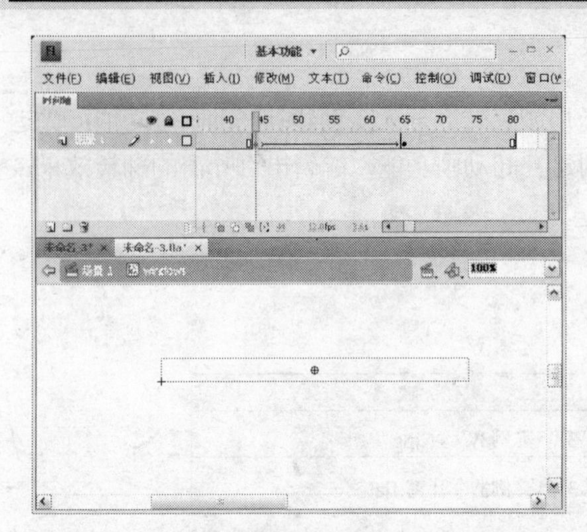

图3-21　创建补间动画

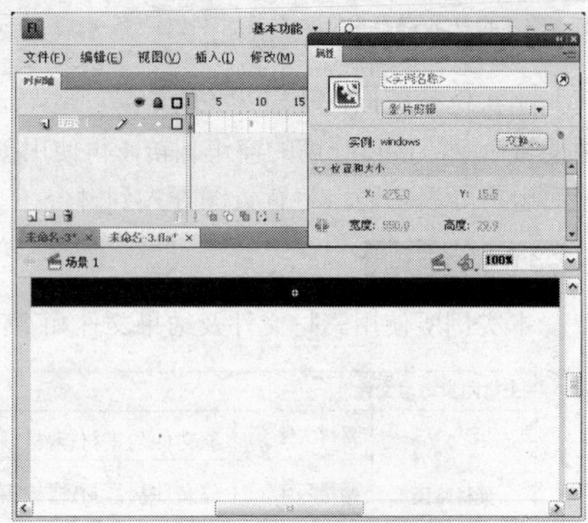

图3-22　拖入影片剪辑

Step 06 将舞台中的元件“windows”复制9次，然后将10个元件均匀地分布在舞台中，使其将舞台全部覆盖，如图3-23所示。

Step 07 新建一个图层2，执行“文件”|“导入”|“导入到舞台”命令，将一幅图像导入到舞台中（位置：源文件与素材\素材\第3章\实例3\背景.jpg），如图3-24所示。

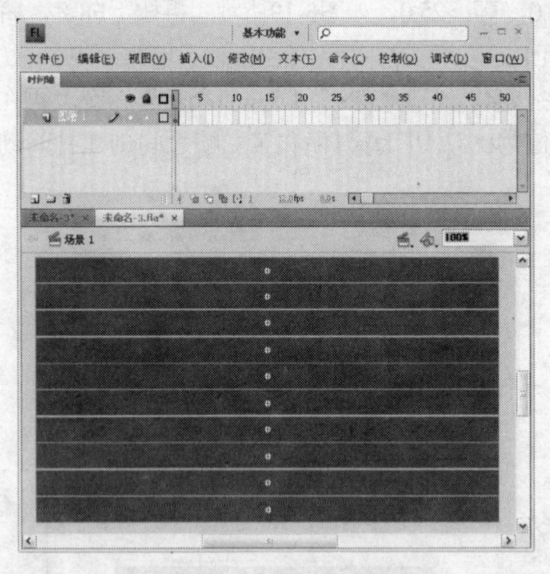

图3-23　复制影片剪辑

图3-24　导入图像

Step 08 将图层2拖动到图层1的下方，然后保存文件并按下Ctrl+Enter组合键，欣赏最终效果。

知识总结

在本实例的操作过程中，主要使用了垂直翻转功能与创建动作补间动画来进行制作。将制作的影片剪辑拖动到舞台上后，可以按住Alt键进行拖动，这样能快捷地复制出影片剪辑。

齿轮滚动效果

Example 04

实例效果

图3-25 齿轮滚动效果

实例介绍

本实例通过使用动作补间动画来制作齿轮顺时针向右滚动，到了舞台边缘，又向左逆时针滚动回来的动画效果。

制作分析

在本实例的制作过程中，使用了设置动画的转动方向来制作。

制作步骤

本实例所使用素材文件及结果文件如下：

上机同步练习文件:		
素材路径	素材文件	源文件与素材\素材\第3章\实例4\背景.jpg
	结果文件	源文件与素材\结果\第3章\实例4\齿轮滚动效果.fla

具体操作方法如下。

Step 01 运行Flash CS4，新建一个Flash空白文档。执行“修改”|“文档”命令，打开“文档属性”对话框，在对话框中将“尺寸”设置为600像素（宽）×400像素（高）。设置完成后单击“确定”按钮。

Step 02 使用椭圆工具和矩形工具，绘制一个齿轮的图形。如图3-26所示。

Step 03 选中所绘制的图形，按F8打开“转换为元件”对话框，在“名称”文本框中输入“齿轮”，在“类型”下拉列表中选择“图形”选项，如图3-27所示。完成后单击“确定”按钮。

Step 04 将舞台中的齿轮元件拖动到舞台左边的合适位置，如图3-28所示。

Step 05 选择第25帧，按F6键插入关键帧，选中第25帧舞台中的齿轮元件，按住Shift键，同时用鼠标左键点住齿轮元件向右拖动，将齿轮元件放置到舞台右边合适的位置，如图3-29所示。

图3-26 绘制齿轮图形

图3-27 转换为元件

图3-28 拖动齿轮元件

图3-29 第25帧齿轮元件位置

Step 06 选择第35帧，按F6键插入一个关键帧，复制第1帧到第60帧，选择第70帧，按F5插入帧，如图3-30所示。

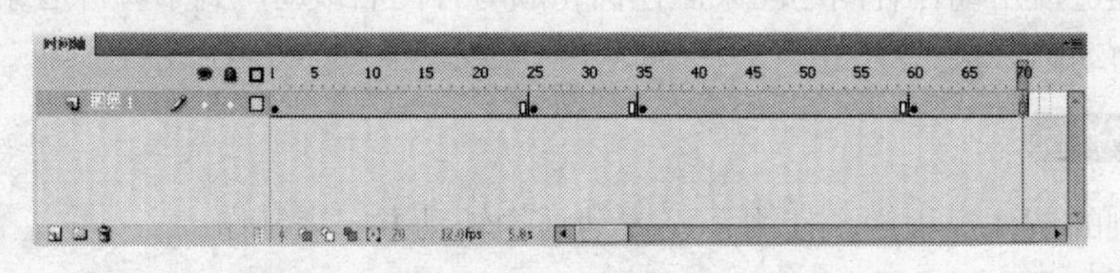

图3-30 时间轴

Step 07 在第1帧与第25帧之间创建补间动画，然后选择第1帧，打开“属性”面板，在“旋转”下拉列表中选择“顺时针”选项，如图3-31所示。

Step 08 在第35帧与第60帧之间创建补间动画，然后选择第35帧，打开“属性”面板，在“旋转”下拉列表中选择“逆时针”选项，如图3-32所示。

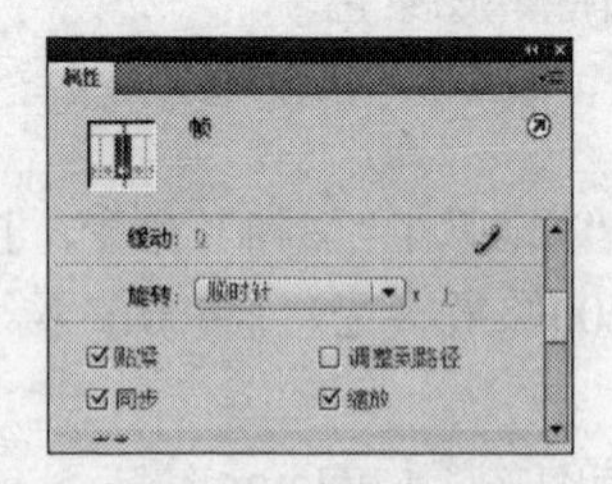

图3-31 选择“顺时针”选项

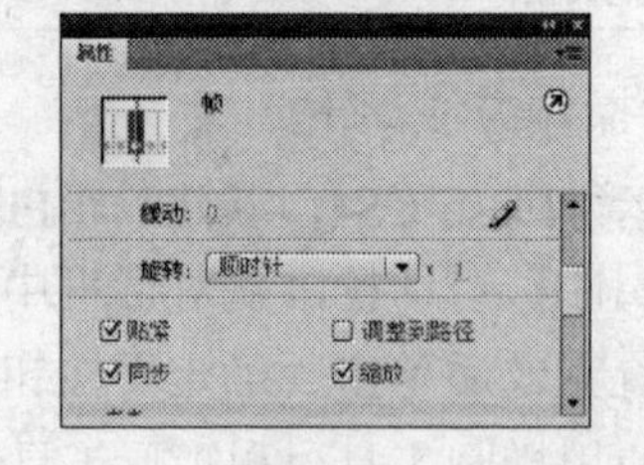

图3-32 选择“逆时针”选项

Step 09 按照同样的方法，从库面板中将其余的图片拖入到对应的帧所在的工作区上。如图3-33所示。

Step 10 新建图层2，执行“文件”|“导入”|“导入到舞台”命令，将一幅背景图像导入到舞台中（位置：源文件与素材\素材\第3章\实例4\背景.jpg），如图3-34所示。

Step 11 保存文件并按下Ctrl+Enter组合键，欣赏最终效果。

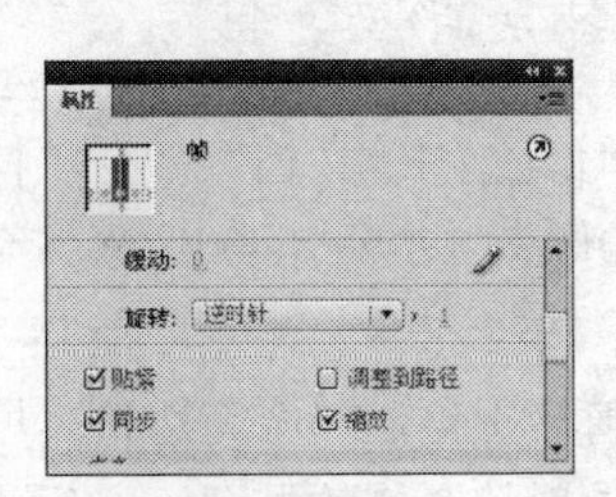

图3-33　拖入图片

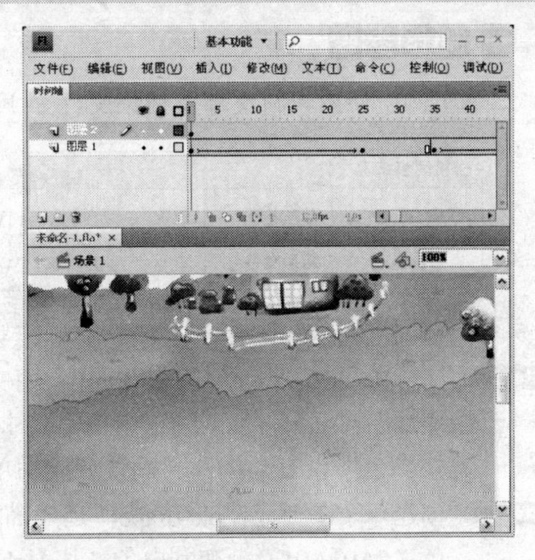

图3-34　导入图像

知识总结

本实例在时间轴的一个图层中，创建两个关键帧，分别为这两个关键帧设置不同的位置、方向等参数，再在两关键帧之间创建动作补间动画效果，是Flash中比较常用的动画类型。

红旗飘动　Example 05

实例效果

图3-35　红旗飘动效果

实例介绍

本实例通过使用动作补间动画来制作红旗在风中不断飘动的动画效果。

制作分析

本实例制作出一面迎风飘动的红旗。主要运用了混色器工具、线条工具和创建补间动画等功能：先运用混色器工具，编辑出红旗的褶皱；再使用线条工具，绘制出五角星；最后运用创建补间动画功能，编辑出红旗飘动的效果。

制作步骤

本实例所使用素材文件及结果文件如下：

上机同步练习文件：		
素材路径	素材文件	源文件与素材\素材\第3章\实例5\
	结果文件	源文件与素材\结果\第3章\实例5\红旗飘动.fla

具体操作方法如下。

Step 01 运行Flash CS4，新建一个Flash空白文档。执行“修改”|“文档”命令，打开“文档属性”对话框，在对话框中将“尺寸”设置为700像素（宽）×400像素（高），“背景颜色”设置为红色。设置完成后单击“确定”按钮。

Step 02 创建一个图形元件pic-drape，选择椭圆工具，在舞台上绘制一个无边框、填充色由红色（#A91A01）渐变到白色、其Alpha值为0%的放射状渐变的椭圆，然后使用渐变变形工具将其旋转一定角度，如图3-36所示。

Step 03 插入图层2，复制图层1的第1帧到图层2的第1帧，拖动图层2第1帧中的椭圆到图层1第1帧的椭圆下方，如图3-37所示。

图3-36 绘制椭圆

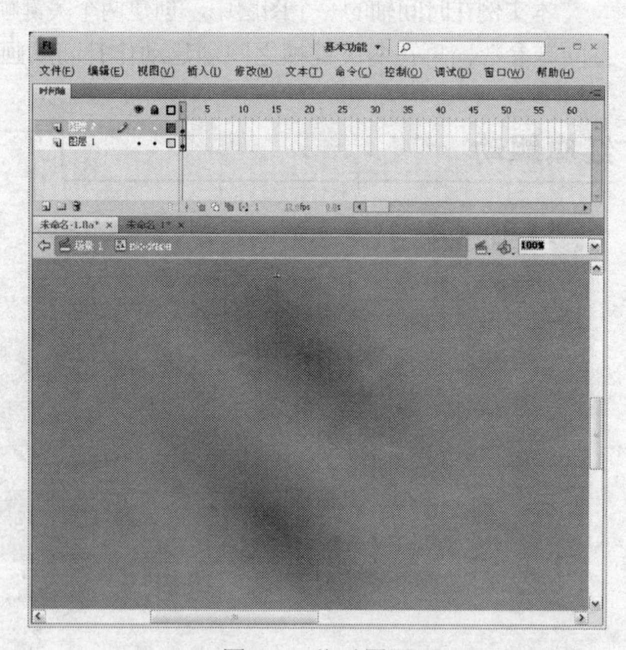

图3-37 拖动图层

Step 04 新建一个影片剪辑元件mov-whole，拖拽图形元件pic-drape到舞台，并将其复制四次，选择图层1的第1帧，在“对齐”面板中单击底对齐按钮，水平居中分布按钮，如图3-38所示。

Step 05 新建一个影片剪辑元件mov-drape，拖拽影片剪辑元件mov-whole到舞台，在“属性”面板中设置坐标为X：-476，Y：-17.1，如图3-39所示。

Step 06 在时间轴第15帧插入关键帧，设置其坐标为X：-180.2，Y：-17.1，接着为第1帧和第15帧之间创建补间动画，如图3-40所示。

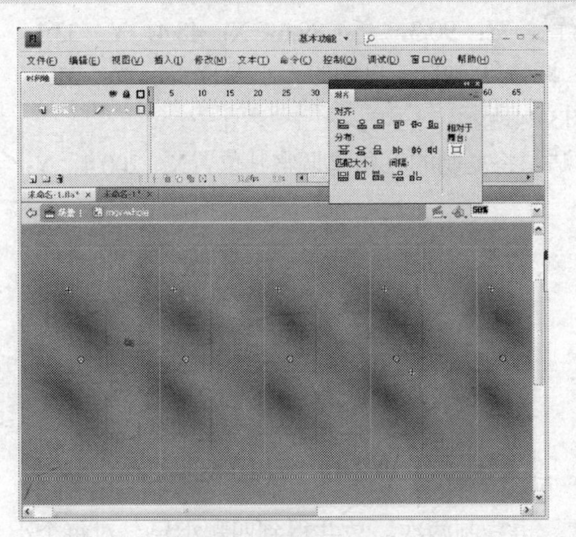

图3-38 拖入图形元件

图3-39 “属性”面板

Step 07 回到主场景，拖拽元件mov-drape到舞台，再插入图层2，选择直线工具，在舞台中绘制一个五角星的形状，如图3-41所示。

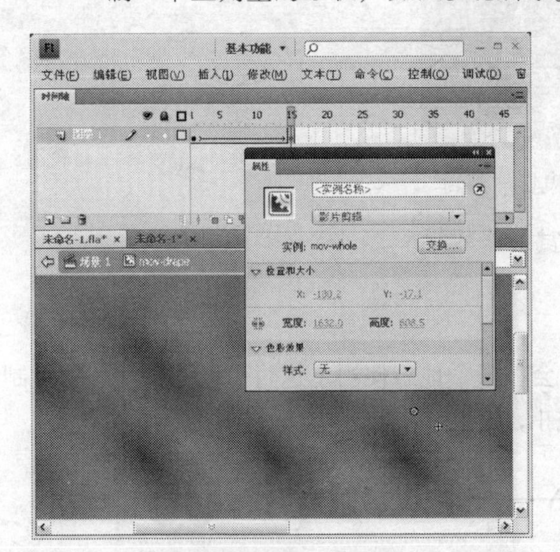

图3-40 创建补间动画

图3-41 绘制五角星

Step 08 使用选择工具选择五角星里的线条，再按下Delete键删除掉五角星里的线条，只剩下五角星的边缘，如图3-42所示。

Step 09 选择颜料桶工具，将五角星内填充为黄色（#FFFF00），然后删除掉黑色外框，五角星就绘制完成了，如图3-43所示。

图3-42 删除线条

图3-43 填充颜色

Step 10 选择黄色的五角星，调整其大小及位置为宽：90.3，高：89.6，X：48.4，Y：33.1，再按下Ctrl+C及Ctrl+Shift+V组合键，调整复制的五角星的大小及位置，宽：31.6，高：31.6，X：176.4，Y：23.4，如图3-44所示。

Step 11 再选择较小的五角星，进行复制、粘贴，将复制的五角星调整其位置X：200.4，Y：66.4，如图3-45所示。

图3-44 复制五角星

图3-45 复制五角星

Step 12 择任意变形工具，调整五角星的角度，再复制两次，总共得到四颗小星，对每个小星的角度都进行调整，最后如图3-46所示。

图3-46 拖曳影片剪辑

Step 13 保存文件并按下Ctrl+Enter组合键，欣赏最终效果。

知识总结

如果在一个Flash影片中，某一个动画片段会在多个地方使用，这时可以把该动画片段制作成影片剪辑元件，这样可使文件体积大大减小，也提高了工作效率。

全景展示 Example 06

实例效果

图3-47 全景展示效果

实例介绍

本实例使用创建补间动画功能来制作全景展示的效果。

制作分析

本实例360度地展示一个室内环境。主要运用了导入功能、创建补间动画来完成编辑。先使用导入功能，将一幅全景图导入舞台；再使用创建补间动画，编辑出人站在屋中央旋转一周所见到景物的动画。

制作步骤

本实例所使用素材文件及结果文件如下：

上机同步练习文件:		
素材路径	素材文件	源文件与素材\素材\第3章\实例6\Scene20.jpg
	结果文件	源文件与素材\结果\第3章\实例6\全景展示.fla

具体操作方法如下。

Step 01 运行Flash CS4，新建一个Flash空白文档。执行“修改”|“文档”命令，打开“文档属性”对话框，在对话框中将“尺寸”设置为550像素（宽）×300像素（高）。设置完成后单击“确定”按钮。

Step 02 执行“文件”|“导入”|“导入到舞台”命令，将一幅图片导入到舞台上（位置：源文件与素材\素材\第3章\实例6\Scene20.jpg），如图3-48所示。然后在“属性”面板中设置X和Y坐标值分别为1432与0。

Step 03 选择导入到舞台的图片，按下Ctrl+C组合键，再按下Ctrl+Shift+V组合键，然后调整复制出的图片的位置为：X：0.0，Y：0.0，如图3-49所示。

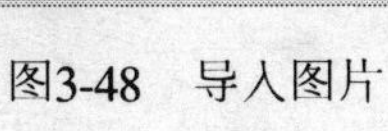
图3-48 导入图片

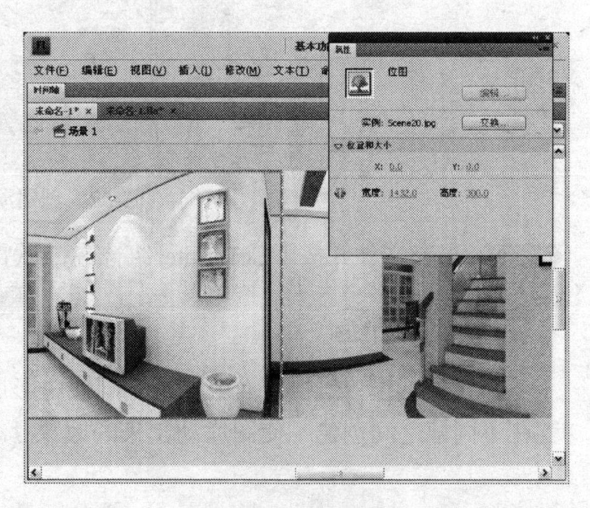

图3-49 复制图片

Step 04 选择图层1的第1帧，再按下F8键，将其转换为影片剪辑元件“图片”，并调整其坐标X：-2314.0，Y：0.0，如图3-50所示。

Step 05 在图层1的第140帧处插入关键帧，再调整该帧处图片的坐标为X：-882.0，Y：0.0，如图3-51所示。

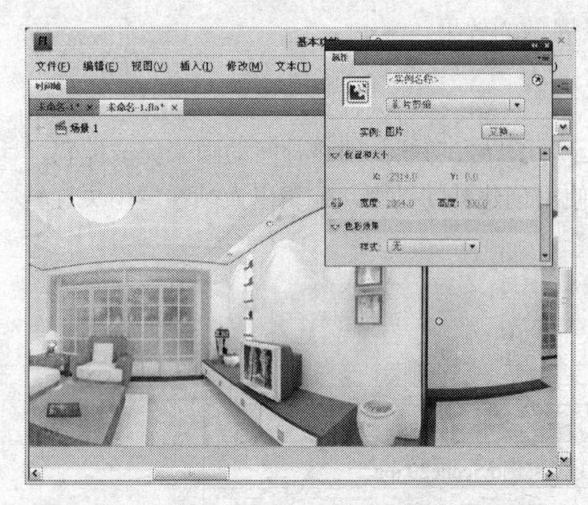

图3-50 转换为影片剪辑

图3-51 插入关键帧

Step 06 在图层1第1帧和第140帧之间创建动作补间动画，如图3-52所示。

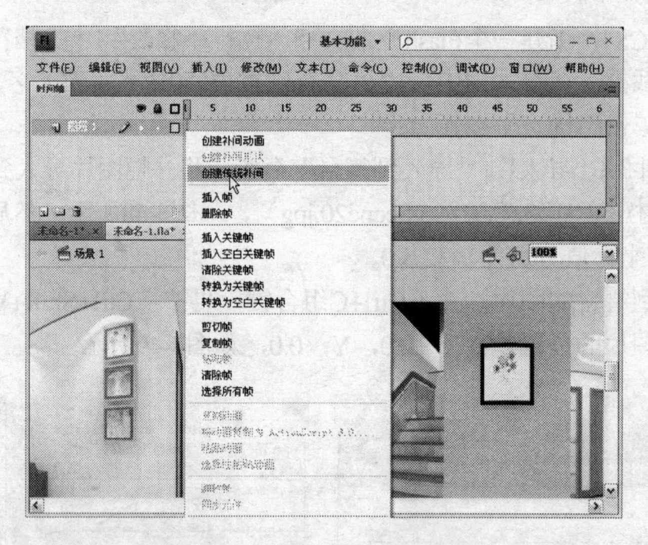

图3-52 创建动作补间动画

Step 07 保存文件并按下Ctrl+Enter组合键，欣赏最终效果。

知识总结

本实例通过“属性”面板调整不同帧中影片剪辑元件的位置，然后创建补间动画，这样就在不同帧之间创建了使图片动起来的效果。

松鼠荡秋千 Example 07

实例效果

图3-53 松鼠荡秋千

实例介绍

本实例使用创建补间动画功能来制作松鼠在树林里面荡秋千的动画效果。

制作分析

使用导入功能，将松鼠图片导入到舞台中，然后使用任意变形工具，调整松鼠的中心点，并使其围绕中心点旋转。

制作步骤

本实例所使用素材文件及结果文件如下：

上机同步练习文件:		
素材路径	素材文件	源文件与素材\素材\第3章\实例7\松鼠.swf
	结果文件	源文件与素材\结果\第3章\实例7\松鼠荡秋千.fla

具体操作方法如下。

Step 01 运行Flash CS4，新建一个Flash空白文档。执行“修改”|“文档”命令，打开“文档属性”对话框，在对话框中将“尺寸”设置为778像素（宽）×520像素（高），“帧频”设置为18fps。设置完成后单击“确定”按钮。

Step 02 执行“文件”|“导入”|“导入到舞台”命令，将一幅松鼠图片导入到舞台上（位置：源文件与素材\素材\第3章\实例7\松鼠.swf），如图3-54所示。然后在“属性”面板中设置X和Y坐标值分别为1432与0。

Step 03 选中松鼠，单击鼠标右键，在弹出的菜单中选择“剪切”命令。完成后新建一个图层，并将其命名为“松鼠”。选中图层“松鼠”，在舞台的空白处单击鼠标右键，在弹出的菜单中选择“粘贴到当前位置”命令。然后在“图层1”的第150帧处插入帧。如图3-55所示。

Step 04 选择任意变形工具将松鼠的中心点移动到如图3-56所示的位置。然后在“松鼠”层的第23、63、103、137、150帧处插入关键帧。

图3-54 导入图片

图3-55 复制松鼠

Step 05 选中“松鼠”层的第23帧，使用任意变形工具将松鼠向左上方旋转到如图3-57所示的位置。

图3-56 调整中心点

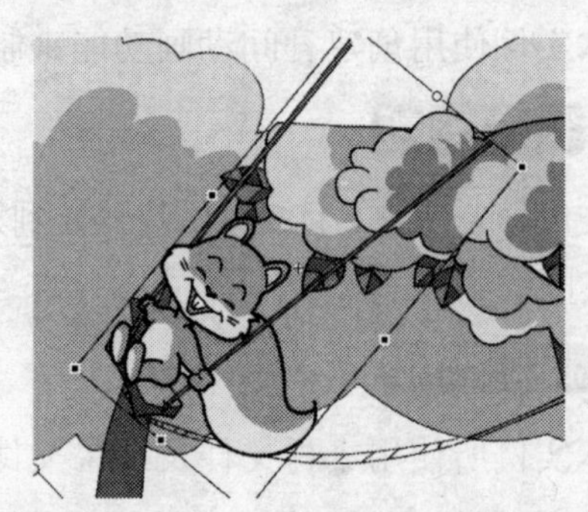

图3-57 向左上方旋转松鼠

Step 06 选中“松鼠”层的第63帧，使用任意变形工具将松鼠向右下方旋转到如图3-58所示的位置。

图3-58 向右下方

Step 07 选中“松鼠”层的第103帧，使用任意变形工具将松鼠向左上方旋转到与第23帧处的松鼠同样的位置。选中“松鼠”层的第137帧，使用任意变形工具将松鼠向右下方旋转到与第63帧处的松鼠同样的位置。然后分别在这些帧之间创建补间动画。如图3-59所示。

Step 08 新建一个图层，并把它命名为“影子”。然后使用椭圆工具在舞台中松鼠的正下方绘制一个无边框，填充色为绿色（#00BF0A）的椭圆。如图3-60所示。最后选中椭圆，按下F8键将圆转换为名称为“阴影”的图形元件。

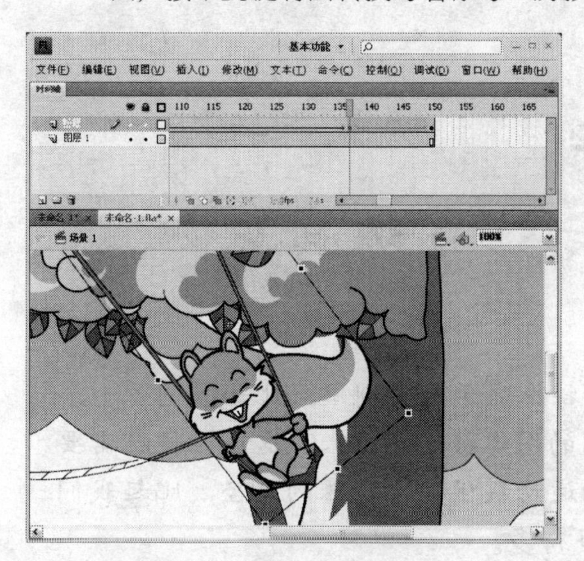

图3-59 创建补间动画

图3-60 绘制椭圆

Step 09 选中舞台上的阴影，在“属性”面板中将它的Alpha值设置为61%。然后在“影子”层的第23、63、103、137、150帧处插入关键帧。如图3-61所示。

Step 10 分别将“影子”层的第23帧与第103帧处的阴影向左移动到松鼠的正下方，再分别将“影子”层的第63帧与第137帧处的阴影向右移动到松鼠的正下方。然后分别在这些帧之间创建补间动画。如图3-62所示。

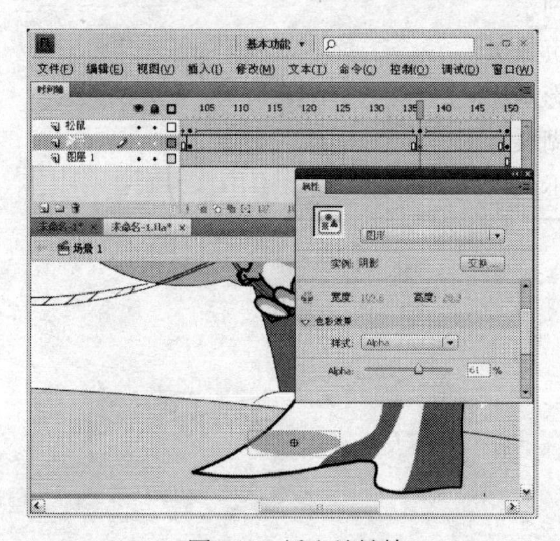

图3-61 插入关键帧

图3-62 创建补间动画

Step 11 保存文件并按下Ctrl+Enter组合键，欣赏最终效果。

知识总结

本实例通过使用任意变形工具调整松鼠的中心点，然后进行旋转，这样使松鼠沿着调整后的中心点运动。

Chapter 蒙版与引导动画实例

蒙版动画主要应用在一些需要特殊显示的实例中，比如，制作一个探照灯动画，需要在探照灯镜头内的图像被显示出来，这个时候就需要采用蒙版动画。引导动画为物体的运动提供某个特殊的路径，比起我们一帧一帧地移动物体的位置要省事得多。

水中倒影 Example 01

实例效果

图4-1 水中倒影效果

实例介绍

本实例通过使用蒙版动画技术来制作水中倒影效果。

制作分析

本实例主要使用导入功能，将准备好的图片导入到舞台中，再运用蒙版技术，编辑出倒影中淡淡的水纹效果。

制作步骤

本实例所使用素材文件及结果文件如下：

上机同步练习文件：		
素材路径	素材文件	源文件与素材\素材\第4章\实例1\女孩.jpg
	结果文件	源文件与素材\结果\第4章\实例1\水中倒影.fla

具体操作方法如下：

Step 01 运行Flash CS4，新建一个Flash空白文档。执行“文件”|“导入”|“导入到舞台”命令，将一幅图像导入到舞台中（位置：源文件与素材\素材\第4章\实例1\女孩.jpg），然后在“属性”面板中将图片的宽和高设置为550像素和248像素，并将其X轴值与Y轴值都设置为0，如图4-2所示。

Step 02 选中图片，按下F8键将其转换为图形元件，然后执行“编辑”|“复制”命令，将图片复制一次。然后新建一个图层，执行“编辑”|“粘贴到当前位置”命令，将图片粘贴到“图层2”中。最后选中“图层2”中的图片，执行“修改”|“变形”|“垂直翻转”命令，完成后将翻转的图片Y轴值设置为370。如图4-3所示。

Step 03 选中“图层2”中的图形，在“属性”面板上的“颜色”下拉列表中选择“高级”选项，然后进行如图4-4所示的设置。

图4-2 导入图像

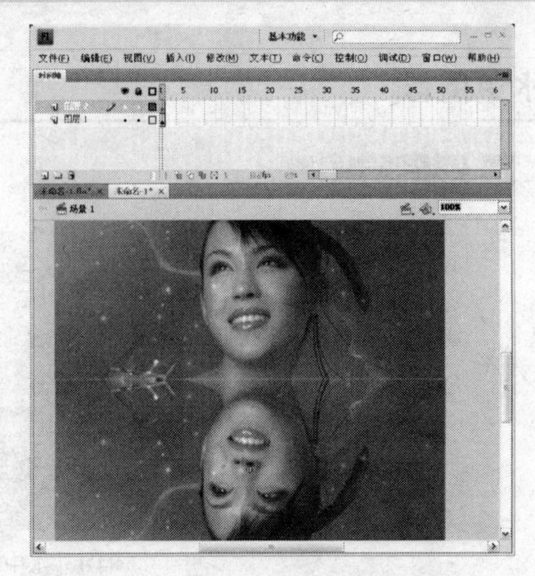

图4-3 翻转图形

Step 04 选中“图层2”中的图片，执行“编辑”|“复制”命令，将图片复制一次。然后新建一个图层，执行“编辑”|“粘贴到当前位置”命令。将图片粘贴到“图层3”中。选中“图层3”中的图片，在“属性”面板上的“颜色”下拉列表中选择“高级”选项，然后进行如图4-5所示的设置。

Step 05 再新建一个图层，并把它命名为“格子”。使用矩形工具在舞台中绘制一个无边框、填充色为任意色、宽和高分别为555像素和5像素的矩形。然后按住Alt键不放，选中这个矩形向下拖曳，一直到复制出如图4-6所示的50个矩形才停止。

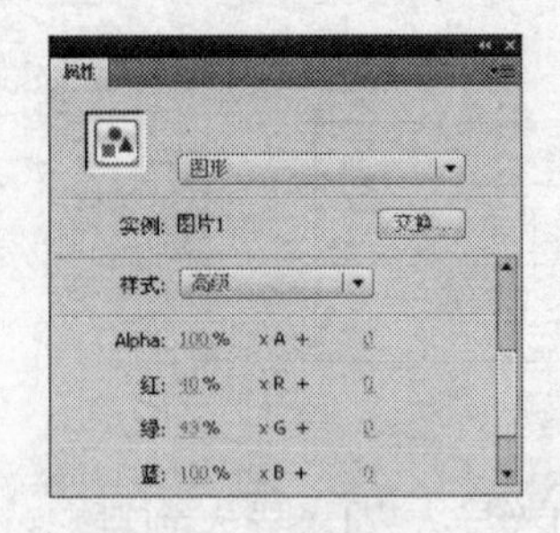

图4-4 “属性”面板

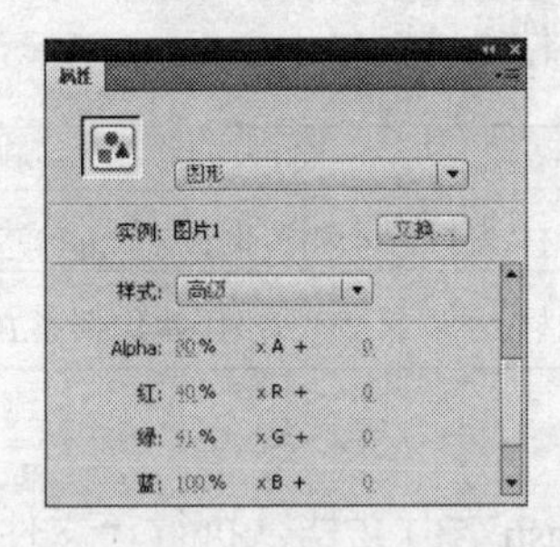

图4-5 “属性”面板

图4-6 复制矩形

Step 06 选中舞台上的所有矩形，按下Ctrl+G组合键将它们组合，接着按下F8键将其转换为图形元件，选中“格子”层的第40帧插入关键帧，将格子向下移动30个像素。然后在第1帧与第40帧之间创建补间动画。然后在“图层1”、“图层2”与“图层3”的第40帧处插入帧。如图4-7所示。

Step 07 在“格子”层上单击鼠标右键，在弹出的快捷菜单中选择“遮罩层”命令，如图4-8所示。

Step 08 执行“文件”|“保存”命令，保存文档，然后按下Ctrl+Enter组合键，即可欣赏最终效果。

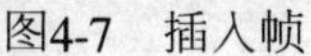
图4-7 插入帧

图4-8 选择“遮罩层”命令

知识总结

遮罩层通常应用在制作遮罩效果的动画中，这种效果由两个图层实现，一个是遮罩层，一个是被遮罩层。最终效果为显示遮罩层中的形状，颜色为被遮罩层的颜色。

流动的湖水 Example 02

实例效果

图4-9 流动的湖水效果

实例介绍

本实例运用遮罩技术，编辑出湖水被风吹起阵阵涟漪的效果。

制作分析

在本实例的制作过程中，使用椭圆工具绘制椭圆并创建形状补间动画，然后将椭圆所在的层设置为遮罩层。

制作步骤

本实例所使用素材文件及结果文件如下：

上机同步练习文件:		
素材路径	素材文件	源文件与素材\素材\第4章\实例2\背景.jpg
	结果文件	源文件与素材\结果\第4章\实例2\流动的湖水.fla

具体操作方法如下。

Step 01 运行Flash CS4，新建一个Flash空白文档。执行“修改”|“文档”命令，打开“文档属性”对话框，在对话框中将“尺寸”设置为380像素（宽）×250像素（高）。设置完成后单击“确定”按钮。

Step 02 执行“文件”|“导入”|“导入到舞台”命令，将一幅图片导入到舞台上（位置：源文件与素材\素材\第4章\实例2\背景.jpg），如图4-10所示。

Step 03 选中舞台上的图片，单击鼠标右键，在弹出的菜单中选择“复制”命令。完成后新建一个图层，在舞台的空白处单击鼠标右键，在弹出的菜单中选择“粘贴到当前位置”命令，如图4-11所示。

图4-10　导入图片

图4-11　选择“粘贴到当前位置”命令

Step 04 再新建一个图层，使用椭圆工具在湖水中绘制一些无边框，填充色为任意色，大小不一的椭圆。如图4-12所示。

Step 05 在“图层1”与“图层2”的第35帧处插入帧。在“图层3”的第35帧处插入关键帧，并将该帧的内容向右移动100个像素左右。然后在“图层3”的第1帧与第35帧之间创建形状补间动画，如图4-13所示。

图4-12　绘制椭圆

图4-13　创建形状补间动画

Step 06 选中“图层2”第1帧处的图片，将其向上移动3个像素。然后选中“图层3”，单击鼠标右键，在弹出的菜单中选择“遮罩层”命令，如图4-14所示。

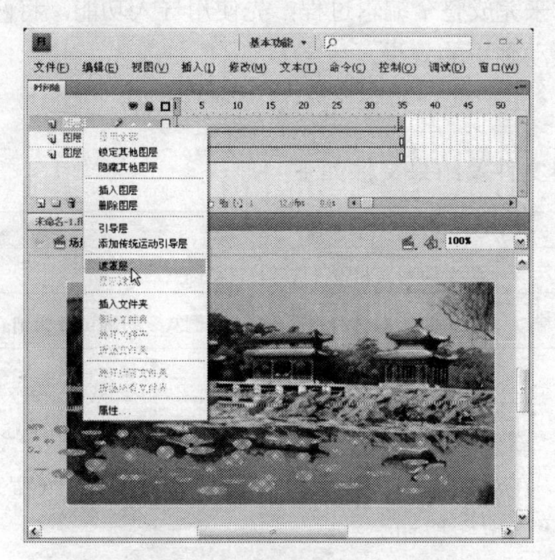

图4-14 选择“遮罩层”命令

Step 07 保存文件并按下Ctrl+Enter组合键，欣赏最终效果。

知识总结

本实例在制作过程中，为绘制的椭圆创建移动动画时，由于绘制的椭圆属于矢量图形，所以是创建的形状补间动画。

滚动翻页效果 Example 03

实例效果

图4-15 滚动翻页效果

实例介绍

本实例通过使用遮罩动画来制作滚动着翻去上面一页，然后将下一页呈现出来的效果。

制作分析

主要运用遮罩技术来完成整个编辑过程：先使用导入功能，将两幅图导入到舞台；再运用遮罩技术，编辑出滚动翻页的效果。

制作步骤

本实例所使用素材文件及结果文件如下：

上机同步练习文件：		
素材路径	素材文件	源文件与素材\素材\第4章\实例3\
	结果文件	源文件与素材\结果\第4章\实例3\滚动翻页效果.fla

具体操作方法如下。

Step 01 运行Flash CS4，新建一个Flash空白文档。执行“修改”|“文档”命令，打开“文档属性”对话框，在对话框中将“尺寸”设置为500像素（宽）×420像素（高）。设置完成后单击“确定”按钮。

Step 02 执行“文件”|“导入”|“导入到库”命令，将两幅图片导入到库中（位置：源文件与素材\素材\第4章\实例3\01.jpg与02.jpg），再从库里将01.jpg拖拽到舞台上，如图4-16所示。

Step 03 在“时间轴”面板中插入图层2，从库中拖拽图片02.jpg到舞台上，如图4-17所示。

图4-16 拖入图片

图4-17 拖入图片

Step 04 插入图层3，选择矩形工具，在舞台中绘制一个无边框、填充色为黑色、宽和高分别为560与420的矩形，再按下F8将其转换为图形元件“矩形”，如图4-18所示。

Step 05 选择图层3的第30帧，插入关键帧，并调整矩形的大小及位置，宽：560.0，高：1.0，X：280.0，Y：0.0，再在第1帧和第30帧之间创建补间动画，如图4-19所示。

Step 06 分别在图层3的第45帧、第75帧插入关键帧，并在两帧间创建补间动画，再选择第75帧，调整其大小及位置，宽：560.0，高：420.0，X：280.0，Y：210.0，如图4-20所示。

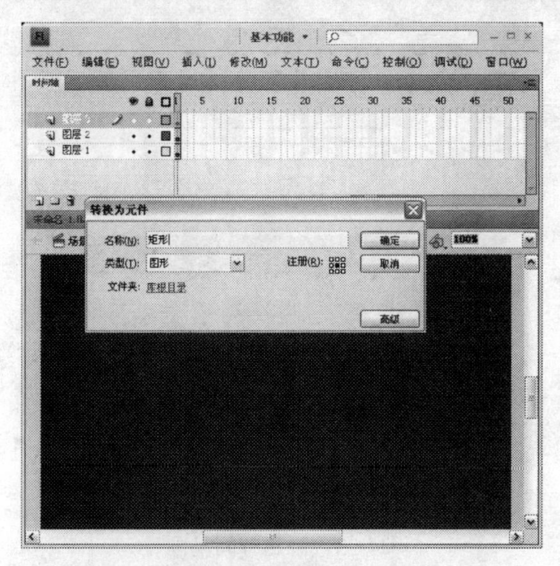

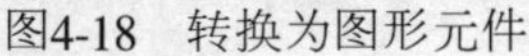
图4-18　转换为图形元件

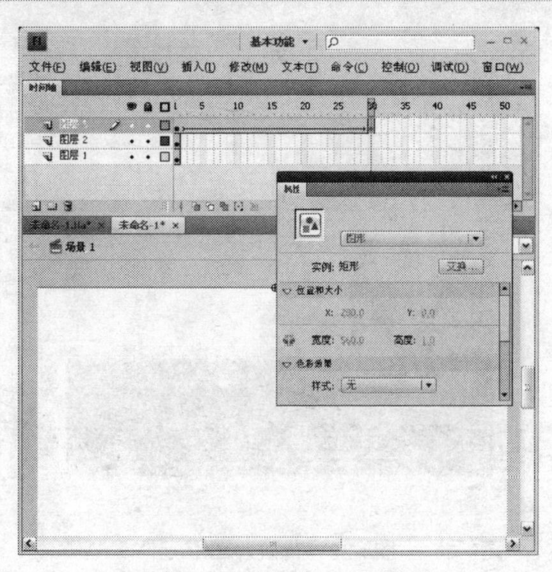
图4-19　创建补间动画

Step 07 复制图层2的第1帧，插入图层4，粘贴到图层4的第1帧，再执行“修改”|“变形”|“垂直翻转”命令，如图4-21所示。

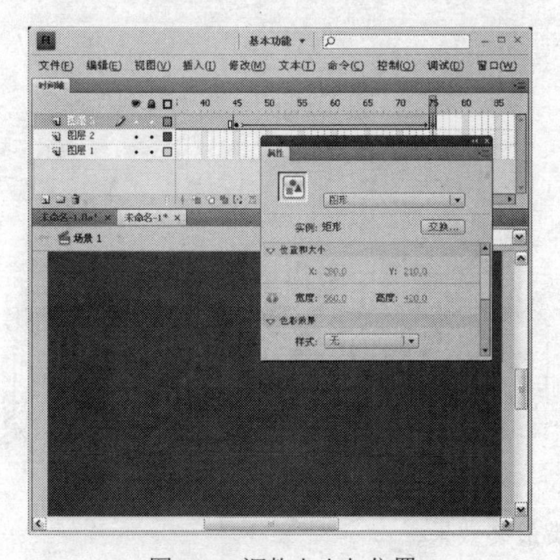
图4-20　调整大小与位置

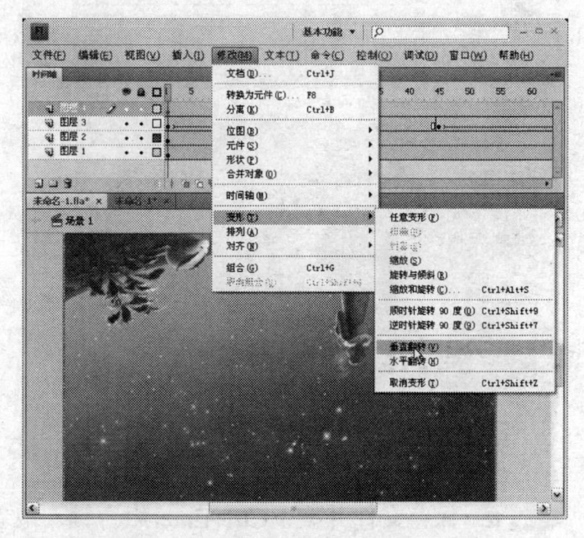
图4-21　执行“修改”|“变形”|“垂直翻转”命令

Step 08 插入图层5，选择矩形工具，在舞台下方绘制一个无边框、填充色为黑色、宽和高分别为560与50的矩形，并将其转换为图形元件“矩形2”，如图4-22所示。

Step 09 选择图层5的第30帧，插入关键帧，并将矩形拖动到舞台的上方，再为第1帧和第30帧之间创建补间动画，如图4-23所示。

Step 10 分别在图层5的第45帧、第75帧插入关键帧，选择第75帧的矩形，将其拖动到舞台下方，然后在这两帧之间创建补间动画，如图4-24所示。

Step 11 分别在时间轴上五个图层的第90帧处插入帧，然后在图层5上单击鼠标右键，在弹出的快捷菜单中选择“遮罩层”命令，按照同样的方法，将图层3也转换成遮罩层，如图4-25所示。

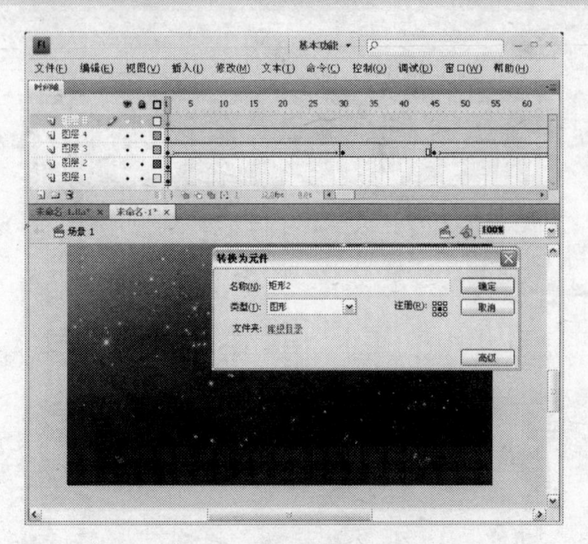

图4-22 转换为图形元件

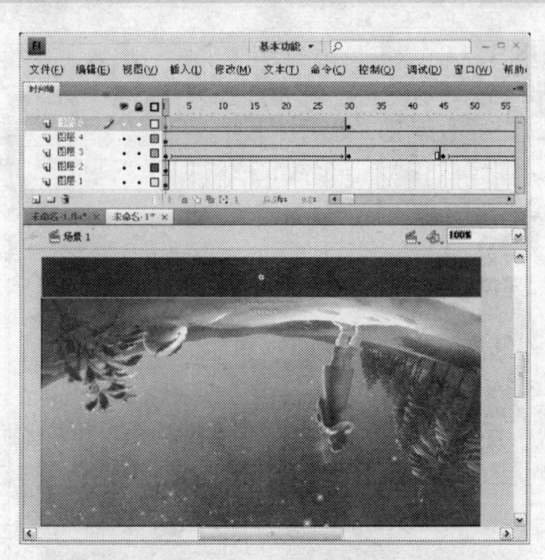

图4-23 创建补间动画

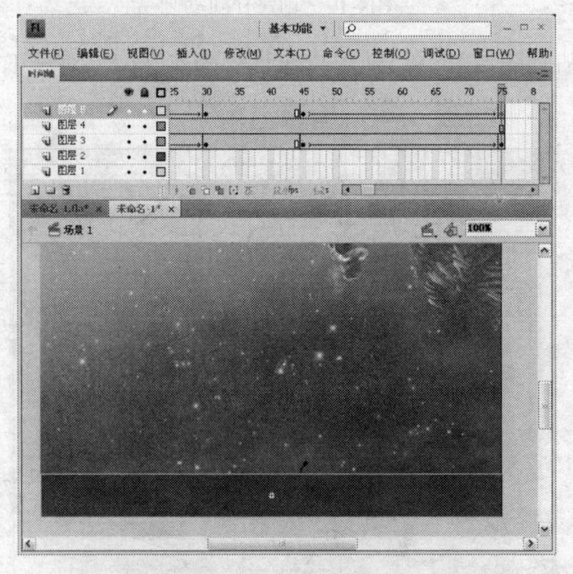

图4-24 创建补间动画

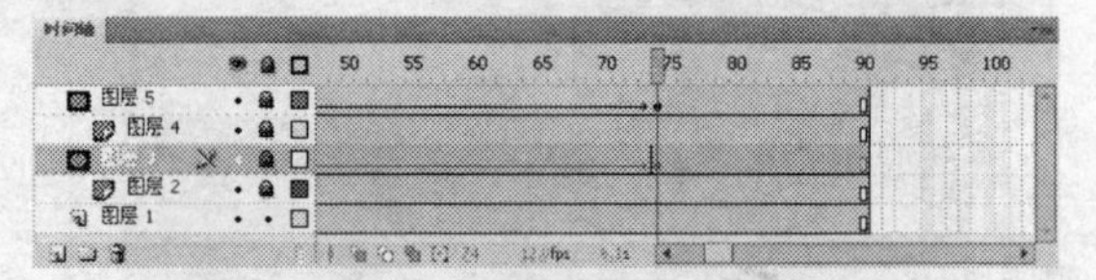

图4-25 插入帧与设置遮罩层

Step 12 保存文件并按下Ctrl+Enter组合键，欣赏最终效果。

知识总结

本实例设置了两个遮罩层，编辑出更流畅的滚动翻页效果。在一个动画中可以设置多个遮罩层，希望读者能灵活运用。

八一电影制片厂厂标

Example 04

实例效果

图4-26 八一电影制片厂厂标

实例介绍

本实例通过使用遮罩动画来模拟八一电影制片厂的厂标。

制作分析

本实例主要运用了混色器工具、线条工具、椭圆工具以及遮罩功能等技术：先使用线条工具和椭圆工具，编辑出向外发散的光线；再使用混色器工具和线条工具，编辑出五角星；最后运用遮罩功能，编辑出光线不断从中心向外放射出去的效果。

制作步骤

本实例所使用素材文件及结果文件如下：

上机同步练习文件：		
素材路径	素材文件	源文件与素材\素材\第4章\实例4\
	结果文件	源文件与素材\结果\第4章\实例4\八一电影制片厂厂标.fla

具体操作方法如下。

Step 01 运行Flash CS4，新建一个Flash空白文档。执行“修改”|“文档”命令，打开“文档属性”对话框，在对话框中将背景颜色设置为红色。设置完成后单击“确定”按钮。

Step 02 创建一个影片剪辑元件“线”，用线条工具和椭圆工具绘制一个正圆并且周围有直线向外发散，填充色为橙色，如图4-27所示。

Step 03 插入图层2，复制图层1的第1帧，粘贴到图层2的第1帧，并将其填充色调整为白色，然后执行“修改”|“变形”|“水平翻转”命令，将其水平翻转，如图4-28所示。

Step 04 选择图层2的第50帧，按下F6键插入关键帧，并为第1帧和第50帧之间创建补间动画，单击图层2的第1帧，在“属性”面板里设置顺时针旋转1次，如图4-29所示。

Step 05 选择图层1的第50帧，插入帧，在图层2上单击鼠标右键，在弹出的快捷菜单中选择“遮罩层”命令，如图4-30所示。

图4-27　绘制图形

图4-28　水平翻转图形

图4-29　设置旋转

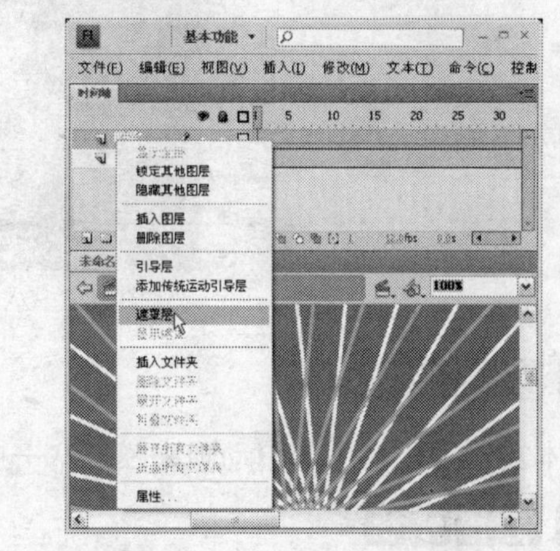

图4-30　选择“遮罩层”命令

Step 06 创建图形元件“红星”，使用线条工具绘制一个五角星，笔触颜色为白色，如图4-31所示。

Step 07 选择五角星内部的直线，将它们删除，再单击直线工具，在五角星内将五个角与它们相应的凹进去的角相连接，如图4-32所示。

Step 08 选择颜料桶工具，为五角星填充，填充色为白色渐变到红色（#FF0000）的放射状渐变，如图4-33所示。

图4-31　绘制一个五角星

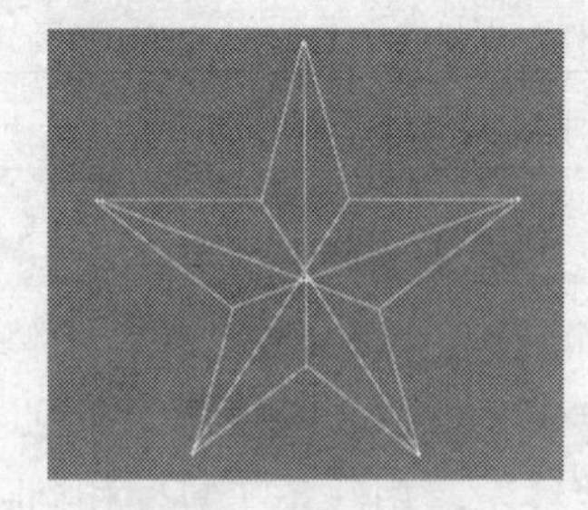

图4-32　连接线条

图4-33　填充颜色

Step 09 回到主场景1，从库面板中拖拽影片剪辑元件“线”到舞台上，如图4-34所示。

Step 10 新建图层2，从库面板中拖拽图形元件“红星”到舞台上，如图4-35所示。

Step 11 插入图层3，选择文本工具T，在舞台中输入“八一电影制片厂”，再设置字体为隶书，字号为50，文本颜色为黑色，如图4-36所示。

Step 12 分别在图层1～图层3的第89帧处插入帧，然后保存文件并按下Ctrl+Enter组合键，欣赏最终效果。

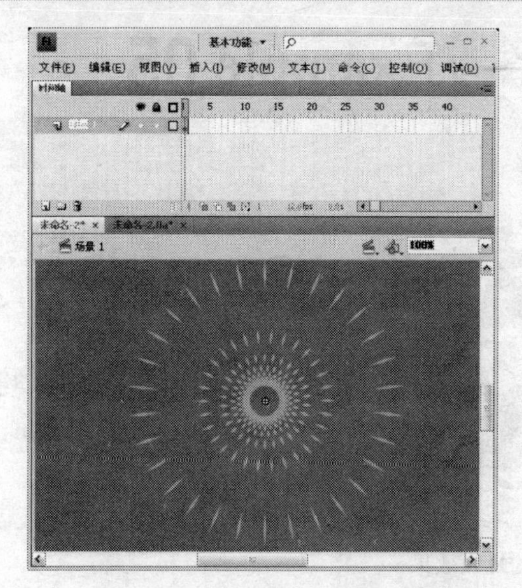

图4-34 拖拽影片剪辑

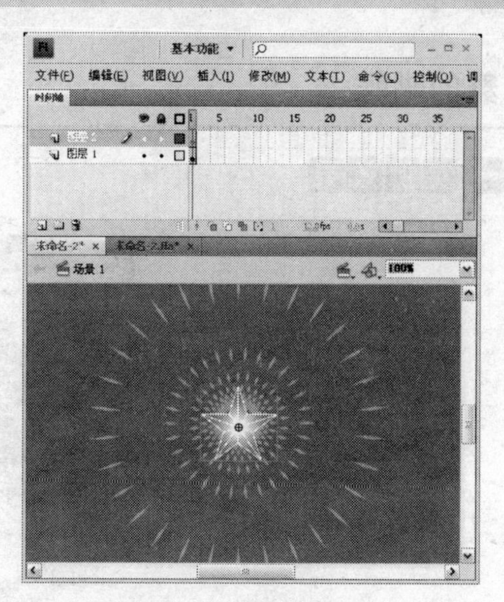

图4-35 拖拽图形元件

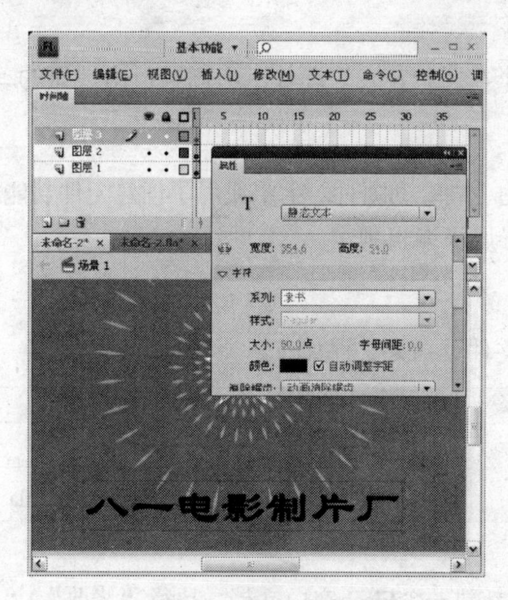

图4-36 输入文字

➡ 知识总结

本实例没有在主场景中创建遮罩动画，而是在影片剪辑中使用遮罩功能制作的遮罩动画，编辑出光线不断从中心向外放射出去的效果，然后将影片剪辑拖入到主场景中去。

飞舞的蝴蝶 Example 05

实例效果

图4-37　飞舞的蝴蝶效果

实例介绍

本实例制作的是一个在风景宜人的野外，小蝴蝶自由飞舞的动画效果。

制作分析

本实例在制作野外的小蝴蝶动画时，主要使用了创建元件功能、创建补间动画功能与任意变形工具以及创建引导层来编辑制作。

制作步骤

本实例所使用素材文件及结果文件如下：

上机同步练习文件：		
素材路径	素材文件	源文件与素材\素材\第4章\实例5\
	结果文件	源文件与素材\结果\第4章\实例5\飞舞的蝴蝶.fla

具体操作方法如下。

Step 01 运行Flash CS4，新建一个Flash空白文档。执行“修改”|“文档”命令，打开“文档属性”对话框，在对话框中将“尺寸”设置为700像素（宽）×500像素（高）。设置完成后单击“确定”按钮。

Step 02 执行“文件”|“导入”|“导入到舞台”命令，将一幅图片导入到舞台上（位置：源文件与素材\素材\第4章\实例5\背景.jpg），如图4-38所示。

Step 03 执行“插入”|“新建元件”命令，打开“创建新元件”对话框，在“名称”文本框中输入元件的名称“蝴蝶飞”，在“类型”下拉列表中选择“影片剪辑”单选项，如图4-39所示。

Step 04 在影片剪辑“蝴蝶飞”的编辑状态下，执行“文件”|“导入”|“导入到舞台”命令，导入一个蝴蝶文件到舞台中（位置：源文件与素材\素材\第4章\实例5\蝴蝶.swf），如图4-40所示。

图4-38 导入图像

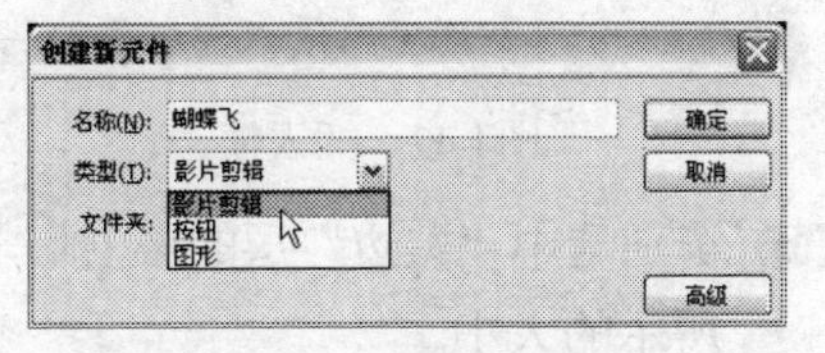

图4-39 新建影片剪辑

行家提示

影片剪辑是Flash电影中常用的元件类型，是独立于电影时间线的动画元件，主要用于创建具有一段独立主题内容的动画片段。当影片剪辑所在图层的其他帧没有别的元件或空白关键帧时，它不受目前场景中帧长度的限制，作循环播放；如果有空白关键帧，并且空白关键帧所在位置比影片剪辑动画的结束帧靠前，影片会结束，同样也作提前结束循环播放。如果在一个Flash影片中，某一个动画片段会在多个地方使用，这时可以把该动画片段制作成影片剪辑元件。

Step 05 选中蝴蝶的左翅膀，单击鼠标右键，在弹出的快捷菜单中选择“剪切”命令。完成后新建一个图层，并将其命名为“左边”。选中图层“左边”，在舞台的空白处单击鼠标右键，在弹出的菜单中选择“粘贴到当前位置”命令。然后将“左边”层拖到“图层1”之下。如图4-41所示。

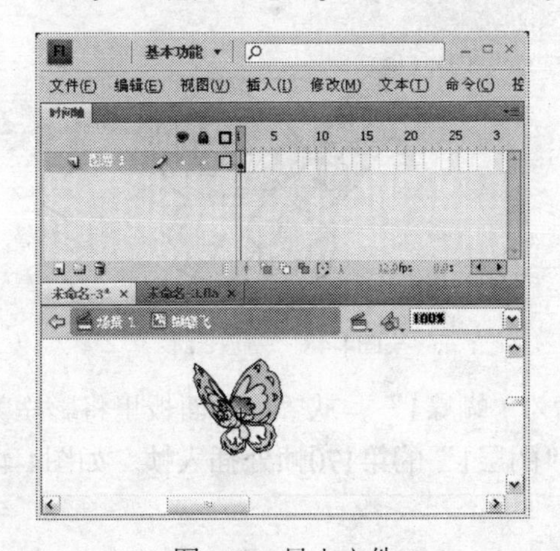

图4-40 导入文件

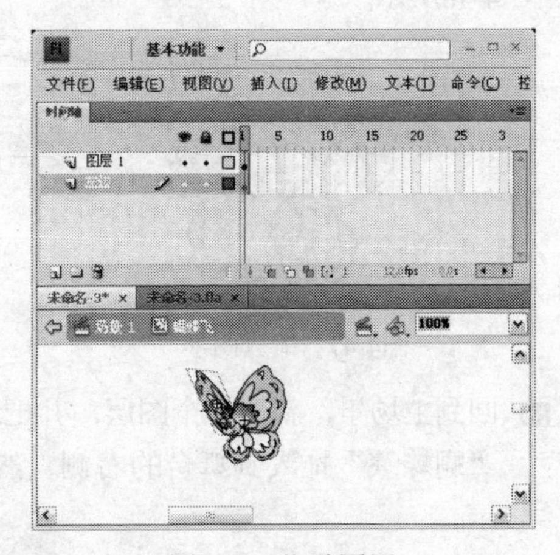

图4-41 拖动图层

Step 06 选中蝴蝶的右翅膀，单击鼠标右键，在弹出的快捷菜单中选择“剪切”命令。完成后新建一个图层，并将其命名为“右边”。选中图层“右边”，在舞台的空白处单击鼠标右键，在弹出的快捷菜单中选择“粘贴到当前位置”命令。然后在“图层1”与图层“右边”的第11帧处插入帧。如图4-42所示。

Step 07 选中“左边”层的第1帧，使用任意变形工具将左翅膀的中心点移动到如图4-43所示的位置。然后在“左边”层的第3、5、7、9、11帧处插入关键帧。

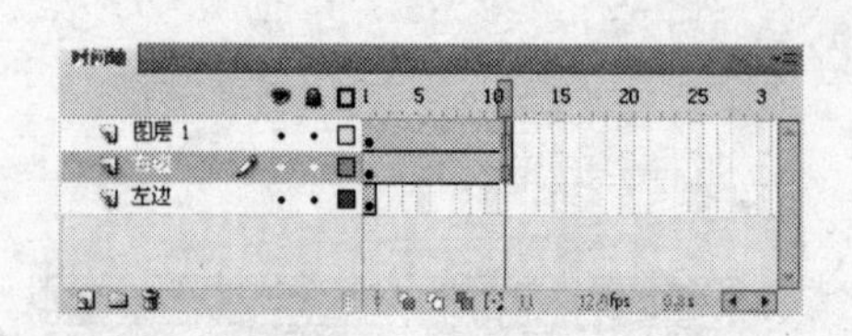

图4-42 插入帧

图4-43 调整中心点

Step 08 分别选中“左边”层的第3帧与第7帧，使用任意变形工具将左翅膀缩放到如图4-44所示的大小。

Step 09 分别选中“左边”层的第5帧与第9帧，使用任意变形工具将左翅膀缩小一点，如图4-45所示。

Step 10 选中“右边”层的第1帧，使用任意变形工具将右翅膀的中心点移动到如图4-46所示的位置。然后在“右边”层的第3、5、7、9、11帧处插入关键帧。

图4-44 缩放图形

图4-45 缩放图形

图4-46 移动中心点

Step 11 分别选中“右边”层的第3帧与第7帧，使用任意变形工具将右翅膀缩放到如图4-47所示的大小。

Step 12 分别选中“右边”层的第5帧与第9帧，使用任意变形工具将右翅膀缩小一点，如图4-48所示。

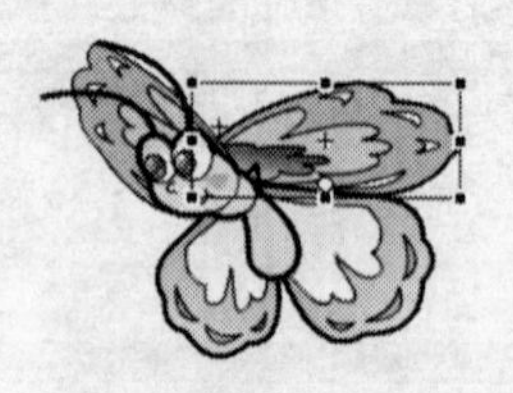

图4-47 缩放图形

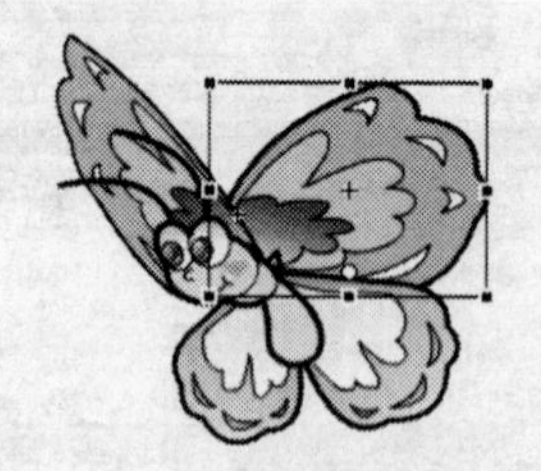

图4-48 缩放图形

Step 13 回到主场景，新建一个图层，并把它命名为“蝴蝶1”。从“库”面板里将影片剪辑“蝴蝶飞”拖入到舞台的右侧。然后在“图层1”的第170帧处插入帧。如图4-49所示。

Step 14 新建一个图层3，然后在该图层上单击鼠标右键，在弹出的快捷菜单中选择“引导层”命令，如图4-50所示。

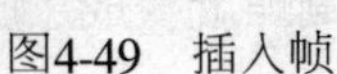
图4-49 插入帧

图4-50 添加引导层

Step 15 使用铅笔工具在图层3中绘制一条黑色的曲线，如图4-51所示。这段曲线就是蝴蝶的运动路线。

> **行家提示**
>
> 引导层上的所有内容只用于在制作动画时作为参考线，不会出现在影片播放过程中。

Step 16 在图层“蝴蝶1”的第170帧处插入关键帧，然后使用任意变形工具选中图层“蝴蝶1”第1帧中的蝴蝶，将其移动到曲线的开始处，注意蝴蝶的中心点要与曲线开始端重合，如图4-52所示。

图4-51 绘制曲线

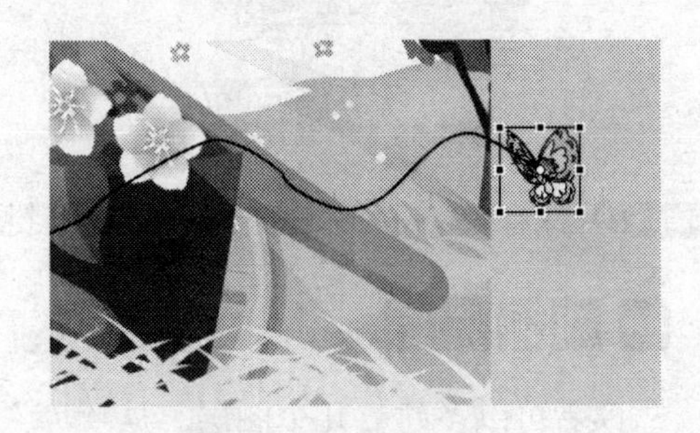

图4-52 移动蝴蝶

Step 17 使用任意变形工具选中图层“蝴蝶1”第170帧中的蝴蝶，将其沿着曲线移动到曲线的终点，如图4-53所示。

Step 18 为图层“蝴蝶1”第1帧与第170帧之间创建补间动画，然后新建图层“蝴蝶2”，从“库”面板里将影片剪辑“蝴蝶飞”拖入到舞台上。然后使用任意变形工具将蝴蝶的中心点移动到如图4-54所示的位置。

图4-53 移动蝴蝶

图4-54 移动中心点

Step 19 使用任意变形工具将蝴蝶围绕中心点翻转一次，这样蝴蝶就变成了脸朝右方。如图4-55所示。

Step 20 在“蝴蝶2”层的第23、42、56、77、100、124、133、158、170帧处插入关键帧。然后分别选中这些帧，将蝴蝶移动到舞台上的不同位置。最后在这些关键帧之间创建补间动画，如图4-56所示。

图4-55 翻转图像

图4-56 创建补间动画

Step 21 保存文件并按下Ctrl+Enter组合键，欣赏最终效果。

知识总结

读者可以多建立几个图层，从“库”面板中多拖入几只蝴蝶到舞台上。这样就是成群结队的蝴蝶在舞台上飞舞了。

游动的小鱼 Example 06

实例效果

图4-57 游动的小鱼

实例介绍

本实例使用创建引导动画功能来制作一个河中游鱼的动画场景效果，在清澈的小河里，小鱼儿欢快地摇着鱼尾游来游去。

制作分析

本实例主要使用了创建引导动画功能与影片剪辑嵌套功能来制作。

制作步骤

本实例所使用素材文件及结果文件如下：

上机同步练习文件：		
素材路径	素材文件	源文件与素材\素材\第4章\实例6\
	结果文件	源文件与素材\结果\第4章\实例6\游动的小鱼.fla

具体操作方法如下。

Step 01 运行Flash CS4，新建一个Flash空白文档。执行“修改”|“文档”命令，打开“文档属性”对话框，在对话框中将“尺寸”设置为720像素（宽）×520像素（高），“背景颜色”设置为黑色，“帧频”设置为25fps。设置完成后单击“确定”按钮。

Step 02 新建一个名称为“鱼”的影片剪辑元件，在影片剪辑“鱼”的编辑状态下，将“图层1”的名称更改为“鱼尾”。再新建两个图层，分别命名为“鱼身”和“鱼眼”。执行“文件”|“导入”|“导入到舞台”命令，将鱼尾、鱼身和鱼眼图片文件导入到对应的图层中去（位置：源文件与素材\素材\第4章\实例6\鱼尾.swf、鱼身.swf、鱼眼.swf）。最后在这三个图层的第38帧处插入帧，如图4-58所示。

Step 03 在“鱼尾”层的第16帧处插入关键帧，使用任意变形工具将鱼尾旋转到如图4-59所示的位置。

Step 04 在“鱼尾”层的第28帧处插入关键帧，使用任意变形工具将鱼尾旋转到如图4-60所示的位置。然后在“鱼尾”层的第1帧与第16帧之间，第16帧与第28帧之间创建补间动画。

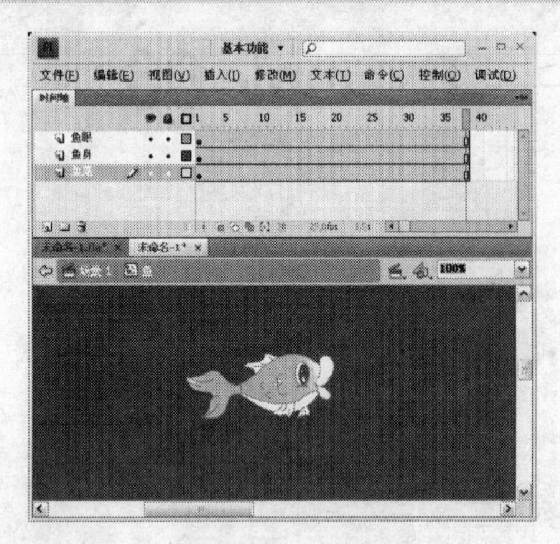

图4-58　插入帧

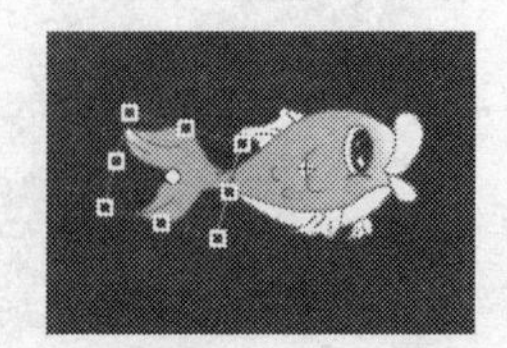

图4-59　旋转鱼尾

Step 05 在“鱼眼”层的第24帧处插入空白关键帧。然后使用铅笔工具在鱼眼的位置绘制一条黑色的曲线，如图4-61所示。

Step 06 在“鱼眼”层的第38帧处插入空白关键帧。然后将“鱼眼”层第1帧中的眼睛复制到第38帧中，如图4-62所示。

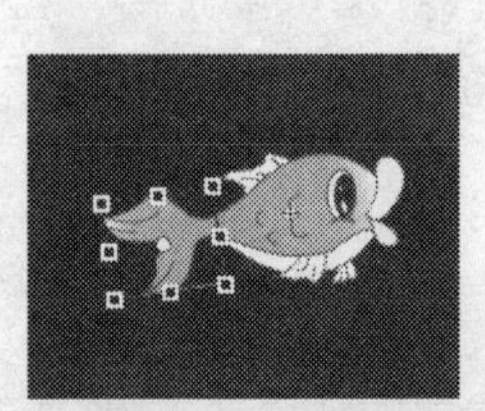

图4-60　旋转鱼尾

图4-61　绘制曲线

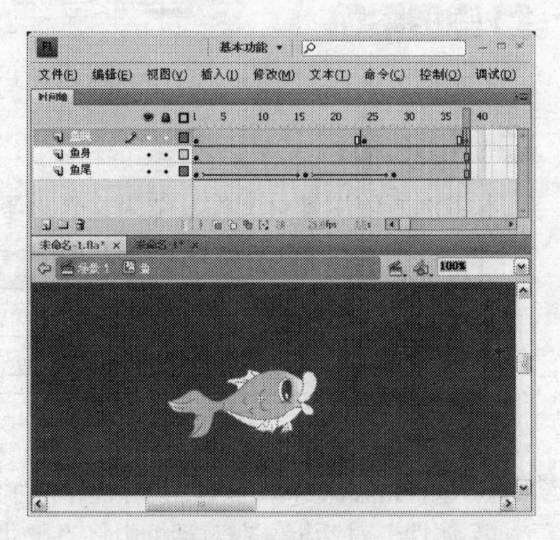

图4-62　复制眼睛

Step 07 执行“插入→新建元件”命令，打开“创建新元件”对话框，在“名称”文本框中输入元件的名称“背景动画”，在“类型”下拉列表中选择“影片剪辑”选项，如图4-63所示。

Step 08 在影片剪辑“背景动画”的编辑状态下，执行“文件”|“导入”|“导入到舞台”命令，将一幅背景图像导入到工作区中（位置：源文件与素材\素材\第4章\实例6\背景.jpg），如图4-64所示。

Step 09 新建一个图层，并将其命名为“鱼1”，从“库”面板里将影片剪辑“鱼”拖入到工作区中，如图4-65所示。

Step 10 在“鱼1”层上单击鼠标右键，在弹出的快捷菜单中选择“添加传统运动引导层”命令，如图4-66所示。

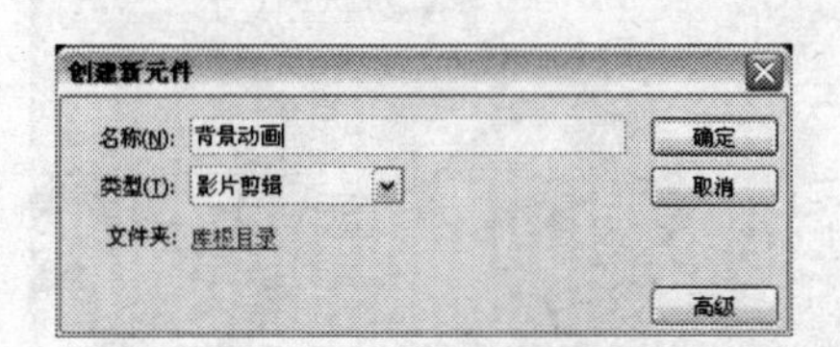

图4-63 新建影片剪辑

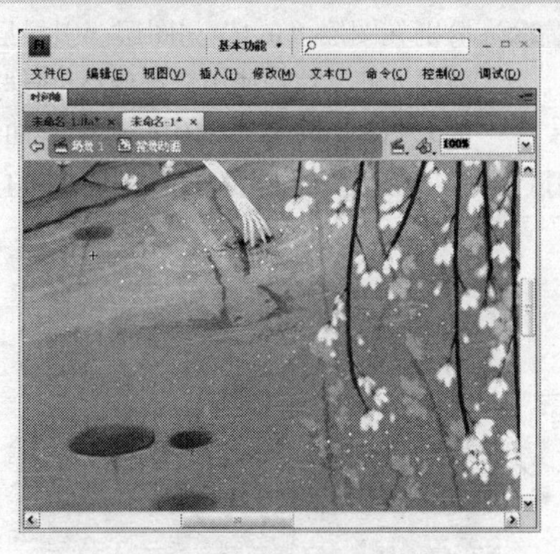

图4-64 导入图像

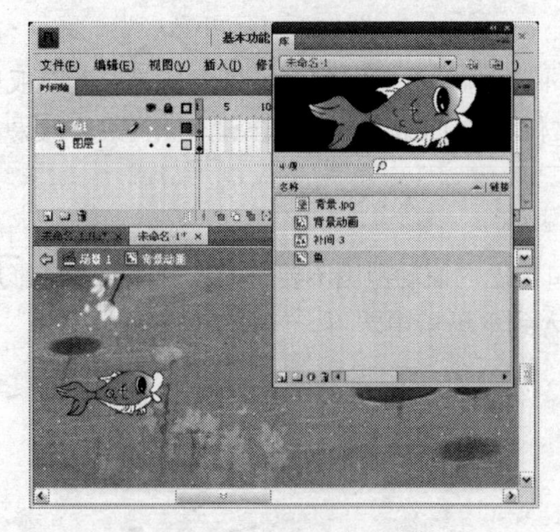

图4-65 拖入影片剪辑

图4-66 选择“添加传统运动引导层”命令

Step 11 在添加的引导层中使用铅笔工具在工作区中绘制一段如图4-67所示的黑色曲线，这段曲线就是小鱼的游动路线。

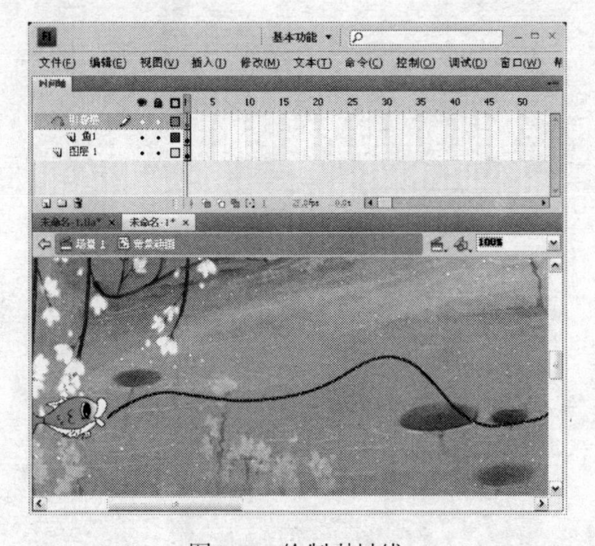

图4-67 绘制引导线

Step 12 分别在图层“鱼1”与图层“引导层”的第450帧处插入关键帧，在图层1的第450帧处插入帧，然后使用任意变形工具选中图层“鱼1”第1帧中的鱼，将其移动到曲线的开始处，注意鱼的中心点要与曲线开始端重合，如图4-68所示。

Step 13 使用任意变形工具选中图层“鱼1”第450帧中的鱼，将其沿着曲线移动到曲线的终点，如图4-69所示。

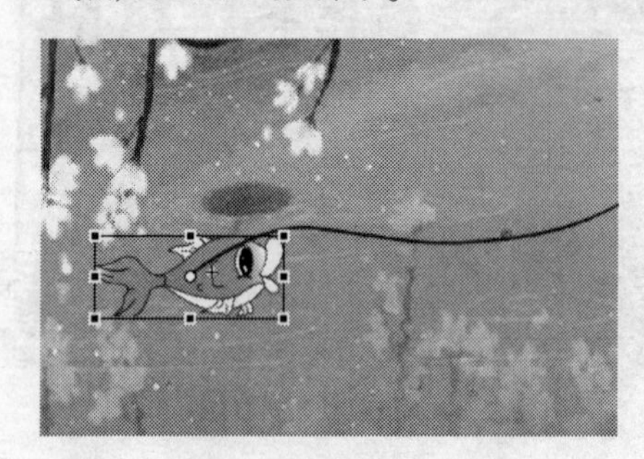

图4-68 移动小鱼

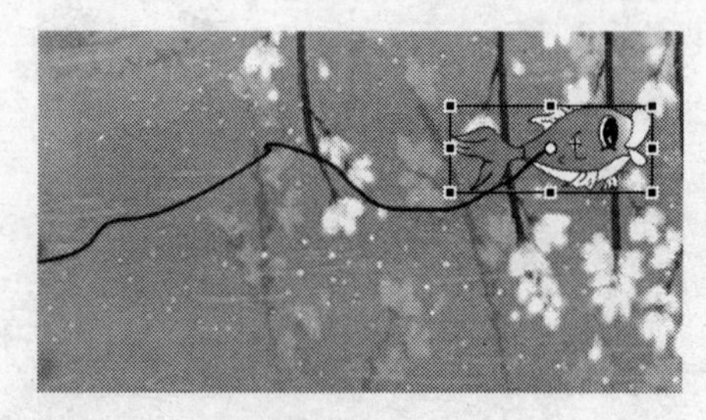

图4-69 移动小鱼

在“鱼1”层的第1帧与第450帧之间创建补间动画，然后回到主场景，从“库”面板里将影片剪辑“背景动画”拖入到舞台中，保存文件并按下Ctrl+Enter组合键，欣赏最终效果。

知识总结

本实例在制作小鱼摇尾动画时，要注意小鱼尾巴的摇动范围不要过大，制作的多个影片剪辑最终嵌套到一个影片剪辑中，最后将其拖入到主场景中即可。

Chapter Action 动画实例

ActionScript是Flash内置的编程语言，用它为动画编程，可以实现各种动画特效、对影片的良好控制、强大的人机交互以及与网络服务器的交互功能。

01 七彩音波
02 林中大雨
03 记时效果
04 朦胧光效
05 魔幻曲线
06 奇幻光影
07 深邃空间
08 海底气泡
09 下雪啦
10 炊烟

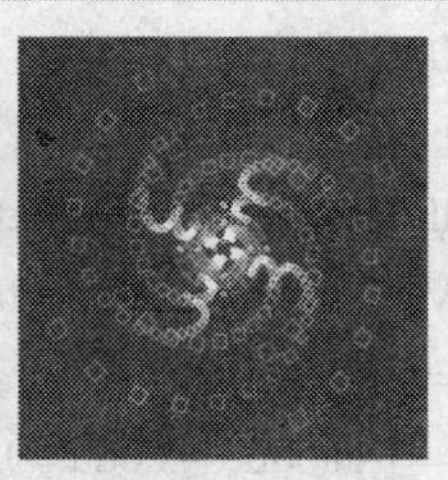

七彩音波

Example 01

实例效果

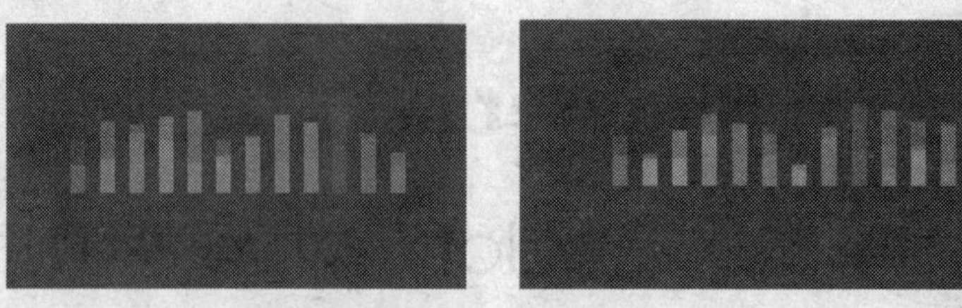

图5-1 七彩音波效果

实例介绍

本实例通过Action技术来制作七彩音波效果。

制作分析

本实例主要通过在“动作”面板中添加Action代码与使用导入功能，将准备好的音乐文件导入到库中来制作。

制作步骤

本实例所使用素材文件及结果文件如下：

上机同步练习文件:		
素材路径	素材文件	源文件与素材\素材\第5章\实例1\yinyue.mp3
	结果文件	源文件与素材\结果\第5章\实例1\七彩音波.fla

具体操作方法如下：

Step 01 运行Flash CS4，新建一个Flash空白文档。执行“修改”|“文档”命令，打开“文档属性”对话框，在对话框中将“背景颜色”设置为黑色，其他设置保持默认设置。设置完成后单击“确定”按钮。

Step 02 选中时间轴上的第1帧，执行“窗口”|“动作”命令，打开“动作”面板，在“动作”面板中添加如下代码（代码可以参照结果文件，本书所有代码都可以在结果文件中找到），如图5-2所示。

```
_root.onEnterFrame = function( ) {
createEmptyMovieClip("caizhu", random(2));
caizhu._x = 150;
caizhu._y = 200;
for (var i = 0; i<12; i++) {
caizhu.beginFill(Math.random( )*0xffffff, 30);
var gaodu = Math.random( )*50+10;
var xzuobiao = [i*20, i*20+10, i*20+10, i*20];
var yzuobiao = [-gaodu, -gaodu, 0, 0];
```

```
caizhu.moveTo(i*20, 0);
for (var j = 0; j<5; j++) {
caizhu.lineTo(xzuobiao[j], yzuobiao[j]);
}
}
};
```

Step 03 新建一个图层“音乐”，执行“文件”|“导入”|“导入到库”命令，将一个音乐文件导入到“库”中（位置：源文件与素材\素材\第5章\实例1\yinyue.mp3），如图5-3所示。

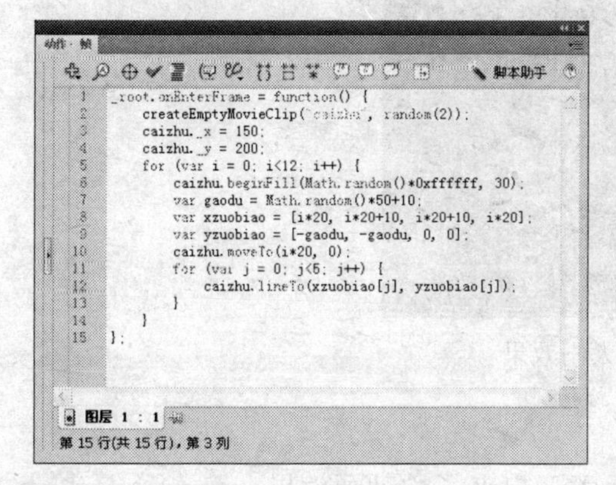

图5-2　添加代码

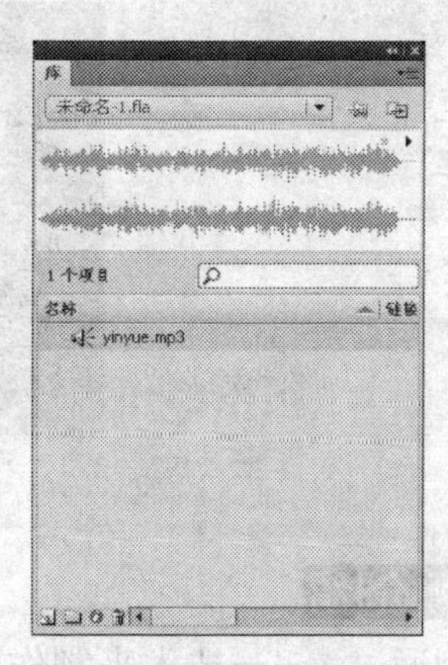

图5-3　“库”面板

Step 04 分别在“图层1”与图层“音乐”的第400帧处插入帧，然后选择图层“音乐”的第1帧，在“属性”面板的“名称”下拉列表框中选择刚才导入的音乐文件，如图5-4所示。

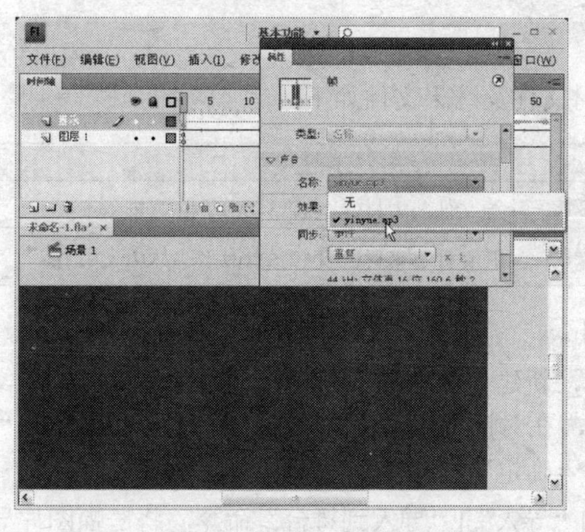

图5-4　选择音乐文件

Step 05 执行“文件”|“保存”命令，保存文档，然后按下Ctrl+Enter组合键，即可欣赏最终效果。

知识总结

添加Action代码时，可以为时间轴中的关键帧，包括空白关键帧添加代码，但是普通帧是不能添加代码的。

林中大雨 Example 02

实例效果

图5-5 林中大雨效果

实例介绍

本实例通过Action技术来制作雨季到了，大雨下起来了的动画效果。

制作分析

本实例使用导入功能，将背景图片导入到舞台中；再使用线条工具，绘制出雨点的外形；最后使用ActionScript技术，编辑出雨点不断下落的效果。

制作步骤

本实例所使用素材文件及结果文件如下：

上机同步练习文件:		
素材路径	素材文件	源文件与素材\素材\第5章\实例2\背景.swf
	结果文件	源文件与素材\结果\第5章\实例2\林中大雨.fla

具体操作方法如下。

Step 01 运行Flash CS4，新建一个Flash空白文档。执行“修改”|“文档”命令，打开“文档属性”对话框，在对话框中将“背景颜色”设置为黑色，“帧频”设置为24fps。设置完成后单击“确定”按钮。

Step 02 执行“文件”|“导入”|“导入到舞台”命令，将一幅图片导入到舞台上（位置：源文件与素材\素材\第4章\实例2\背景.swf），并按下Ctrl+G组合键，将背景图片组合，如图5-6所示。

Step 03 新建一个影片剪辑“雨”，使用线条工具＼在工作区中绘制一条如图5-7所示的线段。

Step 04 在时间轴的第24帧处插入关键帧，然后选中该帧处的线条，将其向左下方移动一段距离。这里移动的距离就是雨点从天空落向地面的距离。最后在第1帧与第24帧之间创建补间动画，如图5-8所示。

图5-6 导入图片

图5-7 绘制线段

Step 05 新建一个图层2，并把它拖到“图层1”的下方。然后在“图层2”的第24帧处插入空白关键帧，使用椭圆工具在线条的下方绘制一个边框为白色、无填充色、宽和高分别为57像素与7像素的椭圆，如图5-9所示。

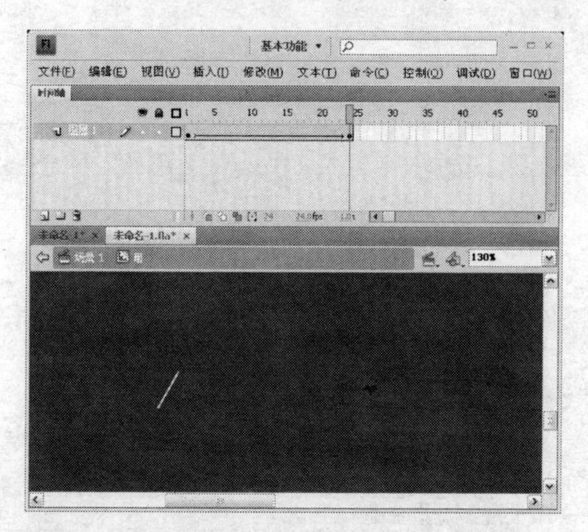

图5-8 创建补间动画

图5-9 绘制椭圆

Step 06 选中“图层2”的第24帧，按住鼠标左键不放，将它向右移动一个帧的距离。也就是将“图层2”的第24帧移到第25帧处。然后选中第25帧处的椭圆，按下F8键，将其转换为图形元件，在“名称”文本框中输入“水纹”，如图5-10所示。

Step 07 在“图层2”的第40帧处插入关键帧。选中该帧处的椭圆，使用任意变形工具将其宽和高分别放大至118像素与13像素。然后在“属性”面板中将它的Alpha值设置为0%。最后在“图层2”的第25帧与第40帧之间创建补间动画，如图5-11所示。

Step 08 回到主场景，新建一个图层。从库面板里将影片剪辑“雨”拖入到舞台中。然后选中影片剪辑“雨”，在“属性”面板中将它的实例名设置为“yu”，如图5-12所示。

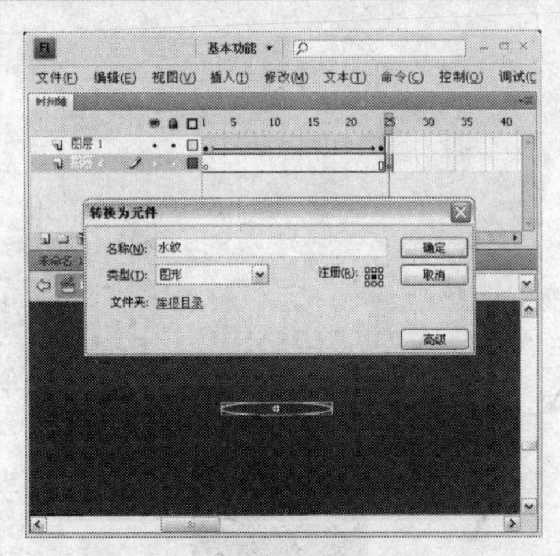

图5-10 转换为图形元件

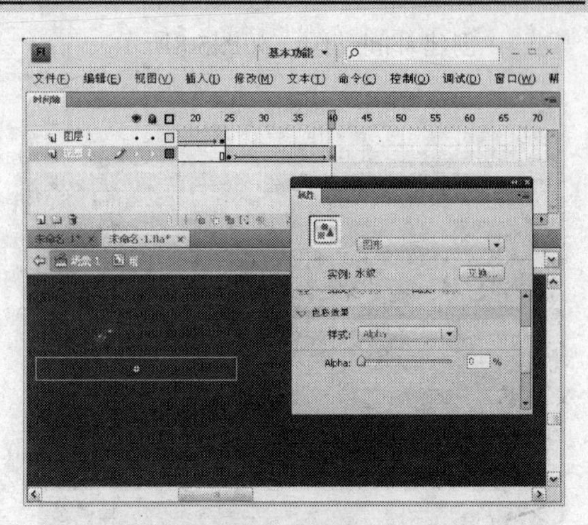

图5-11 创建补间动画

Step 09 再新建一个图层，并把它命名为“Action”。选中“Action”层的第1帧，在“动作”面板中添加如下代码，如图5-13所示。

```
i=1;
yu.visible=0;
_root.onEnterFrame=function( ){
if(i<100){
yu.duplicateMovieClip("yu"+i,i);
_root["yu"+i]._x=random(450);
_root["yu"+i]._y=yu._y;
_root["yu"+i]._alpha=random(90)+10;
i++;
    }
    }
```

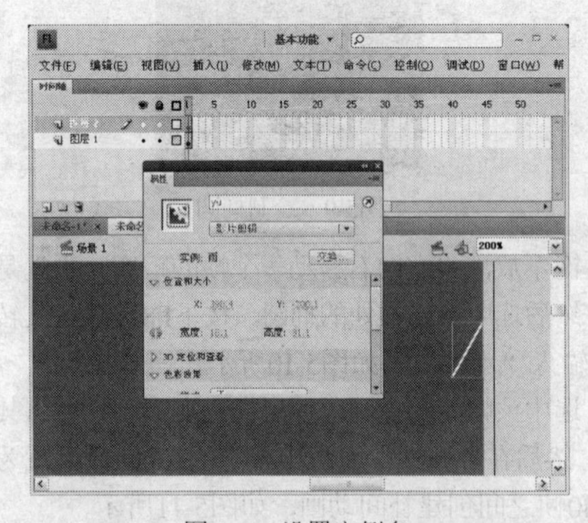

图5-12 设置实例名

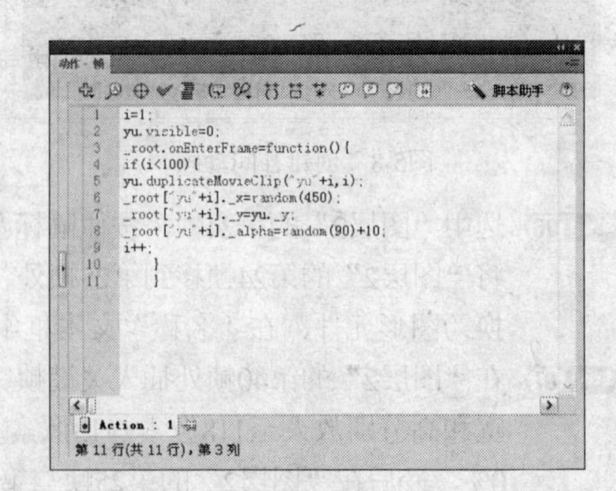

图5-13 添加代码

Step 10 保存文件并按下Ctrl+Enter组合键，欣赏最终效果。

知识总结

本实例先制作雨点落下的影片剪辑动画，然后通过设置影片剪辑的实例名称，使用Action-Script技术复制出多个影片剪辑在舞台上，形成无数的雨点落在树林中的动画效果。

记时效果 Example 03

实例效果

图5-14 记时效果

实例介绍

本实例通过Action技术来制作秒表记录时间的动画效果。

制作分析

本实例使用绘图工具，绘制出秒表的外形；使用动态文本工具，然后在舞台上建立三个动态文本框，以便显示经过的时间；最后使用ActionScript技术，编辑出秒表记时的效果。

制作步骤

本实例所使用素材文件及结果文件如下：

上机同步练习文件:		
素材路径	素材文件	源文件与素材\素材\第5章\实例3\
	结果文件	源文件与素材\结果\第5章\实例3\记时效果.fla

具体操作方法如下。

Step 01 运行Flash CS4，新建一个Flash空白文档。执行“修改”|“文档”命令，打开“文档属性”对话框，在对话框中将“背景颜色”设置为深红色。设置完成后单击“确定”按钮。

Step 02 使用椭圆工具在舞台上绘制一个无边框、填充色为橙色（#FF6633）的圆，接着在刚绘制好的圆上再绘制一个边框为黑色、填充色为蓝色（#66CCFF）的圆，如图5-15所示。

Step 03 新建一个图层，选择线条工具，在蓝色的圆中绘制出如图5-16所示的48条颜色为橙色（#FF6633）、线条粗细为2像素的小线条和12条颜色为红色（#FF3333）、线条粗细为5像素的粗线条。

图5-15　绘制圆

图5-16　绘制线条

Step 04 新建一个图层，使用文本工具T分别在粗线条的下方输入数字1～12，字体选择“华文新魏”，字号为15，字体颜色为黑色，如图5-17所示。

Step 05 选择椭圆工具，在蓝色圆的中心位置绘制一个无边框，填充色为黄色（#FF9900）的圆，如图5-18所示。

图5-17　输入文字

图5-18　绘制圆

Step 06 新建一个名称为“加油”的影片剪辑，执行“文件”|“导入”|“导入到舞台”命令，将两幅图像分别导入到时间轴的第1帧与第2帧中（位置：源文件与素材\素材\第5章\实例3\t1.gif、t2.gif），然后在时间轴的第4帧处插入帧，如图5-19所示。

Step 07 回到主场景，新建一个图层并把它命名为“加油”。然后从库面板里把影片剪辑“加油”拖入到舞台上，如图5-20所示。

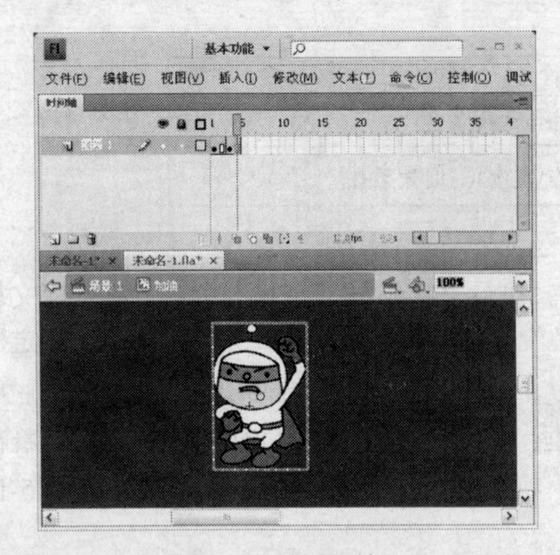

图5-19　插入帧

图5-20　拖入影片剪辑

Step 08 将“加油”层拖到“图层3”的下方，新建一个图层并把它命名为“时针”。使用线条工具在舞台上如图5-21所示的位置绘制一条颜色为土黄色（#993300）、线条粗细为6像素的线条。

Step 09 选中绘制的线条，按下F8键将其转换为名称“时针”的影片剪辑，然后在“属性”面板中将它的实例名设置为“hour”，如图5-22所示。

图5-21 绘制线条

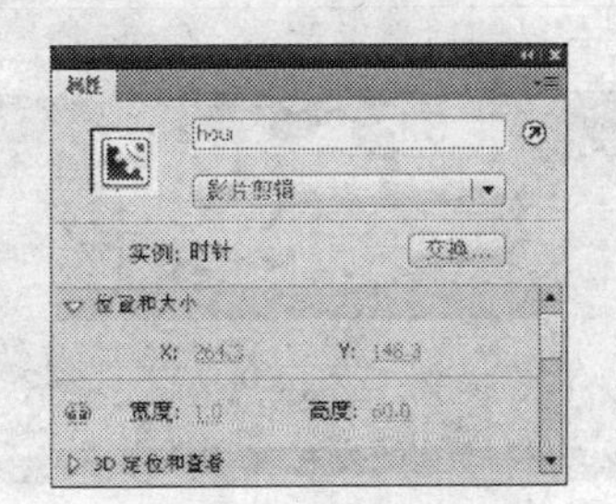

图5-22 设置实例名

Step 10 新建一个图层并把它命名为“分针”。使用线条工具在时针的上方绘制一条颜色为绿色（#00FF00）、线条粗细为4像素的线条。然后选中它，按下F8键将其转换为影片剪辑，在“名称”文本框中输入“分针”。最后在“属性”面板中将它的实例名设置为“fen”，如图5-23所示。

Step 11 再新建一个图层，并把它命名为“秒针”。使用线条工具在分针的上方绘制一条颜色为蓝色（#0033CC）、线条粗细为3像素的线条。然后选中它，按下F8键将其转换为影片剪辑，在“名称”文本框中输入“秒针”。最后在“属性”面板中将它的实例名设置为“miao”，如图5-24所示。

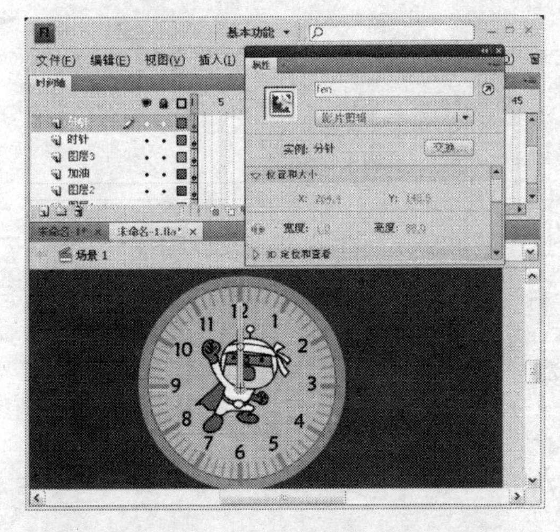

图5-23 设置实例名

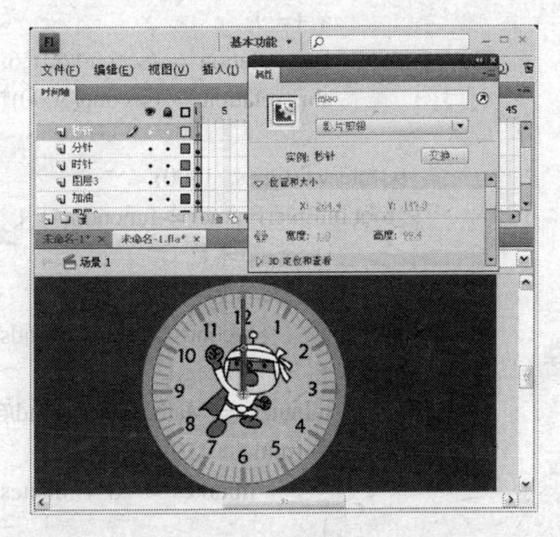

图5-24 设置实例名

Step 12 新建一个图层并把它命名为“时间”。选择文本工具T，在舞台中制作三个动态文本框。并在动态文本框的间隔处选择静态文本输入两个“:”，字体选择“华文新魏”，字号为30，字体颜色为黄色（#FF9900），如图5-25所示。

Step 13 分别选中左、中、右这三个动态文本框，在“属性”面板中将它们的变量名设置为“hours”、“minutes”和“seconds”，如图5-26所示。

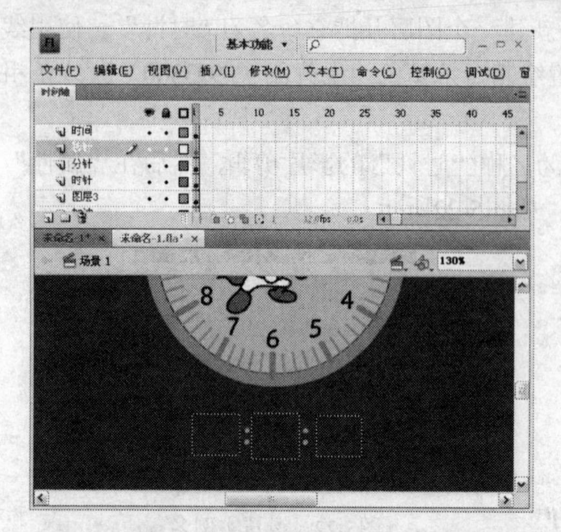

图5-25 制作动态文本框

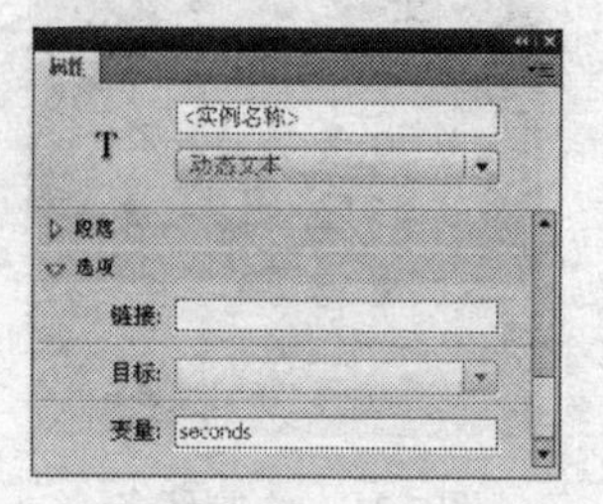

图5-26 设置变量名

Step 14 再新建一个图层，并把它命名为“Action”。选中该层的第1帧，在“动作”面板中添加如下代码，如图5-27所示。

```
second = 0;
a = 0;
//
function times( ) {
        setProperty("miao", _rotation, miao._rotation+6);
        second += 1;
        a += 1;
        fen._rotation = (second/60)*6;
        shi._rotation = (second/3600)*30;
}
setInterval(times, 1000);
_root.onEnterFrame = function( ) {
        seconds = a;
        if (seconds<10) {
                seconds = "0"+seconds;
        }
        minutes = Math.floor(second/60);
        if (minutes<10) {
                minutes = "0"+minutes;
        }
        hours = Math.floor(minutes/60);
        if (hours<10) {
                hours = "0"+hours;
        }
        if (seconds>=60) {
                a = 0;
        }
};
```

```
second = 0;
a = 0;
//
function times() {
    setProperty("miao", _rotation, miao._rotation+6);
    second += 1;
    a += 1;
    fen._rotation = (second/60)*6;
    shi._rotation = (second/3600)*30;
}
setInterval(times, 1000);
_root.onEnterFrame = function() {
    seconds = a;
    if (seconds<10) {
        seconds = "0"+seconds;
    }
    minutes = Math.floor(second/60);
    if (minutes<10) {
        minutes = "0"+minutes;
    }
    hours = Math.floor(minutes/60);
    if (hours<10) {
        hours = "0"+hours;
    }
    if (seconds>=60) {
        a = 0;
    }
};
```

图5-27 输入代码

Step 15 保存文件并按下Ctrl+Enter组合键，欣赏最终效果。

知识总结

本实例使用Action技术设置分针与秒针的旋转角度，并为动态文本框设置变量名称，制作文本框中的时间显示效果。

朦胧光效 Example 04

实例效果

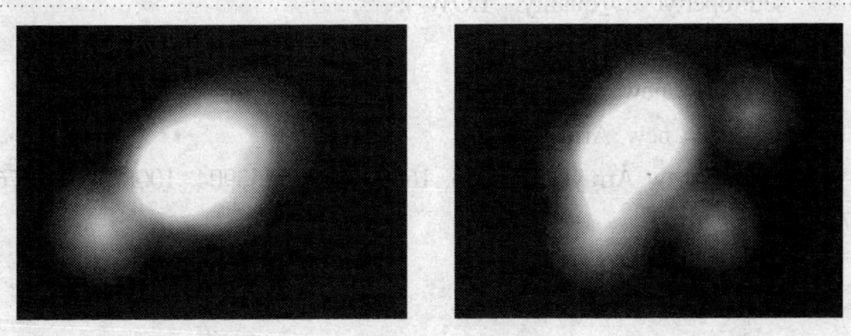

图5-28 朦胧光效效果

实例介绍

本实例运用Action技术来制作漂亮的朦胧光效效果。

制作分析

本实例首先创建相关元件，然后编写Action代码使相关元件生成多种色彩并不断运动。

制作步骤

本实例所使用素材文件及结果文件如下：

上机同步练习文件：		
素材路径	素材文件	源文件与素材\素材\第5章\实例4\
	结果文件	源文件与素材\结果\第5章\实例4\朦胧光效.fla

具体操作方法如下。

Step 01 运行Flash CS4，新建一个Flash空白文档。执行“修改”|“文档”命令，打开“文档属性”对话框，在对话框中将“尺寸”设置为750像素（宽）×550像素（高），“背景颜色”设置为黑色，帧频设置为30fps。设置完成后单击“确定”按钮。

Step 02 新建一个图形元件“shape 1”，在工作区绘制一个如图5-29所示的图形。

Step 03 新建一个图形元件“shape 2”，使用文本工具在工作区输入如图5-30所示的文字。

图5-29 元件“shape 1”

图5-30 元件“shape 2”

Step 04 新建一个影片剪辑元件“sprite 1”，设置第1帧为空白关键帧，制作一个空白元件。

Step 05 新建一个影片剪辑元件“sprite 2”，设置第1帧为关键帧，将库中元件“sprite 1”拖入工作区，在属性面板将其命名为影片剪辑“Controller”，并为其添加如下所示的Action：

```
onClipEvent (load) {
        setProperty("", _quality, "LOW");
        Sounds = new Array( );
        Circles = new Array( );
        Colors = new Array( );
        Hues = new Array(12255343, 16750848, 16763904, 10080767, 13762457, 8978392,
9795583, 16737938);
        maxLoops = 10;
        numLoops = 7;
        t = 0;
        for (i=0; i<maxLoops; i++) {
                Colors[i] = new Color("_parent.bar"+i);
                Colors[i].setRGB(Hues[i]);
                setProperty("_parent.bar"+i, _yscale, 0);
        }
        for (i=0; i<numLoops; i++) {
                Sounds[i] = new Sound(eval("_parent.loop"+i));
                Sounds[i].attachSound("loop"+i);
                attachMovie("circle", "C"+i, i);
```

```
				Colors[i] = new Color("C"+i);
				Colors[i].setRGB(Hues[i]);
				Circles[i] = new Object( );
				Circles[i].radius = 250-i*15;
				Circles[i].orbit = i*30+20;
				Circles[i].r2 = Circles[i].radius*Circles[i].radius*10;
				Circles[i].f1 = Math.random( )*40+40;
				Circles[i].f2 = Math.random( )*40+40;
				Circles[i].f3 = Math.random( )*40+40;
				Circles[i].f4 = Math.random( )*40+40;
				Circles[i].p1 = Math.random( )*6.280000E+000;
				Circles[i].p2 = Math.random( )*6.280000E+000;
				Circles[i].p3 = Math.random( )*6.280000E+000;
				Circles[i].p4 = Math.random( )*6.280000E+000;
				setProperty("C"+i, _xscale, Circles[i].radius);
				setProperty("C"+i, _yscale, Circles[i].radius);
			}
			for (i=0; i<numLoops; i++) {
				Sounds[i].start(0, 999);
				Sounds[i].setVolume(0);
			}
		}
		onClipEvent (enterFrame) {
			for (i=0; i<numLoops; i++) {
				Circles[i].x = Math.sin(t/Circles[i].f1+Circles[i].p1)*Math.sin(t/Circles[i].f2+
Circles[i].p2) *Circles[i].orbit;
				Circles[i].y = Math.sin(t/Circles[i].f3+Circles[i].p3)*Math.sin(t/Circles[i].f4+
Circles[i].p4) *Circles[i].orbit;
				setProperty("C"+i, _x, Circles[i].x);
				setProperty("C"+i, _y, Circles[i].y);
				dx = _xmouse-Circles[i].x;
				dy = _ymouse-Circles[i].y;
				d = dx*dx;
				d = d+dy*dy;
				mix = Circles[i].r2/d;
				if (mix>70) {
					mix = 70;
				}
				Sounds[i].setVolume(mix);
				setProperty("_parent.bar"+i, _yscale, mix);
			}
			++t;
		}
```

Step 06 新建一个影片剪辑元件“sprite 3”，设置第1帧为关键帧，将库中元件“shape 1”拖入工作区，进行转换。

Step 07 新建一个影片剪辑元件“sprite 4”，设置图层1的第1帧为关键帧，将库中元件“sprite 3”拖入工作区，增加图层2，设置第1帧为关键帧，将库中元件“shape 2”拖入工作区，使其位于元件“sprite 3”上面，如图5-31所示。

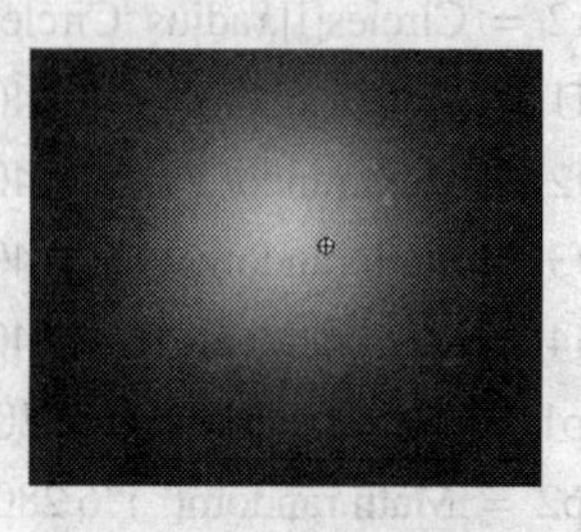

图5-31 元件“sprite 4”

Step 08 回到主场景，设置图层1的第1帧为关键帧，将库中元件“sprite 1”拖入到主场景，在属性面板将其命名为影片剪辑“Controller”，并添加如下所示的Action：

```
onClipEvent (load) {
        Circles = new Array( );
        Colors = new Array( );
        Hues = new Array(12255343, 16750848, 16763904, 10080767, 13762457, 8978392,
9795583, 16737938);
        maxLoops = 15;
        numLoops = 8;
        t = 0;
        for (i=0; i<maxLoops; i++) {
                Colors[i] = new Color("_parent.bar"+i);
                Colors[i].setRGB(Hues[i]);
                setProperty("_parent.bar"+i, _yscale, 0);
        }
        for (i=0; i<numLoops; i++) {
                attachMovie("circle", "C"+i, i);
                Colors[i] = new Color("C"+i);
                Colors[i].setRGB(Hues[i]);
                Circles[i] = new Object( );
                Circles[i].radius = 250-i*15;
                Circles[i].orbit = i*30+15;
                Circles[i].r2 = Circles[i].radius*Circles[i].radius*10;
                Circles[i].f1 = Math.random( )*40+40;
                Circles[i].f2 = Math.random( )*40+40;
                Circles[i].f3 = Math.random( )*40+40;
                Circles[i].f4 = Math.random( )*40+40;
                Circles[i].p1 = Math.random( )*6.280000E+000;
                Circles[i].p2 = Math.random( )*6.280000E+000;
```

```
                Circles[i].p3 = Math.random( )*6.280000E+000;
                Circles[i].p4 = Math.random( )*6.280000E+000;
                setProperty("C"+i, _xscale, Circles[i].radius);
                setProperty("C"+i, _yscale, Circles[i].radius);
        }
        for (i=0; i<numLoops; i++) {
                Sounds[i].start(0, 999);
                Sounds[i].setVolume(0);
        }
}
onClipEvent (enterFrame) {
        for (i=0; i<numLoops; i++) {
                Circles[i].x = Math.sin(t/Circles[i].f1+Circles[i].p1)*Math.sin(t/Circles[i].f2+
Circles[i].p2)* Circles[i].orbit*1.200000E+000;
                Circles[i].y = Math.sin(t/Circles[i].f3+Circles[i].p3)*Math.sin(t/Circles[i].f4+
Circles[i].p4)* Circles[i].orbit;
                setProperty("C"+i, _x, Circles[i].x);
                setProperty("C"+i, _y, Circles[i].y);
                dx = _xmouse-Circles[i].x;
                dy = _ymouse-Circles[i].y;
                d = dx*dx;
                d = d+dy*dy;
                mix = Circles[i].r2/d;
                if (mix>70) {
                        mix = 70;
                }
                Sounds[i].setVolume(mix);
                setProperty("_parent.bar"+i, _yscale, mix);
        }
        ++t;
}
```

Step 09 增加图层2，设置第1帧为空白关键帧，添加Action：fscommand("allowscale", "false")。然后保存文件并按下Ctrl+Enter组合键，欣赏最终效果。

知识总结

使用ActionScript技术可以在影片播放时改变图像的大小、角度、旋转方向以及影片剪辑元件的颜色等。

魔幻曲线 Example 05

实例效果

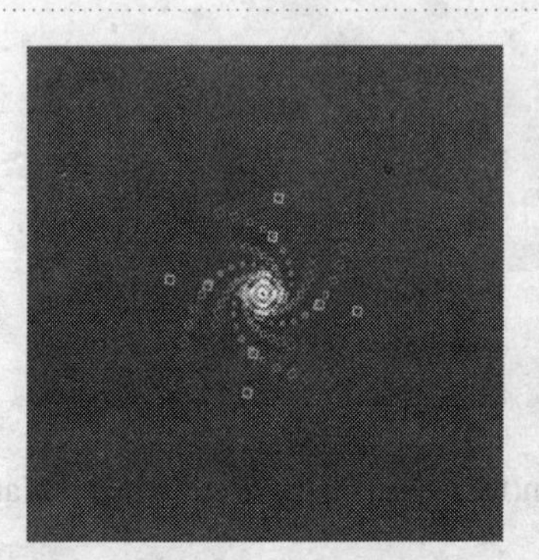
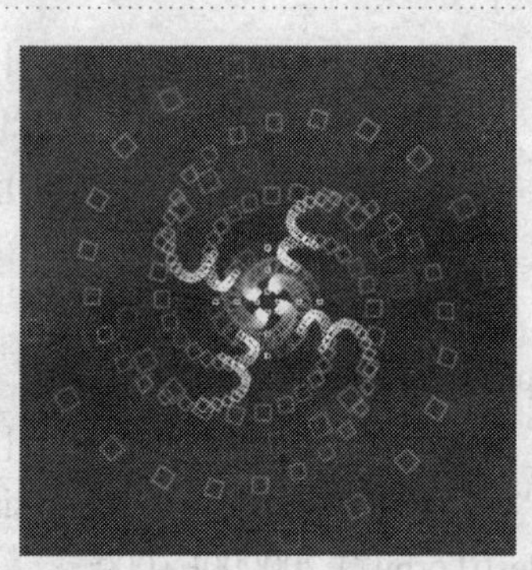

图5-32 魔幻曲线效果

实例介绍

本实例通过使用Action技术来制作漂亮的魔幻曲线效果。

制作分析

首先制作圆角正方形状的元件，然后为元件做绕螺旋状发散效果编写的Action代码。

制作步骤

本实例所使用素材文件及结果文件如下：

上机同步练习文件：		
素材路径	素材文件	源文件与素材\素材\第5章\实例5\
	结果文件	源文件与素材\结果\第5章\实例5\魔幻曲线.fla

具体操作方法如下。

Step 01 运行Flash CS4，新建一个Flash空白文档。执行“修改”|“文档”命令，打开“文档属性”对话框，在对话框中将“尺寸”设置为400像素（宽）×400像素（高），“背景颜色”设置为黑色，帧频设置为25fps。设置完成后单击“确定”按钮。

Step 02 新建一个图形元件“元件1”，在工作区绘制如图5-33所示的矩形图形，大小为6.7×6.7。

Step 03 新建一个影片剪辑元件“元件2”，设置第1帧为关键帧，将库中元件“元件1”拖入到主场景，设置其色调为淡黄色，如图5-34所示，并添加Action：gotoAndStop(_level0:kadr);在第5帧处插入关键帧，设置元件“元件1”的色调为淡绿色，如图5-35所示。

Step 04 在第10帧处插入关键帧，设置元件“元件1”的色调为高亮绿色，如图5-36所示；在第15帧处插入关键帧，设置元件“元件1”的色调为高亮黄色，如图5-37所示；在第20帧处插入关键帧，设置元件“元件1”的色调为淡黄色，并在各关键帧之间创建动作补间动画。

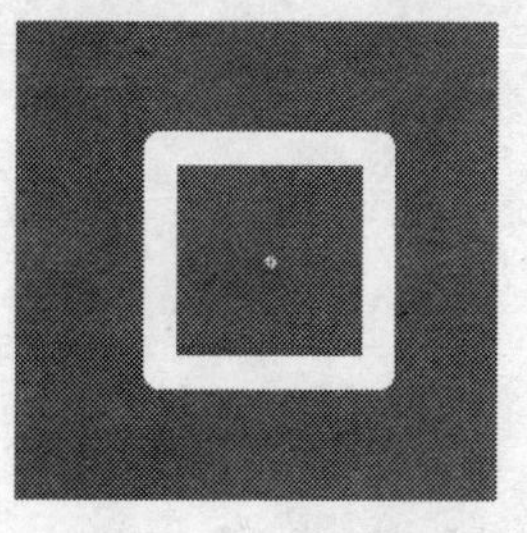

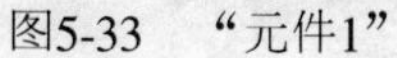

图5-33 “元件1”

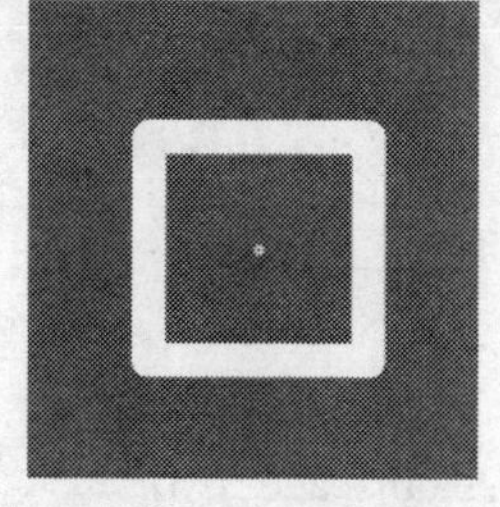

图5-34 “元件2”

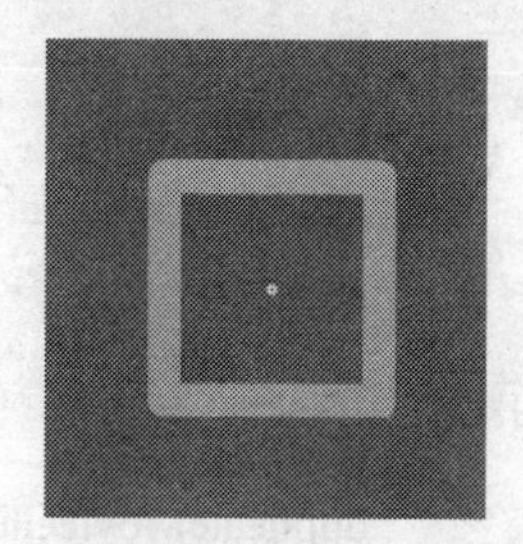

图5-35 “元件1”

Step 05 新建一个影片剪辑元件“元件3”，设置图层1的第1帧为关键帧，将库中元件“元件1”拖入到主场景，再重制11个，排列成如图5-38所示的形状。

图5-36 “元件1”

图5-37 “元件1”

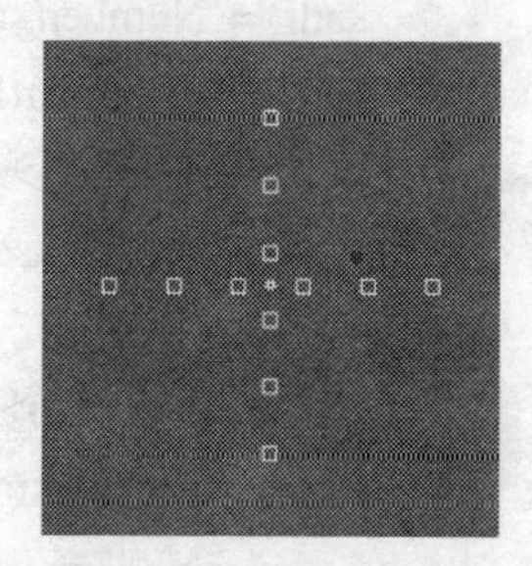

图5-38 “元件1”的组合

Step 06 新建一个影片剪辑元件“元件4”，将库中元件“元件3”拖入到主场景，如图5-39所示，在属性面板设置其为影片剪辑“obj”并设置为自动旋转-100，在第25帧处插入关键帧，设置其Alpha值为0，如图5-40所示，添加Action：removeMovieClip(_target); 并在第1帧处创建动作补间动画。

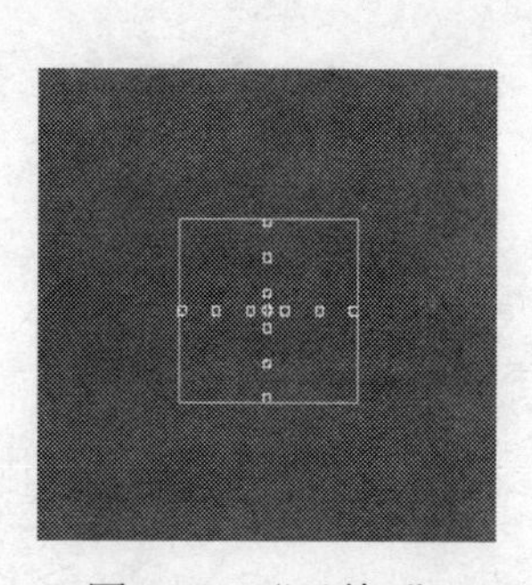

图5-39 “元件3”

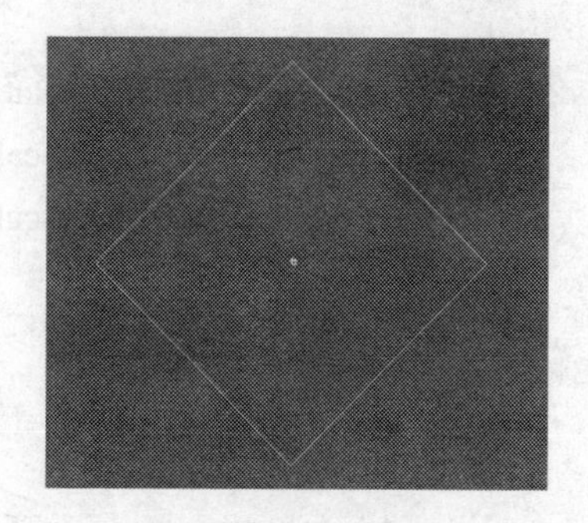

图5-40 “元件4”

Step 07 回到主场景，设置图层1的第1帧为关键帧，将库中元件“元件4”拖入到主场景，在属性面板设置其为影片剪辑“pred”，在第3帧处插入帧。

Step 08 增加图层2，分别设置第1、2、3帧为空白关键帧，并分别在这三帧中添加如下所示的Action：

第1帧处Action：

```
setProperty("/pred", _visible, False);
i = 1;
rot = 0;
scl = 100;
```

```
krot = 8;
kscl = -2;
kadr = 1;
kadr2 = 1;
```

第2帧处Action：

```
duplicateMovieClip("/pred", "obj" add i, i);
rot = Number(rot)+Number(krot);
scl = Number(scl)+Number(kscl);
krot = Number(krot)+1;
kadr = Number(kadr)+1;
kadr2 = Number(kadr2)+1;
if ((Number(scl)>200) or (Number(scl)<20)) {
    kscl = -kscl;
}
if (Number(krot)>Number(random(120))) {
    krot = -krot;
}
if (Number(kadr)>20) {
    kadr = 1;
}
if (Number(kadr2)>160) {
    kadr2 = 160;
}
setProperty("obj" add i, _rotation, rot);
setProperty("obj" add i, _xscale, scl);
setProperty("obj" add i, _yscale, scl);
i = Number(i)+1;
```

第3帧处Action：

```
gotoAndPlay(2);
```

Step 09 保存文件并按下Ctrl+Enter组合键，欣赏最终效果。

知识总结

在Flash CS4中，ActionScript代码主要是添加在空白关键帧（或关键帧）、按钮和影片剪辑中的。

奇幻光影 Example 06

实例效果

图5-41 奇幻光影

实例介绍

本实例通过使用Action技术来制作奇幻光影效果。

制作分析

本实例没有创建任何元件，只通过Action代码制作出绚丽的奇幻光影效果。

制作步骤

本实例所使用素材文件及结果文件如下：

上机同步练习文件:		
素材路径	素材文件	源文件与素材\素材\第5章\实例6\
	结果文件	源文件与素材\结果\第5章\实例6\奇幻光影.fla

具体操作方法如下。

Step 01 运行Flash CS4，新建一个Flash空白文档。执行“修改”|“文档”命令，打开“文档属性”对话框，在对话框中将“尺寸”设置为580像素（宽）×400像素（高），背景颜色设置为黑色。设置完成后单击“确定”按钮。

Step 02 选择时间轴上的第1帧，打开“动作”面板，输入如下代码：

```
import flash.display.BitmapData;
import flash.filters.*;
import flash.geom.*;
_quality = "LOW";
_root.createTextField("logo", 10, 10, 10, 220, 18);
logo.html = true;
_root.createTextField("para", 9, Stage.width-150, Stage.height-30, 150, 18);
para.html = true;
var bmp:BitmapData = new BitmapData(Stage.width, Stage.height, false, 0x0);
_root.attachBitmap(bmp, 0);
```

```
_root.createEmptyMovieClip("world", 2);
world.createEmptyMovieClip("_mc", 0);
world._mc._x = Stage.width/2;
world._mc._y = Stage.height/2;
var rad_speed:Number = 2;
var blurFilter:BlurFilter = new BlurFilter(4, 4, 1);
var f:Number = -.01;
var colorFilter:ColorMatrixFilter = new ColorMatrixFilter([.9, -.1, 0, 0, f, 0, .8, -.2, 0, f, .1,
0, .9, 0, f, 1, 0, 0, 1, 0]);
var total_nums:Number = 10;
onMouseDown = function ( ) {
for (var i in world._mc) {
  world._mc[i].removeMovieClip( );
}
var a = Math.random( )*.2;
t = (Math.random( )-.5)*a;
z = (Math.random( )-.5)*a;
para.htmlText = "<FONT SIZE='12' COLOR='#333333'>z="+Math.round(z*20000)/
20000+"     t="+Math.round(t*10000)/10000+"</FONT>";
rad_speed = (Math.random( )-.5)*3.8;
line_bool = random(5);
swirl_bool = random(3);
rnd_xy_bool = random(4);
var i = 0;
for (k=0; k<total_nums; k++) {
  for (m=0; m<360; m += 5) {
   var line:MovieClip = world._mc.createEmptyMovieClip("line"+i, i);
   if (rnd_xy_bool) {
    line.ox = line.__x=line._x=k*Math.sin(m/180*Math.PI)*10+Math.random( )*20;
    line.oy = line.__y=line._y=k*Math.cos(m/180*Math.PI)*5+Math.random( )*20;
   } else {
    line.ox = line.__x=line._x=k*Math.sin(m/180*Math.PI)*10;
    line.oy = line.__y=line._y=k*Math.cos(m/180*Math.PI)*5;
   }
   line.lx = line._x*.3;
   line.ly = line._y*.3;
   if (random(3)) {
      (new Color(line)).setTransform({rb:i*512/k/m-256, gb:i*255/k/m, bb:random(512)-
256});
   } else {
    (new Color(line)).setTransform({rb:255, gb:255, bb:255});
   }
   line.onEnterFrame = function( ) {
```

```
        if (swirl_bool) {
         var x = this.__x;
         this.__x += 10*Math.cos(this.__y*z)*Math.sin(this.__y*t);
         this.__y += 10*Math.sin(x*z)*Math.cos(x*t);
        } else {
         this.__x += 10*Math.cos(this.__y*z)*Math.sin(this.__y*t);
         this.__y += 10*Math.sin(this.__x*z)*Math.cos(this.__x*t);
        }
        this.clear( );
        this.lineStyle(1, 0x66EE66);
        if (line_bool>1) {
         this.moveTo(this.ox-this._x, this.oy-this._y);
         this.lineTo(this.__x-this._x, this.__y-this._y);
        } else if (line_bool == 1) {
         this.moveTo(this.ox, this.oy);
         this.lineTo(this.__x+this.lx, this.__y+this.ly);
        } else {
         this.moveTo(this.ox-this.lx, this.oy-this.ly);
         this.lineTo(this.__x-this.lx, this.__y-this.ly);
        }
        this.ox = this.__x;
        this.oy = this.__y;
       };
       i++;
      }
    }
    clearInterval(val);
    val = setInterval(onMouseDown, 10000);
    };
    onEnterFrame = function ( ) {
    world._mc._rotation += rad_speed;
    bmp.draw(world);
    bmp.applyFilter(bmp, bmp.rectangle, new Point(0, 0), blurFilter);
    bmp.applyFilter(bmp, bmp.rectangle, new Point(0, 0), colorFilter);
    };
    world._visible = false;
    world._y = 100000;
    onMouseDown( );
```

Step 03 保存文件并按下Ctrl+Enter组合键，欣赏最终效果。

➡ 知识总结

直接使用Flash中的绘图工具和基本命令来创建类似魔幻曲线这样复杂的动画是相当困难

的，但是脚本可以帮助用户创建复杂的动画。如果用户不用ActionScript来实现这样的动画，将需要几千帧来模仿相似的动作，而用ActionScript可能只需要一帧。

深邃空间 Example 07

实例效果

图5-42 深邃空间效果

实例介绍

本实例使用Action技术来制作一个深邃空间的动画效果。

制作分析

本实例主要使用刷子工具、铅笔工具与ActionScript技术来编辑制作。

制作步骤

本实例所使用素材文件及结果文件如下：

上机同步练习文件：		
素材路径	素材文件	源文件与素材\素材\第5章\实例7\
	结果文件	源文件与素材\结果\第5章\实例7\深邃空间.fla

具体操作方法如下。

Step 01 运行Flash CS4，新建一个Flash空白文档。执行“修改”|“文档”命令，打开“文档属性”对话框，在对话框中将“背景颜色”设置为黑色，帧频设置为30fps。设置完成后单击“确定”按钮。

Step 02 使用刷子工具和铅笔工具在舞台内外绘制若干个小点，颜色随意，如图5-43所示。

Step 03 使用选择工具框选这些小点，按下F8键将其转换为图形元件，在“名称”文本框中输入“小点”，如图5-44所示。然后再次按下F8键，将其转换为影片剪辑，并在“名称”文本框中输入“点动”，如图5-45所示。

图5-43 绘制小点

图5-44 转换为图形元件

Step 04 在影片剪辑“点动”的编辑状态下，在时间轴的第60帧处按下F6键，插入关键帧。接着按住Shift键不放，使用任意变形工具将小点进行缩放。然后在第1帧与第60帧之间建立补间动画。如图5-45所示。

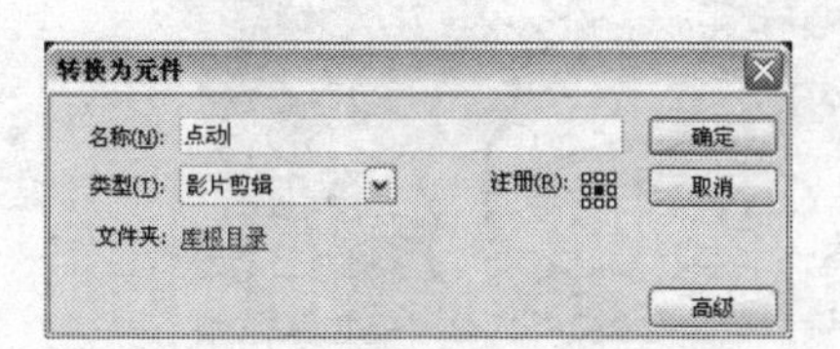

图5-45 转换为影片剪辑

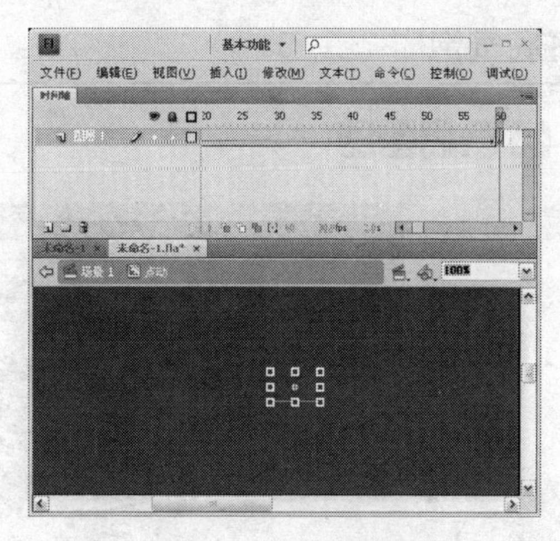

图5-46 建立补间动画

Step 05 在时间轴的第60帧处插入空白关键帧，然后选中此帧，在“动作”面板中添加如下代码：

```
this.removeMovieClip( );
```

Step 06 回到主场景，选中舞台上的小点，在“属性”面板中将其实例名设置为“xd”。如图5-47所示。

图5-47 设置实例名

Step 07 选中时间轴上的第1帧，在“动作”面板中添加如下代码：

```
var shendu = 0;
function fuzhidian( ) {
        xd.duplicateMovieClip("xd"+shendu, shendu++);
        _root["xd"+shendu]._xscale = _root["xd"+shendu]._yscale=Math.random( )*50+150;
}
dianid = setInterval(fuzhidian, 200);
```

Step 08 保存文件并按下Ctrl+Enter组合键，欣赏最终效果。

知识总结

本实例使用刷子工具与铅笔工具，在舞台中绘制若干个小点，再使用ActionScript技术，编辑出小点由近及远的效果。

海底气泡 Example 08

实例效果

图5-48 海底气泡

实例介绍

本实例使用Action技术来制作无数的气泡在海底不断地向上飘动的动态效果。

制作分析

本实例主要使用了椭圆工具、颜色面板与ActionScript技术来编辑制作。

制作步骤

本实例所使用素材文件及结果文件如下：

上机同步练习文件:		
素材路径	素材文件	源文件与素材\素材\第5章\实例8\背景.jpg
	结果文件	源文件与素材\结果\第5章\实例8\海底气泡.fla

具体操作方法如下。

Step 01 运行Flash CS4，新建一个Flash空白文档。执行“修改”|“文档”命令，打开“文档属性”对话框，在对话框中将“尺寸”设置为720像素（宽）×520像素（高），“背景颜色”设置为黑色，“帧频”设置为25fps。设置完成后单击“确定”按钮。

Step 02 执行"文件"|"导入"|"导入到舞台"命令，将一幅海底图片导入到舞台中（位置：源文件与素材\素材\第5章\实例8\背景.jpg），如图5-49所示。

Step 03 新建一个名为"气泡"的影片剪辑，使用椭圆工具在工作区中绘制一个无边框、填充色为任意色、宽和高都为45像素的圆，如图5-50所示。

图5-49 导入图片

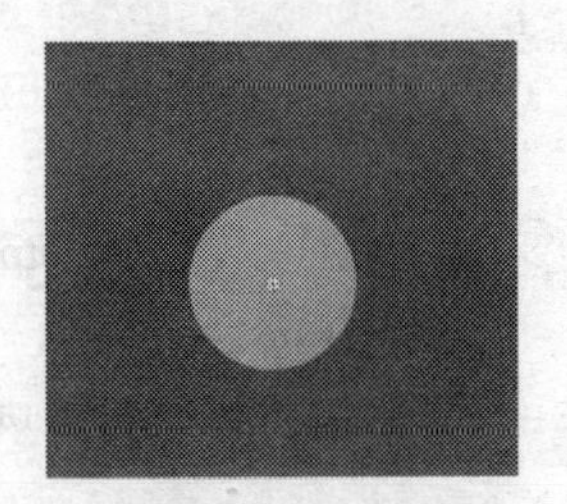

图5-50 绘制圆

Step 04 打开"颜色"面板。将"填充"设置为"放射状"，把调色条左端的调色块颜色设置为白色，把右端的调色块颜色设置为蓝色（#3FF3F3），并将其Alpha值设置为80%，如图5-51所示。然后使用颜料桶工具填充小圆，如图5-52所示。

Step 05 新建一个图层，使用铅笔工具在气泡上绘制两个如图5-53所示的无规则几何图形，并使用白色作为其填充色，然后将边框线去掉。

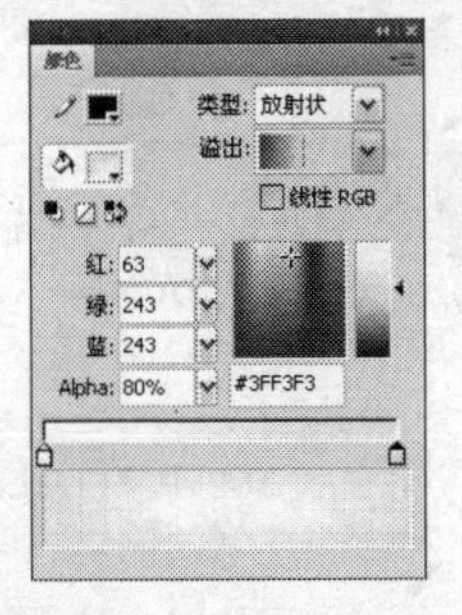

图5-51 "颜色"面板

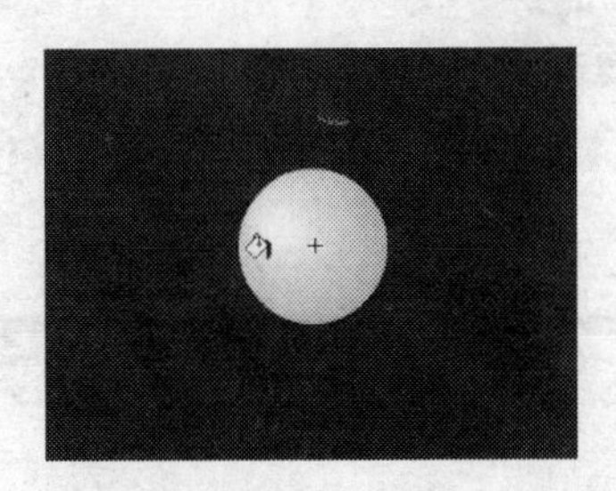

图5-52 填充小圆

图5-53 绘制几何图形

Step 06 回到主场景，新建一个图层，从库面板里将影片剪辑"气泡"拖入到舞台中如图5-54所示的位置。然后选中气泡，在"属性"面板中将它的实例名设置为"h2o"，如图5-55所示。

Step 07 新建一个图层，然后选中该层的第1帧，在"动作"面板中添加如下代码：

```
i=1
while(i<=30){
        duplicateMovieClip("h2o","h2o"+i,i);
        setProperty("h2o"+i,_x,random(400));
        setProperty("h2o"+i,_y,random(100)+300);
```

```
        setProperty("h2o"+i,_xscale,random(60)+40);
        setProperty("h2o"+i,_yscale,getProperty(eval("h2o"+i),_xscale));
        setProperty("h2o"+i,_alpha,random(30)+70);
        i++
}
_root.h2o._visible=0
```

Step 08 选中舞台上的气泡，在“动作”面板中添加如下代码，如图5-56所示。

```
onClipEvent (load) {
        speed = random(5)+3;
}
onClipEvent (enterFrame) {
        this._y -= speed;
        this._x += random(3)-random(3);
        if (this._y<-15) {
                this._y = random(100)+315;
        }
}
```

图5-54 拖入影片剪辑

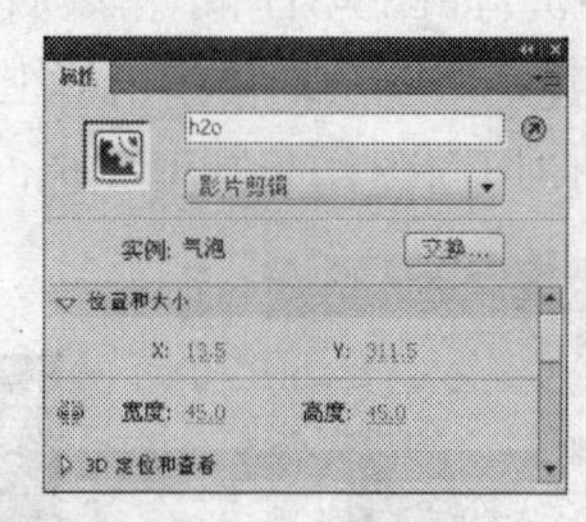

图5-55 设置实例名

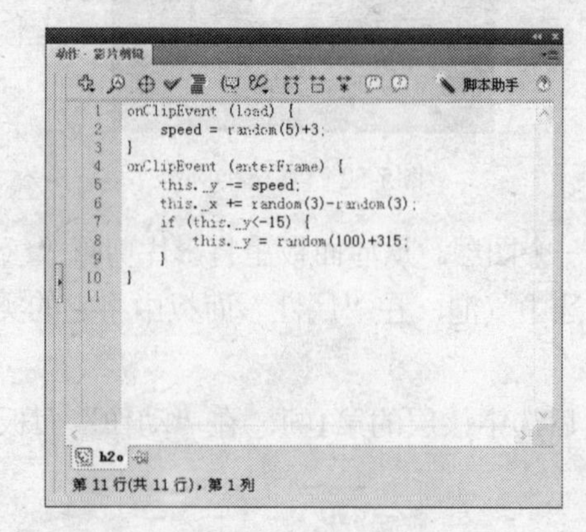

图5-56 添加代码

Step 09 保存文件并按下Ctrl+Enter组合键，欣赏最终效果。

知识总结

本实例在制作气泡时，使用椭圆工具，绘制出气泡的外形；使用混色器工具，调配出气泡的颜色，注意一定要设置颜色的Alpha值，这样气泡才有高光效果。

下雪啦 Example 09

实例效果

图5-57 下雪啦

实例介绍

本实例使用Action技术来制作雪花飘落的动画效果。

制作分析

本实例使用了转换为元件功能、引导层功能与ActionScript技术来编辑制作。

制作步骤

本实例所使用素材文件及结果文件如下：

上机同步练习文件：		
素材路径	素材文件	源文件与素材\素材\第5章\实例9\背景.jpg
	结果文件	源文件与素材\结果\第5章\实例9\下雪啦.fla

具体操作方法如下。

Step 01 运行Flash CS4，新建一个Flash空白文档。执行“修改”|“文档”命令，打开“文档属性”对话框，在对话框中将“尺寸”设置为500像素（宽）×400像素（高），“背景颜色”设置为黑色。设置完成后单击“确定”按钮。

Step 02 新建一个名称为“snow”的图形元件，使用椭圆工具在工作区中绘制一个无边框、填充色为白色、宽和高都为8像素的圆，如图5-58所示。

Step 03 新建一个名称为“snowing”的影片剪辑元件，从“库”面板里将图形元件“snow”拖入到工作区中。然后选中“图层1”，单击鼠标右键，在弹出的快捷菜单中选择“添加传统运动引导层”命令，如图5-59所示。

图5-58 绘制圆形

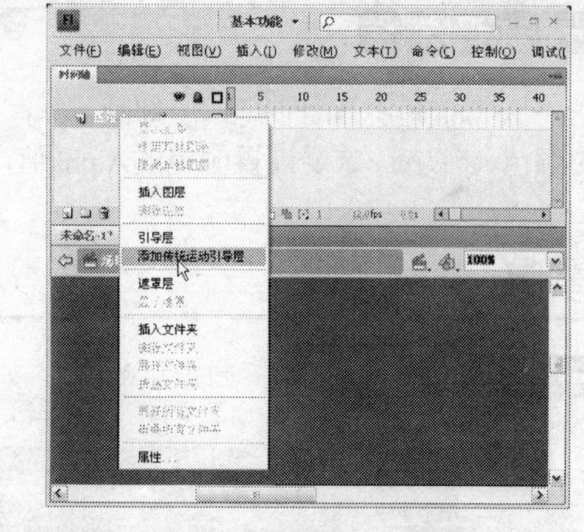

图5-59 选择“添加传统运动引导层”命令

Step 04 选中“引导层”的第1帧，使用铅笔工具在工作区中绘制一条曲线。然后将曲线的顶端对准图形元件“snow”的中心点，如图5-60所示。

Step 05 在“引导层”的第50帧处插入帧，在“图层1”的第50帧处插入关键帧。然后选中“图层1”第50帧处的图形元件“snow”，将其向下拖曳到曲线的尾端处，并且中心点要与曲线的尾端对准，如图5-61所示。最后在“图层1”的第1帧与第50帧之间创建补间动画。

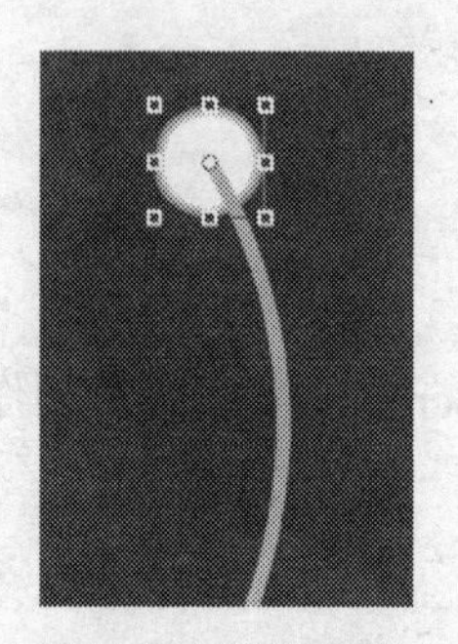

图5-60 绘制曲线

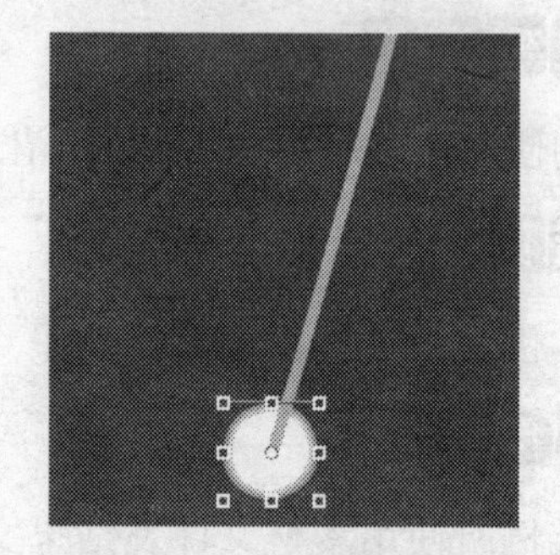

图5-61 拖曳图形元件

Step 06 回到主场景，执行“文件”|“导入”|“导入到舞台”命令，将一幅图片导入到舞台上（位置：源文件与素材\素材\第5章\实例9\背景.jpg），如图5-62所示。

Step 07 选中舞台上的背景图片，按下F8键，将其转换为图形元件。然后打开“属性”面板，在颜色下拉列表框中选择“色调”选项。然后将图片的色调设置为黑色，色调值为33%，如图5-63所示。

行家提示

调整背景图片的色调是为了表现下雪时天气十分寒冷的效果。

Step 08 新建一个图层，从“库”面板里将影片剪辑“snowing”拖入到舞台上方，如图5-64所示。然后在“属性”面板中把它的实例名设置为“snow”，如图5-65所示。最后在“图层1”与“图层2”的第3帧处插入帧。

图5-62 导入图片

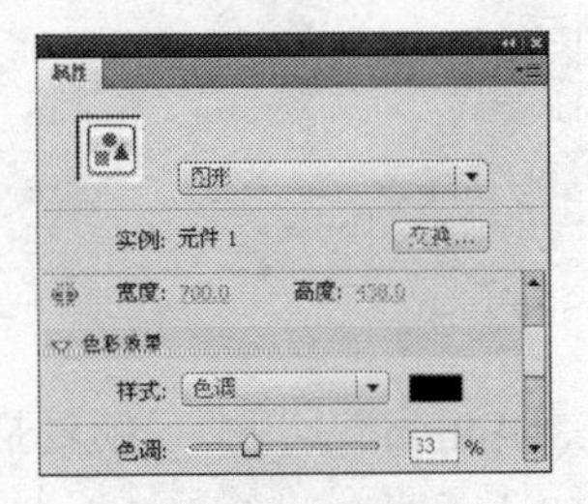

图5-63 设置色调

图5-64 拖入影片剪辑

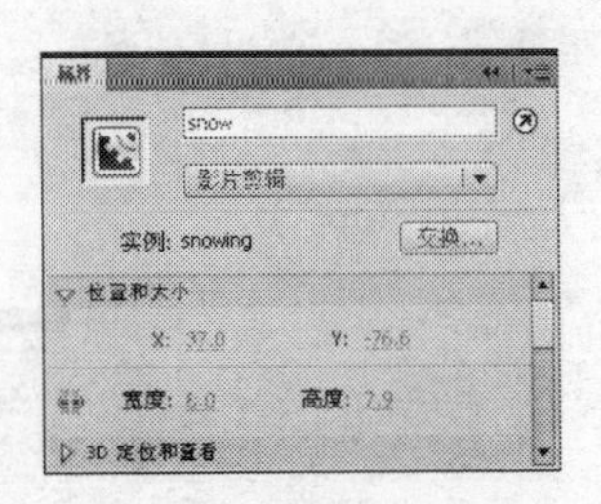

图5-65 设置实例名

Step 09 再新建一个图层，并把它命名为“Action”。选中“Action”层的第1帧，在“动作”面板中添加如下代码，如图5-66所示。

```
var snowNum = 0;
snow._visible=false;
```

Step 10 在“Action”层的第2帧处插入关键帧，然后在“动作”面板中添加如下代码，如图5-67所示。

```
snow.duplicateMovieClip("snow"+snowNum, snowNum);
var newSnow = _root["snow"+snowNum];
newSnow._x = Math.random( )*450;
newSnow._y = Math.random( )*20;
newSnow._rotation = Math.random( )*100-50;
newSnow._xscale = Math.random( )*40+60;
newSnow._yscale = Math.random( )*40+60;
newSnow._alpha = Math.random( )*50+50;
snowNum++;
```

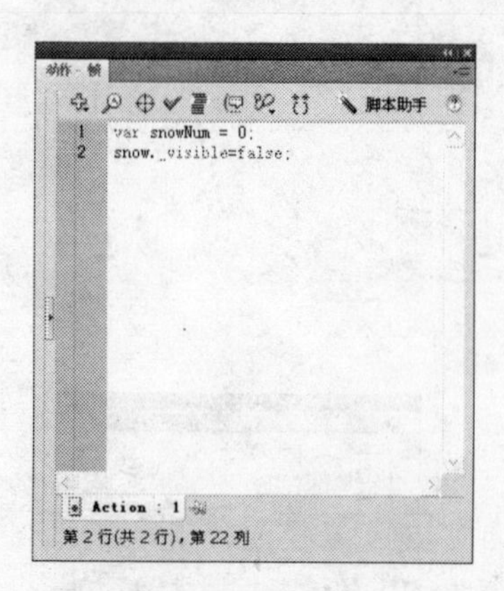

图5-66 添加代码

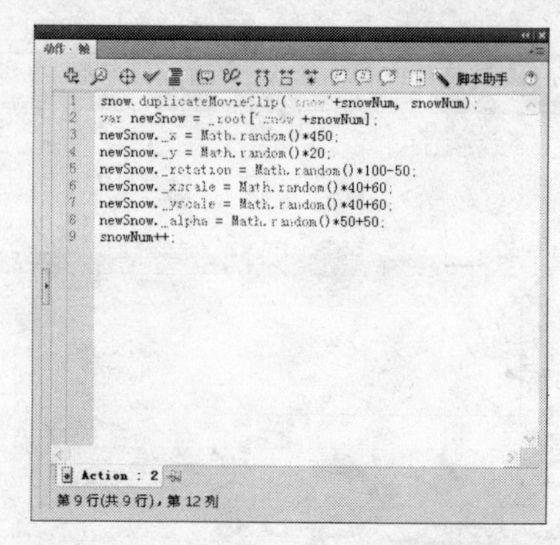

图5-67 添加代码

Step 11 在“Action”层的第3帧处插入关键帧，然后在“动作”面板中添加如下代码，如图5-68所示。

```
if (snowNum<120)
        gotoAndPlay(2);
else
        stop( );
```

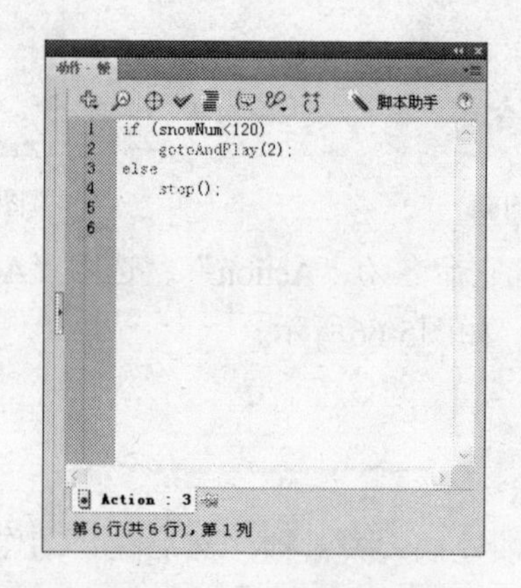

图5-68 添加代码

Step 12 保存文件并按下Ctrl+Enter组合键，欣赏最终效果。

知识总结

本实例在制作时，要注意导入背景图片后，运用转换为元件功能，调整背景的色调，使天色看起来暗一些；创建雪花按照一定的轨迹下落的动画时，雪花的中心点一定要与引导层中的曲线重合。

炊烟

Example 10

实例效果

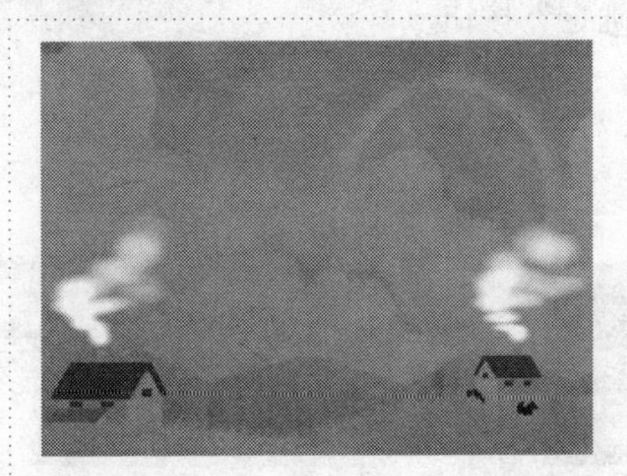

图5-69 炊烟效果

实例介绍

本实例使用Action技术来制作炊烟袅袅升起的动画效果。

制作分析

本实例主要使用了创建元件功能、转换为元件功能与ActionScript技术来编辑制作。

制作步骤

本实例所使用素材文件及结果文件如下：

上机同步练习文件：		
素材路径	素材文件	源文件与素材\素材\第5章\实例10\背景.jpg
	结果文件	源文件与素材\结果\第5章\实例10\炊烟.fla

具体操作方法如下。

Step 01 运行Flash CS4，新建一个Flash空白文档。执行“修改”|“文档”命令，打开“文档属性”对话框，在对话框中将“尺寸”设置为500像素（宽）×400像素（高），“背景颜色”设置为深蓝色，设置完成后单击“确定”按钮。然后执行“插入”|“新建元件”命令，打开“创建新元件”对话框，在“名称”文本框中输入元件的名称“烟”，在“类型”下拉列表中选择“影片剪辑”单选项，如图5-70所示。

Step 02 在影片剪辑“烟”的编辑状态下，选择椭圆工具在工作区中绘制一个无边框，填充色为任意色的圆形，如图5-71所示。

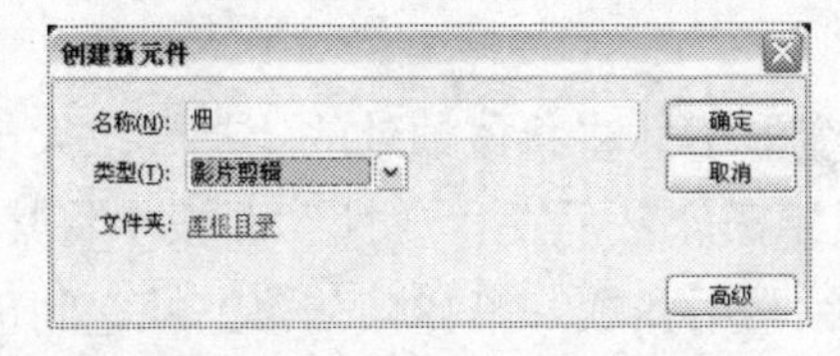

图5-70 “创建新元件”对话框

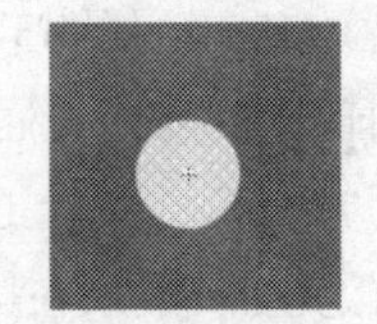

图5-71 绘制圆形

Step 03 按下Shift+F9组合键打开“颜色”面板。将填充类型设置为“放射状”，把调色条两端的调色块的颜色都设置为白色，并把右端调色块的Alpha值设置为77%，如图5-72所示。然后使用颜料桶工具填充小圆，如图5-73所示。

Step 04 选中小圆，执行“修改”|“形状”|“柔化填充边缘”命令，在弹出的对话框中进行如图5-74所示的设置。完成后单击“确定”按钮。

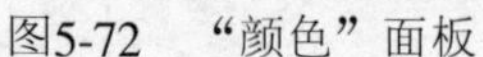

图5-72 “颜色”面板

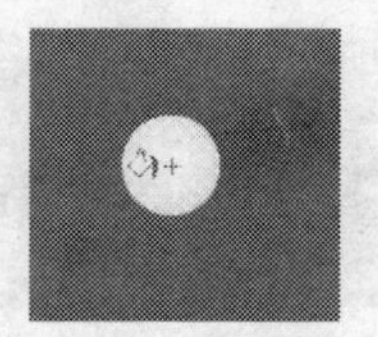

图5-73 填充小圆

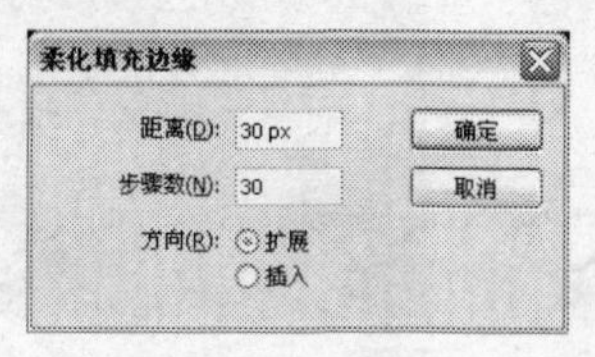

图5-74 柔化填充边缘

Step 05 新建一个名称为“烟动”的影片剪辑元件，从“库”面板中把影片剪辑“烟”拖入到工作区。然后选中时间轴上的第10帧，插入关键帧，如图5-75所示。

Step 06 选中第10帧的内容，使用任意变形工具将其拉大至宽、高都为54像素。接着把它向左上方移动一段距离。最后在“属性”面板中将其Alpha值设置为80%，如图5-76所示。

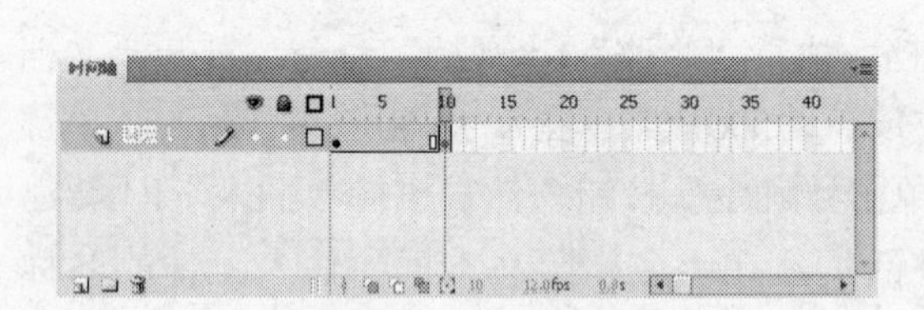

图5-75 插入关键帧

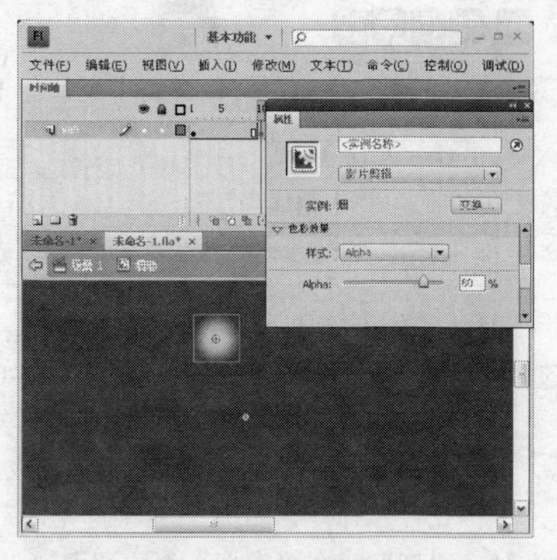

图5-76 设置Alpha值

Step 07 在时间轴的第18帧处插入关键帧。使用任意变形工具将该帧处的“烟”拉大至宽、高都为70像素。接着把它向右上方移动一段距离。最后在“属性”面板中将其Alpha值设置为45%，如图5-77所示。

Step 08 在时间轴的第25帧处插入关键帧。使用任意变形工具将该帧处的“烟”拉大至宽、高都为76像素。接着把它向右上方移动一段距离。然后在“属性”面板中将其Alpha值设置为0%。最后在第1帧与第10帧、第10帧与第18帧、第18帧与第25帧之间创建补间动画，如图5-78所示。

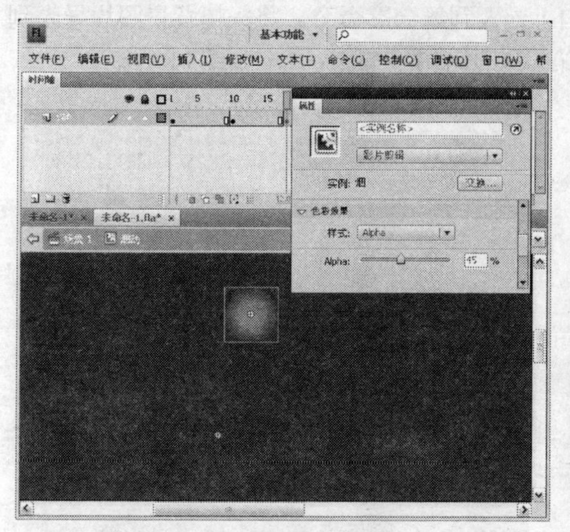

图5-77 设置Alpha值

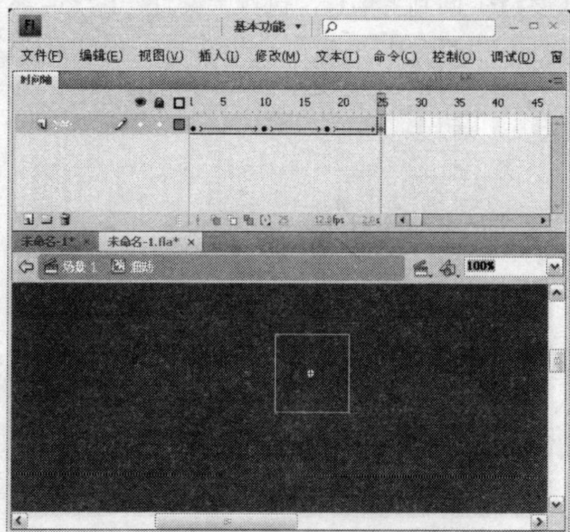

图5-78 创建补间动画

Step 09 选中时间轴的第1帧，在“动作”面板中添加如下代码，如图5-79所示。

```
setProperty(this, _x, random(10)-5);
setProperty(this, _yscale, random(50)+30);
```

Step 10 新建一个名称为“炊烟”的影片剪辑元件，从“库”面板中把影片剪辑“烟动”拖入到工作区。并在“属性”面板中将其实例名设置为“yan”，如图5-80所示。

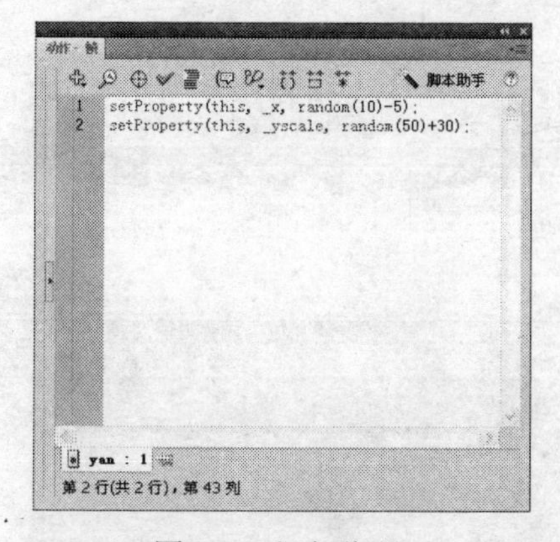

图5-79 添加代码

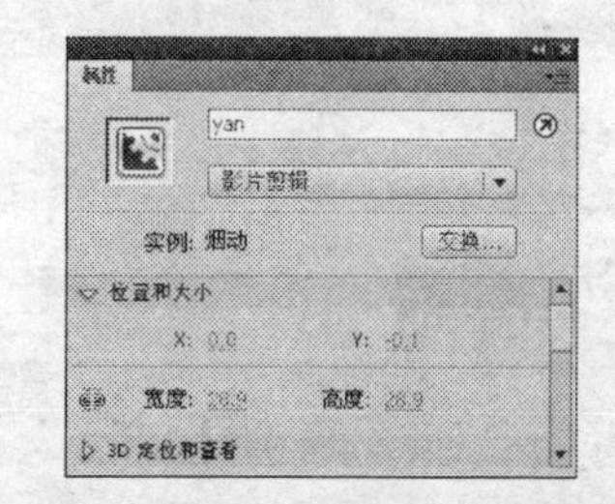

图5-80 设置实例名

Step 11 选中时间轴的第1帧，在“动作”面板中添加如下代码，如图5-81所示。

```
i = 1;
onEnterFrame = function ( ) {
if (i<=20) {
duplicateMovieClip("yan", "yan"+i, i);
i++;
} else {
i = 0;
}
};
```

Step 12 回到主场景，执行“文件”|“导入”|“导入到舞台”命令，将一幅背景图片导入到舞台中（位置：源文件与素材\素材\第5章\实例10\背景.jpg），如图5-82所示。

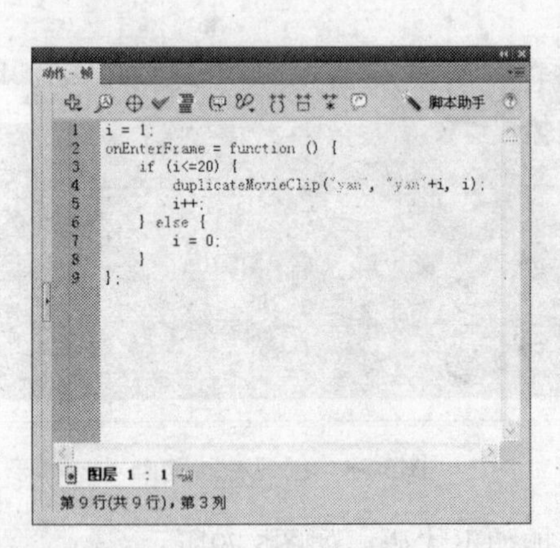

图5-81 添加代码

图5-82 导入图片

Step 13 选中舞台上的背景图片，按下F8键，将其转换为图形元件，图形元件的名称保持默认，接着打开“属性”面板，在颜色下拉列表框中选择“色调”选项。然后将图片的色调设置为黑色，透明度为50%，如图5-83所示。

Step 14 新建一个图层，从“库”面板中把影片剪辑“炊烟”拖入到舞台上。并将它调整到烟囱的上方，如图5-84所示。

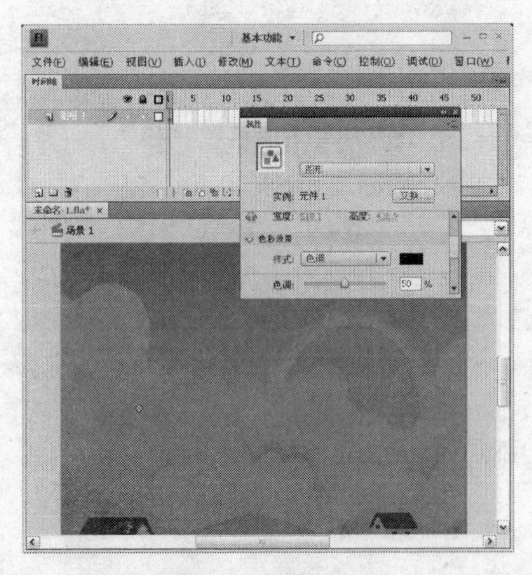

图5-83 调整色调

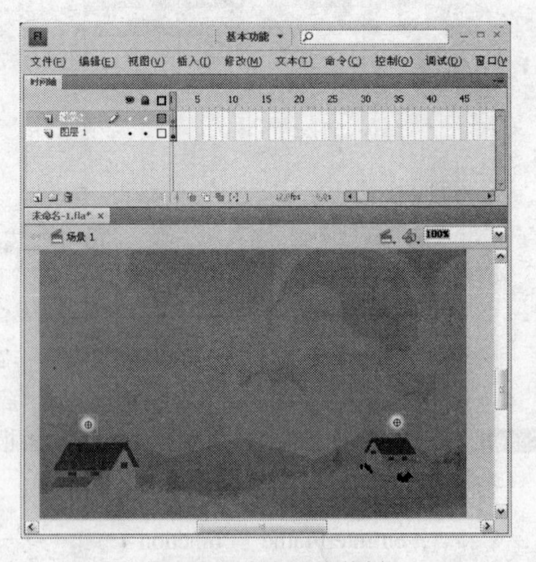

图5-84 拖入影片剪辑

Step 15 保存文件并按下Ctrl+Enter组合键，欣赏最终效果。

知识总结

本实例在制作炊烟时，要使用柔化填充边缘命令使其造型逼真一些；从“库”面板中拖入“炊烟”到场景中时，一定要使其位于背景图片烟囱的正上方；创建的元件实例名一定要与代码中的元件实例名相同，否则添加的代码不会起作用。

Chapter 06 鼠标特效动画实例

鼠标特效是Flash动画中应用很广泛的一种动画特效。本章介绍了7个鼠标特效实例，包括常见的鼠标跟随、鼠标拖曳等。通过本章的学习，大家会对动画制作与ActionScript的综合运用有进一步的认识。

01 绽放的烟火
02 动感水珠
03 旋转数字
04 爆裂的小球
05 跟随鼠标转动的眼睛
06 擦玻璃
07 鼠标跟随

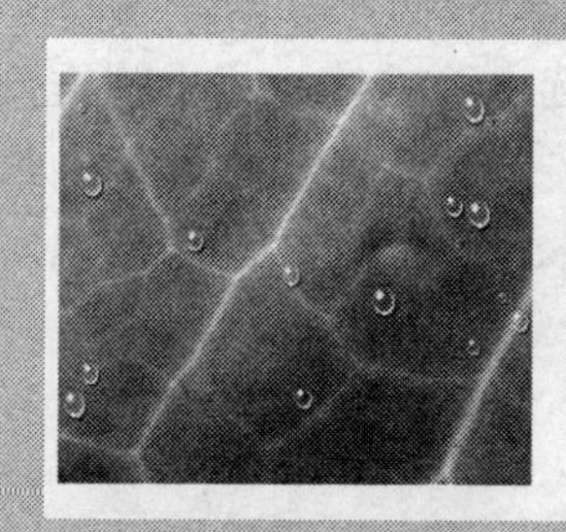

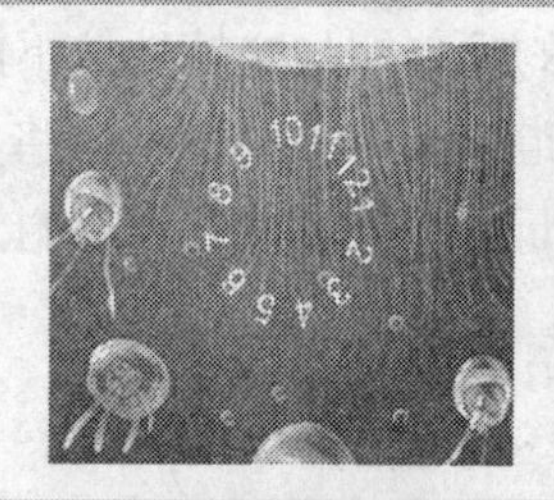

绽放的烟火 Example 01

实例效果

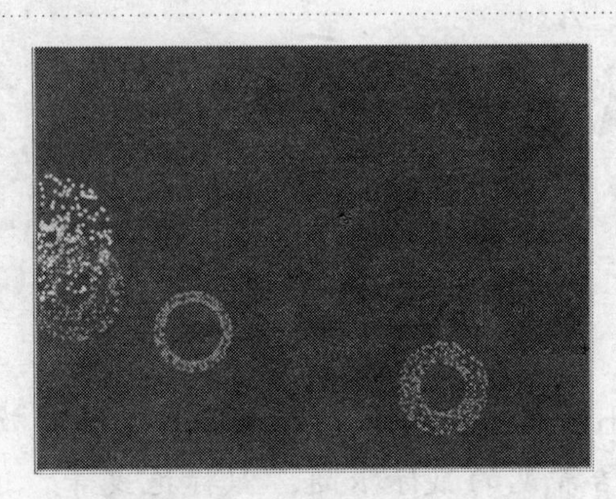

图6-1 绽放的烟火效果

实例介绍

本实例通过Action技术来制作当用鼠标左键在舞台上单击时，会绽放出绚丽的烟火。

制作分析

本实例使用椭圆工具，绘制一个圆，这是为表现烟火做准备；然后使用ActionScript技术，产生烟花绽放的效果。

制作步骤

本实例所使用素材文件及结果文件如下：

上机同步练习文件：		
素材路径	素材文件	源文件与素材\素材\第6章\实例1\
	结果文件	源文件与素材\结果\第6章\实例1\绽放的烟火.fla

具体操作方法如下：

Step 01 运行Flash CS4，新建一个Flash空白文档。执行“修改”|“文档”命令，打开“文档属性”对话框，在对话框中将“尺寸”设置为400像素（宽）×300像素（高），“背景颜色”设置为黑色，“帧频”设置为24fps。设置完成后单击“确定”按钮。

Step 02 新建一个名为“光芒”的影片剪辑，选择椭圆工具，绘制一个无边框线、填充色为橙色（#FF6633）、大小为2px（宽）×2px（高）的圆。如图6-2所示。

Step 03 分别在时间轴的第15帧与20帧处按下F6键，插入关键帧。选中第15帧，将小圆垂直向上移动一段距离。选中第20帧，将小圆垂直向上移动一段距离，比15帧移动的距离要多一点，而且把第20帧处小圆的大小更改为3px（宽）×3px（高）。如图6-3所示。

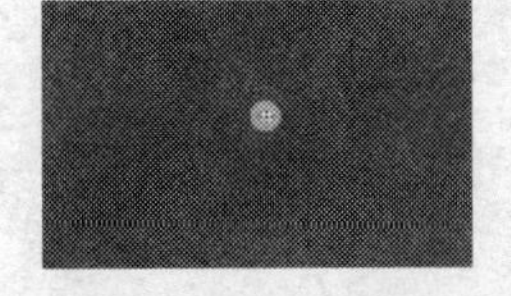
图6-2　绘制圆

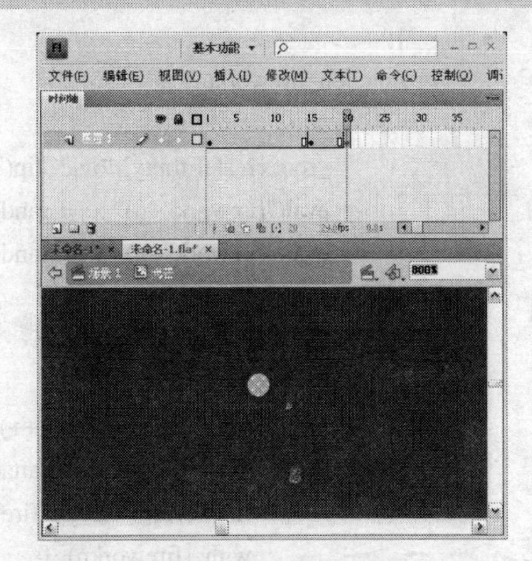
图6-3　更改圆的大小

Step 04 分别在这些关键帧之间创建形状补间动画，然后在第21帧处插入关键帧，并且选择第21帧，在“动作”面板中输入如下代码，如图6-4所示。

```
this.removeMovieClip( )
```

Step 05 按下F11键，打开“库”面板。在影片剪辑“光芒”上单击鼠标右键，在弹出的快捷菜单中选择“属性”命令，如图6-5所示。然后在弹出的对话框中单击“高级”按钮，在展开的对话框中进行如图6-6所示的设置。

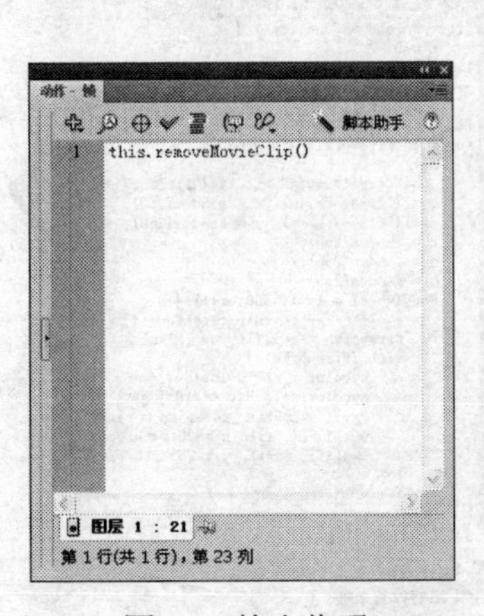
图6-4　输入代码

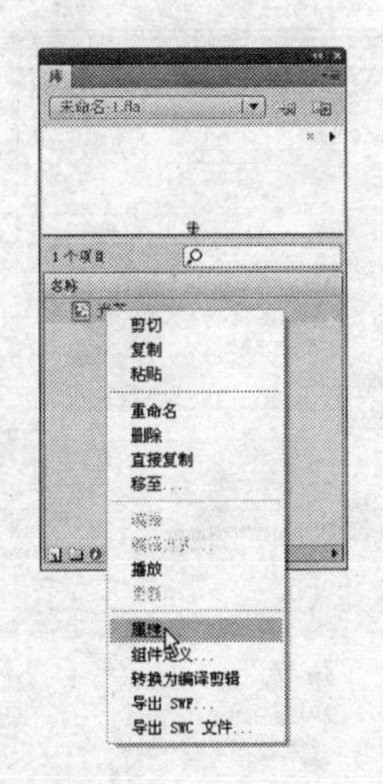
图6-5　选择“属性”命令

Step 06 回到主场景，选中时间轴的第1帧，打开“动作”面板，并在“动作”面板中添加如下代码，如图6-7所示。

```
_root.onLoad = function( ) {
        n = 0;
};
_root.onMouseDown = function( ) {
        firework( );
```

```
};
function firework( ) {
        n++;
        _root.createEmptyMovieClip("firework"+n, n);
        eval("firework"+n)._x = random(350);
        eval("firework"+n)._y = random(250);
        r = random(255);
        g = random(255);
        b = random(255);
        for (var i = 1; i<=300; i++) {
                eval("firework"+n).attachMovie("光芒", "光芒"+i, i);
                fireworkn = eval("firework"+n);
                with (fireworkn) {
                        mycolor = new Color(eval("光芒"+i));
                        mycolor.setRGB(r << 16 | g << 8 | b);
                        eval("光芒"+i)._rotation = random(360);
                        eval("光芒"+i)._x = 25*Math.cos(i)+_parent._x;
                        eval("光芒"+i)._y = 25*Math.sin(i)+_parent._y;
                }
        }
}
```

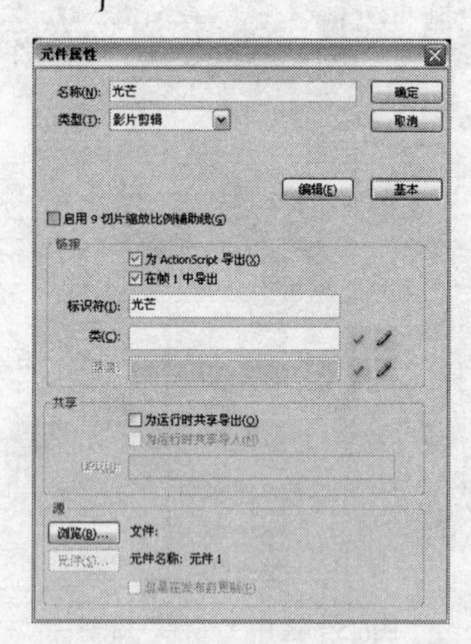

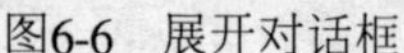
图6-6 展开对话框

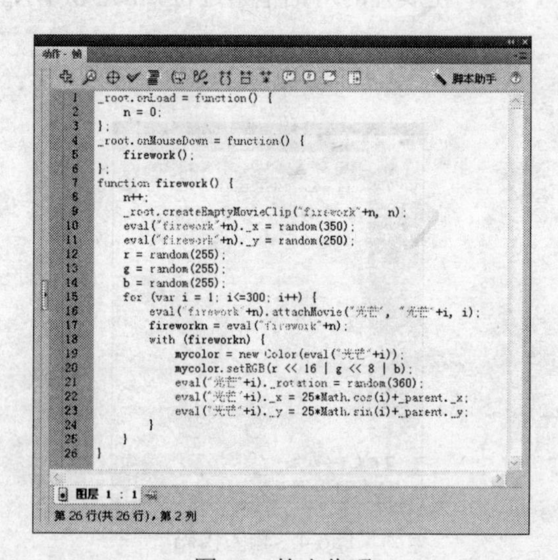

图6-7 输入代码

Step 07 执行“文件”|“保存”命令，保存文档，然后按下Ctrl+Enter组合键，即可欣赏最终效果。

知识总结

本实例随机设置烟花的旋转角度与烟花的坐标，而且当鼠标单击时，烟花的颜色也是随机发生变化的。

动感水珠 Example 02

实例效果

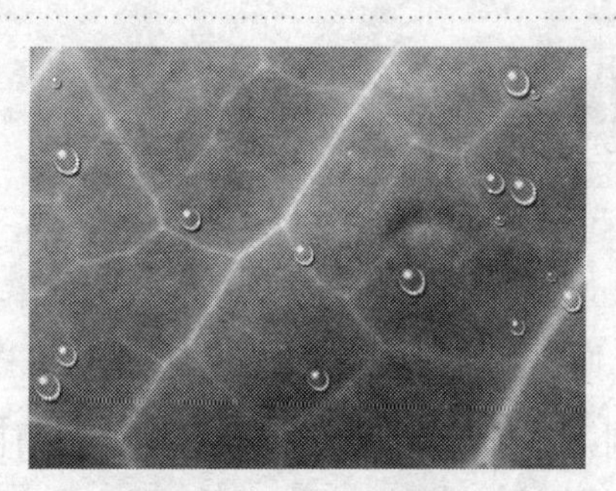

图6-8 动感水珠效果

实例介绍

本实例通过Action技术来制作水珠由小变大不断地冒出，当用鼠标轻轻地触碰它们时，水珠又不断地滴落的效果。

制作分析

本实例主要使用了导入功能、任意变形工具与ActionScript技术来编辑制作。

制作步骤

本实例所使用素材文件及结果文件如下：

上机同步练习文件：		
素材路径	素材文件	源文件与素材\素材\第6章\实例2\树叶.jpg
	结果文件	源文件与素材\结果\第6章\实例2\动感水珠.fla

具体操作方法如下。

Step 01 运行Flash CS4，新建一个Flash空白文档。执行“修改”|“文档”命令，打开“文档属性”对话框，在对话框中将“尺寸”设置为400像素（宽）×300像素（高），“背景颜色”设置为黑色，“帧频”设置为30fps。设置完成后单击“确定”按钮。

Step 02 新建一个名为“水珠”的图形元件，使用椭圆工具与选择工具勾勒出水珠的外形。再打开“颜色”面板，将“填充”设置为“放射状”，把调色条两端的调色块的颜色都设置为白色，并把调色条加上3个调色块。然后将这3个调色块颜色都设置为白色，“Alpha值”从左往右分别设置为0%、0%、100%、0%、0%，如图6-9所示。最后使用油漆桶工具给水珠上色。如图6-10所示。

Step 03 新建一个影片剪辑“水滴”，将图形元件“水珠”从库面板拖入到工作区中。在时间轴的第16帧处插入1个关键帧。再选中第1帧处的水珠，使用任意变形工具将它缩放到原始大小的30%。最后在第1帧与第16帧之间创建补间动画。如图6-11所示。

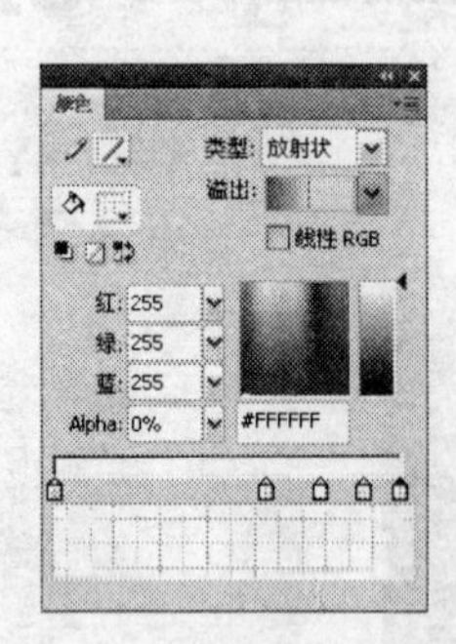

图6-9 “颜色”面板

图6-10 填充颜色

Step 04 在时间轴的第17帧到第21帧处都插入关键帧，并使用任意变形工具将第17帧处与第19帧处的水珠顺时针旋转30度。如图6-12所示。

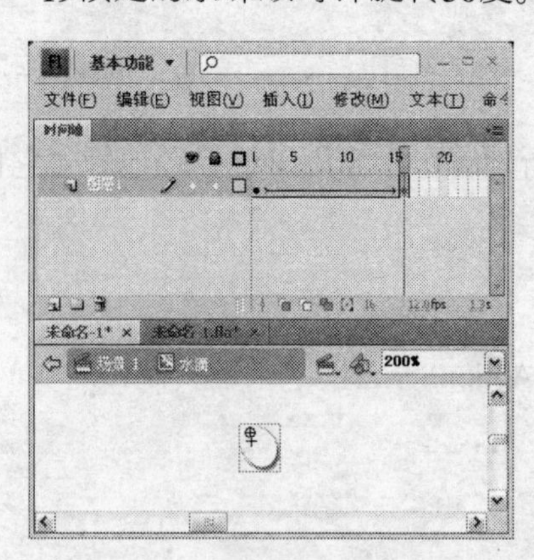

图6-11 创建补间动画

图6-12 旋转水珠

Step 05 在时间轴的第34帧处插入一个关键帧，使用任意变形工具将该帧处的小球缩放到原始大小的30%，并向下移动一段距离。然后在第21帧与第34帧之间创建补间动画。如图6-13所示。

Step 06 新建一个名为“按钮”的按钮元件。在“点击”处插入关键帧，并使用椭圆工具绘制一个无边框、填充色为任意色的椭圆。如图6-14所示。

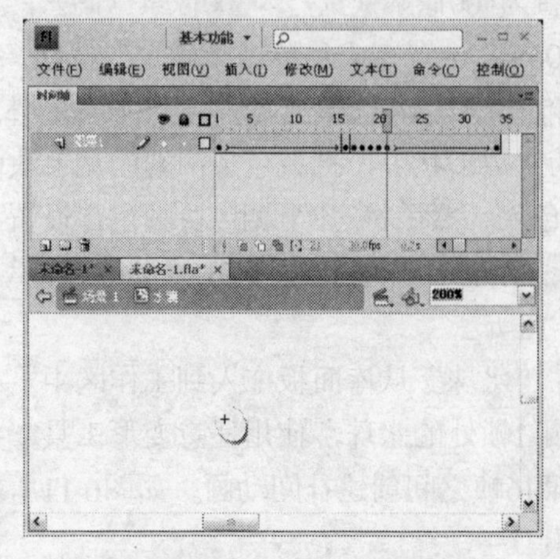

图6-13 创建补间动画

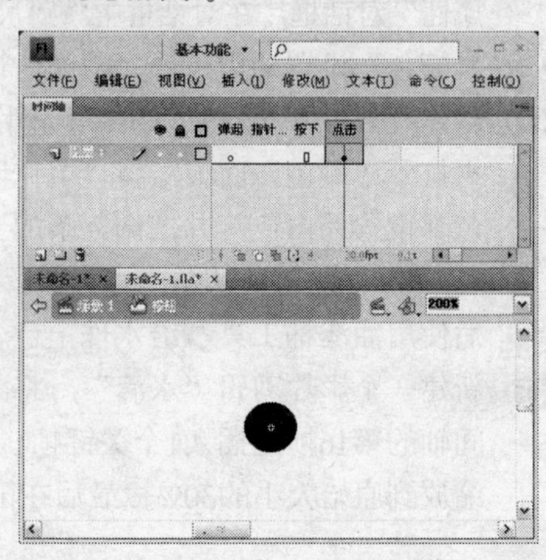

图6-14 绘制椭圆

Step 07 打开“库”面板，在影片剪辑“水滴”上双击鼠标左键，回到影片剪辑“水滴”的编辑模式下。新建一个图层，将按钮元件拖入到工作区的中心处。如图6-15所示。

Step 08 新建一个图层，选中该层的第1帧，打开“属性”面板，在“名称”文本框中输入“start”，这样就设置了帧标签。如图6-16所示。

Step 09 在“图层3”的第16帧处插入关键帧，并在“动作”面板中添加如下代码，如图6-17所示。

```
stop( );
```

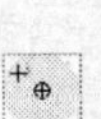

图6-15 拖入按钮元件

图6-16 设置帧标签

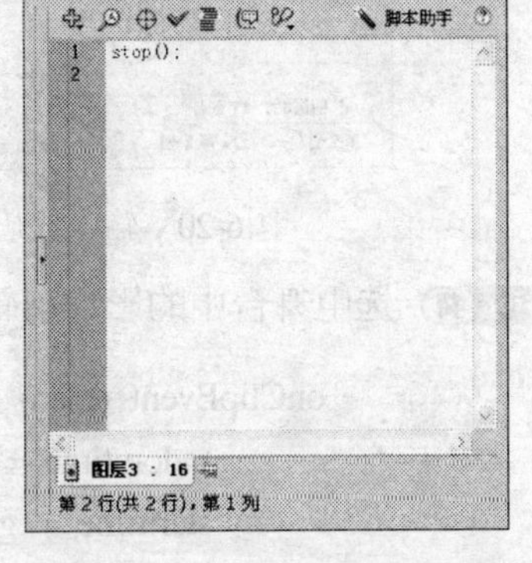

图6-17 添加代码

Step 10 在“图层3”的第17帧处插入一个关键帧，打开“属性”面板，在“名称”文本框中输入“over”，如图6-18所示。

Step 11 选中工作区中的按钮，在“动作”面板中添加如下代码，如图6-19所示。

```
on (release, rollOver) {
        gotoAndPlay("over");
}
```

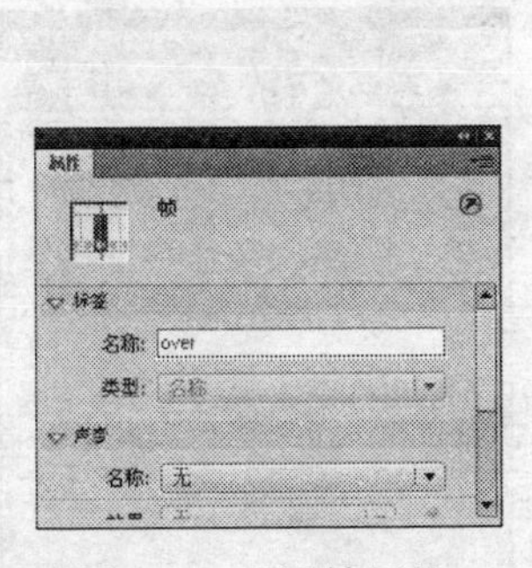

图6-18 设置帧标签

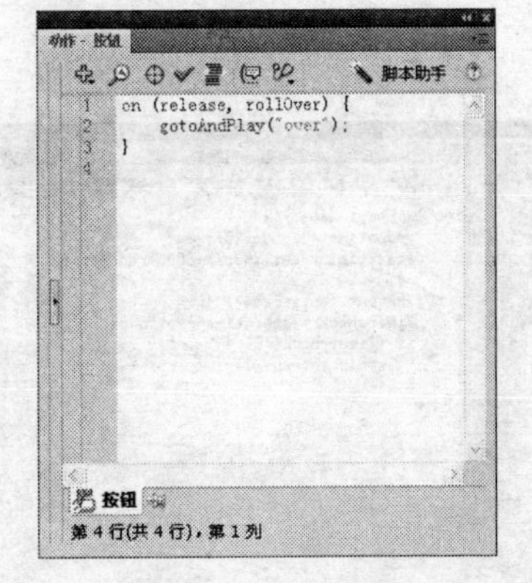

图6-19 输入代码

Step 12 在“图层3”的第17帧，也就是“over”帧标签，在“动作”面板中添加如下代码，如图6-20所示。

```
starttime = getTimer( )+8000+radomtime;
```

Step 13 回到主场景，将影片剪辑“水滴”从库面板中拖入到舞台，并将它的实例名命名为“bol”，如图6-21所示。

图6-20 输入代码

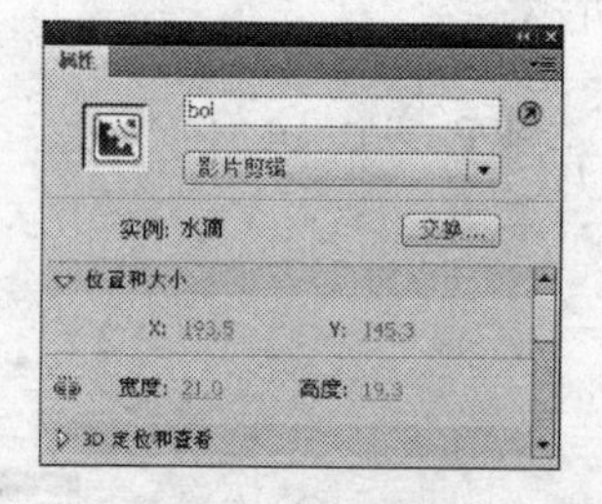

图6-21 设置实例名

Step 14 选中舞台中的影片剪辑“水滴”，在“动作”面板中添加如下代码，如图6-22所示。

```
onClipEvent (load) {
        radomtime = random(5);
        starttime = getTimer( )+8000+radomtime;
}
onClipEvent (enterFrame) {
        Timercheck = starttime-getTimer( );
        if (Timercheck<=0) {
                this.gotoAndPlay("over");
        }
}
```

Step 15 新建一个图层，选中该层的第1帧，在“动作”面板中添加如下代码，如图6-23所示。

```
i = 1;
```

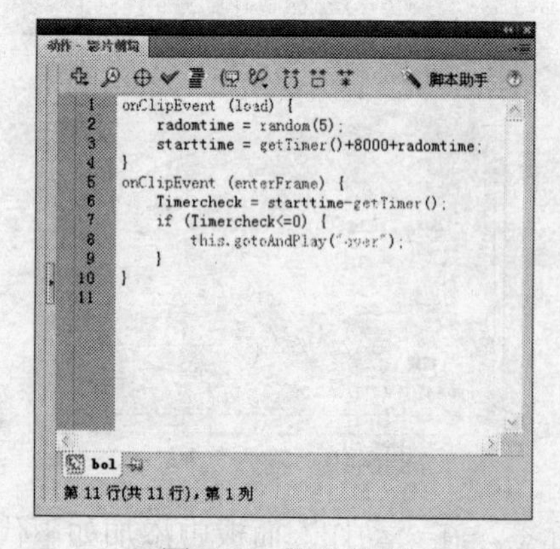

图6-22 输入代码

图6-23 输入代码

Step 16 在“图层2”的第2帧处插入关键帧，并在“动作”面板中添加如下代码，如图6-24所示。

```
radomscale = (random(4)+2)*26;
duplicateMovieClip("bol", "bol"+i, i);
setProperty("bol"+i, _x, random(400));
setProperty("bol"+i, _y, random(300));
setProperty("bol"+i, _xscale, radomscale);
setProperty("bol"+i, _yscale, radomscale);
i++;
```

Step 17 在“图层2”的第3帧处插入关键帧，并在“动作”面板中添加如下代码，如图6-25所示。

```
if (i<=15) {
        gotoAndPlay(2)
} else {
        stop( )
}
```

图6-24 输入代码

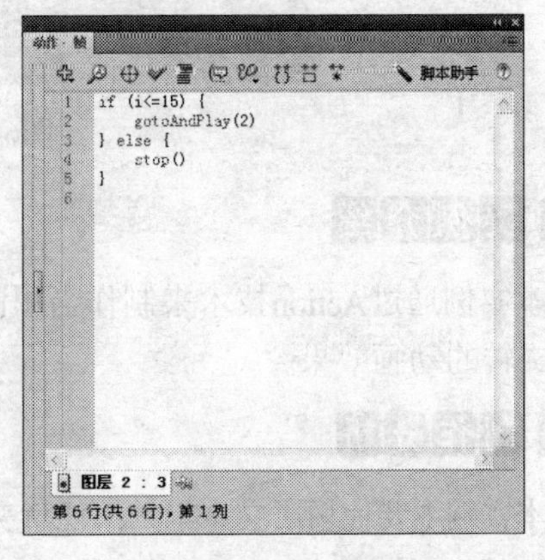

图6-25 输入代码

Step 18 新建一个图层，并将该层拖到“图层1”的下方，执行“文件”|“导入”|“导入到舞台”命令，将一幅树叶图片导入到舞台中（位置：源文件与素材\素材\第6章\实例2\树叶.jpg），然后在“图层1”的第3帧处插入帧，如图6-26所示。

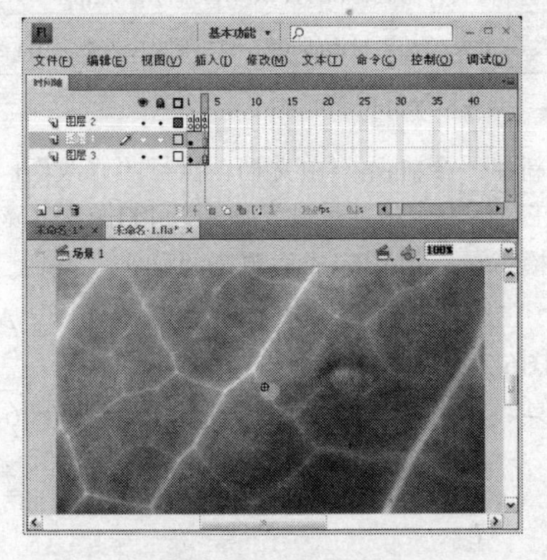

图6-26 导入图片

Step 19 保存文件并按下Ctrl+Enter组合键，欣赏最终效果。

知识总结

在制作本实例时，要注意所有的水滴不能同时落下，在“over”帧标签上添加的代码就是获取整个动画已经播放了的时间，让水滴不会同时落下。

旋转数字 Example 03

实例效果

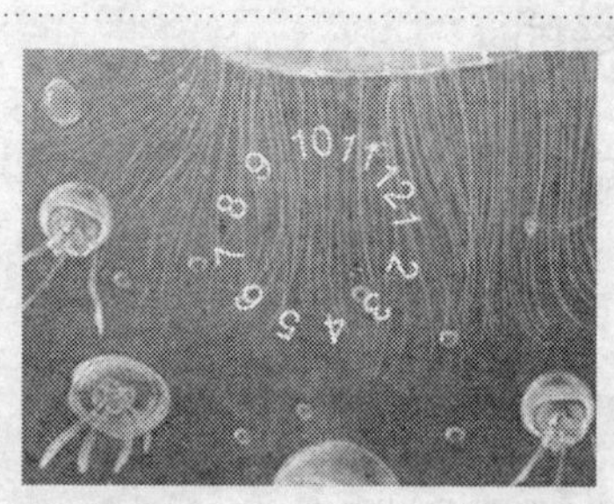

图6-27 旋转数字效果

实例介绍

本实例通过Action技术来制作当用鼠标左键在舞台上拖曳时，数字会跟随鼠标的拖动而不停旋转的动画效果。

制作分析

本实例主要使用了文本工具、任意变形工具、转换为元件与ActionScript技术来编辑制作。

制作步骤

本实例所使用素材文件及结果文件如下：

上机同步练习文件:		
素材路径	素材文件	源文件与素材\素材\第6章\实例3\背景.jpg
	结果文件	源文件与素材\结果\第6章\实例3\旋转数字.fla

具体操作方法如下。

Step 01 运行Flash CS4，新建一个Flash空白文档。执行“修改”|“文档”命令，打开“文档属性”对话框，在对话框中将“尺寸”设置为400像素（宽）×300像素（高），“背景颜色”设置为橙黄色。设置完成后单击“确定”按钮。

Step 02 选择文本工具T，在舞台中输入数字“1”，字体选择“Arial”，字号为21，字体颜色选择白色。如图6-28所示。

Step 03 选择任意变形工具，将文字的中心点向下移动到如图6-29所示的位置。

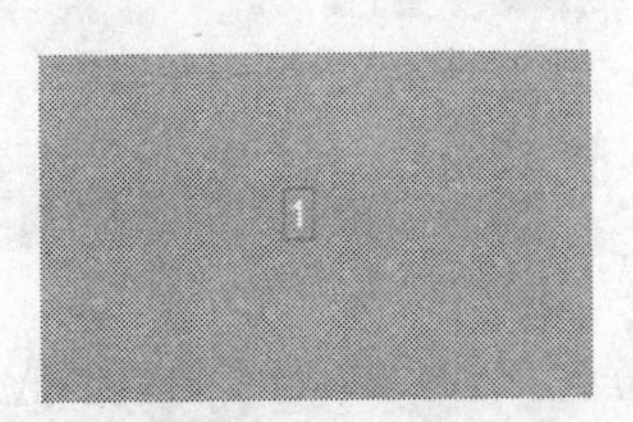

图6-28　输入文字

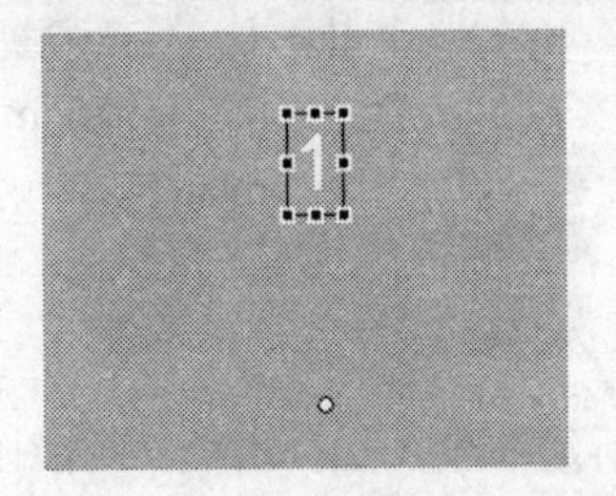

图6-29　移动中心点

Step 04 按下Ctrl+T组合键，打开“变形”面板，如图6-30所示。将旋转角度设置为30度。然后单击复制并应用变形按钮11下，使文字形成一个环形。如图6-31所示。

Step 05 在这些数字上双击鼠标左键，将它们改为1、2、3、4、……11、12，完成效果如图6-32所示。

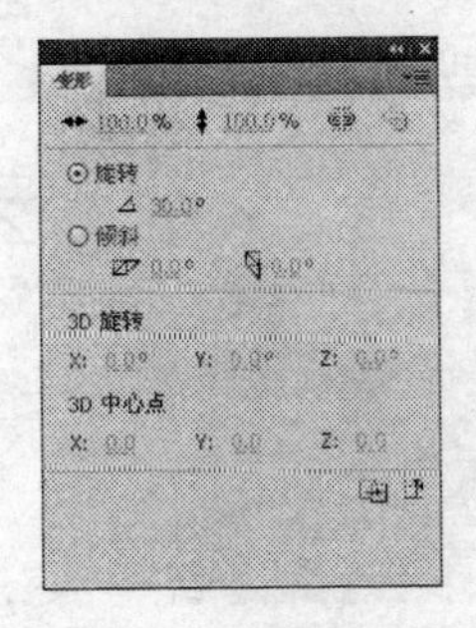

图6-30　“变形”面板

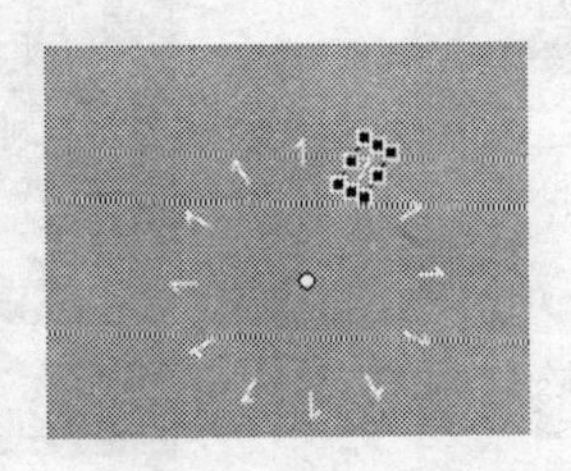

图6-31　调整文字

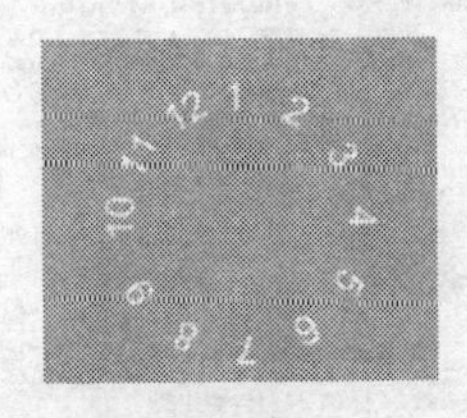

图6-32　更改文字

Step 06 选取选择工具，将这些数字全部框选起来，再按下F8键转换为名称为“数字”的影片剪辑，选中舞台上的“数字”影片剪辑，打开“动作”面板，并在“动作”面板中添加如下代码，如图6-33所示。

```
onClipEvent (mouseDown) {
        if (mouDown != 1) {
                mouDown = 1;
        }
}
onClipEvent (mouseUp) {
        if (mouDown != 0) {
                mouDown = 0;
                rotateSpeed = newAngle-oldAngle;
        }
}
onClipEvent (enterFrame) {
        oldAngle = newAngle;
        x = _root._xmouse-this._x;
        y = _root._ymouse-this._y;
        newAngle = Math.atan2(y, x)*180/Math.PI;
        if (mouDown == 1) {
                this._rotation += newAngle-oldAngle;
```

```
        } else {
            this._rotation += rotateSpeed;
            rotateSpeed *= 0.95;
        }
    }
```

Step 07 新建一个图层，并将一幅图像导入到舞台上（位置：源文件与素材\素材\第6章\实例3\背景.jpg），然后将该图层拖动到图层1的下方，如图6-34所示。

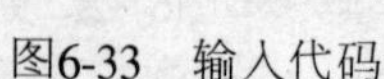

图6-33　输入代码

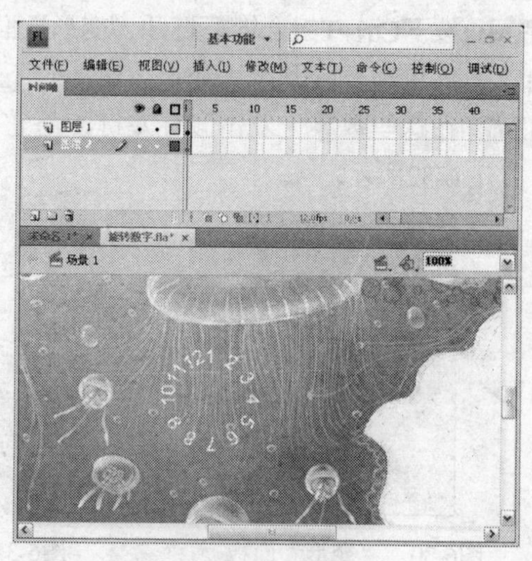

图6-34　导入图片

Step 08 保存文件并按下Ctrl+Enter组合键，欣赏最终效果。

知识总结

本实例使用任意变形工具，移动数字的中心点，让数字在“变形”面板中以30度的角度围绕这个中心点旋转，这比挨个去调整数字要方便快捷得多。

爆裂的小球　Example 04

实例效果

图6-35　爆裂的小球

实例介绍

本实例运用Action技术来制作随着鼠标的移动，成串的小球发散到四周，并逐个爆裂的动态效果。

制作分析

本实例主要使用了椭圆工具、颜色面板与ActionScript技术来编辑制作。

制作步骤

本实例所使用素材文件及结果文件如下：

上机同步练习文件：		
素材路径	素材文件	源文件与素材\素材\第6章\实例4\背景.jpg
	结果文件	源文件与素材\结果\第6章\实例4\爆裂的小球.fla

具体操作方法如下。

Step 01 运行Flash CS4，新建一个Flash空白文档。执行“修改”|“文档”命令，打开“文档属性”对话框，在对话框中将“背景颜色”设置为黑色，完成后单击“确定”按钮。在时间轴的第5帧处插入关键帧。选择椭圆工具在舞台中绘制一个无边框、填充色为白色的小圆，如图6-36所示。

Step 02 打开“颜色”面板。将“填充”设置为“放射状”，把调色条左端调色块的颜色设置为红色，右端调色块设置为黑色，然后为小球上色。如图6-37所示。

Step 03 使用选择工具框选这些小点，按下F8键将其转换为图形元件，在“名称”文本框中输入“球形”，如图6-38所示。然后再次按下F8键，将其转换为影片剪辑，并在“名称”文本框中输入“飞”，如图6-39所示。

图6-36　绘制小圆

图6-37　为小球上色

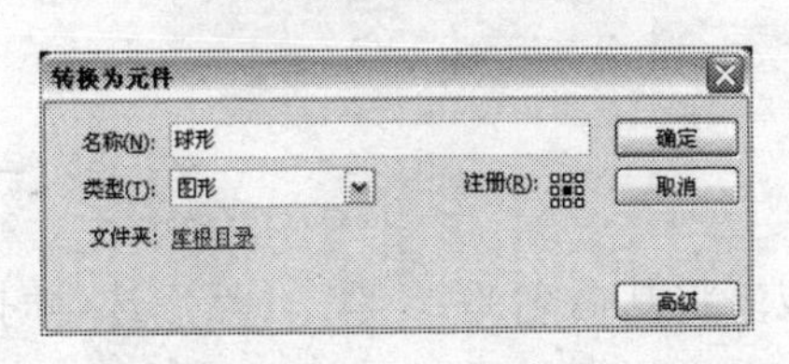

图6-38　转换为图形元件

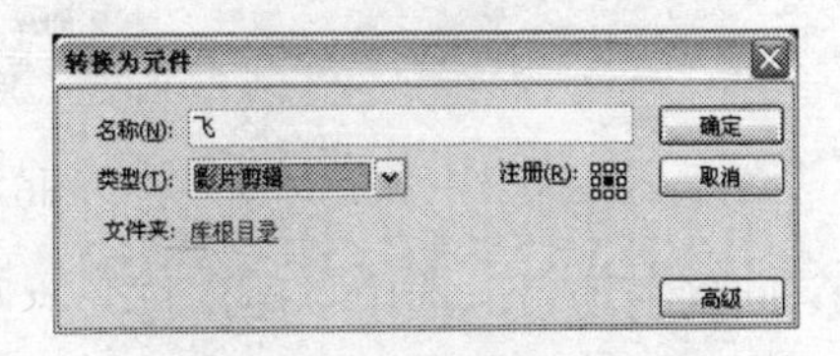

图6-39　转换为影片剪辑

Step 04 在影片剪辑“飞”的编辑状态下，在时间轴的第16帧处按下F6键，插入关键帧。将该帧处的小球垂直下移300个像素，并使用任意变形工具将小球缩放到原来大小的20%。然后在第1帧与第16帧之间建立补间动画。如图6-40所示。

Step 05 新建5个图层，并在各图层的第15帧处插入关键帧，将“图层1”中第15帧上的图形元件“球形”复制到各个图层的第15帧中。并在除了“图层1”的其他图层的第15帧至25帧之间制作小球飞散的动画。然后将“图层1”的第15帧、其他图层的第25帧处小球的“Alpha值”设置为0%。最后在“图层1”的第25帧处按下F5键插入帧，如图6-41所示。

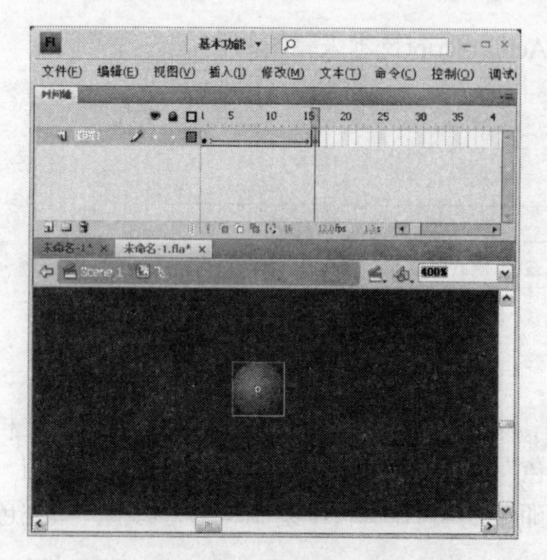

图6-40 建立补间动画

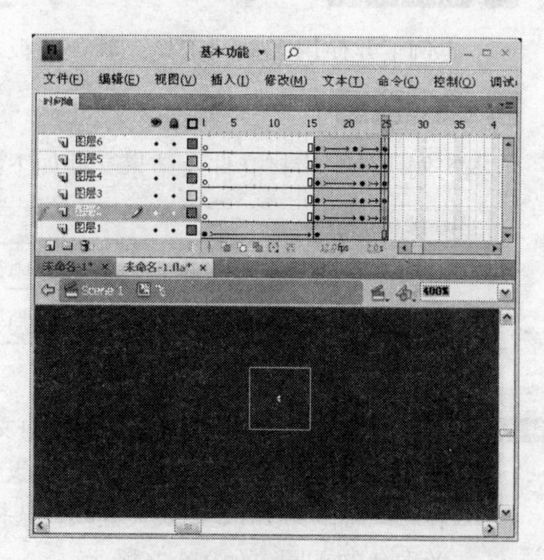

图6-41 插入帧

Step 06 再新建一个图层，选中该层的第1帧，在“动作”面板中添加如下代码，如图6-42所示。

```
startDrag("", true);
```

图6-42 输入代码

Step 07 回到主场景，选中小球，打开“属性”面板，将其命名为“飞”，然后选中时间轴第1帧，在“动作”面板中添加如下代码：a=1。

Step 08 选中时间轴第5帧，在“动作”面板中添加如下代码，如图6-43所示。

```
a = Number(a)+20;
if (Number(a)<360) {
        duplicateMovieClip("/飞", "飞" add a, a);
```

```
        eval("_root.star" add a)._rotation = _root.star._rotation-a*1.5;
        gotoAndPlay(4);
    } else {
        stop( );
    }
```

Step 09 新建一个图层，并将一幅图像导入到舞台上（位置：源文件与素材\素材\第6章\实例4\背景.jpg），然后将该图层拖动到图层1的下方，如图6-44所示。

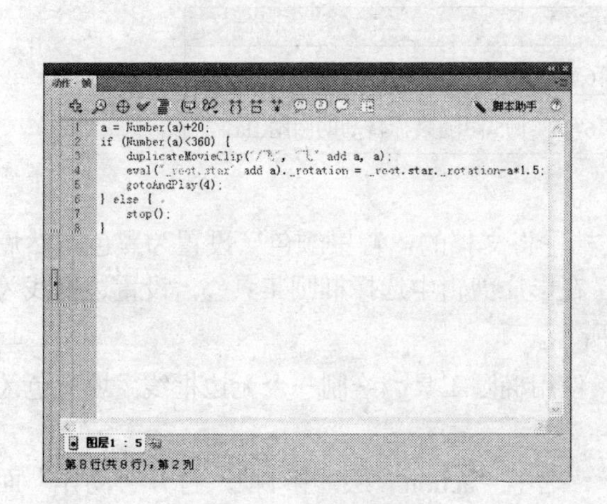

图6-43　输入代码

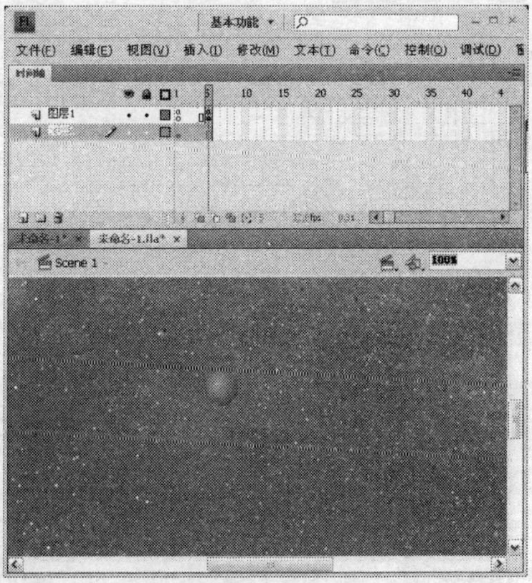

图6-44　导入图片

Step 10 保存文件并按下Ctrl+Enter组合键，欣赏最终效果。

知识总结

本实例在影片剪辑中制作出小球爆裂的效果，然后通过Action技术来复制多个影片剪辑，制作出小球发散到四周，并逐个爆裂的动态效果。

跟随鼠标转动的眼睛　Example 05

实例效果

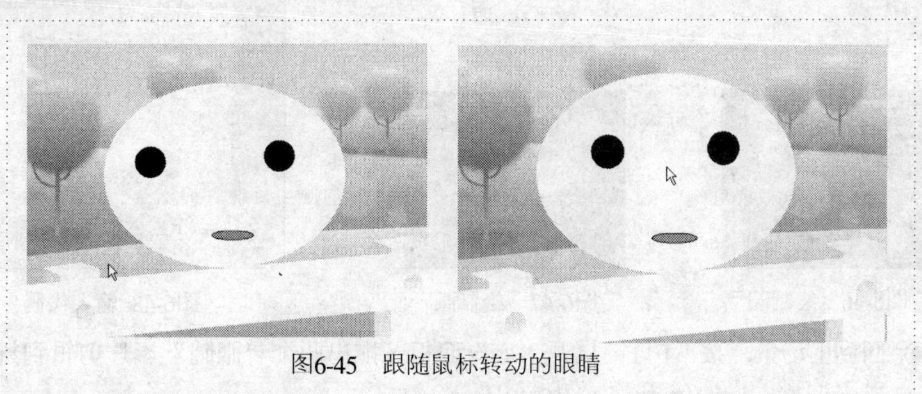

图6-45　跟随鼠标转动的眼睛

实例介绍

本实例使用Action技术来制作无论鼠标在舞台上什么位置，眼睛都会紧紧盯着鼠标的动态效果。

制作分析

本实例主要使用了绘图工具与ActionScript技术来编辑制作。

制作步骤

本实例所使用素材文件及结果文件如下：

上机同步练习文件：		
素材路径	素材文件	源文件与素材\素材\第6章\实例5\背景.jpg
	结果文件	源文件与素材\结果\第6章\实例5\跟随鼠标转动的眼睛.fla

具体操作方法如下。

Step 01 运行Flash CS4，新建一个Flash空白文档。将文档的“背景颜色”设置为黑色，然后新建一个名称为“眼睛”的影片剪辑，在影片剪辑中选择椭圆工具，设置边框线为无，绘制一个白色的正圆，如图6-46所示。

Step 02 新建一个图层，将其命名为“眼珠”。使用椭圆工具绘制一个无边框线、填充色为黑色的正圆。如图6-47所示。

Step 03 新建一个图层，将其命名为“action”。选中“action”层的第1帧，打开“动作”面板，并在“动作”面板中添加如下代码，如图6-48所示。

```
this.onMouseMove=function( ){
eyeX=_root._xmouse-this._x
eyeY=_root._ymouse-this._y
ang=Math.atan2(eyeY,eyeX)*180/Math.PI
this._rotation=ang
}
```

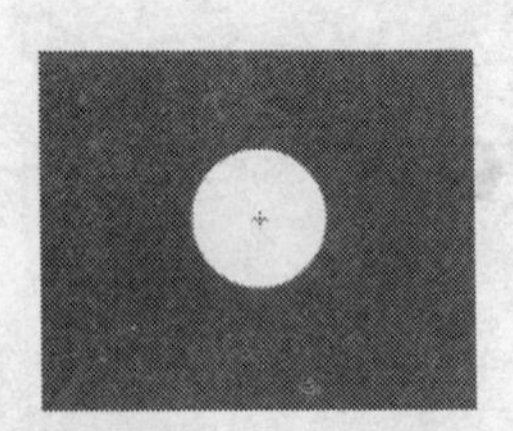
图6-46 绘制圆

图6-47 绘制圆

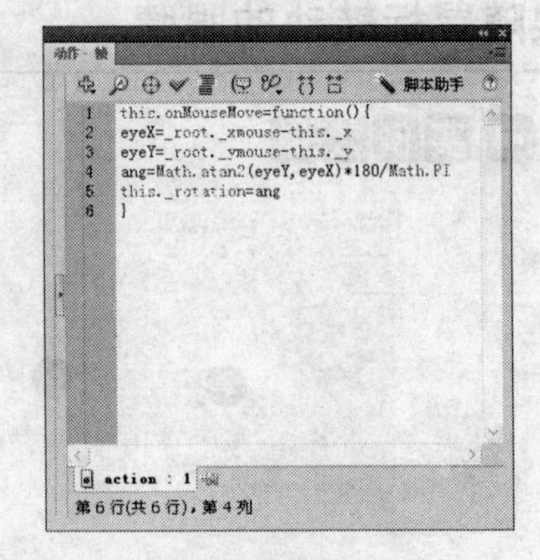

图6-48 输入代码

Step 04 回到主场景，按下F11键打开“库”面板。拖出两个“眼睛”影片剪辑到舞台上，并适当调整它们的位置，如图6-49所示。

Step 05 新建一个图层，选择椭圆工具绘制一个无边框，填充色为黄色的椭圆。并将“图层2”拖到“图层1”的下方，如图6-50所示。

图6-49 拖入影片剪辑

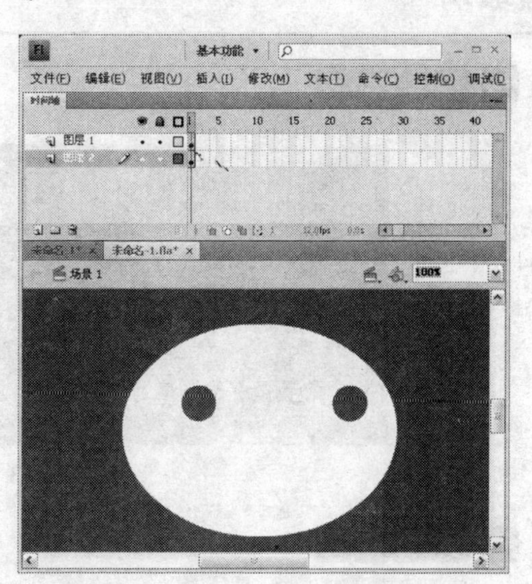

图6-50 绘制椭圆

Step 06 再新建一个图层，选择椭圆工具绘制一个边框为黑色，填充色为红色的椭圆。并将“图层3”拖到“图层1”的下方、“图层2”的上方，如图6-51所示。

Step 07 新建一个图层，并将一幅图像导入到舞台上（位置：源文件与素材\素材\第6章\实例5\背景.jpg），然后将该图层拖动到图层2的下方，如图6-52所示。

图6-51 绘制椭圆

图6-52 导入图片

Step 08 保存文件并按下Ctrl+Enter组合键，欣赏最终效果。

知识总结

本实例主要是通过设置鼠标的x坐标与y坐标，让眼睛跟着鼠标旋转起来。

擦玻璃 Example 06

实例效果

图6-53 擦玻璃效果

实例介绍

本实例使用Action技术来制作擦玻璃的动画效果。

制作分析

本实例使用遮罩与ActionScript技术来制作擦玻璃的特殊动画效果。

制作步骤

本实例所使用素材文件及结果文件如下：

上机同步练习文件:		
素材路径	素材文件	源文件与素材\素材\第6章\实例6\背景.jpg
	结果文件	源文件与素材\结果\第6章\实例6\擦玻璃.fla

具体操作方法如下。

Step 01 新建一个Flash文档，然后新建一个影片剪辑mask,在场景中使用椭圆工具绘制一个大小为212×212的无边框正圆，如图6-54所示。

Step 02 回到主场景1，导入一幅图片到舞台中（位置：源文件与素材\素材\第6章\实例6\背景.jpg），按F8键将其转换为影片剪辑，选中场景中的影片剪辑，在“属性”面板中的“模糊X”与“模糊Y”文本框中都输入20，如图6-55所示。按下Enter键后即可看到舞台中的元件已经变为模糊状态了，如图6-56所示。

图6-54 绘制正圆

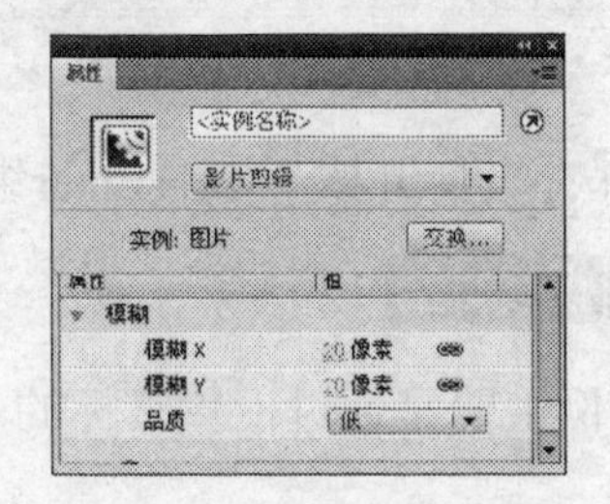

图6-55 设置模糊选项

Step 03 新建图层pic2，将背景图片再次导入到舞台中。新建图层mask，将库中的mask元件拖动到舞台中，并设置其实例名称为mask，如图6-57所示。

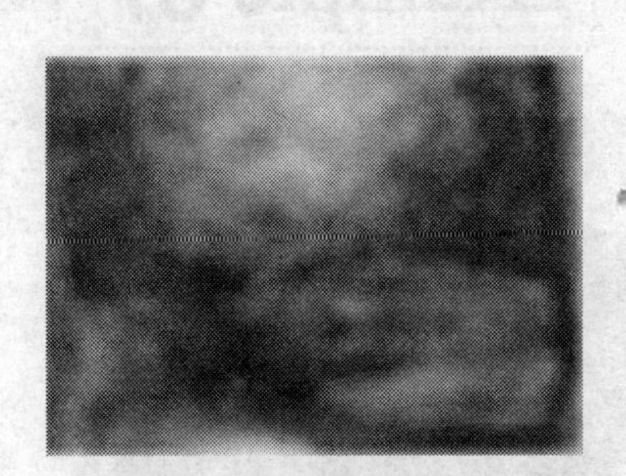

图6-56 图片变得模糊

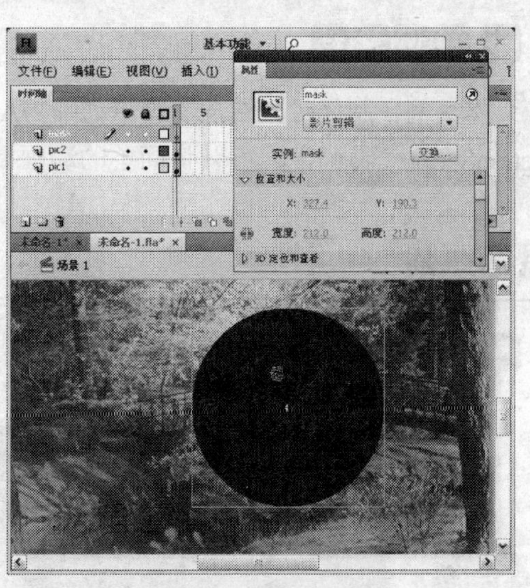

图6-57 设置实例名

Step 04 新建图层as，在第1帧输入以下代码，如图6-58所示。

```
var speed = 5;
MovieClip.prototype.follow = function( ) {
        this.onEnterFrame = function( ) {
                this._x += (_root._xmouse-this._x)/speed;
            this._y += (_root._ymouse-this._y)/speed;
                if (Math.abs(_root._xmouse-this._x)<1 && Math.abs(_root._
ymouse-this._y)<1) {
                    delete this.onEnterFrame;
            }
        };
};
onMouseMove = function ( ) {
        mask.follow( );
};
```

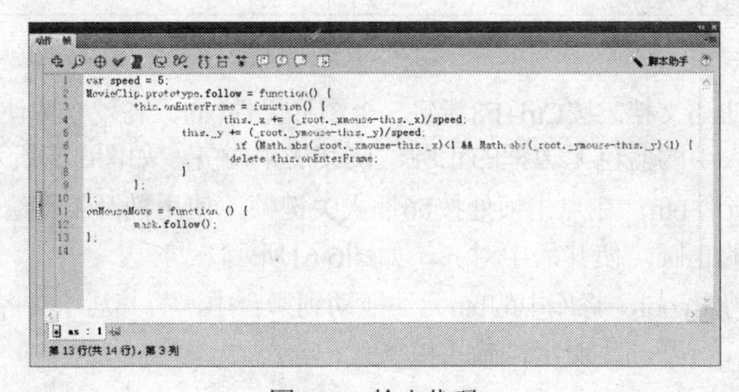

图6-58 输入代码

Step 05 将图层mask设置为遮罩层，图层pic2设置为被遮罩层，保存文件并按下Ctrl+Enter组合键，欣赏最终效果。

知识总结

本实例在制作时，结合了遮罩动画与Action技术来共同制作，Flash CS4中的基础动画与ActionScript代码配合，可以将简单的动画制作出绚丽的效果。

鼠标跟随 Example 07

实例效果

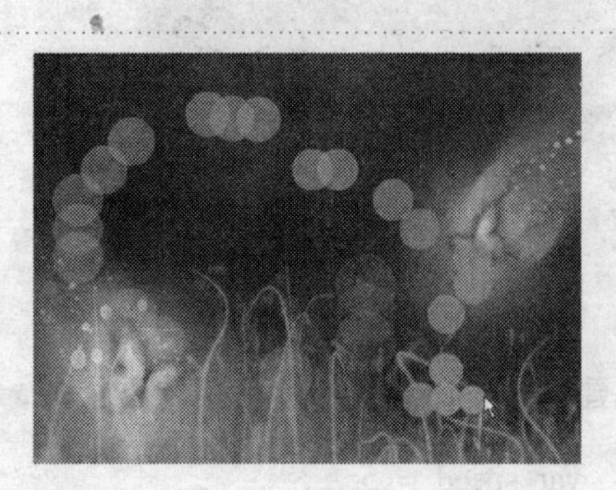

图6-59 鼠标跟随效果

实例介绍

本实例使用Action技术来制作鼠标跟随效果。

制作分析

本实例主要使用了创建元件功能与ActionScript技术来编辑制作。

制作步骤

本实例所使用素材文件及结果文件如下：

上机同步练习文件:		
素材路径	素材文件	源文件与素材\素材\第6章\实例7\背景.jpg
	结果文件	

具体操作方法如下。

Step 01 新建一个Flash文档，按Ctrl+F8新建一个图形元件ball，在场景中使用椭圆工具绘制一个27×27大小的蓝色无边框的正圆，使其居中对齐，如图6-60所示。

Step 02 新建按钮元件btn，在点击帧处按F6插入关键帧，使用椭圆工具绘制一个27×27的白色无边框的正圆，使其居中对齐，如图6-61所示。

Step 03 新建影片剪辑cool，将库中的btn元件拖动到舞台中，将其居中对齐，如图6-62所示。选中按钮，打开动作面板，输入以下代码：

```
on (rollOver)
  {gotoAndPlay(2);
  }
```

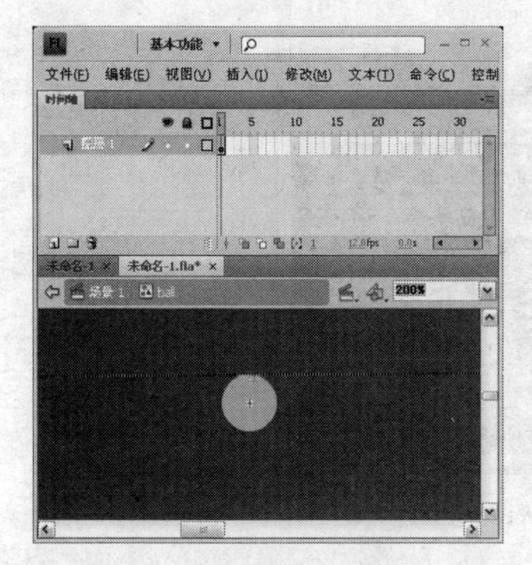

图6-60 绘制蓝色正圆

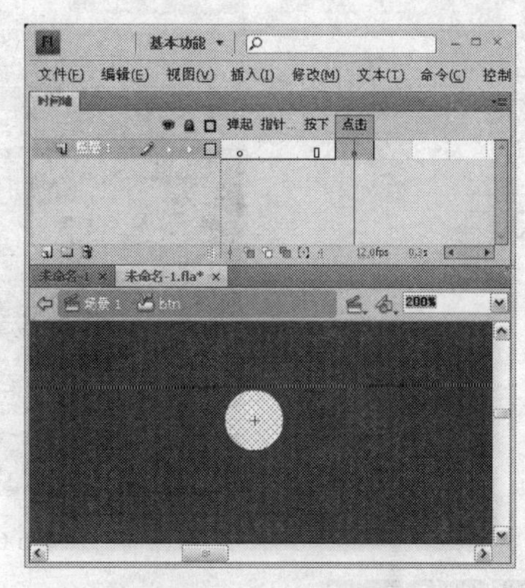

图6-61 绘制白色正圆

Step 04 新建图层2，在第1个关键帧上输入代码：stop( );。在第2帧插入空白关键帧，将库中的ball元件拖动到场景中，使其居中对齐后，在第14帧插入关键帧，并将此帧中的图形放大至66×66，设置其Alpha值为5%，如图6-63所示。

Step 05 回到场景1，将库中的cool元件拖动到场景中，多次复制并铺满整个舞台，如图6-64所示。

图6-62 放置按钮元件

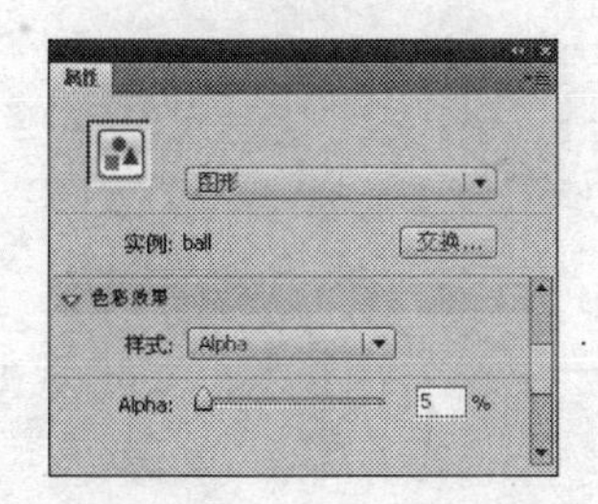

图6-63 设置Alpha值

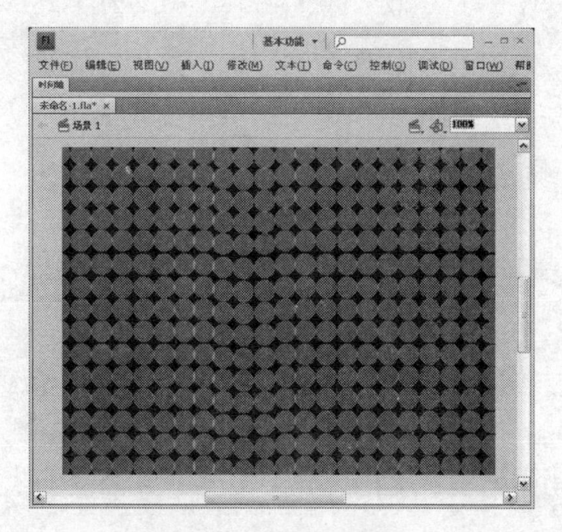

图6-64 放置影片剪辑ball

Step 06 新建一个图层，并将一幅图像导入到舞台上（位置：源文件与素材\素材\第6章\实例7\背景.jpg），然后将该图层拖动到图层1的下方，如图6-65所示。

Step 07 保存文件并按下Ctrl+Enter组合键，欣赏最终效果。

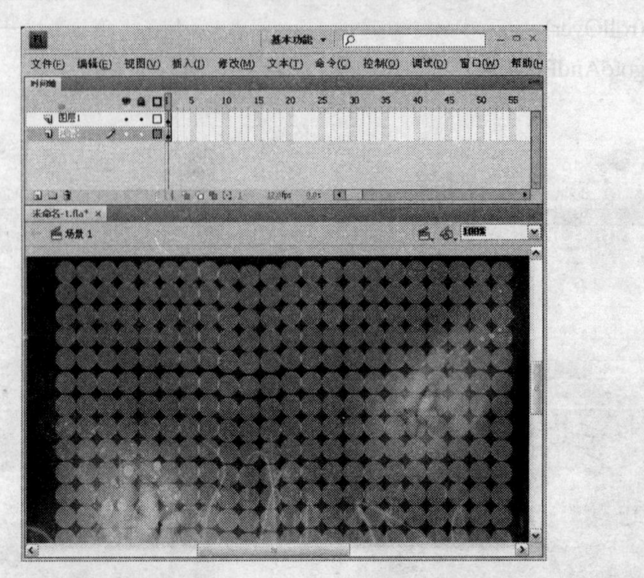

图6-65 导入图片

知识总结

制作鼠标特效的方式有很多，利用按钮的特性也可以制作鼠标的跟随，但要注意的是，一定要把含有按钮的元件铺满整个舞台，这样才会制作出鼠标的跟随效果。

Chapter 07 按钮与菜单特效动画实例

按钮与菜单特效在网络中使用得非常频繁，按钮与菜单具备多样化的交互作用能力，提供强有力的交互控制。在网页中，加入按钮可以与浏览者互动，而动感十足的导航菜单则可以为网页增色不少。本章就通过对7个按钮与菜单特效实例的解析，使读者掌握按钮的创建、按钮中的动画以及加入到按钮中的ActionScript代码等知识。

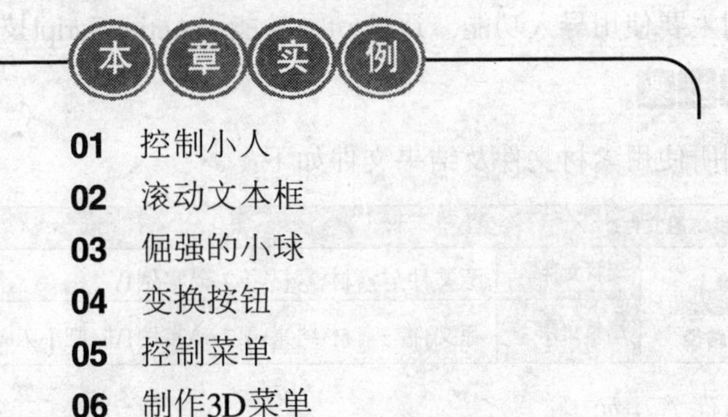

本章实例

控制小人 Example 01

实例效果

图7-1 控制小人

实例介绍

本实例通过Action技术来制作当单击开始按钮时，小人立刻手舞足蹈起来；当单击停止按钮时，小人会停止动作的效果。

制作分析

本实例主要使用导入功能、逐帧动画功能与ActionScript技术来编辑制作。

制作步骤

本实例所使用素材文件及结果文件如下：

上机同步练习文件：		
素材路径	素材文件	源文件与素材\素材\第7章\实例1\
	结果文件	源文件与素材\结果\第7章\实例1\控制小人.fla

具体操作方法如下：

Step 01 运行Flash CS4，新建一个Flash空白文档。执行“修改”|“文档”命令，打开“文档属性”对话框，在对话框中将“帧频”设置为8fps。设置完成后单击“确定”按钮。

Step 02 执行“文件”|“导入”|“导入到舞台”命令，将一幅背景图片导入到舞台中（位置：源文件与素材\素材\第7章\实例1\背景.jpg），如图7-2所示。

Step 03 执行“文件”|“导入”|“导入到库”命令，将10幅图片导入到“库”面板中（位置：源文件与素材\素材\第7章\实例1\c1.gif～c10.gif），如图7-3所示。

Step 04 新建一个图层“图层2”，分别选中该层时间轴上的第1到第10帧，按下F6键，插入关键帧。然后选中“图层1”的第10帧，按下“F5”键插入帧，如图7-4所示。

Step 05 选中“图层2”的第1帧，从“库”面板中将一幅图片拖入到舞台中，如图7-5所示。然后按下Ctrl+K组合键打开“对齐”面板，单击水平中齐按钮与垂直居中分布按钮，如图7-6所示。

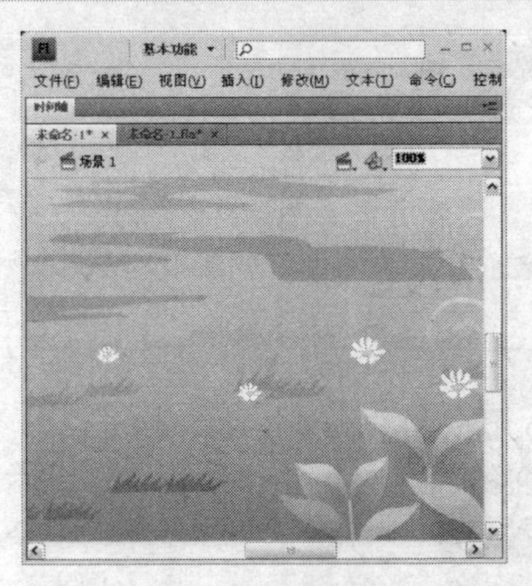

图7-2 导入图片

图7-3 导入图片

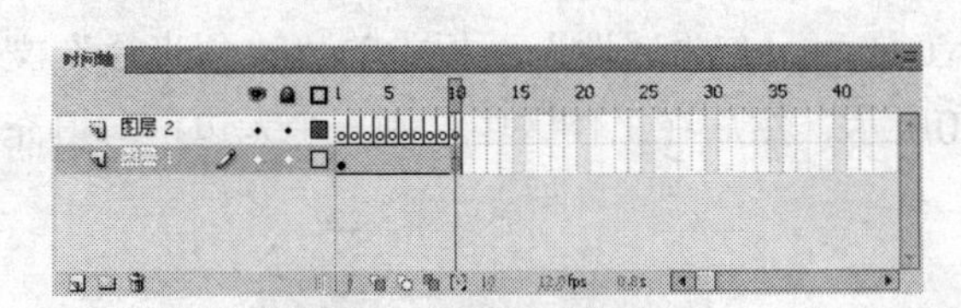

图7-4 插入关键帧与帧

图7-5 拖入图片

Step 06 选中“图层2”的第2帧，从“库”面板中将一幅图片拖入到舞台中，如图7-7所示。然后按下Ctrl+K组合键打开“对齐”面板，单击水平中齐按钮与垂直居中分布按钮，如图7-6所示。

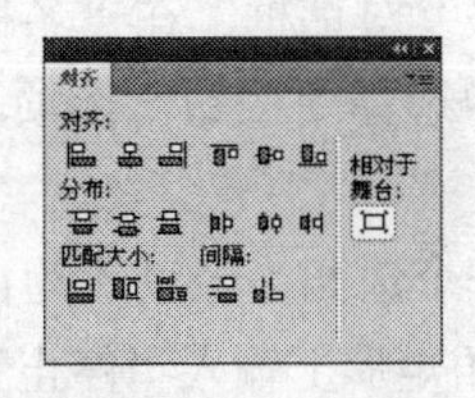

图7-6 “对齐”面板

图7-7 拖入图片

Step 07 按照同样的方法，分别选中第3帧、第4帧……第10帧，从“库”面板中将图片拖入到舞台中。并且分别按下Ctrl+K组合键打开“对齐”面板，单击水平中齐按钮与垂直居中分布按钮，如图7-8所示。

图7-8 拖入图片

Step 08 执行“插入→新建元件”命令，打开“创建新元件”对话框，在“名称”文本框中输入元件的名称“开始”，在“类型”下拉列表中选择“按钮”选项，如图7-9所示。

Step 09 在按钮元件的编辑状态下，选择矩形工具，在“属性”面板中的“边角半径”文本框中将边角半径设置为15，如图7-10所示。然后在工作区中绘制一个无边框、填充为黑色的圆角矩形，如图7-11所示。

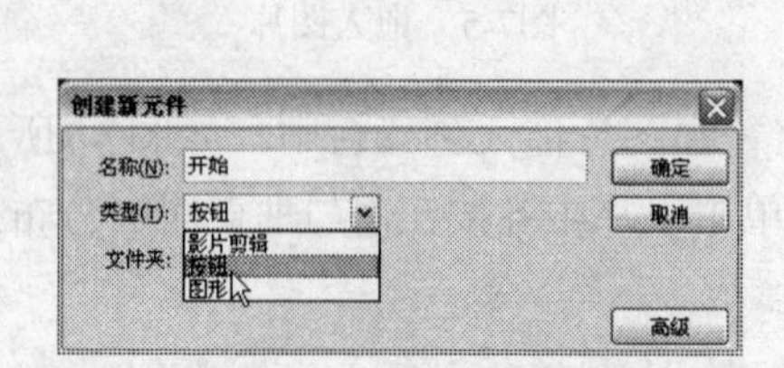

图7-9 “创建新元件”对话框

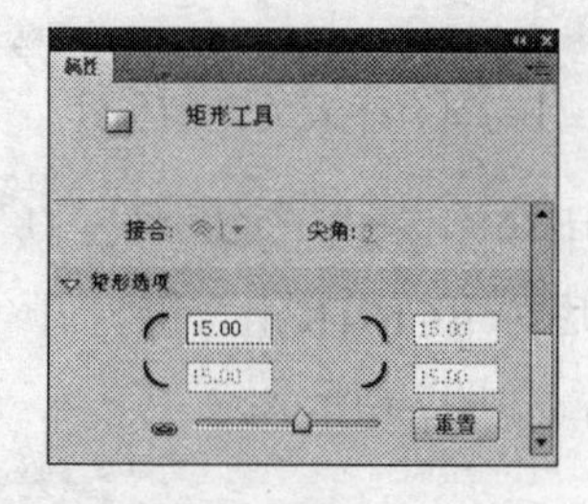

图7-10 设置边角半径

Step 10 选择文本工具T在圆角矩形上输入“开始”两个字，字体选择“汉鼎简中黑”，字号为“18”，字体颜色为“白色”，如图7-12所示。

Step 11 执行“插入→新建元件”命令，打开“创建新元件”对话框，在“名称”文本框中输入元件的名称“停止”，在“类型”下拉列表中选择“按钮”选项，如图7-13所示。

Step 12 在按钮元件的编辑状态下，选择矩形工具绘制一个边角半径设置为15、无边框、填充为黑色的圆角矩形，然后选择文本工具T在圆角矩形上输入“停止”两个字，字体选择“汉鼎简中黑”，字号为“18”，字体颜色为“白色”，如图7-14所示。

Step 13 回到主场景中，新建一个图层“图层3”。将“开始”按钮与“停止”按钮从“库”面板中拖入到舞台上，如图7-15所示。

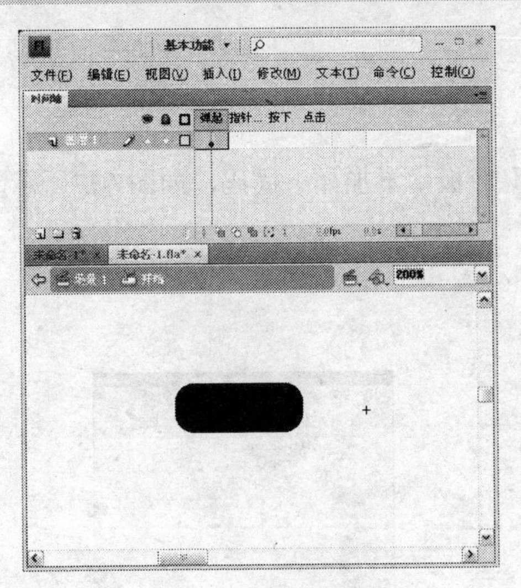

图7-11 绘制圆角矩形

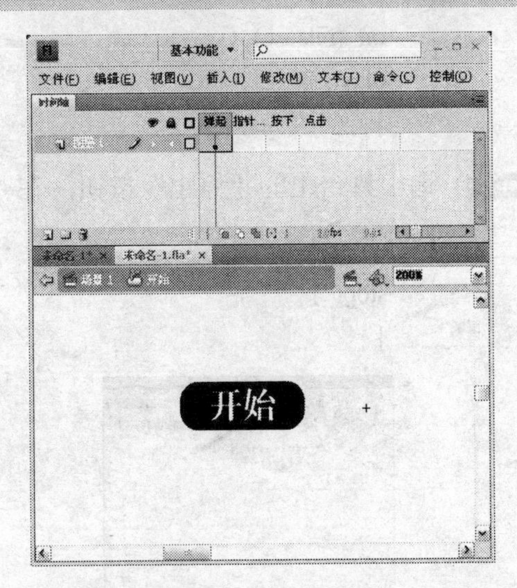

图7-12 输入文本

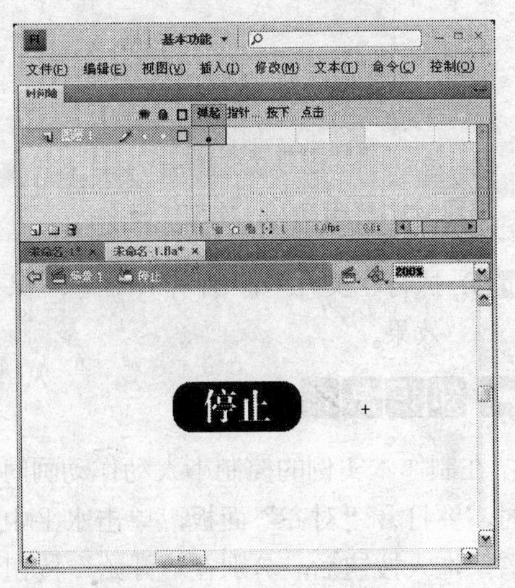

图7-14 输入文本

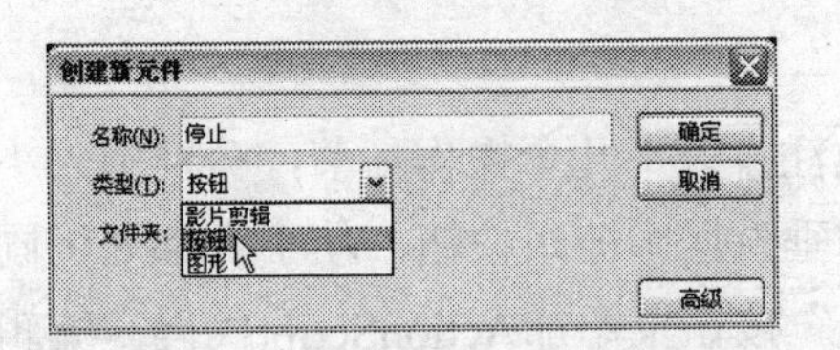

图7-13 “创建新元件”对话框

图7-15 拖入按钮元件

Step 14 选中舞台上的“开始”按钮，打开“动作”面板，并在“动作”面板中添加如下代码，如图7-16所示。

```
on (release) {
play( );
}
```

Step 15 选中舞台上的“停止”按钮，在“动作”面板中添加如下代码，如图7-17所示。

```
on (release) {
stop( );
}
```

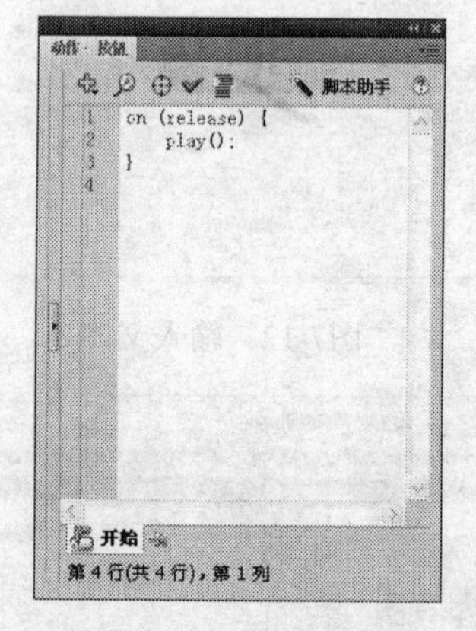

图7-16 添加代码

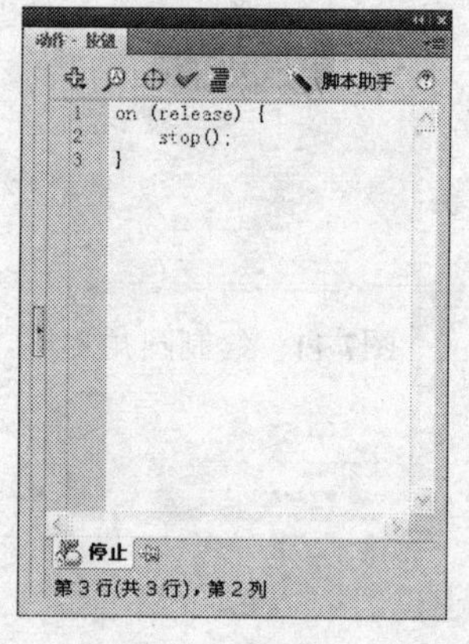

图7-17 添加代码

Step 16 执行“文件”|“保存”命令，保存文档，然后按下Ctrl+Enter组合键，即可欣赏最终效果。

知识总结

在制作本实例的控制小人动作动画时，读者应注意以下几个操作环节：分别拖入小人图片时，要打开“对齐”面板，单击水平中齐按钮与垂直居中分布按钮，使小人都处于同一个位置；拖入按钮后，分别在“开始”按钮与“停止”按钮上添加ActionScript代码，编辑出控制小人动作的动画效果。

滚动文本框 Example 02

实例效果

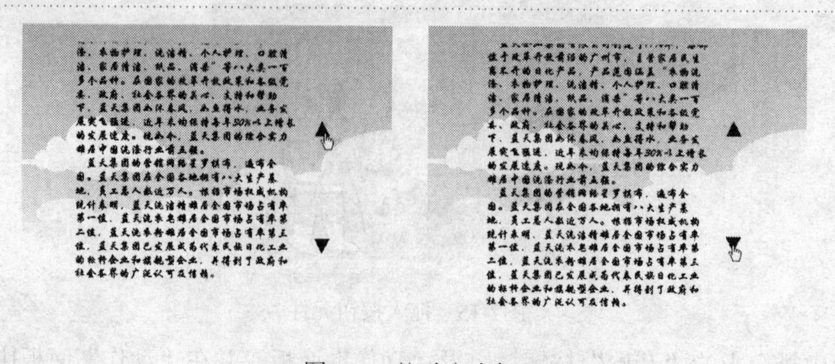

图7-18 滚动文本框

实例介绍

本实例将制作单击舞台上的上下小三角形，文本将会上下移动的动态效果。

制作分析

本实例运用了文本工具、矩形工具、创建按钮功能、蒙版技术以及ActionScript技术来编辑制作。

制作步骤

本实例所使用素材文件及结果文件如下：

上机同步练习文件:		
素材路径	素材文件	源文件与素材\素材\第7章\实例2\背景.jpg
	结果文件	源文件与素材\结果\第7章\实例2\滚动文本框.fla

具体操作方法如下。

Step 01 运行Flash CS4，新建一个Flash空白文档。创建按钮元件“btn-triangle”，使用绘图工具，在舞台中绘制三角形，如图7-19所示。

Step 02 创建影片剪辑“mov-text”，在舞台中输入需要滚动显示的文本，如图7-20所示。

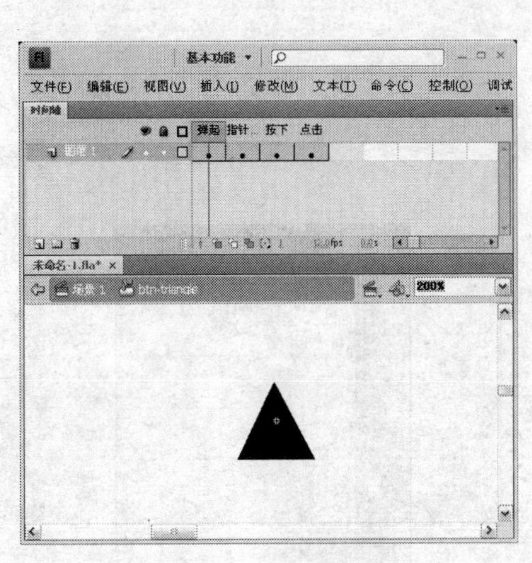

图7-19 绘制三角形

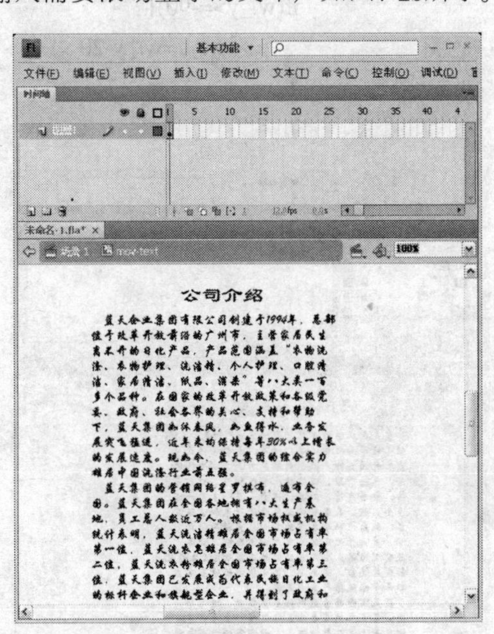

图7-20 输入文本

Step 03 回到主场景，执行“文件”|“导入”|“导入到舞台”命令，将一幅背景图片导入到舞台中（位置：源文件与素材\素材\第7章\实例2\背景.jpg），如图7-21所示。

Step 04 新建图层，拖动元件mov-text到舞台上，并设置实例名为“w”，再为其设置一个遮罩层，如图7-22所示。

Step 05 新建一个图层，拖动按钮元件“btn-triangle”到舞台两次，并选择其中一个按钮元件，使用任意变形工具将其向右旋转180度，使其成为向下的按钮，如图7-23所示。

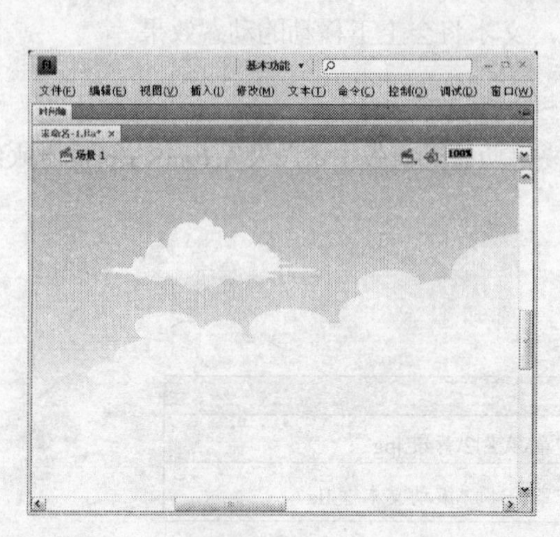
图7-21 导入图片

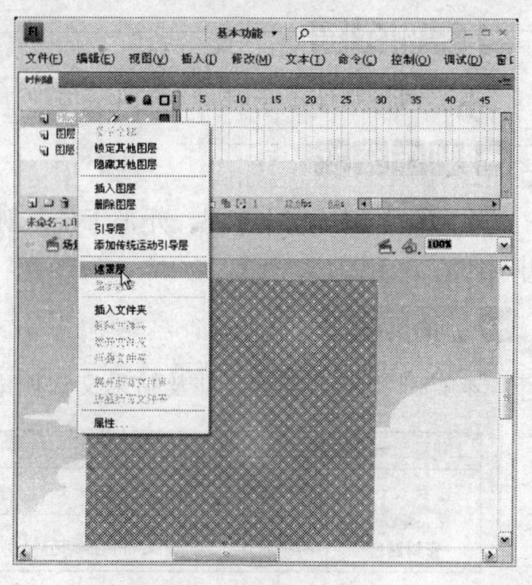
图7-22 设置遮罩层

Step 06 选择向上按钮，在“动作”面板中添加如下代码，如图7-24所示。

```
on(press){
        if(w._y>=-90){
                w._y=w._y-20
        }
}
```

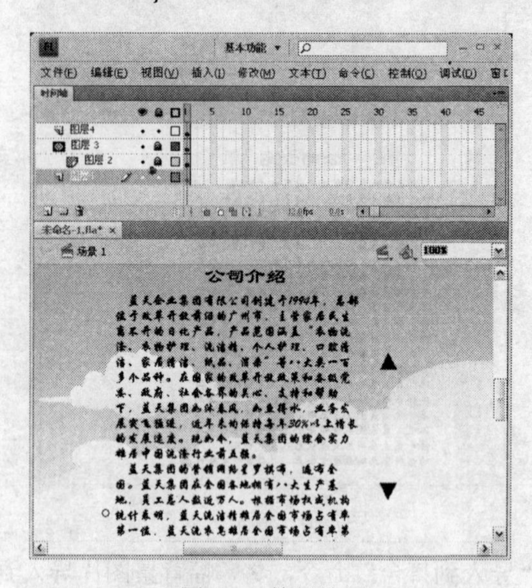
图7-23 旋转按钮

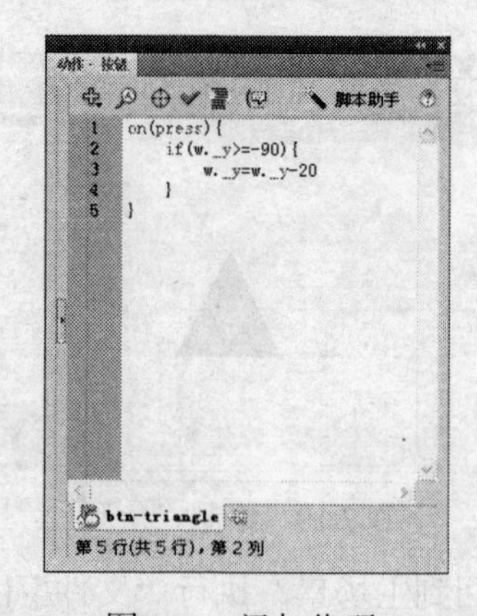

图7-24 添加代码

Step 07 选择向下按钮，在“动作”面板中添加如下代码，如图7-25所示。

```
on(press){
        if(w._y>=-90){
                w._y=w._y-20
        }
}
```

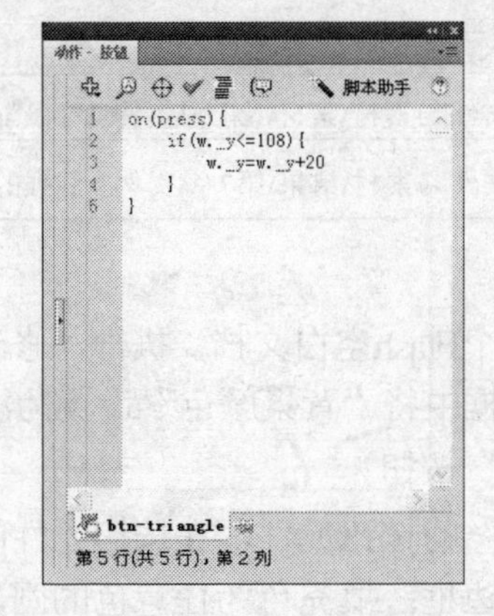

图7-25 添加代码

Step 08 保存文件并按下Ctrl+Enter组合键，欣赏最终效果。

知识总结

在制作本实例时，主要运用了创建按钮元件功能来制作。按钮在网络中使用得非常频繁，它具备多样化的交互作用能力，提供强有力的交互控制。在网页中，加入按钮可以与浏览者互动。

倔强的小球 Example 03

实例效果

图7-26 倔强的小球

实例介绍

本实例将制作无论怎样拖曳小球，小球最终还是要回到舞台中心位置的动态效果。

制作分析

本实例主要使用椭圆工具与ActionScript技术来编辑制作。

制作步骤

本实例所使用素材文件及结果文件如下：

上机同步练习文件:		
素材路径	素材文件	源文件与素材\素材\第7章\实例3\背景.jpg
	结果文件	源文件与素材\结果\第7章\实例3\倔强的小球.fla

具体操作方法如下。

Step 01 运行Flash CS4，新建一个Flash空白文档。执行“修改”|“文档”命令，打开“文档属性”对话框，在对话框中将“背景颜色”设置为浅蓝色，“帧频”设置为30fps。设置完成后单击“确定”按钮。

Step 02 新建一个名称为“按钮”的按钮元件，在按钮元件的编辑状态下，使用椭圆工具在工作区中绘制一个无边框、填充色为任意色的圆，如图7-27所示。

Step 03 按下Shift+F9组合键打开“颜色”面板。将“填充”设置为“放射状”，把调色条左端的调色块颜色设置为浅蓝色（#00CCFF），把右端的调色块颜色设置为黑色，如图7-28所示。然后使用油漆桶工具填充小圆，如图7-29所示。

图7-27 绘制圆

图7-28 “颜色”面板

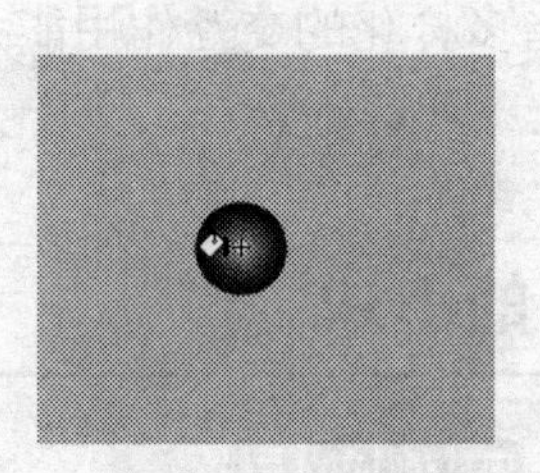

图7-29 填充圆

Step 04 新建一个名称为“球”的影片剪辑，在影片剪辑“球”的编辑状态下，将按钮元件从库面板拖入到工作区中。然后选中工作区中的按钮，在“动作”面板中添加如下代码，如图7-30所示。

```
on (press) {
startDrag(this, true);
_root.flag=false;
}
on (release, releaseOutside) {
_root.flag=true
stopDrag( );
}
```

Step 05 新建一个名称为“阴影”的图形元件，在图形元件“阴影”的编辑状态下，使用同样的方法制作一个与按钮元件一模一样的小球，如图7-31所示。

Step 06 回到影片剪辑“球”的编辑状态下，新建一个图层，将图形元件“阴影”从库面板拖入到工作区中如图7-32所示的位置。

Step 07 打开“属性”面板，将图形元件“阴影”的Alpha值设置为30%。然后将“图层2”拖到“图层1”之下，如图7-33所示。

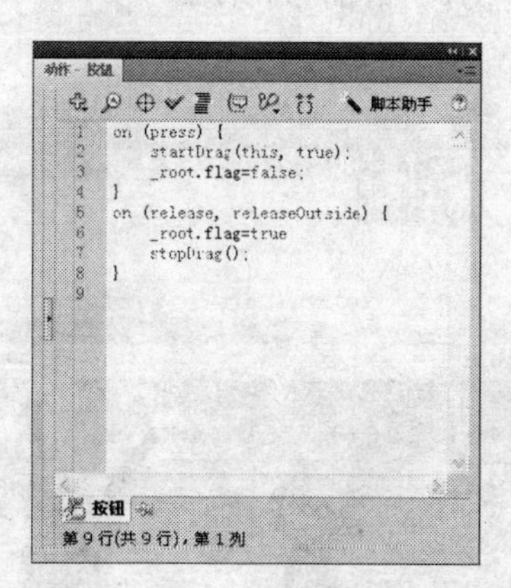

图7-30　输入代码

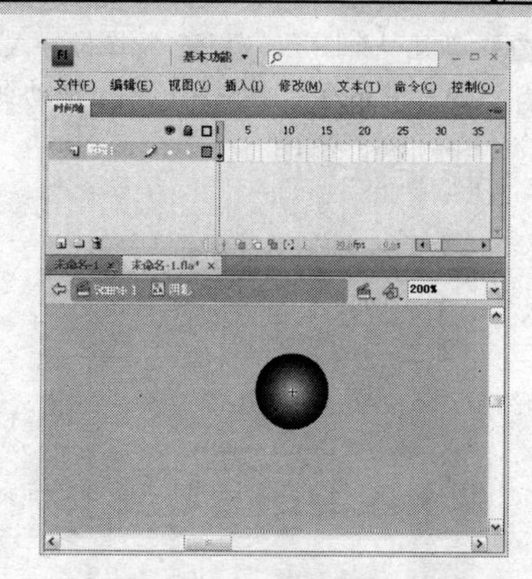

图7-31　制作小球

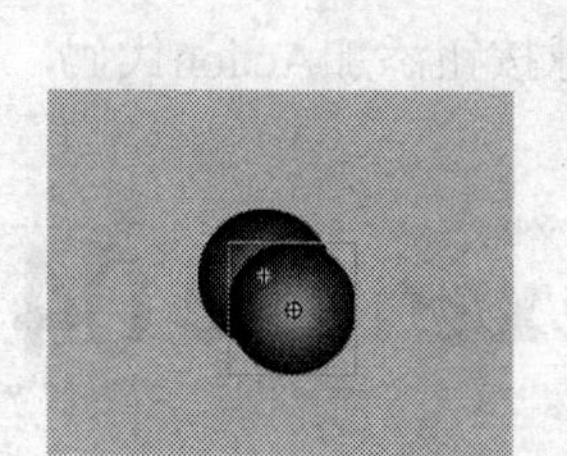

图7-32　拖入小球

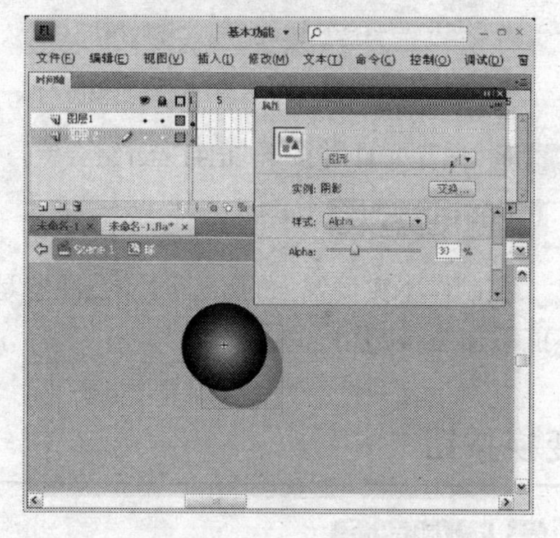

图7-33　拖动图层

Step 08 回到主场景，将影片剪辑“球”从库面板拖入到舞台中。然后选中舞台上的影片剪辑“球”，在“动作”面板中添加如下代码，如图7-34所示。

```
onClipEvent (load) {
_root.flag = true;
xpos = _x;
ypos = _y;
difx = -200;
dify = -180;
}
onClipEvent (enterFrame) {
if (_root.flag == true) {
difx = difx*.8+(xpos-_x)*.3;
dify = dify*.8+(ypos-_y)*.3;
_x += difx;
_y += dify;
}
}
```

Step 09 新建一个图层，并将一幅图像导入到舞台上（位置：源文件与素材\素材\第7章\实例3\背景.jpg），然后将该图层拖动到图层1的下方，如图7-35所示。

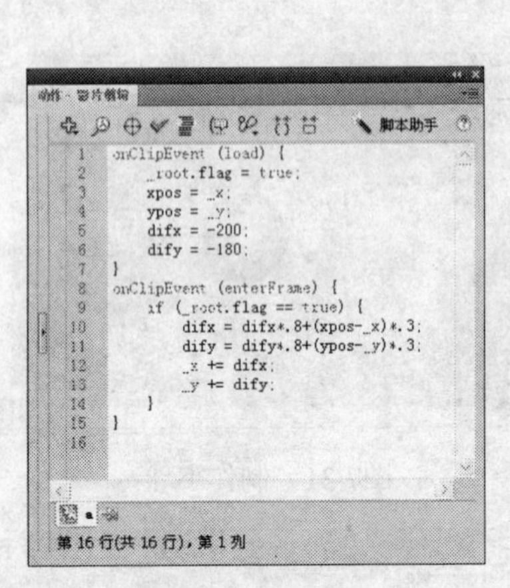

图7-34 输入代码

图7-35 导入图片

Step 10 保存文件并按下Ctrl+Enter组合键，欣赏最终效果。

知识总结

在制作本实例倔强的小球时，要注意是对制作的小球按钮添加Action代码，图形元件是不能添加Action代码的。

变换按钮 Example 04

实例效果

图7-36 变换按钮

实例介绍

本实例制作当鼠标经过或按下按钮时，动画会不断进行变换的动态效果。

制作分析

本实例主要使用了导入功能、文本工具与创建按钮元件来编辑制作。

制作步骤

本实例所使用素材文件及结果文件如下：

上机同步练习文件:		
素材路径	素材文件	源文件与素材\素材\第7章\实例4\
	结果文件	源文件与素材\结果\第7章\实例4\变换按钮.fla

具体操作方法如下。

Step 01 运行Flash CS4，新建一个Flash空白文档，执行“文件”|“导入”|“导入到库”命令，将3幅图片导入到库中（位置：源文件与素材\素材\第7章\实例4\1.gif～3.gif），如图7-37所示。

Step 02 按下Ctrl+F8组合键，新建一个名称为“按钮”的按钮元件，在按钮元件的编辑状态下，从库面板里将1.gif拖入到工作区中。然后按下Ctrl+K打开“对齐”面板，单击水平中齐按钮与垂直居中分布按钮，如图7-38所示。

图7-37 导入图片

图7-38 拖入图片

Step 03 选择文本工具T在如图7-39所示的位置输入文字，字体选择“方正卡通简体”，字号为28，字体颜色为黑色。

Step 04 使用椭圆工具在工作区中绘制一个边框为黑色、填充为无的椭圆。并用选择工具选中椭圆的下边框，按住鼠标左键不放稍稍向上拉一下，调整椭圆的形状。完成后将椭圆边框拖放到如图7-40所示的位置。

图7-39 输入文字

图7-40 绘制椭圆

Step 05 使用椭圆工具在工作区中绘制三个边框为白色、填充为无的椭圆。再按照同样的方法选取选择工具调整椭圆的形状。最后将这三个椭圆拖放到如图7-41所示的位置。

Step 06 在“指针经过”处插入空白关键帧。从库面板里将2.gif拖入到工作区中。然后按下Ctrl+K组合键打开“对齐”面板，单击水平中齐按钮与垂直居中分布按钮，如图7-42所示。

图7-41 绘制并调整椭圆

图7-42 拖入图片

Step 07 使用同样的方法输入文字及添加椭圆边框到如图7-43所示的位置。

Step 08 在“按下”处插入空白关键帧。从库面板里将3.gif拖入到工作区中。使用同样的方法输入文字及添加椭圆边框到如图7-44所示的位置。

图7-43 输入文字并绘制椭圆

图7-44 输入文字并绘制椭圆

Step 09 回到主场景，将按钮元件从库面板拖入到舞台中，如图7-45所示。

Step 10 保存文件并按下Ctrl+Enter组合键，欣赏最终效果。

图7-45 拖入按钮

知识总结

本实例并没有使用ActionScript代码来制作，而是使用按钮元件自身的功能来制作。按钮元件是Flash影片中创建互动功能的重要组成部分，它可以在影片中响应鼠标的点击、滑过及按下等动作。

控制菜单 Example 05

实例效果

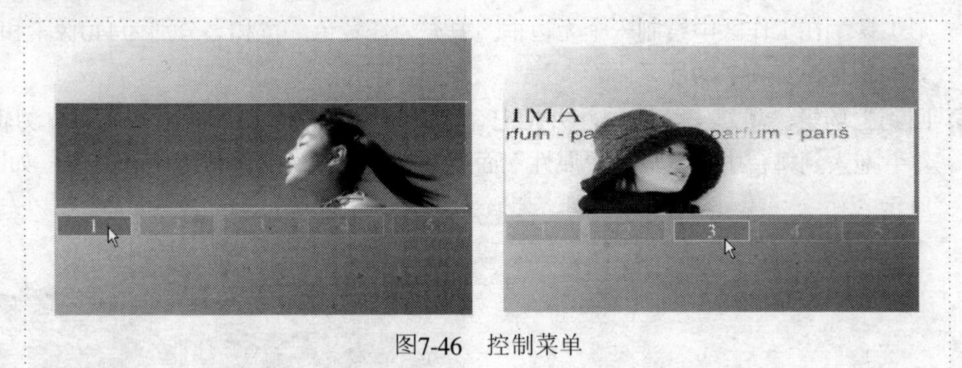

图7-46 控制菜单

实例介绍

本实例将制作当鼠标经过按钮时，该按钮所代表的栏目会放大显示的动态效果。

制作分析

本实例主要使用了导入功能、绘图工具与遮罩动画以及ActionScript技术来编辑制作。

制作步骤

本实例所使用素材文件及结果文件如下：

<table>
<tr><td colspan="3">上机同步练习文件：</td></tr>
<tr><td rowspan="2">素材路径</td><td>素材文件</td><td>源文件与素材\素材\第7章\实例5\</td></tr>
<tr><td>结果文件</td><td>源文件与素材\结果\第7章\实例5\控制菜单.fla</td></tr>
</table>

具体操作方法如下。

Step 01 运行Flash CS4，新建一个Flash空白文档。执行“修改”|“文档”命令，打开“文档属性”对话框，在对话框中将“尺寸”设置为450像素（宽）×300像素（高），“背景颜色”设置为蓝色，“帧频”设置为30fps。设置完成后单击“确定”按钮。

Step 02 选择矩形工具，在舞台上绘制一个无边框、填充色为任意色、宽和高分别为450像素与300像素的矩形，如图7-47所示。

Step 03 按下Shift+F9组合键打开“颜色”面板。将“填充”设置为“线性”，把调色条左端的调色块颜色设置为白色，把右端的调色块颜色设置为蓝色（#0066CC）。然后为矩形上色，如图7-48所示。

图7-47 绘制矩形

图7-48 为矩形上色

Step 04 新建一个名称为“遮罩”的影片剪辑，在“遮罩”影片剪辑的编辑状态下，使用矩形工具在工作区中绘制一个无边框、填充为任意色、宽和高分别为440像素和110像素的矩形，如图7-49所示。

Step 05 回到主场景，新建一个图层，并把它命名为“遮罩”。从库面板里将影片剪辑“遮罩”拖入到舞台中。然后在“属性”面板上将它的实例名设置为“mask”，如图7-50所示。

图7-49 绘制矩形

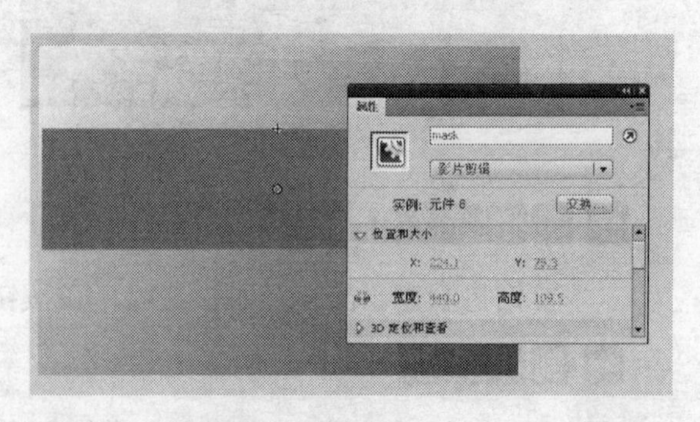

图7-50 设置实例名

Step 06 新建一个图层，并把它命名为“矩形”。再使用矩形工具在舞台上绘制五个边框线为白色、填充为紫色（#CD67CD）的矩形。然后使用文本工具T在矩形上分别输入1、2、3、4、5，并将它们进行如图7-51所示的排列。

Step 07 依次选中这五个矩形（包括上面的数字），按下F8键分别转换为影片剪辑，影片剪辑的名称随意。然后将它们的实例名分别设置为m1、m2、m3、m4、m5，如图7-52所示。

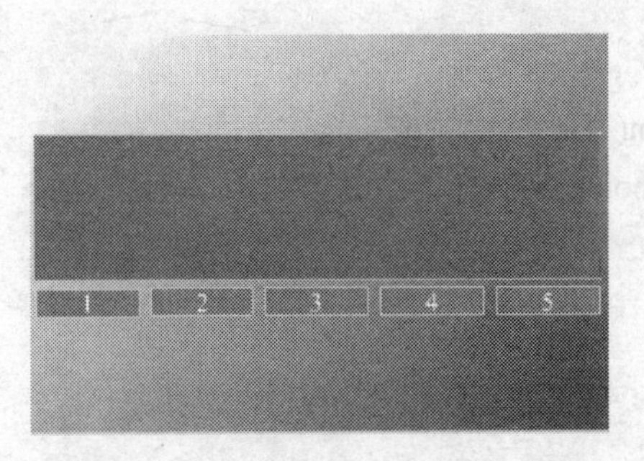

图7-51 输入文字

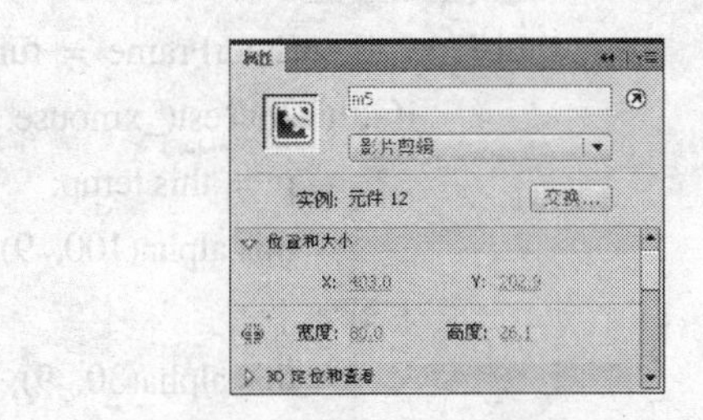

图7-52 设置实例名

Step 08 新建一个名称为“图片1”的影片剪辑，执行“文件”|“导入”|“导入到舞台”命令，将一幅图片导入到工作区中（位置：源文件与素材\素材\第7章\实例5\1.jpg），如图7-53所示。

Step 09 新建四个影片剪辑并命名为“图片2”、“图片3”、“图片4”、“图片5”。分别将4幅图片导入到对应的影片剪辑中（位置：源文件与素材\素材\第7章\实例5\2.jpg、3.jpg、4.jpg、5.jpg），如图7-54所示。

图7-53 导入图片

图7-54 导入图片

Step 10 回到主场景，新建一个图层并把它命名为“图片”。再从库面板中将影片剪辑“图片1”～“图片5”拖入到舞台中。然后在“属性”面板中分别将它们的实例名设置为pic1、pic2、pic3、pic4、pic5，如图7-55所示。

Step 11 新建一个图层并把它命名为“action”，选中该层的第1帧，在“动作”面板中添加如下代码，如图7-56所示。

```
var cen_x = 221;
var cen_y = 76;
var p = 1;
var pic_num = 5;
```

```
var pic_height = 110;
for (i=1; i<=5; i++) {
    this["m"+i].temp = i;
    this["m"+i]._alpha = 10;
    this["pic"+i]._x = cen_x;
    this["m"+i].onEnterFrame = function( ) {
        if (this.hitTest(_xmouse, _ymouse)) {
            p = this.temp;
            this.alpha(100, 9);
        } else {
            this.alpha(30, 9);
        }
    };
}
function pic_move( ) {
    for (i=1; i<=pic_num; i++) {
        this["pic"+i]._y += (-pic_height*(p-1)+cen_y+110*(i-1)-this["pic"+i]._y)/5;
    }
}
onEnterFrame = function ( ) {
    pic_move( );
};
MovieClip.prototype.alpha = function(pos_a, k) {
    this._alpha += (pos_a-this._alpha)/k;
};
```

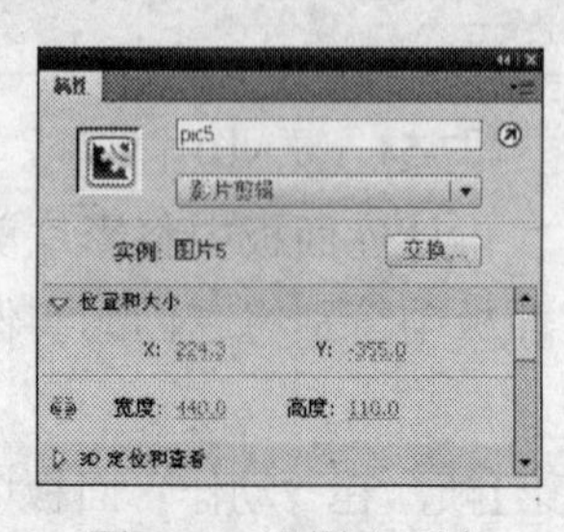

图7-55 设置实例名

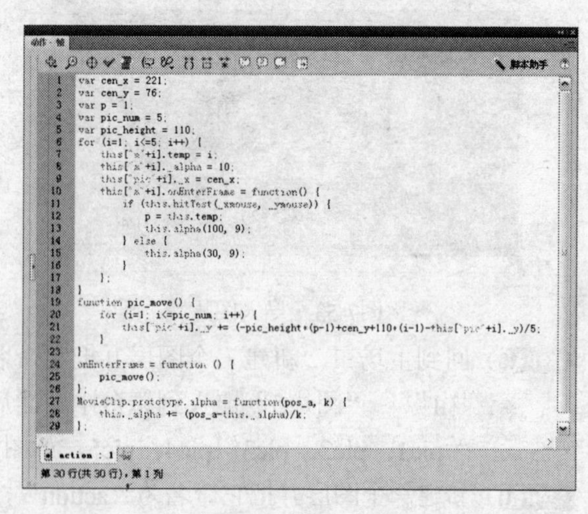

图7-56 输入代码

Step 12 将“图片”层拖到“遮罩”层的下方。选中“遮罩”层，单击鼠标右键，在弹出的菜单中选择“遮罩层”命令。然后保存文件并按下Ctrl+Enter组合键，欣赏最终效果。

知识总结

在使用Flash制作按钮与菜单特效动画时，配合遮罩动画或者引导动画常常会做出很多漂亮的效果，希望读者能充分发挥想像力，使用Flash的基础动画来制作出更多绚丽的动画效果。

制作3D菜单 Example 06

实例效果

图7-57 3D菜单

实例介绍

本实例将制作按钮图标不停地旋转，并随着鼠标的经过和移开显示不同的变化效果。

制作分析

本实例使用创建按钮功能与ActionScript技术来制作特殊的3D动画效果。

制作步骤

本实例所使用素材文件及结果文件如下：

上机同步练习文件：		
素材路径	素材文件	源文件与素材\素材\第7章\实例6\
	结果文件	源文件与素材\结果\第7章\实例6\3D菜单.fla

具体操作方法如下。

Step 01 运行Flash CS4，新建一个Flash空白文档。执行“修改”|“文档”命令，打开“文档属性”对话框，在对话框中将“尺寸”设置为400像素（宽）×280像素（高），“背景颜色”设置为蓝色，“帧频”设置为30fps。设置完成后单击“确定”按钮。

Step 02 执行“文件”|“导入”|“导入到舞台”命令，导入五幅图像到库中（位置：源文件与素材\素材\第7章\实例6\放大镜.gif、绿色小人.gif、电脑.gif、海星.gif、文件夹.gif）。然后按下Ctrl+F8组合键，新建一个按钮元件，在“名称”文本框中输入“按钮1”，如图7-58所示。完成后单击“确定”按钮。

Step 03 在按钮1的编辑状态下，从库面板里把一幅图像拖入到工作区中。如图7-59所示。

Step 04 在“指针经过”处插入关键帧，使用任意变形工具将图片放大一些。然后使用文本工具T在图片的下方输入“Home”，字体选择“_sans”，字号为17，字体颜色为白色。如图7-60所示。

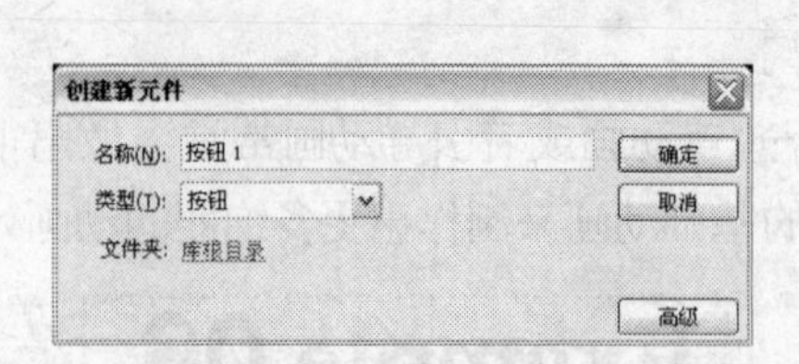

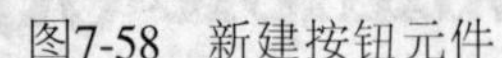
图7-58 新建按钮元件

图7-59 拖入图像

Step 05 按下Ctrl+F8组合键，新建一个名称为“按钮2”的按钮元件，从库面板里把绿色小人.gif拖入到工作区中。再使用任意变形工具将图片缩小至宽、高各为96像素，如图7-61所示。

Step 06 在“指针经过”处插入关键帧，使用任意变形工具将图片放大一些。然后使用文本工具T在图片的下方输入“Products”，字体选择“_sans”，字号为17，字体颜色为白色，如图7-62所示。

图7-60 输入文字

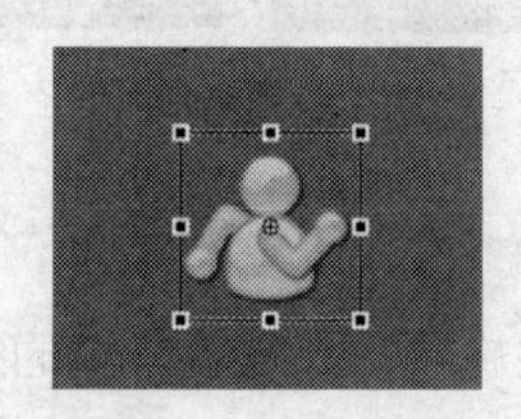
图7-61 缩小图像

图7-62 输入文字

Step 07 按下Ctrl+F8组合键，新建一个名称为“按钮3”的按钮元件，从库面板里把电脑.gif拖入到工作区中，如图7-63所示。

Step 08 在“指针经过”处插入关键帧，使用任意变形工具将图片放大一些。然后使用文本工具T在图片的下方输入“Feedback”，字体选择“_sans”，字号为17，字体颜色为白色，如图7-64所示。

Step 09 按下Ctrl+F8组合键，新建一个名称为“按钮4”的按钮元件，从库面板里把海星.gif拖入到工作区中，如图7-65所示。

图7-63 拖入图像

图7-64 输入文字

图7-65 拖入图像

Step 10 在“指针经过”处插入关键帧，使用任意变形工具将图片放大一些。然后使用文本工具T在图片的下方输入“About”，字体选择“_sans”，字号为17，字体颜色为白色，如图7-66所示。

Step 11 按下Ctrl+F8组合键，新建一个名称为“按钮5”的按钮元件，从库面板里把文件夹.gif拖入到工作区中。在“指针经过”处插入关键帧，使用任意变形工具将图片放大一些。然后使用文本工具T在图片的下方输入“Solution”，字体选择“_sans”，字号为17，字体颜色为白色，如图7-67所示。

图7-66 输入文字

图7-67 输入文字

Step 12 回到主场景，从库面板里将按钮1、按钮2、按钮3、按钮4、按钮5拖入到舞台上如图7-68所示的位置。并分别将它们的实例名设置为a1～a5。

Step 13 新建一个图层，并选中该层的第1帧，在“动作”面板中添加如下代码，如图7-69所示：

```
var p = 2*Math.PI/5;
onEnterFrame = function ( ) {
for (var z = 1; z<=5; z++) {
var mc = this["a"+z];
mc._y = Math.cos(n+p*z)*15+100;
mc._x = Math.sin(n+p*z)*150+200;
mc._alpha = (mc._y-80)*3.3;
mc._yscale=mc._xscale=(mc._y-15)
mc.swapDepths(mc._y);
}
n = _xmouse>200 ? n+0.05 : n-0.05;
};
```

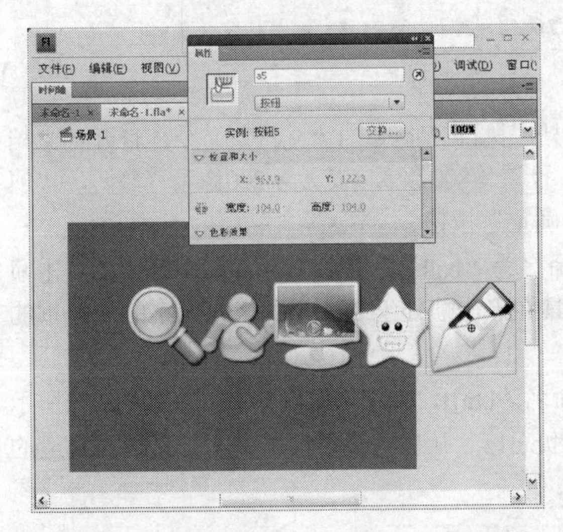

图7-68 拖入按钮

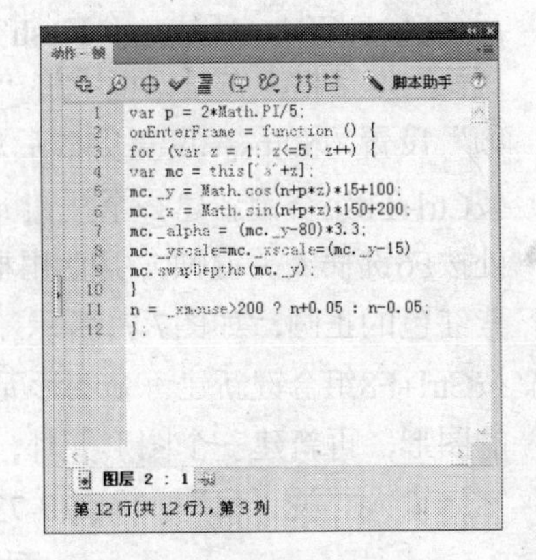

图7-69 输入代码

Step 14 保存文件并按下Ctrl+Enter组合键，欣赏最终效果。

知识总结

在动画制作中，常常制作平面动画，因为Flash是一款二维动画制作软件，但通过ActionScript技术可以设置动画元素的深度，从而形成三维效果。

导航条

Example 07

➡ 实例效果

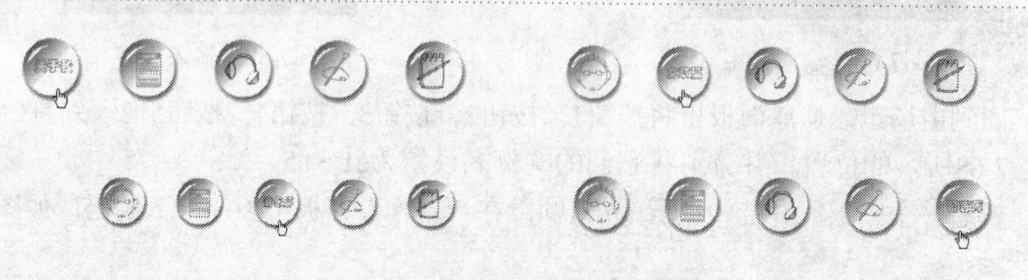

图7-70　导航条

➡ 实例介绍

本实例使用按钮来制作导航条。

➡ 制作分析

本实例主要使用了创建按钮元件功能与ActionScript技术来编辑制作。

➡ 制作步骤

本实例所使用素材文件及结果文件如下：

上机同步练习文件：		
素材路径	素材文件	源文件与素材\素材\第7章\实例7\
	结果文件	源文件与素材\结果\第7章\实例7\导航条.fla

具体操作方法如下。

Step 01 运行Flash CS4，新建一个Flash空白文档。执行“修改”|“文档”命令，打开“文档属性”对话框，在对话框中将“尺寸”设置为800像素（宽）×200像素（高），“帧频”设置为50fps。设置完成后单击“确定”按钮。

Step 02 按Ctrl+F8组合键新建一个按钮元件，命名为“ball”，在按钮元件编辑区中的点击帧处按F6键插入关键帧，并使用椭圆工具在点击帧处绘制一个76×76大小的无边框的紫红色的正圆，如图7-71所示。

Step 03 按Ctrl+F8组合键新建一个图形元件，命名为btn1t，在工作区中绘制一个如图7-72所示的图形，再新建一个图形元件，命名为btn1z，并在场景中使用文本工具选择合适的字体输入“关于我”，如图7-73所示。

图7-71　绘制正圆

图7-72　制作元件btn1t

图7-73　制作元件btn1z

Step 04 新建一个图形元件，命名为btn2t，在场景中绘制一个如图7-74的图形，再新建一个图形元件，命名为btn2z，并在场景中使用文本工具输入“文章篇”，如图7-75所示。

Step 05 新建一个图形元件，命名为btn3t，在场景中绘制一个如图7-76的图形，再新建一个图形元件，命名为btn3z，并在场景中使用文本工具选择合适的字体输入“音乐篇”，如图7-77所示。

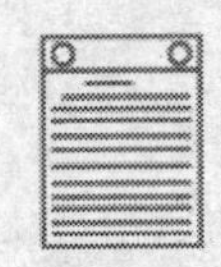

图7-74 元件btn2t

图7-75 元件btn2z

图7-76 元件btn3t

Step 06 新建一个图形元件，命名为btn4t，在场景中绘制一个如图7-78的图形，再新建一个图形元件，命名为btn4z，并在场景中使用文本工具选择合适的字体输入“绘画篇”，如图7-79所示。

图7-77 元件btn3z

图7-78 元件btn4t

图7-79 元件btn4z

Step 07 新建一个图形元件，命名为btn5t，在场景中绘制一个如图7-80的图形，再新建一个图形元件，命名为btn5z，并在场景中使用文本工具选择合适的字体输入“留言簿”，如图7-81所示。

Step 08 新建一个影片剪辑，命名为btn1，在场景中使用绘图工具绘制一个如图7-82的按钮背景图形，插入一个新图层，命名为文字，将库中的元件btn1z拖动到文字层的第1帧中的场景里，选择图层1的第25帧，按F5键插入普通帧。

图7-80 元件btn5t

图7-81 元件btn5z

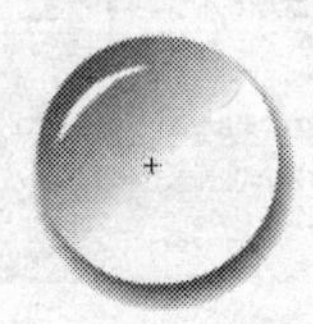

图7-82 绘制按钮的背景

Step 09 选择文字层的第13帧，按F6键插入关键帧，将第1帧中的元件大小修改为1×1，并在“属性”面板中将Alpha值修改为0，如图7-83所示。然后复制第1帧到第25帧，最后在各帧之间创建动画补间。

Step 10 插入新图层，命名为图形，将库中的btn1t拖动进来，如图7-84所示，在第13帧插入关键帧，并将此帧中的元件大小修改为1×1，在属性面板中将透明度修改为0，然后复制第1帧到第25帧，最后在各帧之间创建动画补间。

Step 11 插入新图层，命名为按钮，将库中的按钮元件ball拖动到场景中，使之正好覆盖在按钮的背景上，如图7-85所示，在第25帧插入普通帧。

Step 12 插入新图层，命名为as，在第13帧插入空白关键帧，在as层的第1帧、第13帧上分别添加以下代码：

```
stop( );
```

Step 13 选中按钮层中的按钮元件ball，打开动作面板，输入以下代码：

```
on(rollOver){
        gotoAndPlay(2)
}
on(rollOut){
        gotoAndPlay(14)
}
```

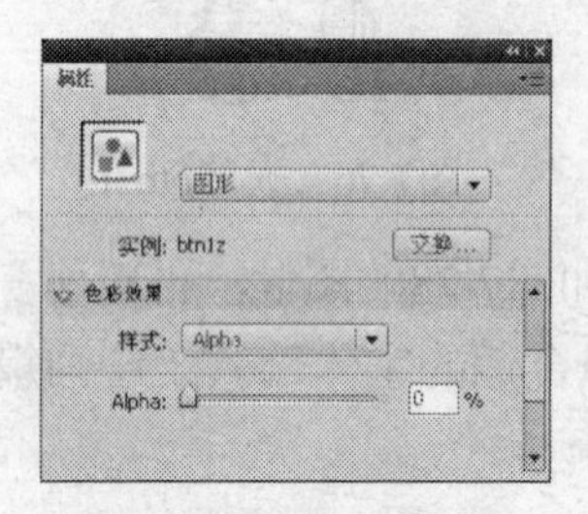

图7-83 修改Alpha值

图7-84 图形层的第1帧

图7-85 按钮层的第1帧

Step 14 库中鼠标右键单击btn1，在列表中选择直接复制，在弹出的直接复制元件对话框中将名称修改为btn2，如图7-86所示，完成后单击“确定”按钮。

Step 15 双击库中的btn2元件，选择文字层第1帧场景中的btn1z元件，打开“属性”面板，单击交换按钮，在弹出的“交换元件”对话框中选择元件btn2z，如图7-87所示，依照此方法，将文字层中所有的btn1z元件转换为btn2z元件，并将图形层中所有的btn1t转换为btn2t。

图7-86 “直接复制元件”对话框

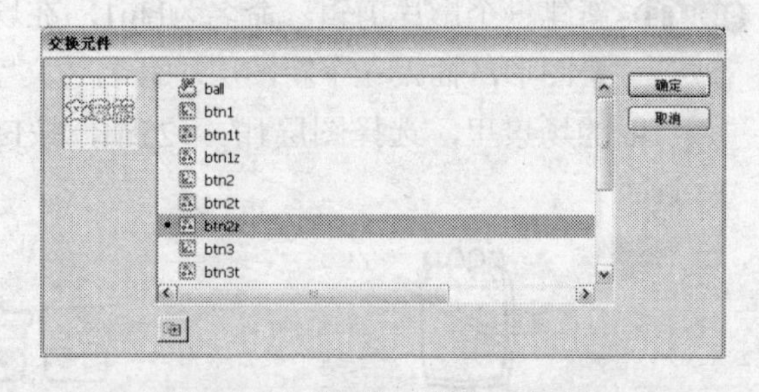

图7-87 “交换元件”对话框

Step 16 按照同样的方法依次创建影片剪辑btn3、btn4、btn5，并依次修改其中的各元件。

Step 17 回到场景1，将库中的影片剪辑btn1、btn2、btn3、btn4、btn5依次拖放到场景中，并安排其合适的位置，如图7-88所示。

图7-88 放置影片剪辑btn1、btn2、btn3、btn4、btn5

Step 18 保存文件并按下Ctrl+Enter组合键，欣赏最终效果。

知识总结

在网页中，为了使菜单具有特殊的动画效果，或者使网页的动态效果更完善，常常需要插入一些Flash动画，使用Flash制作的导航条是非常吸引浏览者眼球的。

08 Chapter 文字动画实例

在Flash动画的制作过程中，常常需要做一些文字特效。本章就介绍了8个根据不同属性的变化来实现的文字特效实例。读者还可以通过不同的制作方法，充分发挥自己的想像力来创建不同的文字特效。

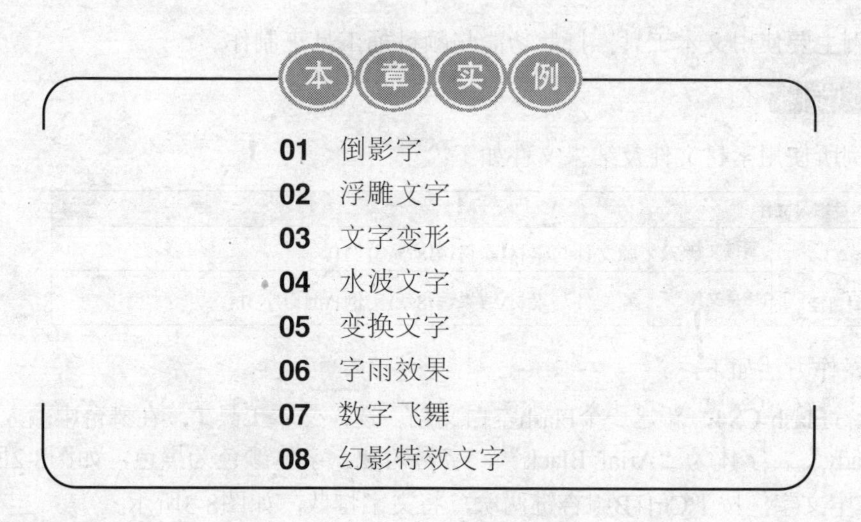

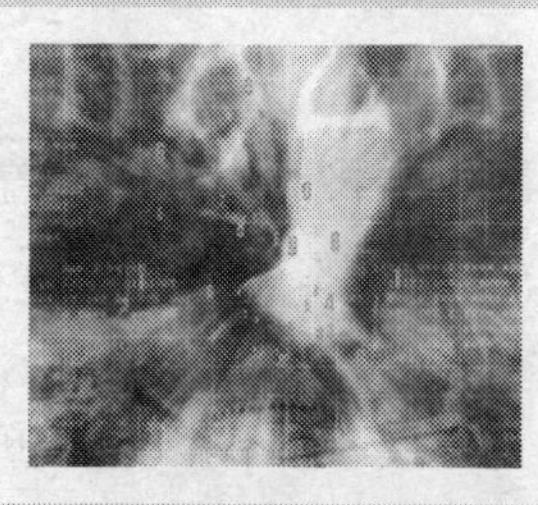

倒影字 Example 01

实例效果

图8-1 倒影字效果

实例介绍

本实例通过Action技术来制作七彩音波效果。

制作分析

本实例主要使用文本工具、打散功能与颜料桶工具来制作。

制作步骤

本实例所使用素材文件及结果文件如下：

上机同步练习文件：		
素材路径	素材文件	源文件与素材\素材\第8章\实例1\
	结果文件	源文件与素材\结果\第8章\实例1\倒影字.fla

具体操作方法如下：

Step 01 运行Flash CS4，新建一个Flash空白文档。选择文本工具T，在舞台中输入“Are you ready”。字体为“Arial Black”，字号为52，字体颜色为黑色，如图8-2所示。

Step 02 选中文字，按下Ctrl+B组合键两次，将文字打散，如图8-3所示。

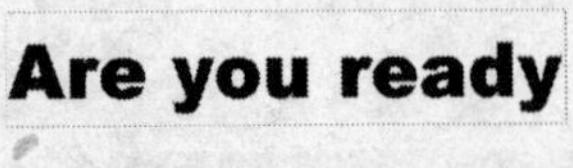

图8-2 输入文字

图8-3 打散文字

Step 03 选择墨水瓶工具，并将边框颜色设置为橙色（#FF9933），对文字进行描边，然后删除文字，只留下外轮廓，如图8-4所示。

Step 04 选取选择工具将文字全部框选起来，这样就将文字全部选中。然后按下F8键，将文字转换为名称为“文字”的“影片剪辑”。在“文字”影片剪辑的时间轴的第12帧处插入关键帧，将文字的边框颜色改为深红色（#CC0000），并向下移动一段距离，如图8-5所示。

图8-4 为文字描边 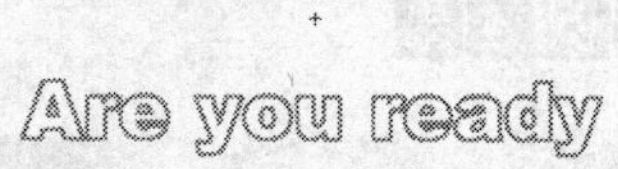　　　　图8-5 更改描边颜色

Step 05 在时间轴的第1帧与第12帧之间创建形状补间动画，然后在第50帧处按下F5键插入帧，如图8-6所示。

Step 06 回到主场景，选中文字并且复制、粘贴到当前位置。确保复制出的文字被选中，执行“修改”|“变形”|“垂直翻转”命令。将文字垂直翻转并向下移动一段距离，如图8-7所示。

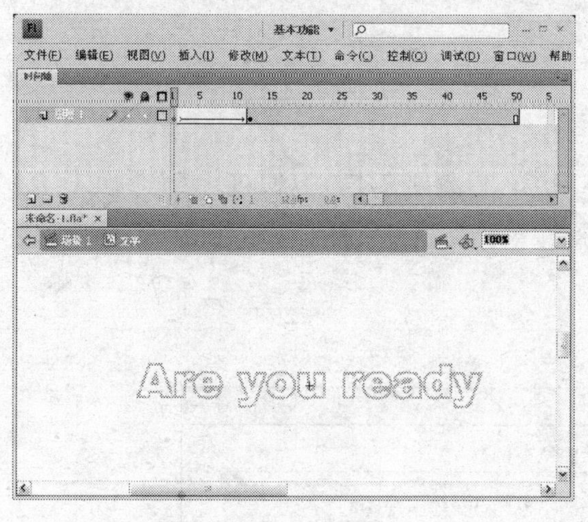

图8-6 插入帧 　　　　图8-7 垂直翻转文字

Step 07 选中复制出的文字，打开“属性”面板，在“样式”下拉列表中选择“Alpha”选项，并将“Alpha值”设置为50%，如图8-8所示。

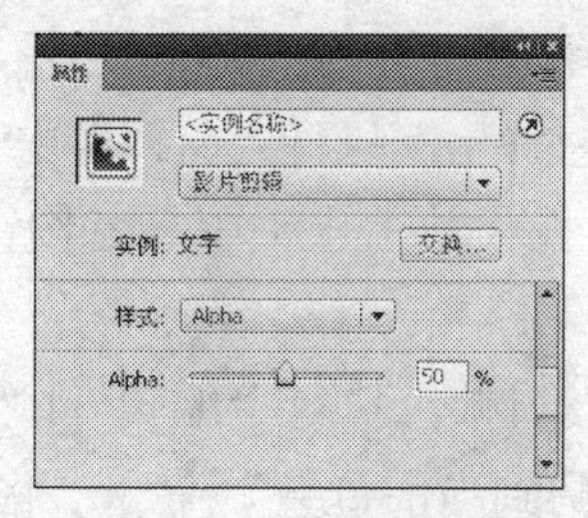

图8-8 设置Alpha值

Step 08 执行“文件”|“保存”命令，保存文档，然后按下Ctrl+Enter组合键，即可欣赏最终效果。

知识总结

要为文字添加描边效果，必须先将文字打散，没有打散的文字是不能添加描边效果的。

浮雕文字 Example 02

实例效果

图8-9 浮雕文字

实例介绍

本实例将制作浮雕文字效果。

制作分析

先使用文本工具，在编辑舞台中输入文本内容；再分离文本，以便对其进行颜色填充；最后使用混色器，将文本的颜色填充为渐变。

制作步骤

本实例所使用素材文件及结果文件如下：

上机同步练习文件:		
素材路径	素材文件	源文件与素材\素材\第8章\实例2\
	结果文件	源文件与素材\结果\第8章\实例2\浮雕文字.fla

具体操作方法如下。

Step 01 启动Flash CS4，新建一个Flash空白文档。将文档“背景颜色”设置为紫色（#660099），选择文本工具T并打开“属性”面板，在面板中设置字体为Arial Black，字号为100，文本颜色为紫色（#660099），如图8-10所示。

Step 02 在舞台中输入文本“EXPECT”，执行“窗口”|“对齐”命令或按下Ctrl+K组合键，打开“对齐”面板并在面板中单击水平中齐按钮和垂直中齐按钮，将文本放置于舞台中央，如图8-11所示。

Step 03 插入图层2，选择图层1的第1帧，执行“编辑”|“复制”命令，然后选择图层2的第1帧，执行“编辑”|“粘贴到当前位置”命令，将图层1第1帧中的内容粘贴到图层2第1帧中，如图8-12所示。

Step 04 单击图层2第1帧中的文字，在“属性”面板中将文本颜色设置为黑色，如图8-13所示。

Step 05 选择图层2，按下鼠标左键不放，将其拖曳到图层1的下方，然后分别按下<←>键和<↑>键各一次，如图8-14所示。

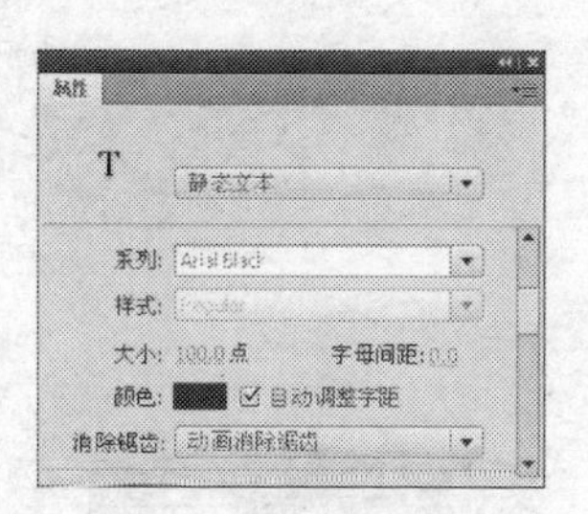

图8-10 “属性”面板

图8-11 输入文本

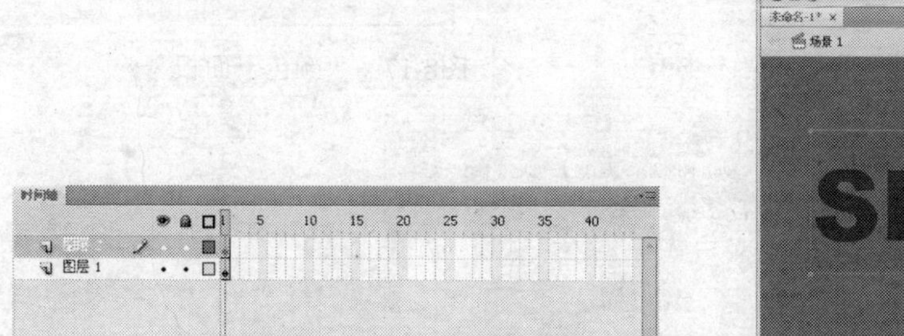

图8-12 粘贴帧

图8-13 文本颜色更改为黑色

Step 06 插入图层3，选择图层2的第1帧，执行“编辑”|“复制”命令，然后选择图层3的第1帧，执行“编辑”|“粘贴到当前位置”命令，最后将图层3拖曳到图层1的上方，如图8-15所示。

图8-14 移动文本

图8-15 复制帧

Step 07 选择图层3的第1帧，执行“修改”|“分离”命令两次或按下Ctrl+B组合键两次，将文本打散，如图8-16所示。

Step 08 选择颜料桶工具，执行“窗口”|“颜色”命令，打开“颜色”面板，将填充样式设置为线性，调整填充色为白色到黄色的渐变，如图8-17所示。

Step 09 分别按下<←>键和<↓>键各两次，然后将图层3拖曳到图层1的下方，如图8-18所示。

图8-16　打散文本

图8-17　“颜色”面板

图8-18　移动文本

Step 10 保存文件并按下Ctrl+Enter组合键，欣赏最终效果。

知识总结

本实例通过调整图层来制作文字的浮雕效果，Flash中的图层和Photoshop的图层有共同的作用：方便对象的编辑。在Flash中，可以将图层看作是重叠在一起的许多透明的胶片，当图层上没有任何对象的时候，可以透过上边的图层看下边的图层上的内容，在不同的图层上可以编辑不同的元素。

文字变形 Example 03

实例效果

图8-19 文字变形效果

实例介绍

本实例将制作犹如雪花一样的文字逐渐变成其他文字的动画效果。

制作分析

本实例使用导入功能、文本工具、打散功能与创建形状补间来制作。

制作步骤

本实例所使用素材文件及结果文件如下：

上机同步练习文件：		
素材路径	素材文件	源文件与素材\素材\第8章\实例3\背景.jpg
	结果文件	源文件与素材\结果\第8章\实例3\文字变形.fla

具体操作方法如下。

Step 01 运行Flash CS4，新建一个Flash空白文档。将文档的“背景颜色”设置为黑色。执行“文件”|“导入”|“导入到舞台”命令，将一幅图片导入到舞台上（位置：源文件与素材\素材\第8章\实例3\背景.jpg），如图8-20所示。

Step 02 选中时间轴的第105帧，按下F5键，插入帧。新建一个图层并将它命名为“文字”层。在“文字”层的第5帧处插入关键帧。选中该帧，使用文本工具T在舞台上输入文字，字体选择“微软繁综艺”，字号为45，字体颜色选择白色，如图8-21所示。

Step 03 选中文字并按下F8键，将文字转换为图形元件。在“文字”层的第50帧处插入关键帧。选中第5帧中的文字，打开“属性”面板，将“Alpha值”调整为0%。在第5帧与第50帧之间创建补间动画，如图8-22所示。

Step 04 新建一个图层并命名为“文字1”，在该层的第50帧处，按下F6键，插入关键帧，如图8-23所示。

Step 05 选择“文字”层第50帧处的文字并复制，然后选中“文字1”层的第50帧，执行“编辑”|“粘贴到当前位置”命令。然后选中“文字1”层第50帧处的文字，按下Ctrl+B组合键3次，将文字打散，如图8-24所示。

图8-20 导入图片

图8-21 输入文字

图8-22 创建补间动画

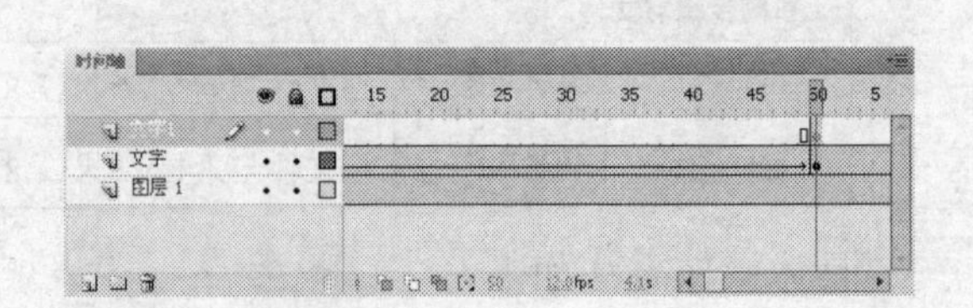

图8-23 插入关键帧

图8-24 将文字打散

Step 06 在“文字1”层的第80帧处单击鼠标右键，在弹出的菜单中选择“插入空白关键帧”命令。然后选择文本工具T，在舞台上输入文字。字体设置与刚刚输入的文字相同，如图8-25所示。

Step 07 选中刚输入的文字，按下Ctrl+B组合键两次，将文字打散。然后在“文字1”层的第50帧与第80帧之间创建形状补间动画，如图8-26所示。

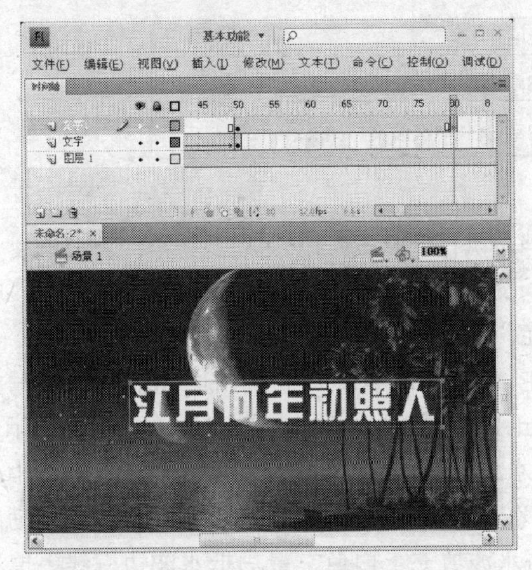

图8-25 输入文字

江畔何人初见月

图8-26 创建形状补间动画

Step 08 选中“文字1”层的第105帧，按下F5键，插入帧。保存文件并按下Ctrl+Enter组合键，欣赏最终效果。

知识总结

制作本实例中的文字变形效果时，要注意只有打散的文本才能创建形状补间动画，没有进行打散的文本是不能创建形状补间动画的。

水波文字 Example 04

实例效果

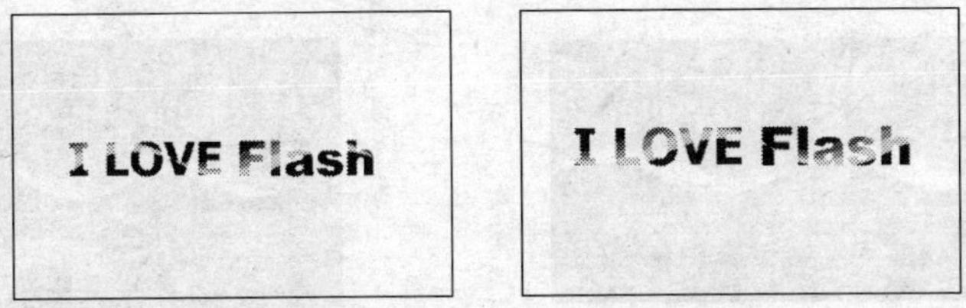

I LOVE Flash

I LOVE Flash

图8-27 水波文字效果

实例介绍

本实例将制作文字中有一段波浪在流动起伏着的效果。

制作分析

本实例使用文本工具、打散功能、颜色面板与动作补间来制作。

制作步骤

本实例所使用素材文件及结果文件如下：

上机同步练习文件：		
素材路径	素材文件	源文件与素材\素材\第8章\实例4\
	结果文件	源文件与素材\结果\第8章\实例4\水波文字.fla

具体操作方法如下。

Step 01 运行Flash CS4，新建一个Flash空白文档。执行“修改”|“文档”命令，打开“文档属性”对话框，在对话框中将“尺寸”设置为350像素（宽）×250像素（高），帧频设置为25fps。设置完成后单击“确定”按钮。

Step 02 选择文本工具，在舞台上输入“I LOVE Flash”，字体选择“Arial Black”，字号为36，字体颜色为黑色。选中文字并按下Ctrl+B组合键两次，将文字打散，如图8-28所示。

Step 03 按下Ctrl+F8组合键，新建一个名称为“水波”的影片剪辑，在影片剪辑“水波”中，先暂时将文档属性中的“背景颜色”改为黑色。再使用铅笔工具在工作区中勾勒出水波的形状，然后使用颜料桶工具将水波填充上白色，最后把水波边框线去掉，如图8-29所示。

I LOVE Flash

图8-28 输入文字并打散

图8-29 勾勒出水波

Step 04 打开“颜色”面板，在填充颜色处选择白色，将“Alpha值”设置为27%。然后使用颜料桶工具填充最里面的一条波浪，如图8-30所示。

Step 05 按照同样的方法将中间的波浪填充上“Alpha值”为46%的白色，将最外面的波浪填充上“Alpha值”为76%的白色，如图8-31所示。

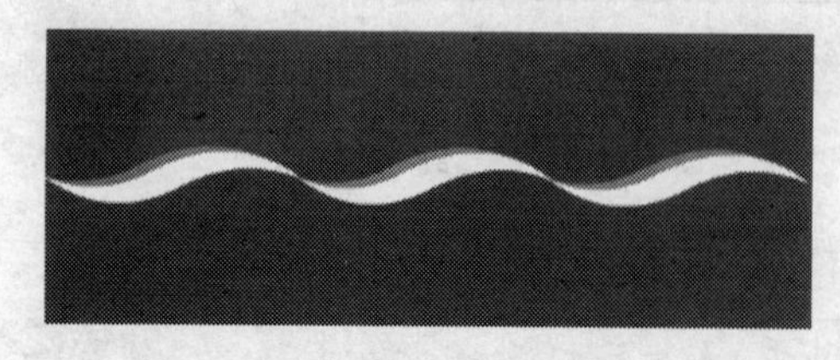

图8-30 填充波浪

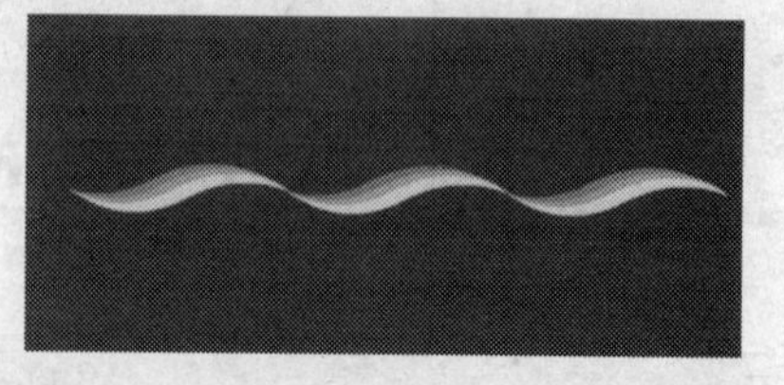

图8-31 填充波浪

Step 06 按下Ctrl+F8组合键，新建一个名称为“流动”的影片剪辑，在影片剪辑“流动”中，打开“库”面板，将影片剪辑“水波”拖入其中，并在时间轴的第80帧处按下F6键，插入关键帧，如图8-32所示。

Step 07 选中时间轴的第1帧，将影片剪辑“水波”向左移动一段距离。选中时间轴的第80帧，将影片剪辑“水波”向右移动一段距离。然后在第1至第80帧之间创建补间动画，如图8-33所示。

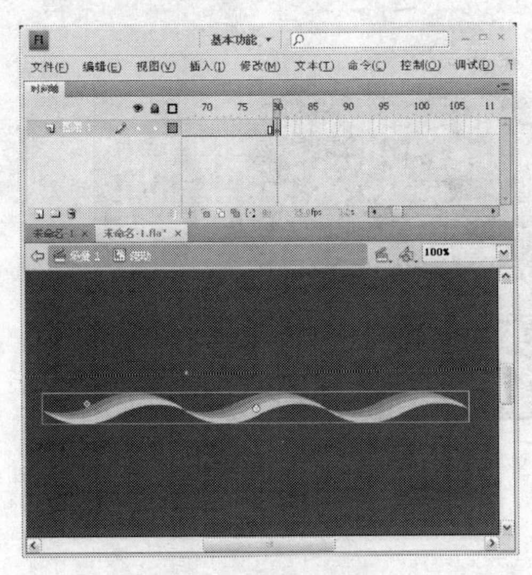

图8-32　插入关键帧

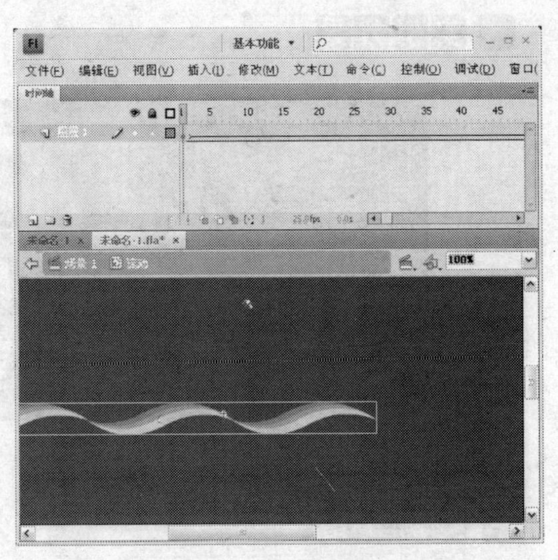

图8-33　创建补间动画

Step 08 回到主场景，将文档属性中的“背景颜色”改回白色。新建一个图层，命名为“流动”。打开“库”面板，将影片剪辑“流动”拖入到舞台中并确保将文字挡住一部分，如图8-34所示。

图8-34　拖入影片剪辑

Step 09 分别在“流动”层与“图层1”的第80帧处按下F5键插入帧，然后保存文件并按下Ctrl+Enter组合键，欣赏最终效果。

知识总结

本实例主要使用“颜色”面板，调配出水波的样式，注意必须要设置Alpha值，否则不会出现水波效果。

变换文字 Example 05

实例效果

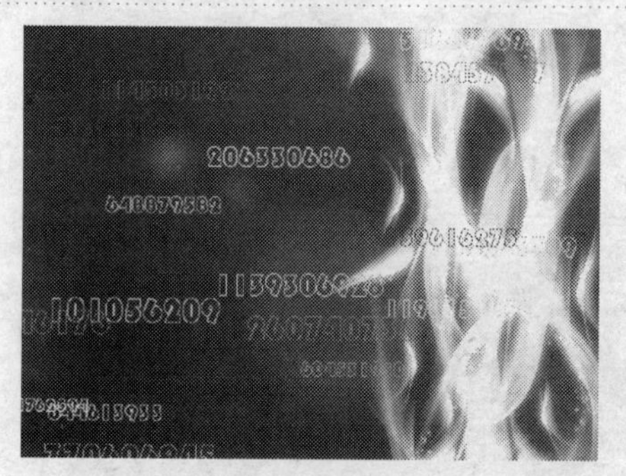

图8-35 变换文字效果

实例介绍

本实例将制作文字不断变换而且文字颜色随机变化的动态效果。

制作分析

使用动态文本工具，在工作区中建立一个动态文本框，然后使用ActionScript技术，编辑出文字不断变换的效果。

制作步骤

本实例所使用素材文件及结果文件如下：

上机同步练习文件：		
素材路径	素材文件	源文件与素材\素材\第8章\实例5\背景.jpg
	结果文件	源文件与素材\结果\第8章\实例5\变换文字.fla

具体操作方法如下。

Step 01 运行Flash CS4，新建一个Flash空白文档。将文档背景颜色设置为深蓝色，新建一个名称为“框”的影片剪辑，选择文本工具T，打开“属性”面板，选择“动态文本”在舞台中画一个框。并将“动态文本”命名为“tt”，“变量”命名为“t1”，如图8-36所示。

Step 02 选中“图层1”的第1帧，然后打开“动作”面板，并在“动作”面板中添加如下代码，如图8-37所示。

```
onEnterFrame = function () {
        t1 = random(1234756456);
        this._y += 10;
};
```

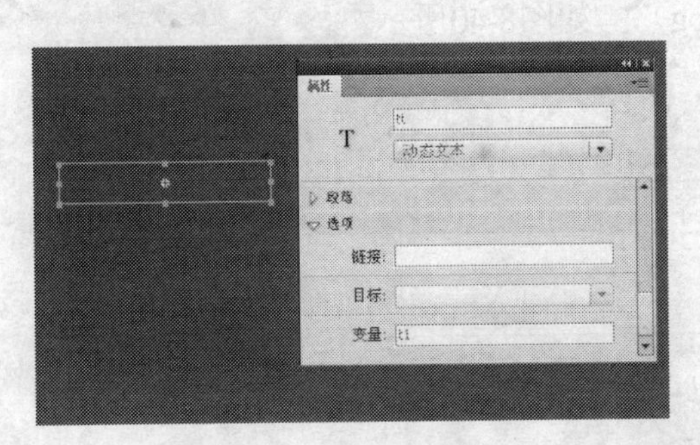

图8-36 制作动态文本框

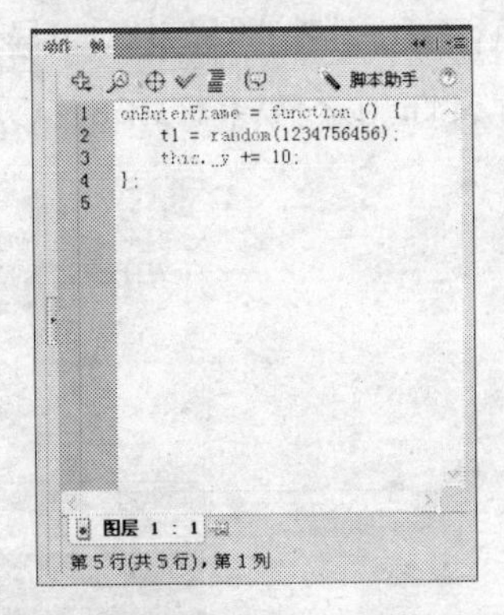

图8-37 添加代码

Step 03 回到主场景，打开库面板。选中刚才创建的影片剪辑“框”，单击鼠标右键，在弹出的菜单中选择“属性”命令。并在弹出的“元件属性”对话框中为影片剪辑“框”设置标识符为p1，如图8-38所示。

Step 04 选择主场景的第1帧，并在“动作”面板中添加如下代码，如图8-39所示。

```
onEnterFrame = function ( ) {
	if (n != 20) {
		n++;
		attachMovie("p1", "p1"+n, n);
		setProperty(this["p1"+n], _x, random(550));
		setProperty(this["p1"+n], _y, random(400));
		setProperty(this["p1"+n], _alpha, random(50)+50);
		setProperty(this["p1"+n], _yscale, random(100)+100);
		setProperty(this["p1"+n], _xscale, random(100)+100);
		aa = new Color("p1"+n);
		aa.setrgb((random(0xffffff)));
	} else {
		n = 0;
	}
};
```

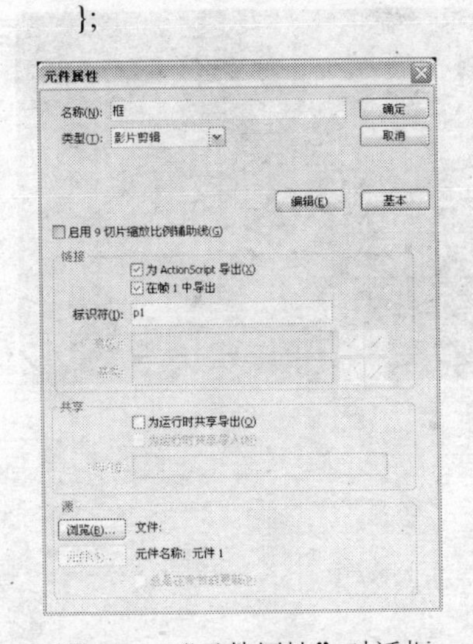

图8-38 “元件属性”对话框

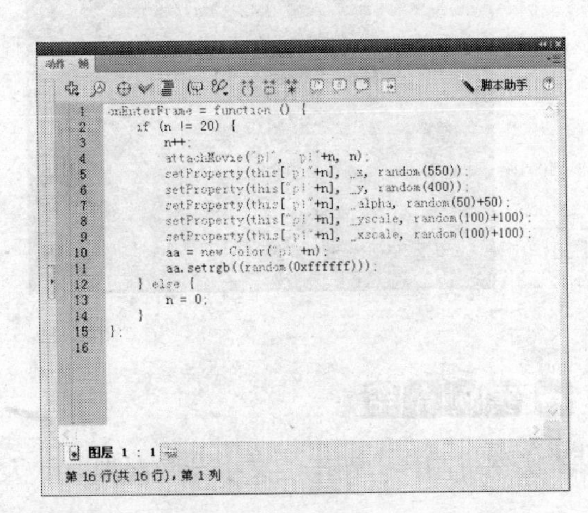

图8-39 添加代码

Step 05 执行“文件”|“导入”|“导入到舞台”命令，将一幅背景图片导入到舞台中（位置：源文件与素材\素材\第8章\实例5\背景.jpg）。如图8-40所示。

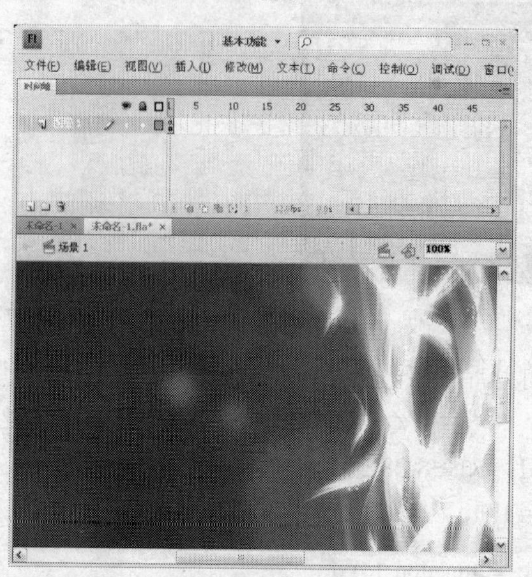

图8-40 导入图片

Step 06 保存文件并按下Ctrl+Enter组合键，欣赏最终效果。

知识总结

动态文本框创建的文本内容是可以改变的。动态文本的内容既可以在影片制作过程中输入，也可以在影片播放过程中动态变化，此变化通常运用ActionScript技术来完成控制，这样大大增加了影片的交互性。

字雨效果 Example 06

实例效果

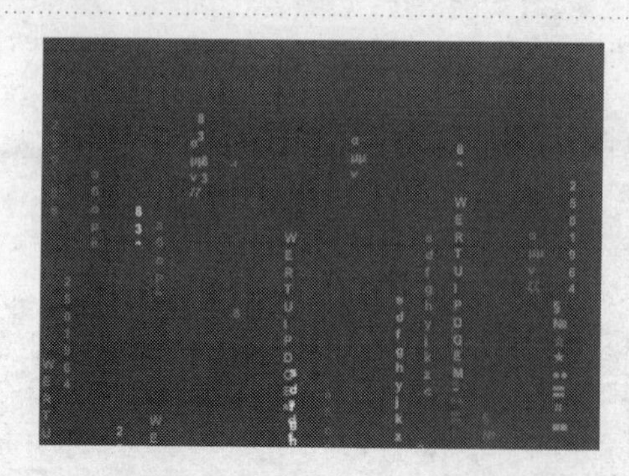

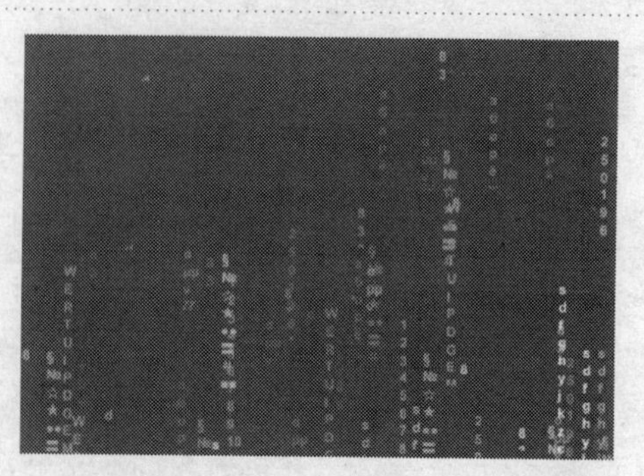

图8-41 字雨效果

实例介绍

本实例将制作一连串的文字渐隐渐现的从天而降的动态效果。

制作分析

本实例使用文本工具、蒙版功能与ActionScript技术来编辑制作。

制作步骤

本实例所使用素材文件及结果文件如下：

上机同步练习文件：		
素材路径	素材文件	源文件与素材\素材\第8章\实例6\
	结果文件	源文件与素材\结果\第8章\实例6\字雨效果.fla

具体操作方法如下。

Step 01 运行Flash CS4，新建一个Flash空白文档。将文档背景颜色设置为黑色，新建一个影片剪辑，名称默认。在新建的影片剪辑里选择文本工具T，输入12个字母，内容随意。字体选择“Arial CE”，字号为12，字体颜色为红色（#CC0000），如图8-42所示。

Step 02 在时间轴的第5帧按下F6键，插入关键帧，并将内容改为随意的数字，字体颜色改为绿色，如图8-43所示。

Step 03 分别在时间轴的第10、15、20、25、30、35、40帧处按下F6键，插入关键帧，并将这些关键帧的内容改为字母、符号等，颜色也更改为不同的颜色，如图8-44所示。

图8-42 输入字母

图8-43 更改颜色

图8-44 更改颜色

Step 04 新建一个图层，命名为“矩形”。选择矩形工具，在舞台中绘制一个无边框、宽31像素、高220像素的矩形，填充颜色自定。并将矩形放置到文字的正上方，如图8-45所示。

Step 05 在“矩形”层的第40帧处按下F6键，插入1个关键帧。将矩形拖动到刚好遮住文字的位置，如图8-46所示。然后在第1帧与第40帧之间创建形状补间动画。

Step 06 选中“矩形”层，单击鼠标右键，在弹出的菜单中选择“遮罩层”命令，回到主场景，按下F11键打开“库”面板，将创建的影片剪辑拖入舞台，并打开“属性”面板，将其实例名设置为“mc”，如图8-47所示。

Step 07 选中时间轴的第1帧，打开“动作”面板，并在“动作”面板中添加如下代码，如图8-48所示。

```
i=1;
_root.mc._visible=false;
```

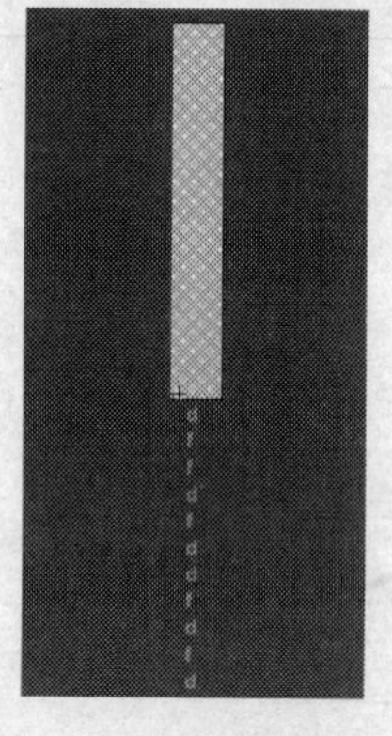

图8-45 绘制矩形

图8-46 移动矩形

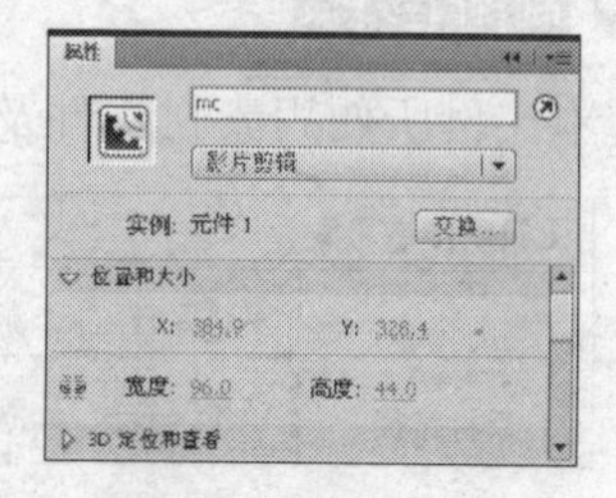

图8-47 设置实例名

Step 08 在时间轴的第2帧处按下F6键，插入关键帧。打开“动作”面板，并在“动作”面板中添加如下代码，如图8-49所示。

```
if (i<=2000) {
mc.duplicateMovieClip("mc"+i, i);
_root["mc"+i]._x = random(550);
_root["mc"+i]._y = random(400);
_root["mc"+i]._alpha = random(100);
_root["mc"+i].onEnterFrame = function() {
this._y += 3;
};
i++;
}
```

Step 09 在时间轴的第3帧处按下F6键，插入关键帧。打开“动作”面板，并在“动作”面板中添加如下代码，如图8-50所示。

```
gotoAndPlay(2);
```

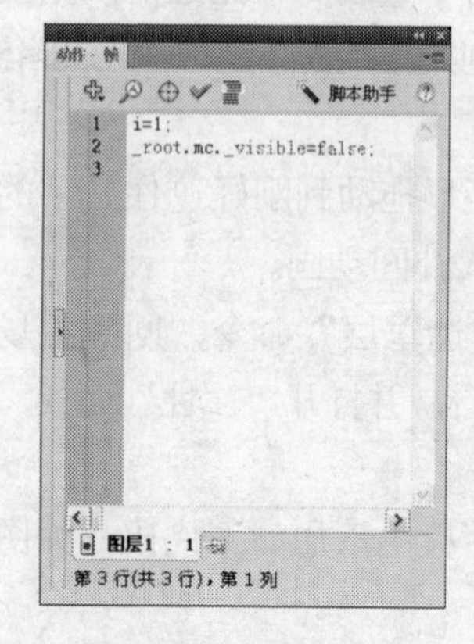

图8-48 输入代码

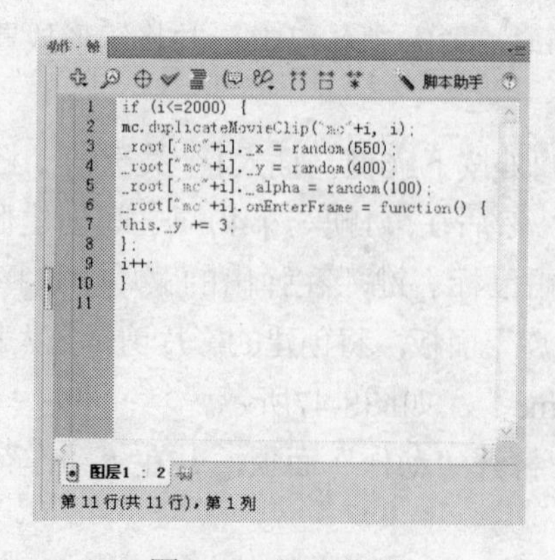

图8-49 输入代码

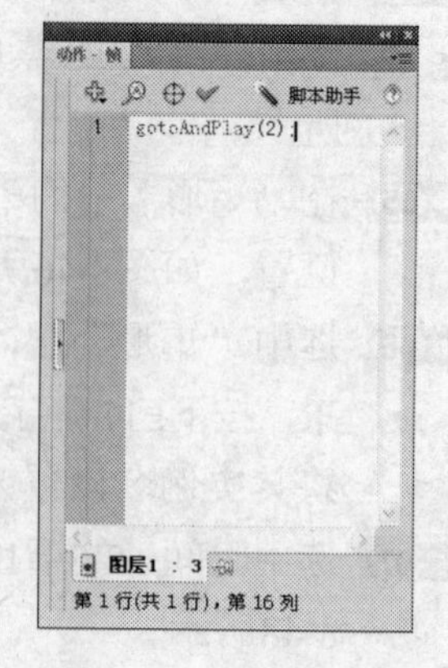

图8-50 输入代码

Step 10 保存文件并按下Ctrl+Enter组合键，欣赏最终效果。

知识总结

制作文字动画时，使用ActionsScript语句，使文字实现透明、颜色变换、复制、随机运动以及相互转换等特殊的文字动画效果。

数字飞舞 Example 07

实例效果

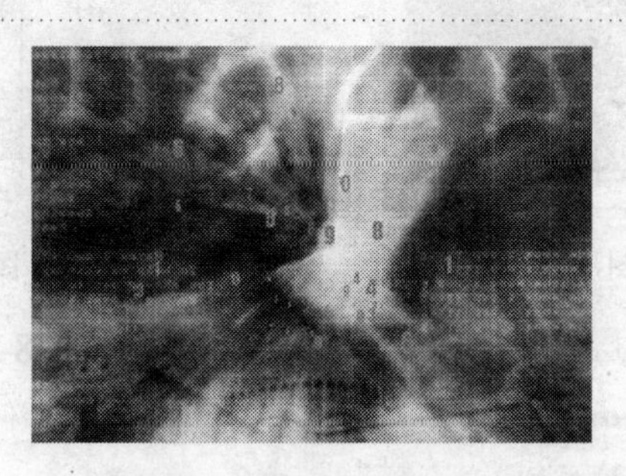

图8-51 数字飞舞效果

实例介绍

本实例将制作数字按照一定的轨迹，不停地旋转飞舞的动态效果。

制作分析

本实例主要使用导入功能、动态文本与ActionScript技术来编辑制作。

制作步骤

本实例所使用素材文件及结果文件如下：

上机同步练习文件：		
素材路径	素材文件	源文件与素材\素材\第8章\实例7\背景.jpg
	结果文件	源文件与素材\结果\第8章\实例7\数字飞舞.fla

具体操作方法如下。

Step 01 运行Flash CS4，新建一个Flash空白文档。将文档“尺寸”设置为450像素（宽）×300像素（高），执行“文件”|“导入”|“导入到舞台”命令，将一幅图片导入到舞台中（位置：源文件与素材\素材\第8章\实例7\背景.jpg），如图8-52所示。

Step 02 按下Ctrl+F8组合键，新建一个名称为“数字”的影片剪辑元件。在影片剪辑“数字”中选择文本工具T，打开“属性”面板，选择“动态文本”在舞台中建立一个动态文本框。并将文本的“变量”名设置为“myNum”，如图8-53所示。

Step 03 新建一个图层，选中该层的第1帧并打开“动作”面板，在“动作”面板中添加如下代码，如图8-54所示。

```
myNum=random(10);
```

图8-52 导入图片

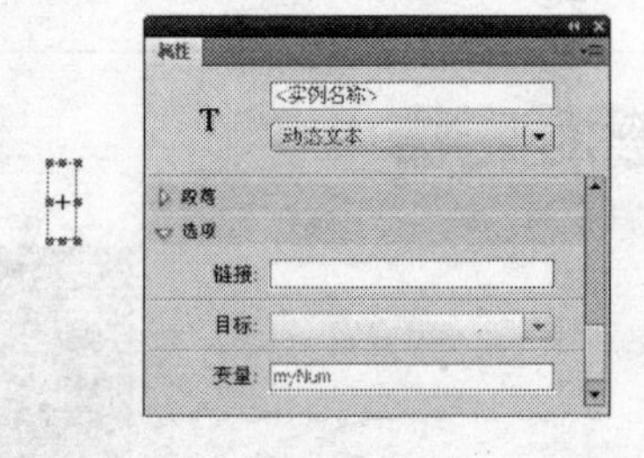

图8-53 设置变量

Step 04 在“图层1”与“图层2”的第2帧处都插入帧，如图8-55所示。

图8-54 添加代码

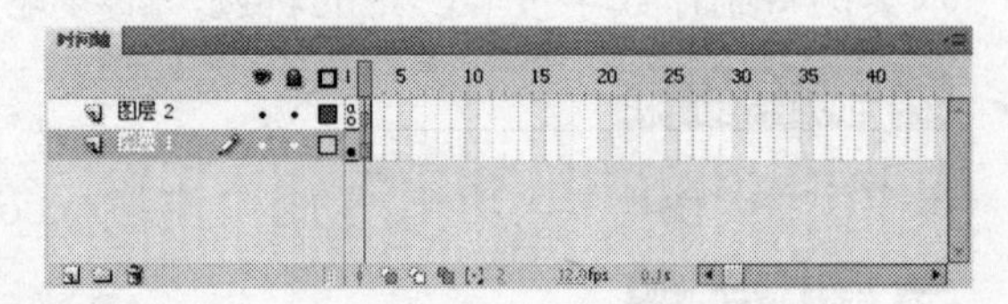

图8-55 插入帧

Step 05 回到主场景，新建一个图层并命名为“数字”。按下F11键打开“库”面板，将影片剪辑“数字”拖入到舞台中。选中影片剪辑“数字”，打开“属性”面板，将它的实例名设置为“num”，如图8-56所示。

Step 06 选中“数字”影片剪辑，打开“动作”面板，并在“动作”面板中添加如下代码，如图8-57所示。

```
onClipEvent (load) {
    var n = 0;
    var i = 0;
    var x = random(150)+1;
    var y = random(5)+1;
    var c = Math.pow(-1, random(2));
}
onClipEvent (enterFrame) {
    if (_name != "num") {
        _x = x*c*Math.sin(i += 0.1)+200;
        _y -= y;
```

```
            if (_y<0) {
                this.removeMovieClip();
            }
        } else {
            n = (n>50) ? 0 : n+1;
            this.duplicateMovieClip("num"+n, n);
            mc = _parent["num"+n];
            mc._xscale = mc._yscale=random(80)+10;
        }
}
```

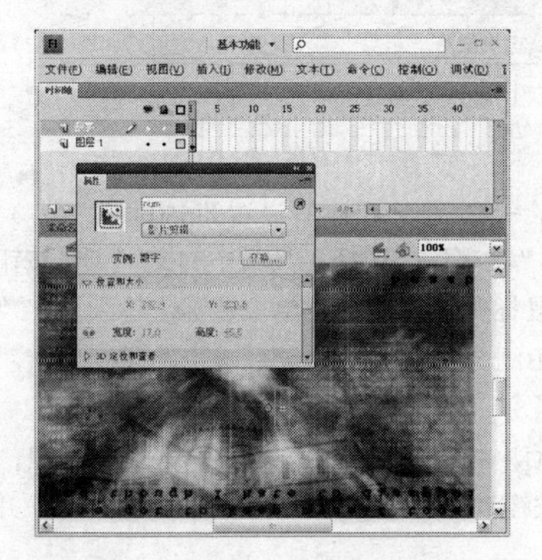

图8-56 设置实例名

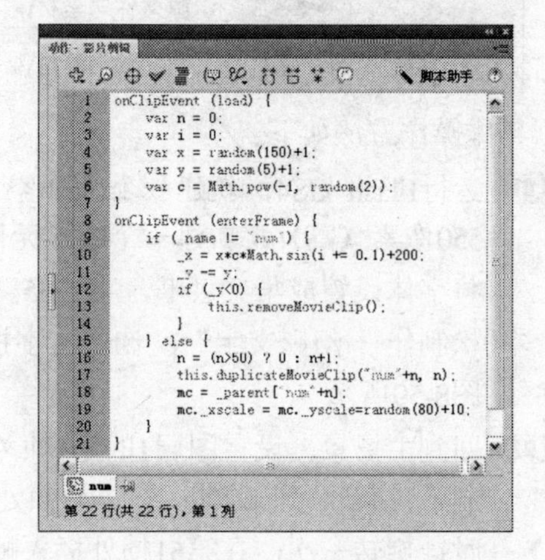

图8-57 添加代码

Step 07 保存文件并按下Ctrl+Enter组合键，欣赏最终效果。

知识总结

动态文本的变量名可以随意设置，用于ActionScript调用动态文本，为了增加文本的可读性，最好使用简单易记的变量名。

幻影特效文字 Example 08

实例效果

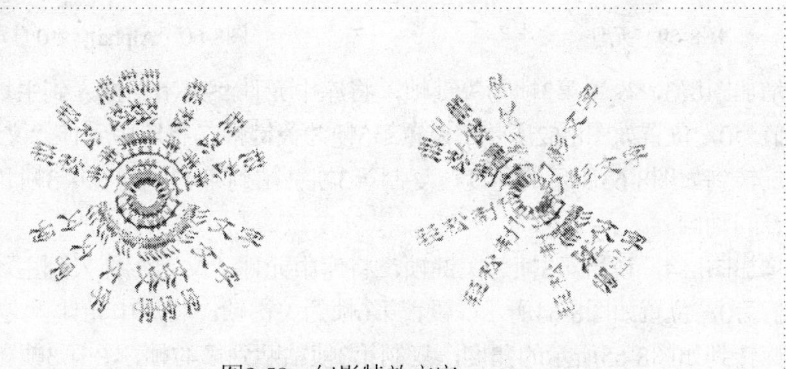

图8-58 幻影特效文字

实例介绍

本实例将制作一个七彩文字变换的幻影的动态效果。

制作分析

本实例先创建图形元件“文字”，然后制作多个元件“文字”由浅入深的旋转变化效果。

制作步骤

本实例所使用素材文件及结果文件如下：

上机同步练习文件：		
素材路径	素材文件	源文件与素材\素材\第8章\实例8\
	结果文件	源文件与素材\结果\第8章\实例8\幻影特效文字.fla

具体操作方法如下。

Step 01 运行Flash CS4，新建一个Flash空白文档。将文档“尺寸”设置为550像素（宽）×550像素（高），新建一个图形元件名为“文字”，选择工具栏中的文字工具按钮，将字体设置成华文隶书，字号35。移动鼠标并在工作区中单击左键，输入文字“轻松制作　幻影文字”，选中文字按Ctrl+B组合键打散，再进行一定的角度旋转，如图8-59所示。

Step 02 回到主场景，设置图层1的第1帧为关键帧，将库中元件“文字”拖入到主场景，复制第1帧粘贴到第2帧，在第47帧处插入关键帧，在第2帧处设置动作补间动画，并顺时针旋转一次；在第51帧处插入帧。

Step 03 增加图层2，设置第3帧为关键帧，将库中元件“文字”拖入到主场景，位置完全与图层1的第1帧重合，设置其Alpha值为0，如图8-60所示；设置第4帧为关键帧，将库中元件“文字”拖入到主场景旋转到如图8-61所示的角度；复制第3帧粘贴到第47帧，在第4帧处创建动作补间动画。

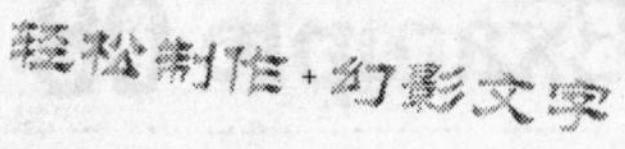

图8-59　元件“文字”

图8-60　Alpha值为0的元件“文字”

Step 04 增加图层3，设置第3帧为关键帧，将库中元件“文字”拖入到主场景，设置其Alpha值为0，位置如图8-62所示；设置第5帧为关键帧，将库中元件“文字”拖入到主场景旋转到如图8-63所示的角度；复制第3帧粘贴到第47帧，在第3帧和第5帧处创建动作补间动画。

Step 05 增加图层4，设置第3帧为关键帧，将库中元件“文字”拖入到主场景，设置其Alpha值为0，位置如图8-64所示；设置第6帧为关键帧，将库中元件“文字”拖入到主场景旋转到如图8-65所示的角度；复制第3帧粘贴到第47帧，在第3帧和第6帧处创建动作补间动画。

图8-61　元件“文字”

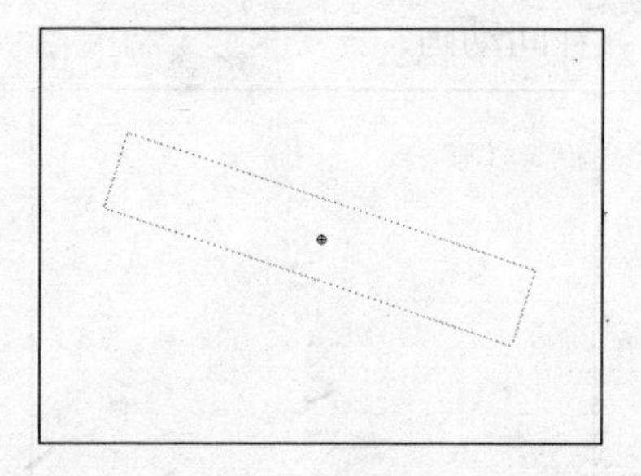

图8-62　Alpha值为0的元件“文字”

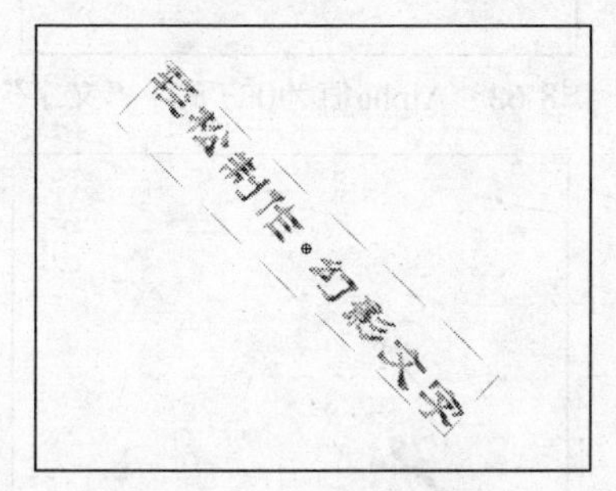

图8-63　元件“文字”

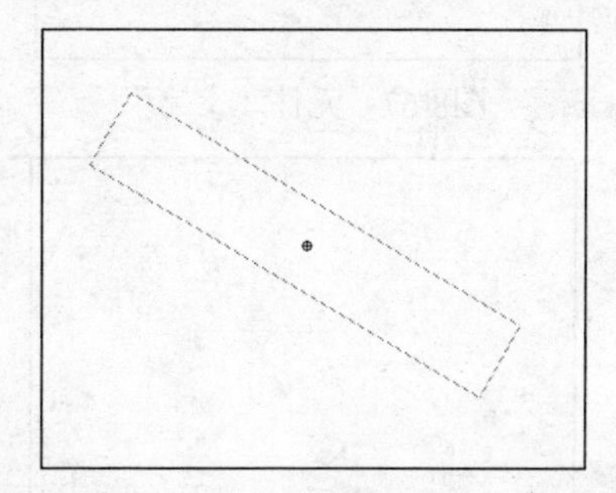

图8-64　Alpha值为0的元件“文字”

Step 06 增加图层5，设置第3帧为关键帧，将库中元件“文字”拖入到主场景，设置其Alpha值为0，位置如图8-66所示；设置第7帧为关键帧，将库中元件“文字”拖入到主场景旋转到如图8-67所示的角度；复制第3帧粘贴到第47帧，在第3帧和第7帧处创建动作补间动画。

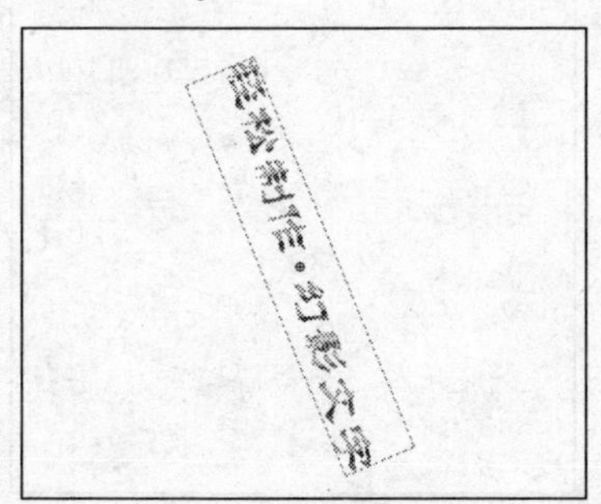

图8-65　元件“文字”

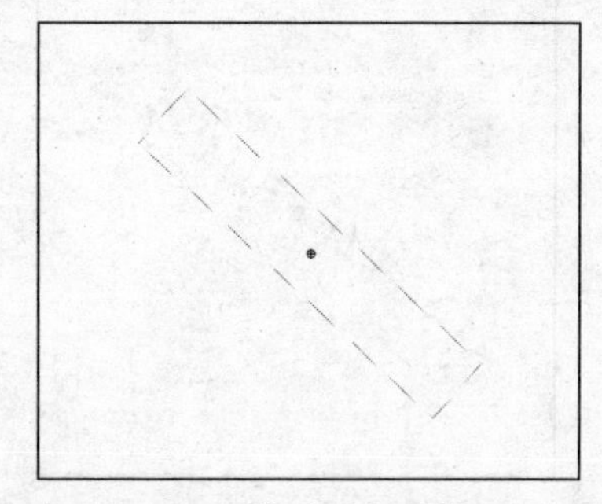

图8-66　Alpha值为0的元件“文字”

Step 07 增加图层6，设置第3帧为关键帧，将库中元件“文字”拖入到主场景，设置其Alpha值为0，位置如图8-68所示；设置第8帧为关键帧，将库中元件“文字”拖入到主场景旋转到如图8-69所示的角度；复制第3帧粘贴到第47帧，在第3帧和第8帧处创建动作补间动画。

Step 08 增加图层7，设置第3帧为关键帧，将库中元件“文字”拖入到主场景，设置其Alpha值为0，位置如图8-70所示；设置第9帧为关键帧，将库中元件“文字”拖入到主场景旋转到如图8-71所示的角度；复制第3帧粘贴到第47帧，在第3帧和第9帧处创建动作补间动画。

Step 09 增加图层8，设置第1帧为关键帧，将库中元件“文字”拖入到主场景，设置其Alpha值为0，位置如图8-72所示；设置第8帧为关键帧，将库中元件“文字”拖入到主场景旋转到如图8-73所示的角度；复制第1帧粘贴到第45帧，在第1帧和第8帧处创建动作补间动画。

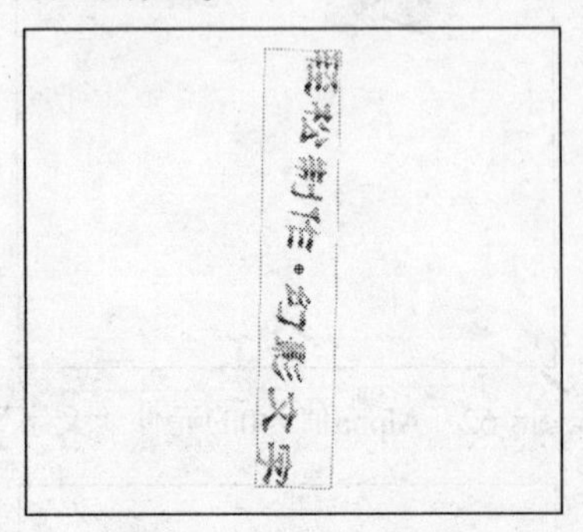

图8-67　元件“文字”

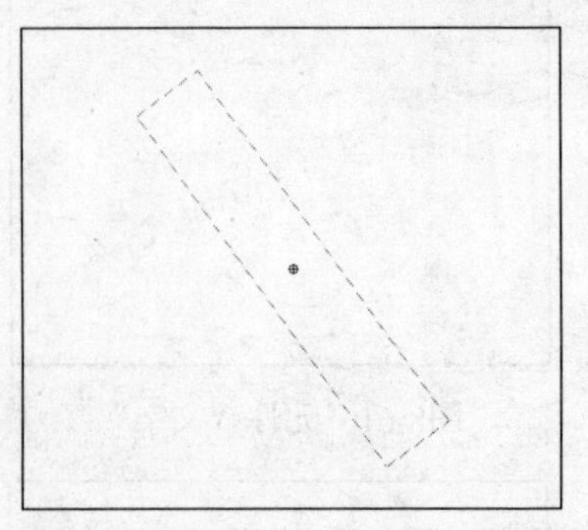

图8-68　Alpha值为0的元件“文字”

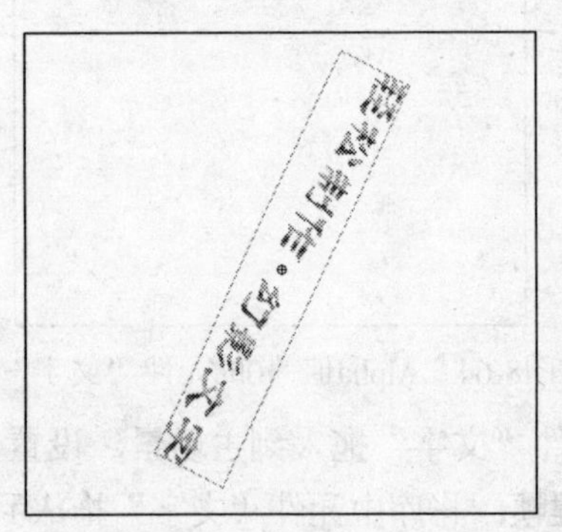

图8-69　元件“文字”

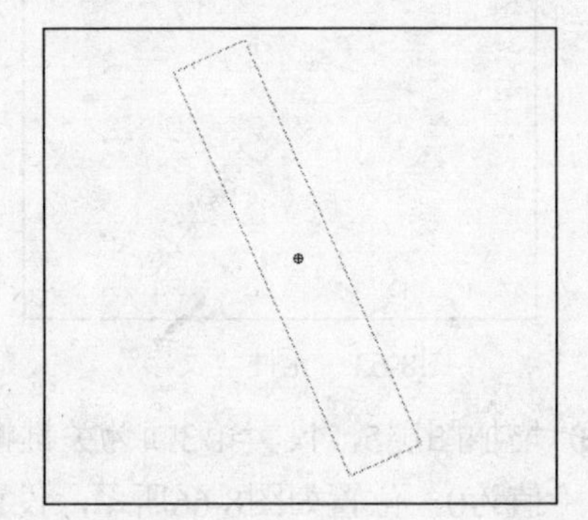

图8-70　Alpha值为0的元件“文字”

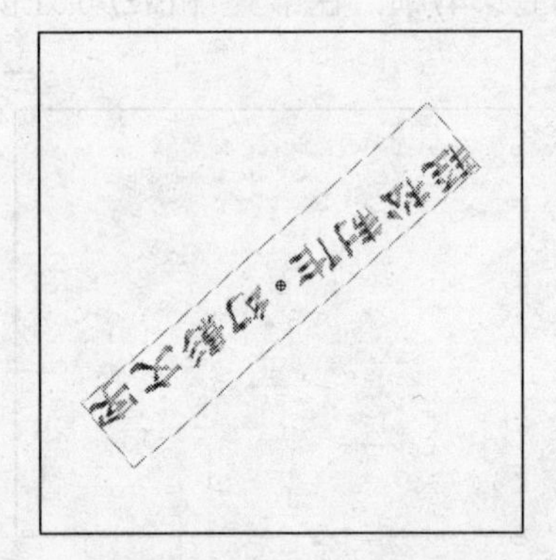

图8-71　元件“文字”

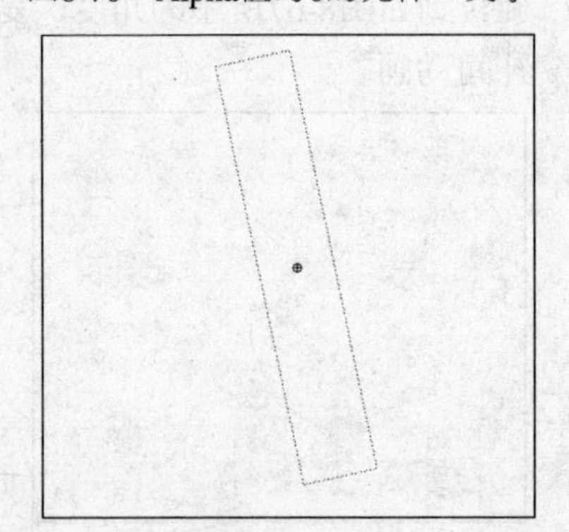

图8-72　Alpha值为0的元件“文字”

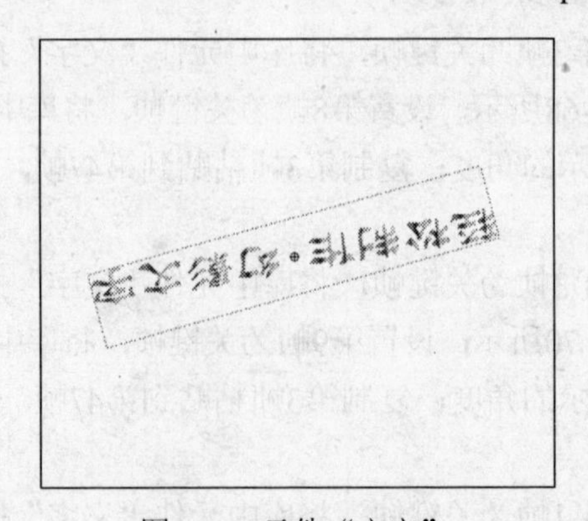

图8-73　元件“文字”

Step 10 保存文件并按下Ctrl+Enter组合键，欣赏最终效果。

知识总结

在制作本实例时，要注意各图层与各帧在时间轴上的合理分布，从而使文字按照指定的路径进行运动。

Flash广告在网络广告应用中扮演着越来越重要的角色。在任意知名网站的网页中，我们都可以发现Flash广告的存在。目前Flash广告在现在的网络商业广告应用中发挥着越来越重要的作用。凭借其强大的媒体支持功能和多样化的表现手段，可以用更直观的方式表现广告的主体，这种表现方式不但效果极佳，也更为广大广告受众所接受。

化妆品广告

Example 01

➡ 实例效果

图9-1　化妆品广告效果

➡ 实例介绍

本实例将制作化妆品广告效果。

➡ 制作分析

本实例主要使用导入功能、文本工具、调整图片的Alpha值与蒙版技术来编辑制作。

➡ 制作步骤

本实例所使用素材文件及效果文件如下：

上机同步练习文件：		
素材路径	素材文件	源文件与素材\素材\第9章\实例1\
	结果文件	源文件与素材\结果\第9章\实例1\化妆品广告.fla

具体操作方法如下：

Step 01 运行Flash CS4，新建一个Flash空白文档。执行“修改”|“文档”命令，打开“文档属性”对话框，在对话框中将场景大小设置为“778像素（宽）×400像素（高），如图9-2所示。设置完成后单击“确定”按钮。

Step 02 导入一幅背景图像到舞台，（位置：源文件与素材\素材\第9章\实例1\背景.jpg），按下Ctrl+F8组合键，新建一个名称为“圆”的影片剪辑，在影片剪辑“圆”的编辑状态下，使用椭圆工具在工作区中绘制一个边框与填充色都为白色的圆。然后选中圆，按下“F8”键，将其转换为图形元件，在名称栏中输入“图形1”。如图9-3所示。

Step 03 在时间轴上的第3帧、第5帧和第10帧处插入关键帧。然后分别选中第1帧与第10帧处的圆，在“属性”面板中将其Alpha值设置为0%，如图9-4所示。最后在这些关键帧之间创建补间动画。

Step 04 新建一个图层，并在该层的第10帧处插入关键帧，然后单击鼠标右键，在弹出的快捷菜单中选择“动作”命令，在打开的“动作”面板中添加代码：stop( );，如图9-5所示。

图9-2 “文档属性”对话框

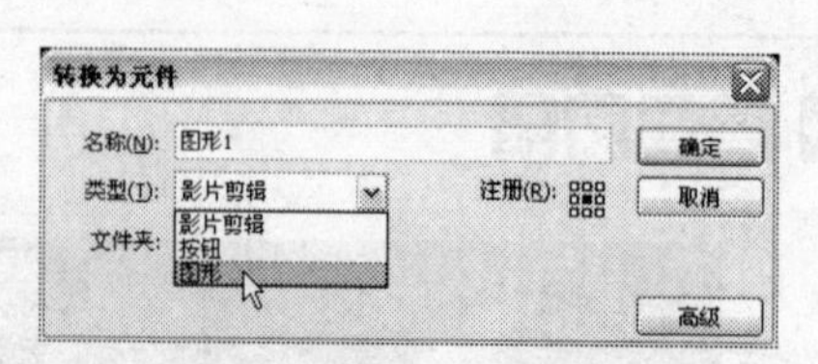

图9-3 转换为图形元件

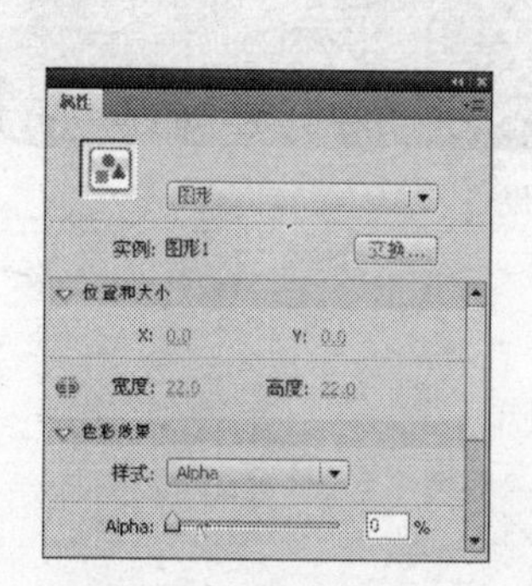

图9-4 设置Alpha值

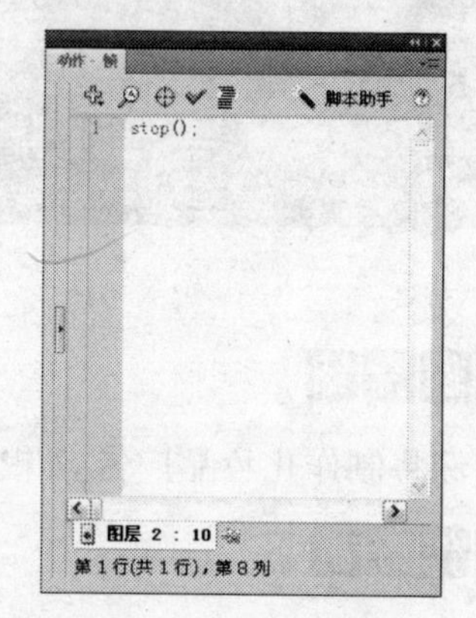

图9-5 输入代码

Step 05 单击 场景 1 回到主场景，新建“图层2”，从“库”面板中将影片剪辑“圆”拖入到舞台上。然后在“图层2”的第34帧处插入关键帧，在第44帧处插入帧，在第11帧处插入空白关键帧。如图9-6所示。

Step 06 将“图层1”中的图片转换为图形元件，然后在“图层1”的第280帧处插入关键帧。新建一个“图层3”，并在该层的第11帧处插入关键帧。接着使用线条工具在舞台上影片剪辑“圆”的附近绘制一条宽为1像素，颜色为白色的线。在“图层3”的第14帧处插入关键帧，并在“属性”面板中将该帧处线条的宽设置为65像素。如图9-7所示。最后选中“图层3”的第11帧，单击鼠标右键，在弹出的快捷菜单中选择“创建补间形状”命令，创建形状补间动画。

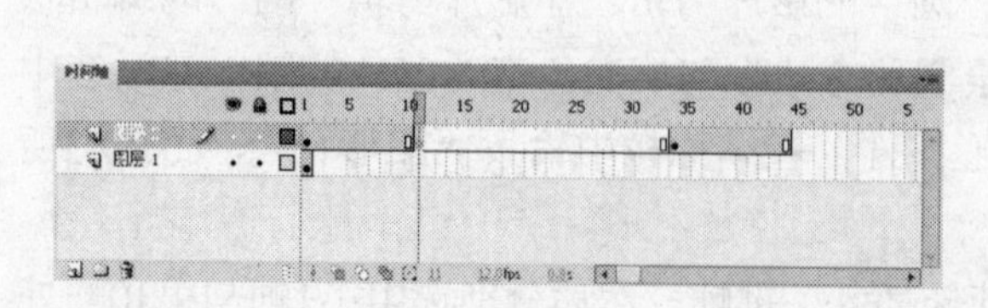

图9-6 时间轴

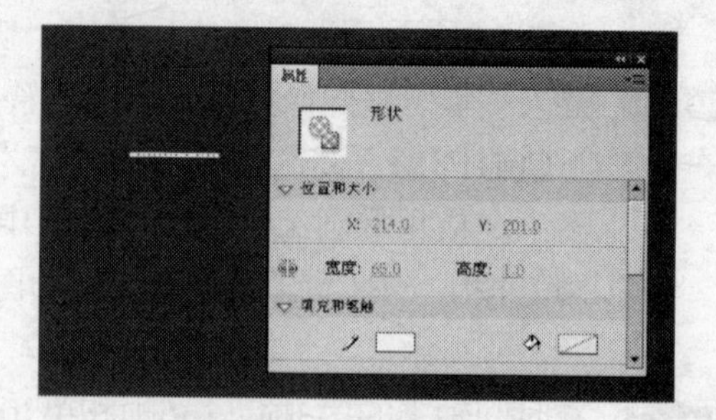

图9-7 设置宽度

Step 07 在“图层3”的第30帧与第33帧处插入关键帧。选中第33帧处的线条，在“属性”面板中将它的宽设置为1像素。然后在“图层2”的第30帧与第33帧之间创建形状补间动画。最后在第34帧处插入空白关键帧。如图9-8所示。

Step 08 新建一个图层，并把它命名为“图1”。在“图1”层的第39帧处插入关键帧。然后执行“文件”|“导入”|“导入到舞台”命令，将一个图像文件导入到舞台中（位置：源文件与素材\素材\第9章\实例1\1.jpg），如图9-9所示。

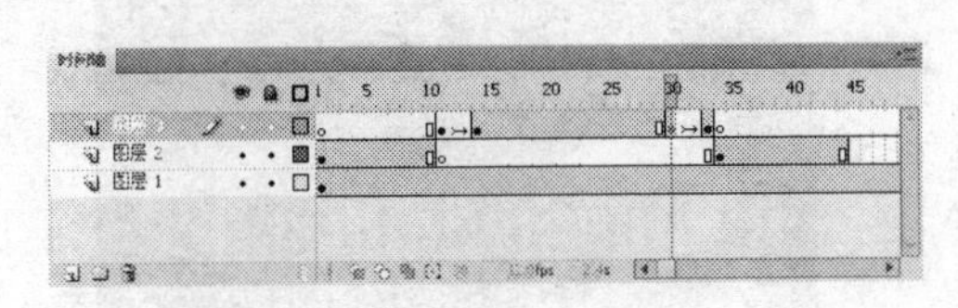

图9-8 时间轴

图9-9 导入图片

Step 09 选中舞台上的图片，按下“F8”键，将其转换为图形元件，图形元件的名称保持默认。然后在“图1”层的第41帧、第52帧与第56帧处插入关键帧。完成后选中第39帧与第56帧处的图片，在“属性”面板中把它的Alpha值设置为0%。如图9-10所示。最后分别选中第39帧与第52帧，创建补间动画。

Step 10 新建一个图层，命名为“遮1”。在第39帧处插入关键帧，使用椭圆工具在图片的中心位置绘制一个无边框、宽和高都为10像素的白色正圆。如图9-11所示。

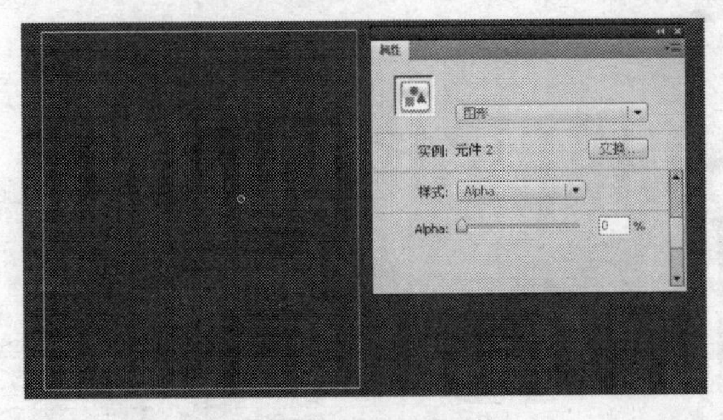

图9-10 设置Alpha值

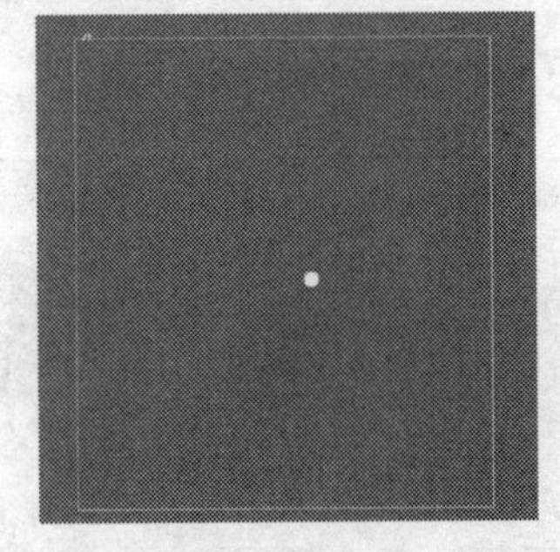

图9-11 绘制正圆

Step 11 选中圆，按下F8键，将其转换为图形元件。完成后在“遮1”层的第41帧、第49帧与第51帧处插入关键帧，在第56帧处插入空白关键帧。然后选中第39帧处的圆，在“属性”面板中把它的Alpha值设置为0%。选中第41帧处的圆，使用任意变形工具将其放大至宽和高都为291像素，选中第51帧处的圆，使用任意变形工具将其放大至宽和高都为291像素。最后分别在第41帧与第49帧之间，第49帧与第51帧之间创建补间动画。如图9-12所示。

Step 12 选中“遮1”层，单击鼠标右键，在弹出的菜单中选择“遮罩层”命令，创建遮罩动画。完成后新建一个图层，并把它命名为“图2”。在“图2”层的第52帧处插入关键帧，然后执行“文件”|“导入”|“导入到舞台”命令，将一个图像文件导入到舞台中（位置：源文件与素材\素材\第9章\实例1\2.jpg），如图9-13所示。

Step 13 选中“图2”层的第52帧处的图片，按下“F8”键，将其转换为图形元件，图形元件的名称保持默认。然后在“图2”层的第54帧、第72帧和第76帧处插入关键帧。完成后选中第52帧与第76帧处的图片，在“属性”面板中把它们的Alpha值设置为0%。最后分别在第52帧与第54帧之间，第72帧与第76帧之间创建补间动画，如图9-14所示。

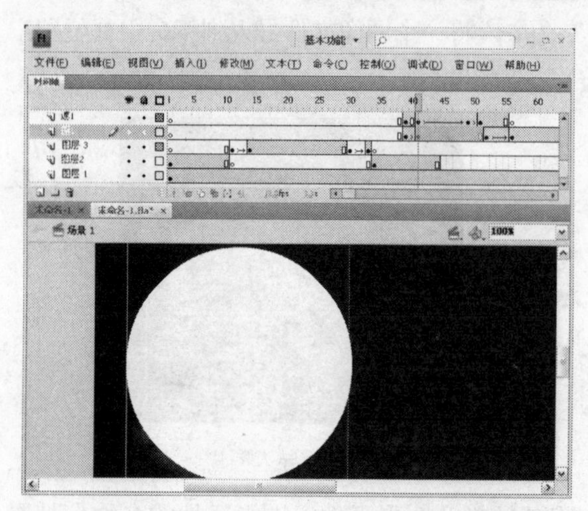

图9-12 创建动画

图9-13 导入图片

Step 14 新建一个图层，并把它命名为“遮2”。在“遮2”层的第52帧处插入关键帧，从库面板中将图形元件“yuan”拖入到舞台上。然后在“遮2”层的第54帧、第62帧和第64帧处插入关键帧，在第77帧处插入空白关键帧，如图9-15所示。

图9-14 创建动画

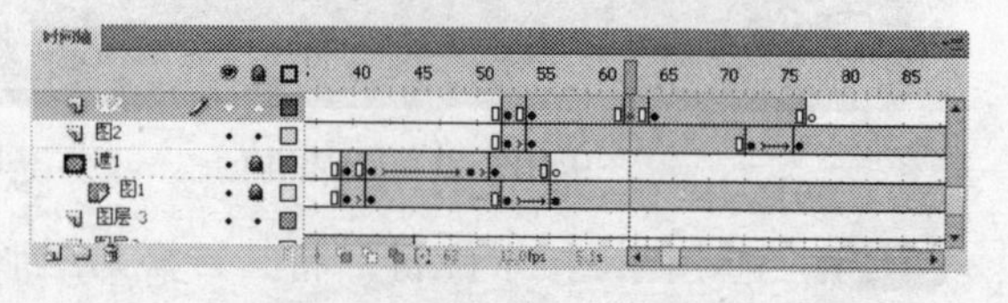

图9-15 插入关键帧

Step 15 选中“遮2”层第52帧处的圆，在“属性”面板中把它的Alpha值设置为0%。选中第62帧处的圆，使用任意变形工具将其放大至宽和高都为265像素，选中第64帧处的圆，使用任意变形工具将其放大至宽和高都为291像素。最后分别在第54帧与第62帧之间，第62帧与第64帧之间创建补间动画，如图9-16所示。

Step 16 选中“遮2”层，单击鼠标右键，在弹出的菜单中选择“遮罩层”命令。完成后新建一个图层，并把它命名为“图3”。在“图3”层的第64帧处插入关键帧，然后执行“文件”|“导入”|“导入到舞台”命令，将一个图像文件导入到舞台中（位置：源文件与素材\素材\第9章\实例1\3.jpg），如图9-17所示。

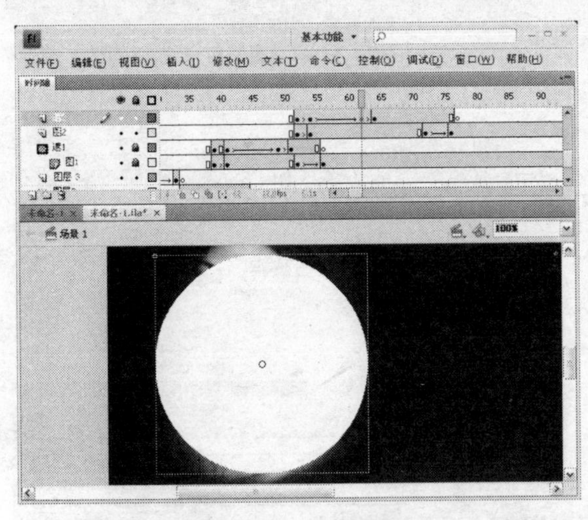

图9-16 创建动画

图9-17 导入图片

Step 17 选中“图3”层的第64帧处的图片，按下“F8”键，将其转换为图形元件，图形元件的名称保持默认。然后在“图3”层的66帧处插入关键帧。完成后选中第64帧处的图片，在“属性”面板中把它的Alpha值设置为0%。最后在第64帧与第66帧之间创建补间动画，如图9-18所示。

Step 18 新建一个图层，并把它命名为“遮3”。在“遮3”层的第64帧处插入关键帧，从库面板中将图形元件“yuan”拖入到舞台上图片的中心位置。然后在“遮3”层的第66帧、第74帧和第76帧处插入关键帧，如图9-19所示。

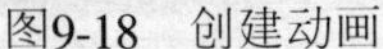

图9-18 创建动画

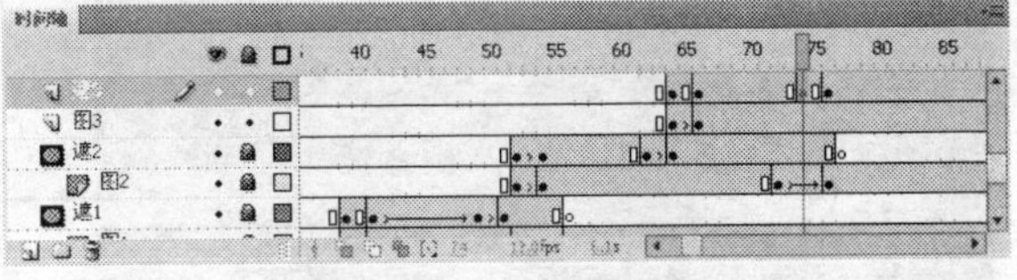

图9-19 插入关键帧

Step 19 选中“遮3”层第64帧处的圆，在“属性”面板中把它的Alpha值设置为0%。选中第74帧处的圆，使用任意变形工具将其放大至宽和高都为270像素，选中第76帧处的圆，使用任意变形工具将其放大至宽和高都为300像素。最后分别在第66帧与第74帧之间，第74帧与第76帧之间创建补间动画，如图9-20所示。

Step 20 选中“遮3”层，单击鼠标右键，在弹出的菜单中选择“遮罩层”命令。新建一个图层，并把它命名为“线条1”，如图9-21所示。

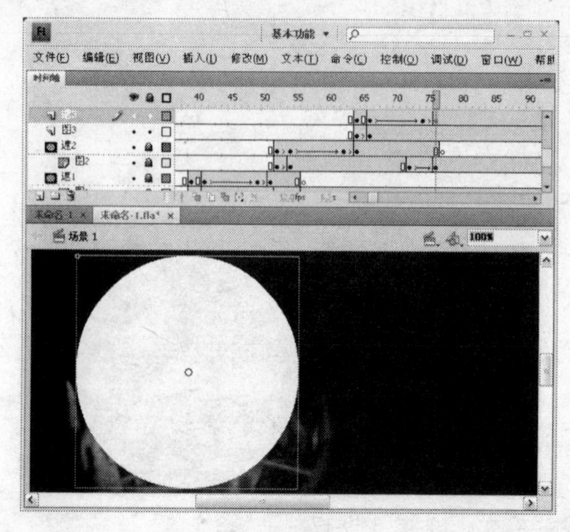

图9-20 创建动画

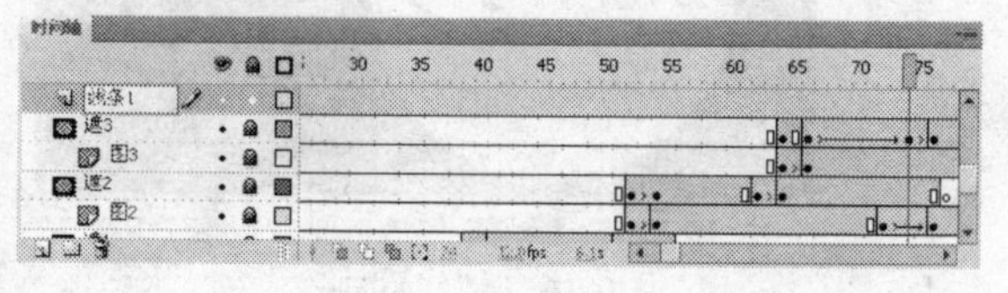

图9-21 新建图层

Step 21 在“线条1”层的第81帧处插入关键帧，使用线条工具在舞台上绘制一条宽为1像素，颜色为白色的线。然后在“线条1”层的第86帧处插入关键帧，并在“属性”面板中将该帧处线条的宽设置为611像素。最后在“线条1”层的第81帧与第86帧之间创建形状动画，如图9-22所示。

Step 22 新建一个图层，并把它命名为“线条2”。在“线条2”层的第83帧处插入关键帧，使用线条工具在舞台上绘制一条宽为1像素，颜色为白色的线。然后在“线条2”层的第88帧处插入关键帧，并在“属性”面板中将该帧处线条的宽设置为611像素。最后选中“线条2”层的第83帧与第88帧之间创建形状动画，如图9-23所示。

图9-22 绘制线条

图9-23 绘制线条

Step 23 新建一个图层，并把它命名为“字1”。在第133帧处插入关键帧，使用文本工具T在舞台中输入一段文字。字体选择“微软雅黑”，字号为15，字体颜色为白色，然后将文字移动到如图9-24所示的位置。

Step 24 新建一个图层，并把它命名为“遮4”。在“遮4”层的第133帧处插入关键帧，使用矩形工具在舞台上绘制一个无边框、填充色为任意色的矩形，如图9-25所示。

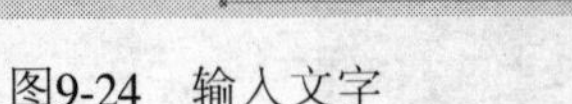
图9-24 输入文字

图9-25 绘制矩形

Step 25 在“字1”层的第255帧处插入关键帧，并将该帧中的文字向上移动到与矩形重合。然后在“字1”层的第133帧与第255帧之间创建补间动画。选中“遮4”层，单击鼠标右键，在弹出的菜单中选择“遮罩层”命令，如图9-26所示。

图9-26 创建遮罩动画

Step 26 保存文件并按下Ctrl+Enter组合键，欣赏最终效果。

知识总结

本实例主要运用了创建元件功能、调整图片的Alpha值与Flash中的图层来制作。Flash中的图层和Photoshop的图层有共同的作用：方便对象的编辑。在Flash中，可以将图层看作是重叠在一起的许多透明的胶片，当图层上没有任何对象的时候，可以透过上边的图层看下边的图层上的内容，在不同的图层上可以编辑不同的元素。

促销广告 Example 02

实例效果

图9-27 促销广告效果

实例介绍

本实例将制作一个促销广告。

制作分析

本实例通过使用补间动画与逐帧动画来制作网页促销广告。

制作步骤

本实例所使用素材文件及效果文件如下：

上机同步练习文件：		
素材路径	素材文件	源文件与素材\素材\第9章\实例2\背景.jpg
	结果文件	源文件与素材\结果\第9章\实例2\促销广告.fla

具体操作方法如下。

Step 01 运行Flash CS4，新建一个Flash空白文档。将文档“尺寸”设置为550像素（宽）×200像素（高），然后执行“文件”|“导入”|“导入到舞台”命令，将一个图像文件导入到舞台中（位置：源文件与素材\素材\第9章\实例2\背景.jpg），如图9-28所示。

Step 02 选中舞台上的图片，按下F8键，将其转换为图形元件，图形元件的名称保持默认。在时间轴上的第16帧处插入关键帧。然后选中第1帧的图片，在“属性”面板中的“样式”下拉列表中选择“高级”选项，并进行如图9-29所示的设置。最后在第1帧与第16帧之间创建补间动画。

Step 03 新建一个图层“文字”，在“文字”层的第10帧处插入关键帧，然后分别在图层1与“文字”层的第100帧处插入帧。

Step 04 单击文本工具T按钮，在“文字”层的第10帧处输入文字“大田珠宝新店开张”，并将文字拖动到左边舞台之外，如图9-30所示。在第25帧处插入关键帧，将该帧处的文字移动到舞台上如图9-31所示的位置。

图9-28 导入图片

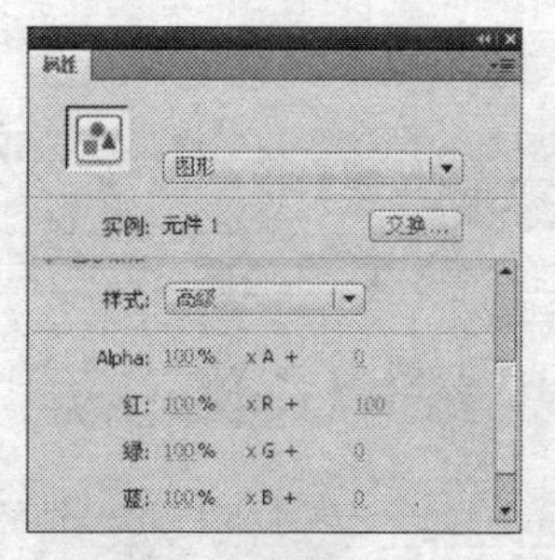

图9-29 “属性”面板

图9-30 输入文字

图9-31 拖动文字

Step 05 在“文字”层的第10帧与第25帧之间创建动画。新建一个图层“文字2”，在该层的第28帧、31帧、34帧、37帧、40帧处按下F7键，插入空白关键帧，如图9-32所示。

Step 06 选中图层“文字2”的第28帧，单击工具箱中的文本工具T，在舞台中输入文本“有”，如图9-33所示。

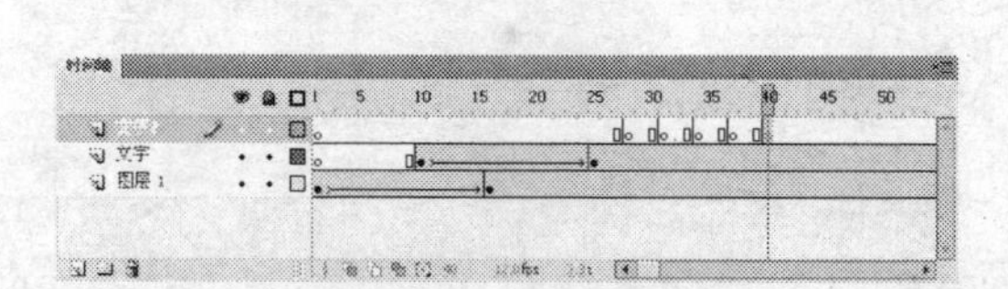

图9-32 插入空白关键帧

图9-33 输入文字

Step 07 按照同样的方法，分别在第31帧、34帧、37帧、40帧处输入文本"大、优、惠、哦，然后在第45帧处插入空白关键帧，如图9-34所示。

Step 08 在图层"文字2"的第50帧处插入空白关键帧，然后使用文本工具T在舞台中输入文本"有大优惠哦！"，如图9-35所示。

图9-34 输入文字

图9-35 输入文字

Step 09 保存文件并按下Ctrl+Enter组合键，欣赏最终效果。

知识总结

Flash banner可分为网页banner条和弹出式banner两大类。网页banner条是指在网页中内嵌的Flash banner，这类banner一般随网站页面的打开而出现，banner的面积一般较小，不占用过多的页面空间，且不影响页面的浏览。这类banner的缺点是由于其体积过小且内嵌于网页，有可能在用户浏览网页的过程中被忽略，从而达不到广告的目的。

Chapter 游戏制作实例

Flash之所以优越于其他的动画制作软件，关键在于它具有强大的互动编辑功能。使用Flash制作出来的游戏以其体积小，趣味性强的特点，在网络中十分受欢迎。本章将介绍游戏的制作与技巧，从而使读者掌握进行游戏创作的构思和制作的各种实用方法。

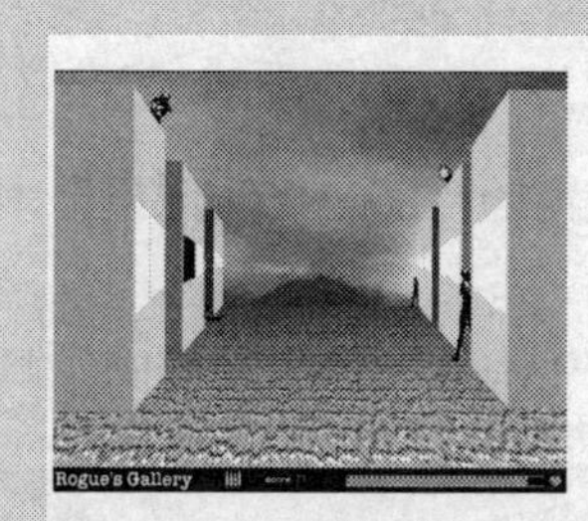

打靶

Example 01

实例效果

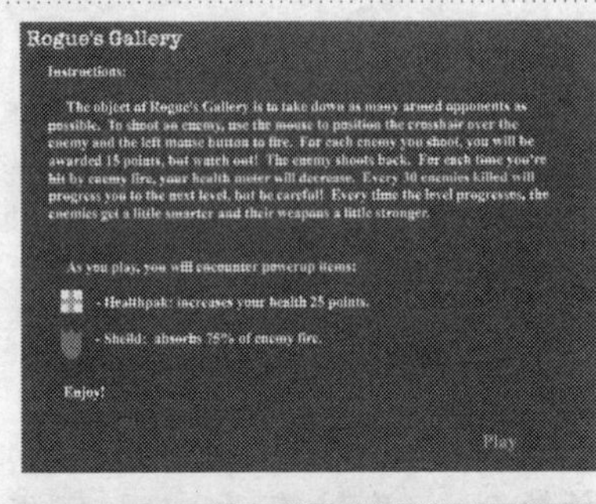

图10-1 打靶游戏效果

实例介绍

本实例将制作一个类似于CS效果的射击游戏，当射击目标出现时射击中将会加分。

制作分析

本实例主要使用创建元件功能与ActionScript技术来制作。

制作步骤

本实例所使用素材文件及结果文件如下：

上机同步练习文件：		
素材路径	素材文件	
	结果文件	源文件与素材\结果\第10章\实例1\打靶.fla

具体操作方法如下：

1. 创建元件

Step 01 新建一个Flash文档，在“文档属性”对话框中将场景大小设置为“800×600像素”，背景色设置为黑色，帧频设置为24。

Step 02 新建一个文件夹loading并再在里面创建一个影片剪辑元件“loader”，使用椭圆工具绘制一个62×62大小的正圆，如图10-2所示。

Step 03 新建一个文件夹misc，创建一个影片剪辑元件“ammo”，设置图层1的第1帧为关键帧，在工作区绘制8颗子弹，如图10-3所示；设置第2帧为关键帧，将工作区右边的第1颗子弹删除1颗，如图10-4所示；设置第3帧为关键帧，再将工作区右边的第1颗子弹删除1颗，如图10-5所示。

图10-2 正圆

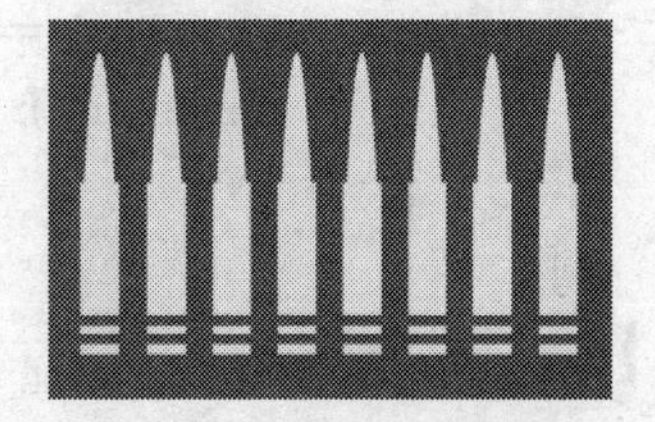

图10-3 8颗子弹

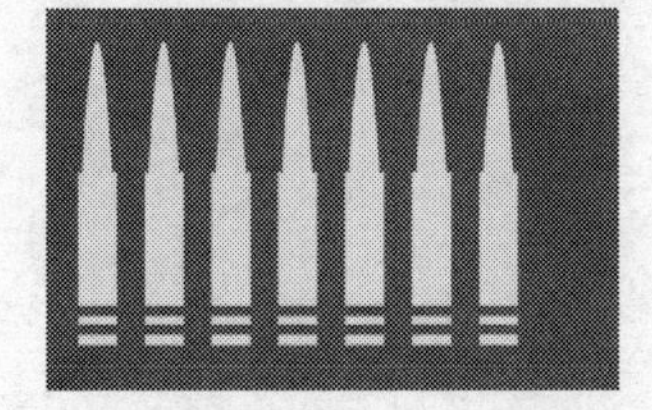

图10-4 7颗子弹

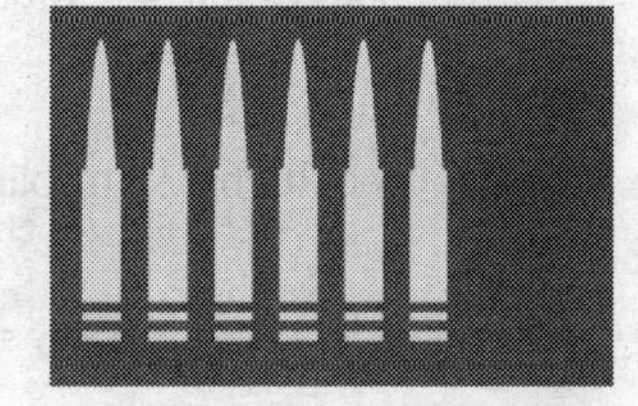

图10-5 6颗子弹

Step 04 按这样的方式，在第9帧处插入空白关键帧，工作区的子弹随着每增加一帧而删除一颗，到第9帧的时候就全部删除，在第12帧处插入帧。

Step 05 增加图层2，设置第1帧为空白关键帧，添加动作stop，并在属性面板添加帧属性为reload，在第8帧处插入帧；在第9帧处插入空白关键帧，添加动作play( )，在第11帧处插入帧；在第12帧处插入空白关键帧，添加如下Action：if(_root.clips != 0){gotoAndStop("reload");}

Step 06 新建一个影片剪辑元件“controller”，设置图层1的第1帧为关键帧，输入如图10-6所示的文字并添加一个动态文本框，在第2帧处插入帧。

Step 07 增加图层2，设置第1帧为关键帧，在工作区左边输入如图10-7所示的文字，在第2帧处插入帧。

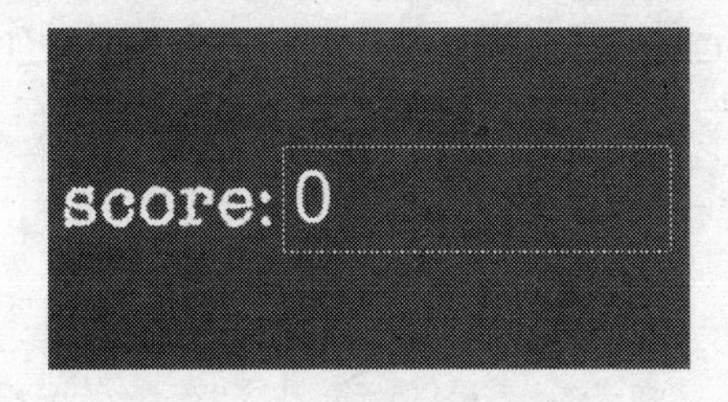

图10-6 元件“controller”

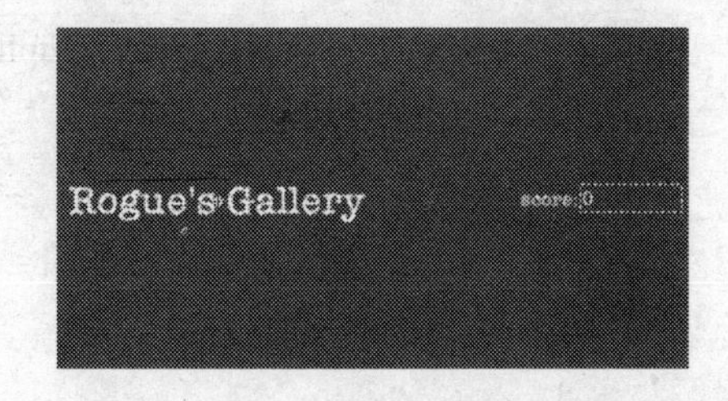

图10-7 元件“controller”

Step 08 增加图层3，设置第1帧和第2帧为空白关键帧，第2个空白关键帧的Action：gotoAndPlay("loop");第1个空白关键帧的Action：

```
function armorOff( ) {
_root.duration = 0;
_root.armor = 0;
_root.armorIcon._visible = 0;
```

```
        _root.enemyfire *= 4;
}
function durationCount( ) {
        _root.duration += 1;
        if (_root.duration == 240) {
                armorOff( );
        }
}
_root.crosshair._x = _root._xmouse;
_root.crosshair._y = _root._ymouse;
// _root.bodyCount = _root.score/_root.target;
if (_root.life>=0) {
        _root.lifebar.statusbar._xscale = _root.life;
}
if (_root.life>=100) {
        if (_root.invinc != 1) {
                _root.life = 100;
        }
}
if (_root.life<1) {
        Mouse.show( );
        _root.crosshair._visible = 0;
        _root.gotoAndStop("gameOver");
        stop ( );
}
_root.varSoldier1a = random(50);
        if (_root.varSoldier1a == 25) {
                _root.soldier1a.duplicateMovieClip( soldier1a, i );
        }
if (_root.armor == 1) {
        _root.armorIcon._visible = 1;
        durationCount( );
}
if (_root.bodyCount == 30) {
        if (_root.level != 2) {
                _root.gotoAndPlay("level2");
        }
} else if (_root.bodyCount == 60) {
        if (_root.level != 3) {
                _root.gotoAndPlay("level3");
```

```
        }
    } else if (_root.bodyCount == 90) {
        if (_root.level != 4) {
            _root.gotoAndPlay("level4");
        }
    } else if (_root.bodyCount == 120) {
        if (_root.level != 5) {
            _root.gotoAndPlay("level5");
        }
    }
```

Step 09 新建一个影片剪辑元件“crosshair”，设置图层1的第1帧为关键帧，在工作区中心位置绘制一圆点，在第2帧处插入帧。增加图层2，设置图层2的第1帧为关键帧，如图10-8所示的图形，在第2帧处插入帧。

Step 10 增加图层3，设置图层2的第1帧为关键帧，在工作区图上添加绘制如图10-9所示的图形，在第2帧处插入帧。

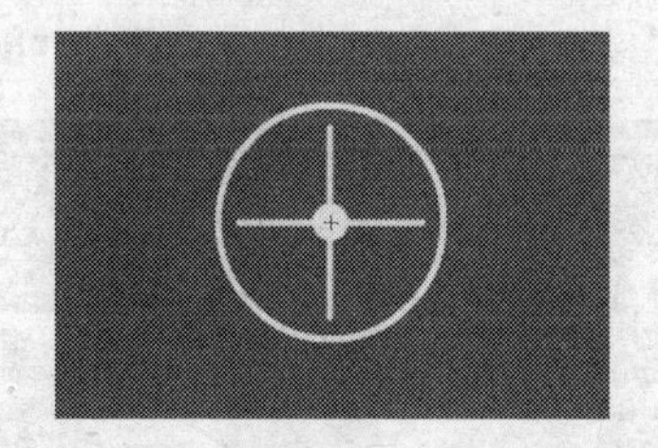

图10-8 元件“crosshair”

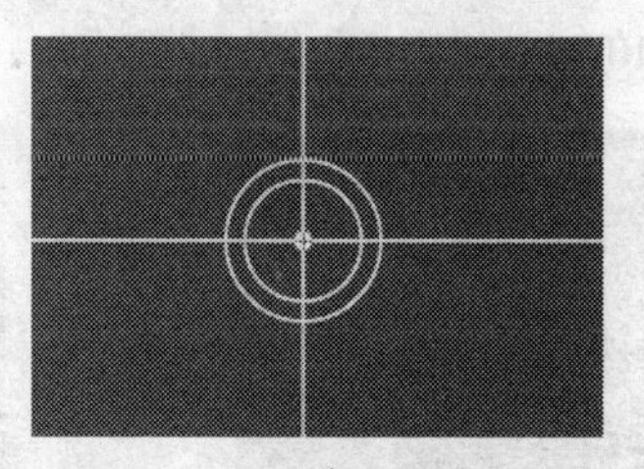

图10-9 元件“crosshair”

Step 11 增加图层4，设置图层3的第1帧为关键帧，在工作区的左右两边添加两个动态文本框，如图10-10所示，在第2帧处插入帧。

Step 12 增加图层5，设置第1帧为空白关键帧，并添加Action：hit._rotation += 20；设置第2帧为空白关键帧，并添加Action：gotoAndPlay("loop")。

Step 13 新建一个影片剪辑元件“enemy fire”，设置图层1的第2、4、6帧为关键帧，分别绘制如图10-11、图10-12和图10-13所示图形。

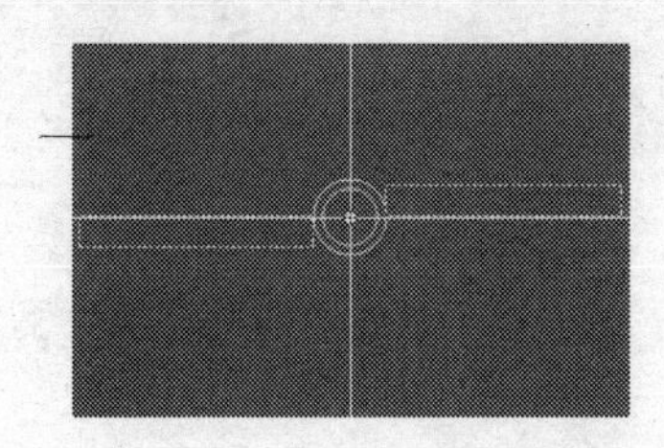

图10-10 元件“crosshair”

图10-11 元件“enemy fire”

Step 14 增加图层2，设置图层2的第1、2、4、6、7帧为空白关键帧，分别添加Action：

第1帧Action：play( );

第2帧Action：_root.life -= _root.enemyFire;

第4帧Action：_root.life -= _root.enemyFire;

第6帧Action：_root.life -= _root.enemyFire;

第7帧Action：gotoAndStop("off");

图10-12　元件“enemy fire”

图10-13　元件“enemy fire”

Step 15 新建一个影片剪辑元件“hit”，设置图层1的第2、4、6、8、10、12帧为关键帧，分别绘制如图10-14、图10-15、图10-16、图10-17、图10-18和图10-19所示图形。

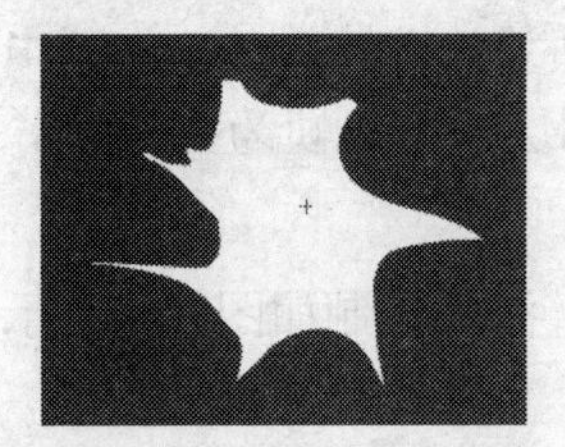

图10-14　元件“hit”

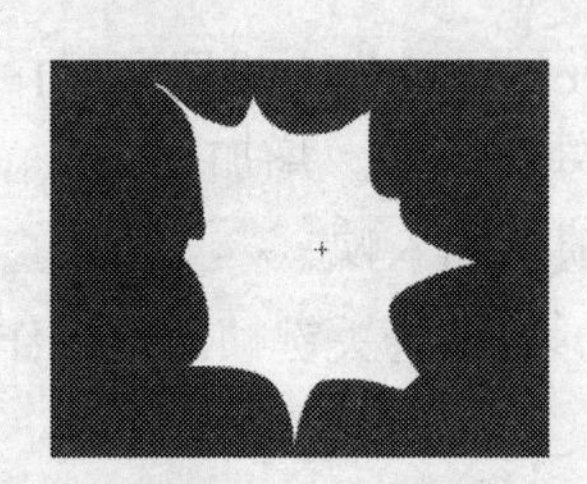

图10-15　元件“hit”

图10-16　元件“hit”

图10-17　元件“hit”

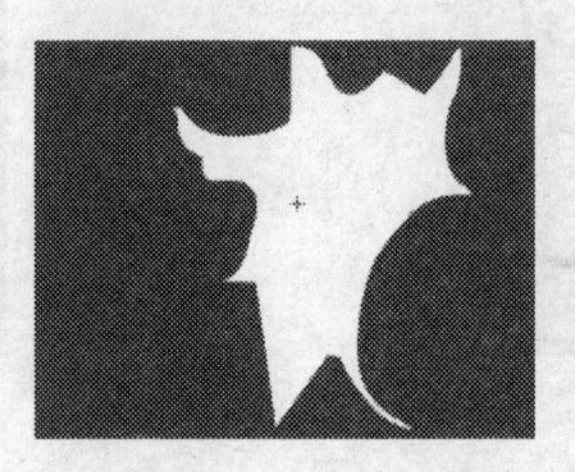

图10-18　元件“hit”

图10-19　元件“hit”

Step 16 增加图层2，设置图层2的第1、2、3、5、7、9、11、13帧为空白关键帧，分别添加Action：

第1帧Action：stop( );

第2帧Action：stop( );

第3帧Action：stop( );

第5帧Action：stop( );

第7帧Action：stop( );

第9帧Action：stop( );

第11帧Action：stop( );

第13帧Action：gotoAndStop("off");

Step 17 新建一个影片剪辑元件“lifebar”，设置图层1的第1帧为关键帧，在工作区绘制如图10-20所示的图形。

Step 18 增加图层2，设置第1帧为关键帧，在工作区上图的右边绘制一短矩形，并做图层2对图层1的遮罩效果。

Step 19 增加图层3，设置第1帧为关键帧，在遮罩效果形成的图形上面绘制一白色矩形框，如图10-21所示。

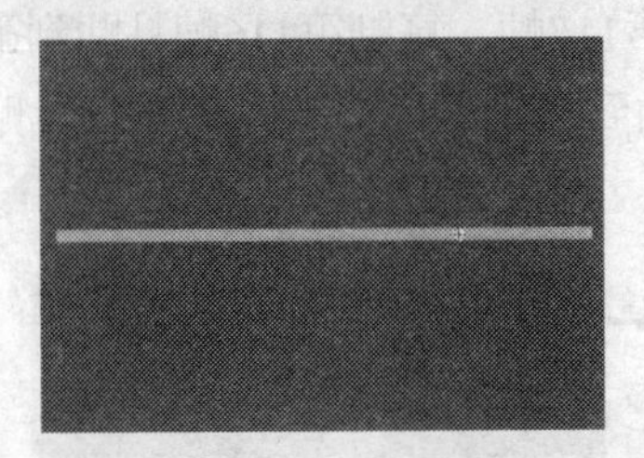

图10-20 元件“lifebar”

图10-21 元件“lifebar”

Step 20 新建一个按钮元件“target_button”，在“点击”帧处绘制如图10-22所示图形。

图10-22 元件“target_button”

Step 21 新建一个影片剪辑元件“window”，设置图层1的第1帧为关键帧，在工作区绘制如图10-23所示图形，在第11帧处插入帧。

Step 22 增加图层2，设置第2帧为关键帧，在工作区左边绘制上图所示的图形，在第10帧处插入关键帧，绘制如图10-24所示图形。并创建形状补间动画。

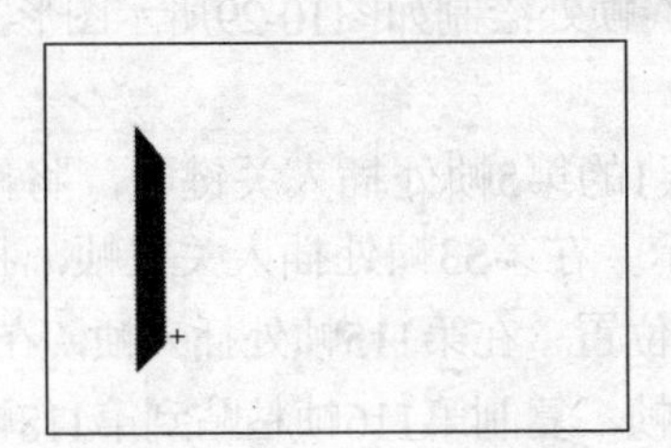

图10-23 元件“window”

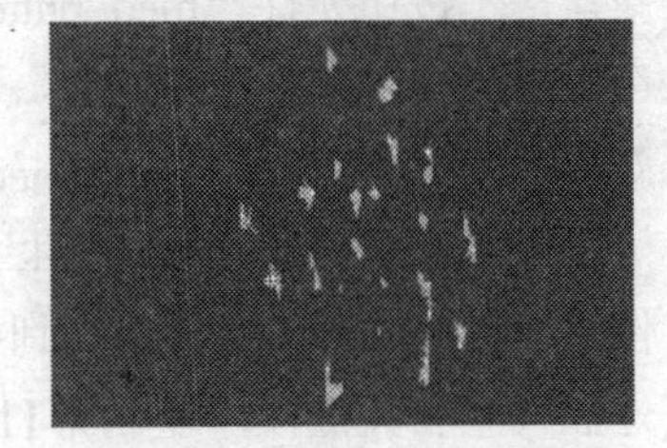

图10-24 元件“window”

Step 23 增加图层3，设置第1帧为关键帧，将库中按钮元件“target_button”拖入到工作区，如图10-25所示。增加图层4，分别在第1帧和第11帧添加动作stop。

Step 24 新建一个按钮元件“armor_button”，在“弹起”帧处绘制如图10-26所示图形，在“点击”帧处插入帧。

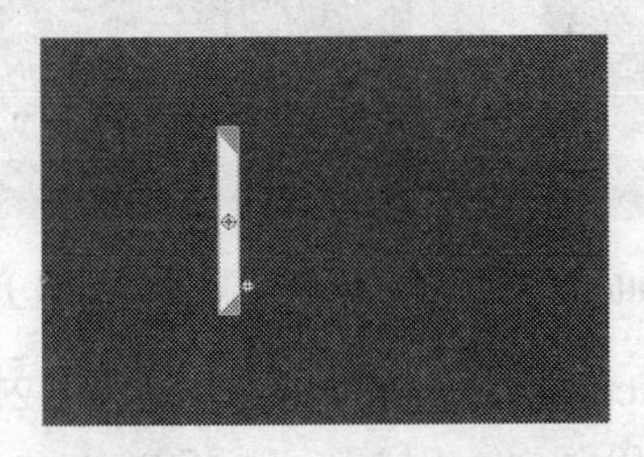

图10-25 元件“target_button”

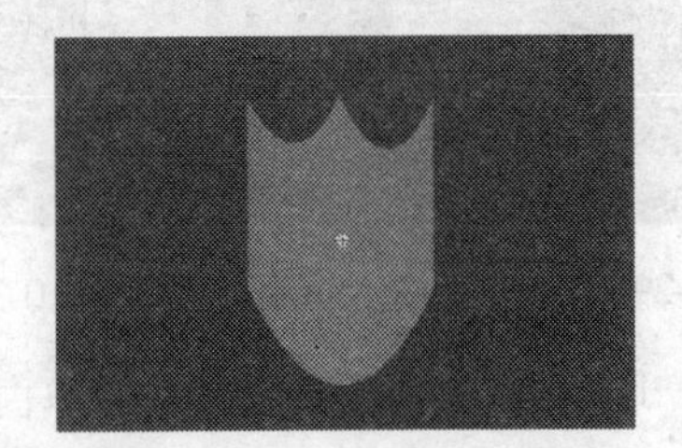

图10-26 元件“armor_button”

Step 25 新建一个影片剪辑元件“body armor”，在图层1的第5帧处插入关键帧，将按钮元件“armor_button”拖入到工作区，如图10-27所示。在第33帧处插入关键帧，将按钮元件“armor_button”向下移动到如图10-28所示的位置。在第115帧处插入帧，在第

116帧处插入空白关键帧，复制第115帧粘贴到第117帧，复制第116帧粘贴到第118帧，复制第115帧粘贴到第119帧，复制第116帧粘贴到第120帧，复制第115帧粘贴到第121帧，复制第116帧粘贴到第122帧。

图10-27　元件“armor_button”

图10-28　元件“armor_button”

Step 26 增加图层2，设置第1帧为空白关键帧，添加Action：gambler = 1；设置第2帧为空白关键帧，添加Action：gambler = random(400);if (gambler == 200) {if (_root.armor != 1) {gotoAndPlay ("drop"); }}；

设置第3帧为空白关键帧，添加Action：gotoAndPlay("loop")；设置第4帧为空白关键帧，添加Action：_root.armorpak._x = random(200)+300;scale = random(25)+75;_root.armorpak._xscale = scale;_root.armorpak._yscale = scale。

Step 27 在第5帧设置其帧标志为“drop”，在第120帧设置其帧标志为“pickup”，并添加动作stop。

Step 28 新建一个按钮元件“med_button”，在“弹起”帧处绘制如图10-29所示图形，在“点击”帧处插入帧。

Step 29 新建一个影片剪辑元件“medpack”，在图层1的第5帧处插入关键帧，将按钮元件“med_button”拖入到工作区，如图10-30所示。在第33帧处插入关键帧，将按钮元件“med_button”向下移动到如图10-31所示的位置。在第115帧处插入帧，在第116帧处插入空白关键帧，复制第115帧粘贴到第117帧，复制第116帧粘贴到第118帧，复制第115帧粘贴到第119帧，复制第116帧粘贴到第120帧，复制第115帧粘贴到第121帧，复制第116帧粘贴到第122帧。

图10-29　元件“med_button”

图10-30　元件“med_button”

图10-31　元件“med_button”

Step 30 增加图层2，设置第1帧为空白关键帧，添加Action：gambler = 1；设置第2帧为空白关键帧，添加Action：gambler = random(100);if (gambler == 50) {gotoAndPlay ("drop");}；设置第3帧为空白关键帧，添加Action：gotoAndPlay("loop")；设置第4帧为空白关键帧，添加Action：_root.armorpak._x = random(200)+300;scale = random(25)+75;_root.armorpak._xscale = scale;_root.armorpak._yscale = scale。

Step 31 在第5帧设置其帧标志为“drop”，在第120帧设置其帧标志为“pickup”，并添加动作stop。

Step 32 新建一个影片剪辑元件“sniper1”，在图层1的第21帧插入关键帧，在工作区绘制如图10-32所示的图形；在第22帧插入关键帧，在工作区绘制如图10-33所示的图形；在第23帧插入关键帧，在工作区绘制如图10-34所示的图形；在第24帧插入关键帧，在工作区绘制如图10-35所示的图形。

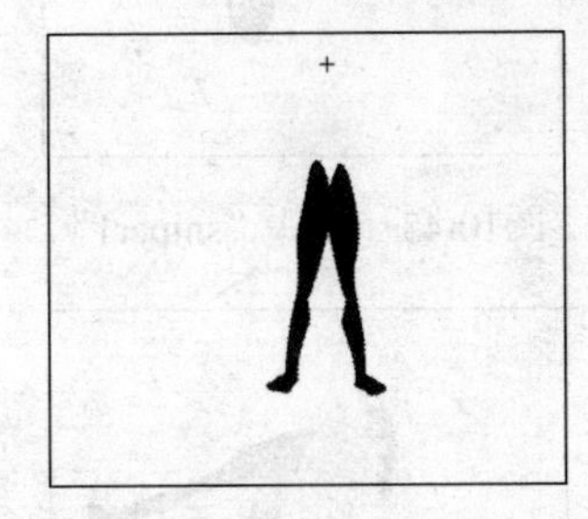

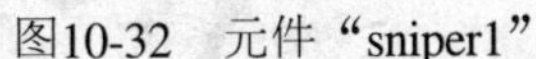

图10-32 元件“sniper1”

图10-33 元件“sniper1”

图10-34 元件“sniper1”

Step 33 在第25帧插入关键帧，在工作区绘制如图10-36所示的图形；在第26帧插入关键帧，在工作区绘制如图10-37所示的图形；在第27帧插入关键帧，在工作区绘制如图10-38所示的图形；在第28帧插入关键帧，将绘制的腿移出到工作区之外；在第46帧插入帧，在第47帧插入空白关键帧。

图10-35 元件“sniper1”

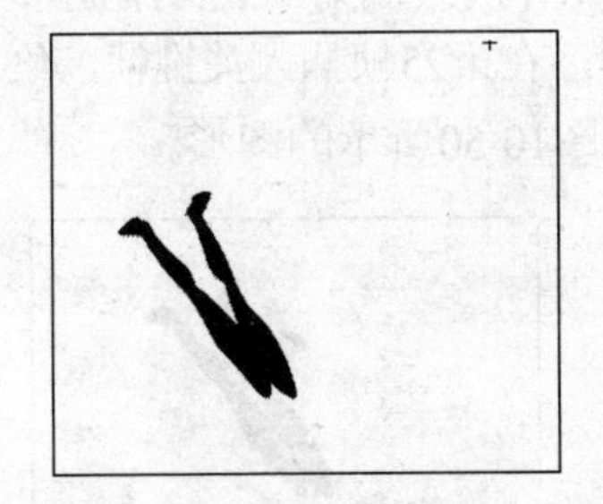

图10-36 元件“sniper1”

图10-37 元件“sniper1”

Step 34 增加图层2，设置第6帧为关键帧，在工作区绘制如图10-39所示的图形，在第13帧处插入帧；在第14帧插入关键帧，绘制如图10-40所示的图形；在第15帧插入关键帧，绘制如图10-41所示的图形；在第16帧插入关键帧，绘制如图10-42所示的图形。

图10-38 元件“sniper1”

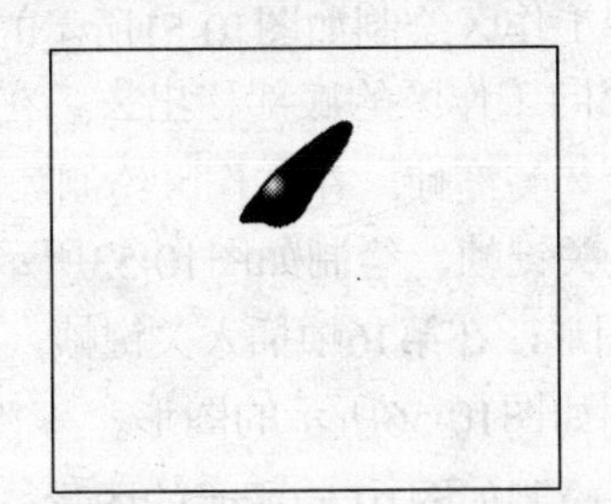

图10-39 元件“sniper1”

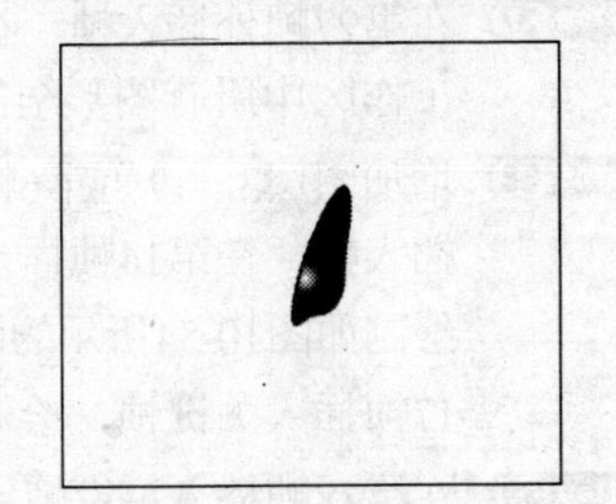

图10-40 元件“sniper1”

Step 35 在第17帧处插入帧，在工作区绘制如图10-43所示的图形；在第18帧插入关键帧，绘制如图10-44所示的图形；在第19帧插入空白关键帧，在第20帧处插入帧；在第21帧插入关键帧，绘制如图10-45所示的图形；在第22帧插入关键帧，绘制如图10-46所示的图形。

图10-41 元件“sniper1”

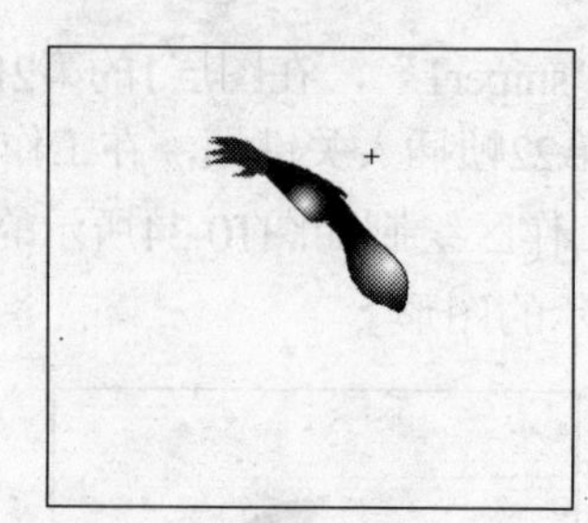

图10-42 元件“sniper1”

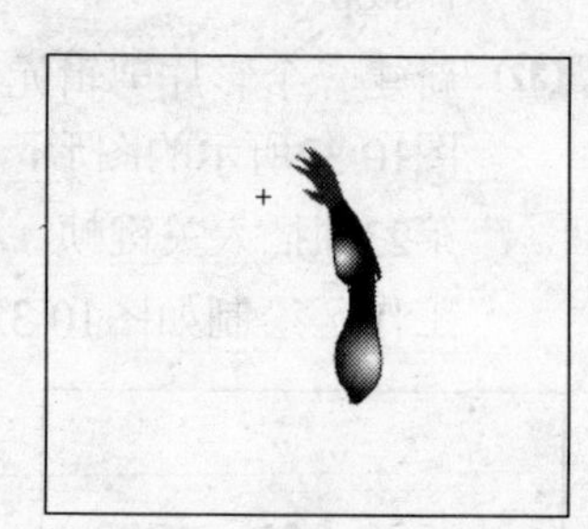

图10-43 元件“sniper1”

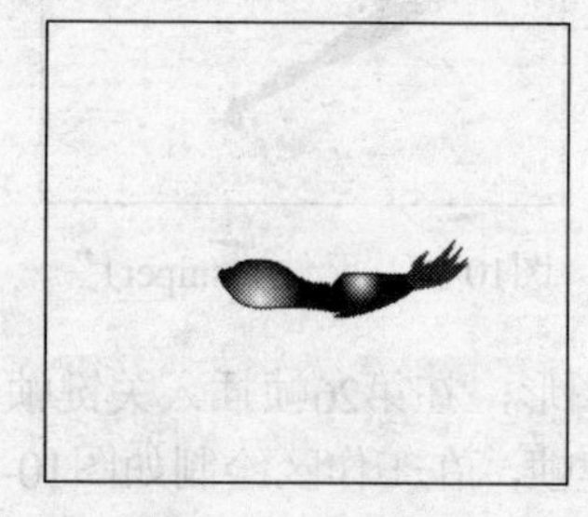

图10-44 元件“sniper1”

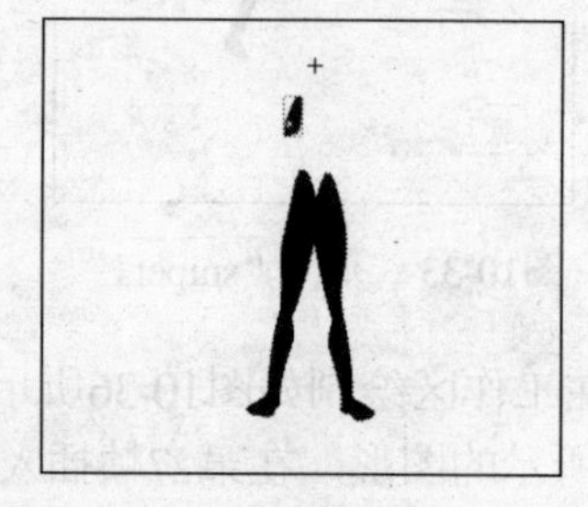

图10-45 元件“sniper1”

图10-46 元件“sniper1”

Step 36 在第23帧处插入帧，在工作区绘制如图10-47所示的图形；在第24帧插入关键帧，绘制如图10-48所示的图形；在第25帧插入关键帧，绘制如图10-49所示的图形；在第26帧插入关键帧，绘制如图10-50所示的图形。

图10-47 元件“sniper1”

图10-48 元件“sniper1”

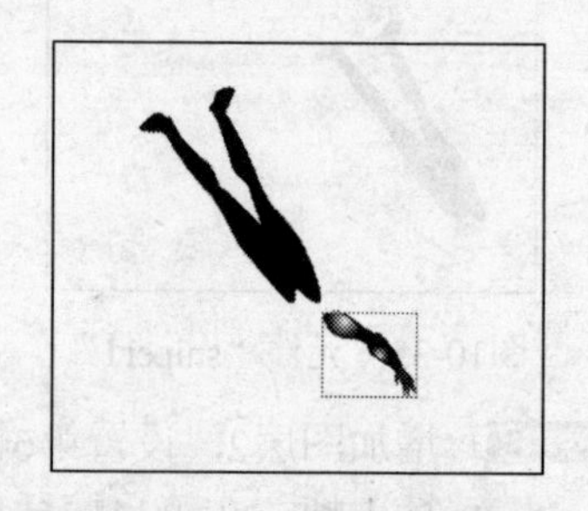

图10-49 元件“sniper1”

Step 37 在第27帧处插入帧，在工作区绘制如图10-51所示的图形；在第28帧插入关键帧，将工作区中所有图形全部向工作区的底部移出去。在第46帧处插入帧。

Step 38 增加图层3，设置第6帧为关键帧，在工作区绘制如图10-52所示的图形，在第13帧处插入帧；在第14帧插入关键帧，绘制如图10-53所示的图形；在第15帧插入关键帧，绘制如图10-54所示的图形；在第16帧插入关键帧，绘制如图10-55所示的图形；在第17帧插入关键帧，绘制如图10-56所示的图形。

Step 39 在第18帧插入关键帧，绘制如图10-57所示的图形；在第19帧插入空白关键帧，在第20帧处插入帧；在第21帧插入关键帧，绘制如图10-58所示的图形；在第22帧插入关键帧，绘制如图10-59所示的图形；在第23帧插入关键帧，绘制如图10-60所示的图形。

图10-50 元件“sniper1”

图10-51 元件“sniper1”

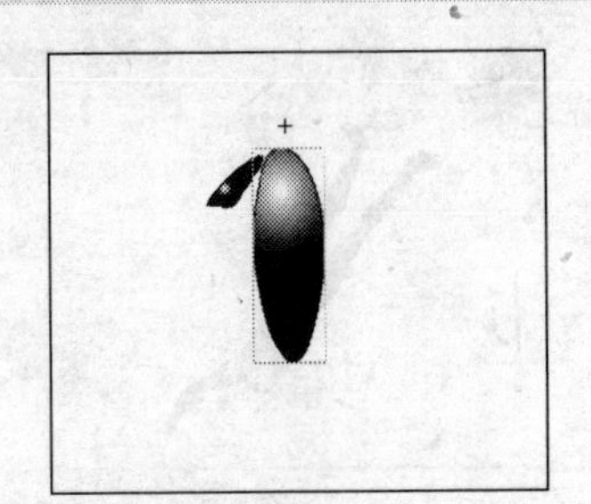
图10-52 元件“sniper1”

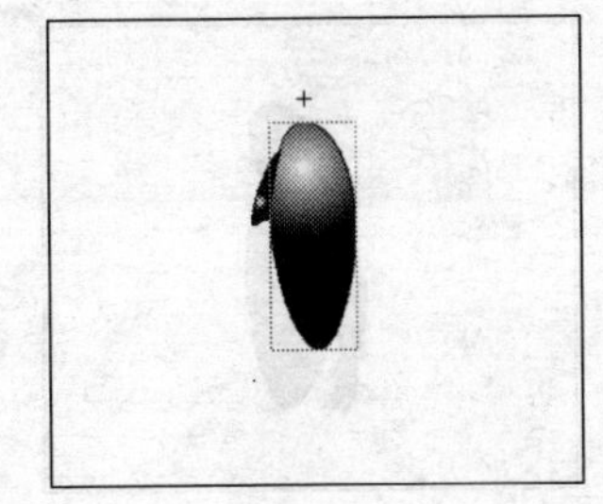
图10-53 元件“sniper1”

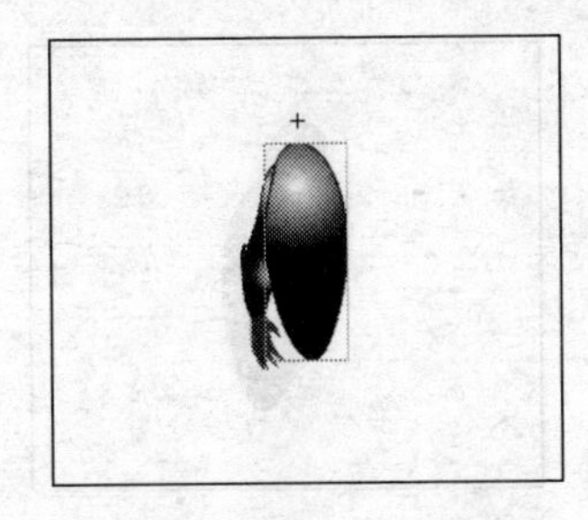
图10-54 元件“sniper1”

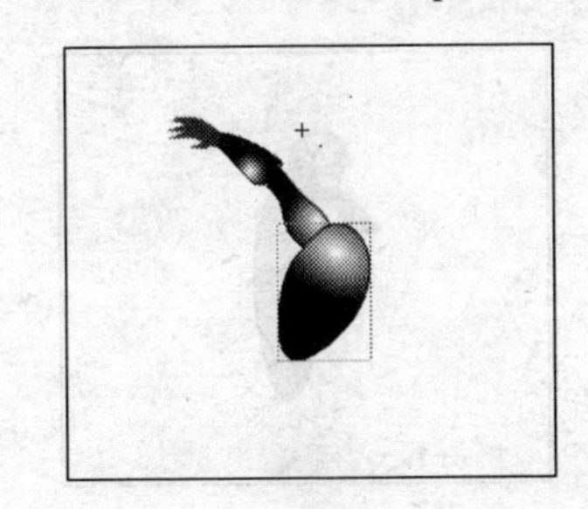
图10-55 元件“sniper1”

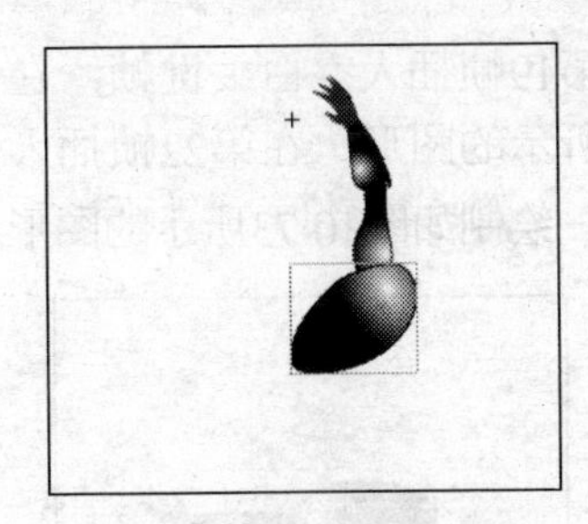
图10-56 元件“sniper1”

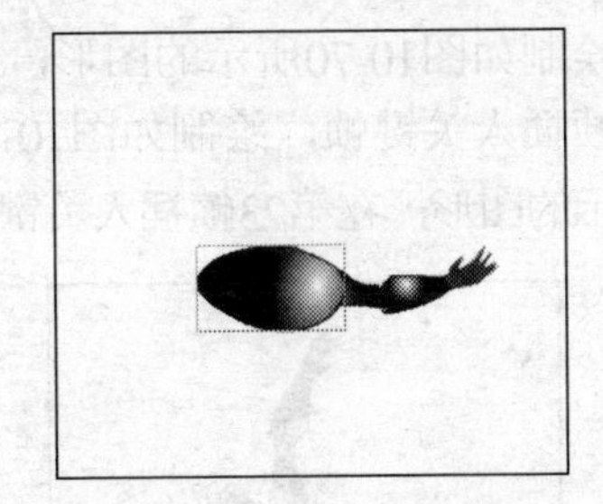
图10-57 元件“sniper1”

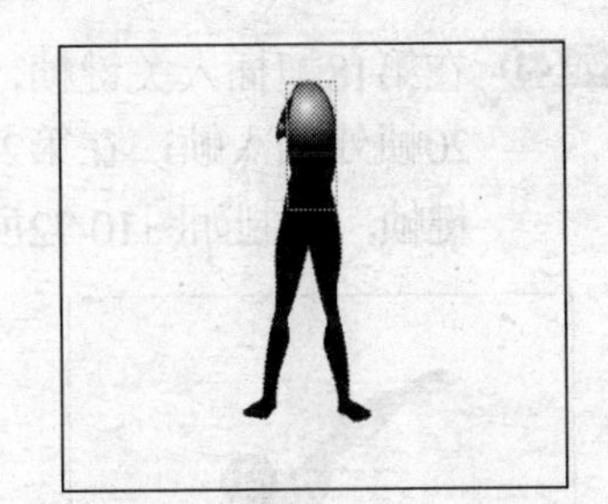
图10-58 元件“sniper1”

Step 40 在第24帧插入关键帧，绘制如图10-61所示的图形；在第25帧插入关键帧，绘制如图10-62所示的图形；在第26帧插入关键帧，绘制如图10-63所示的图形；在第27帧插入关键帧，绘制如图10-64所示的图形。

图10-59 元件“sniper1”

图10-60 元件“sniper1”

图10-61 元件“sniper1”

Step 41 在第28帧插入关键帧，将工作区中所有图形全部向工作区的底部移出去。在第46帧处插入帧。

Step 42 增加图层4，设置第6帧为关键帧，在工作区绘制如图10-65所示的图形，在第13帧处插入帧；在第14帧插入关键帧，绘制如图10-66所示的图形；在第15帧插入关键帧，绘制如图10-67所示的图形；在第16帧插入关键帧，绘制如图10-68所示的图形；在第17帧插入关键帧，绘制如图10-69所示的图形。

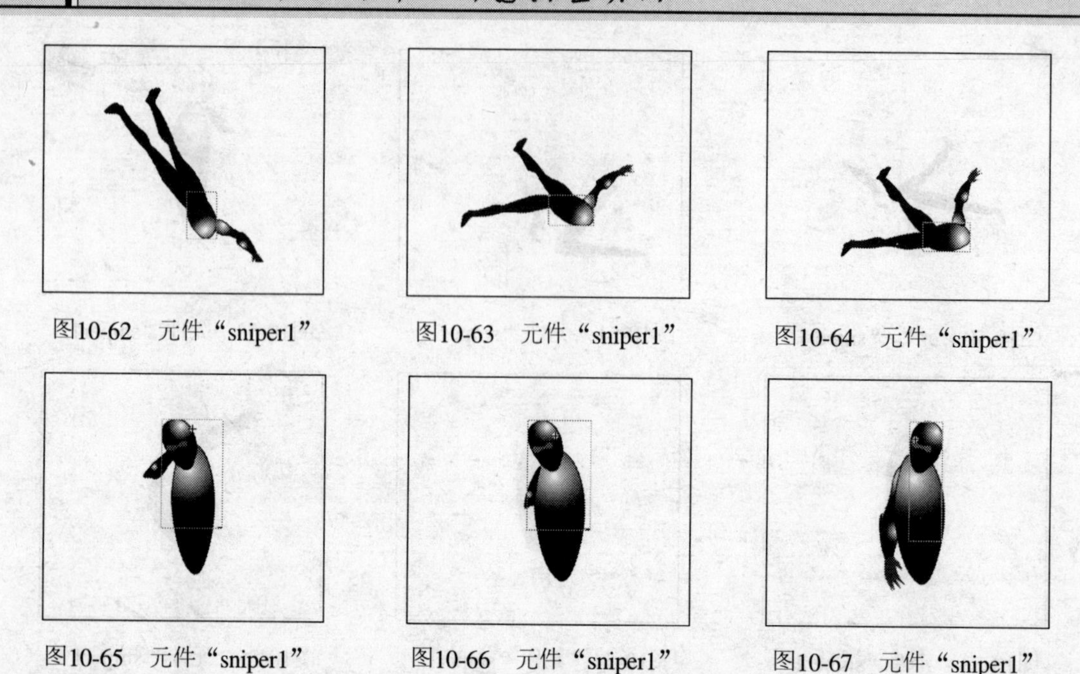

图10-62　元件“sniper1”　　图10-63　元件“sniper1”　　图10-64　元件“sniper1”

图10-65　元件“sniper1”　　图10-66　元件“sniper1”　　图10-67　元件“sniper1”

Step 43 在第18帧插入关键帧，绘制如图10-70所示的图形；在第19帧插入空白关键帧，在第20帧处插入帧；在第21帧插入关键帧，绘制如图10-71所示的图形；在第22帧插入关键帧，绘制如图10-72所示的图形；在第23帧插入关键帧，绘制如图10-73所示的图形。

图10-68　元件“sniper1”　　图10-69　元件“sniper1”　　图10-70　元件“sniper1”

图10-71　元件“sniper1”　　图10-72　元件“sniper1”　　图10-73　元件“sniper1”

Step 44 在第24帧插入关键帧，绘制如图10-74所示的图形；在第25帧插入关键帧，绘制如图10-75所示的图形；在第26帧插入关键帧，绘制如图10-76所示的图形；在第27帧插入关键帧，绘制如图10-77所示的图形。

图10-74 元件“sniper1”

图10-75 元件“sniper1”

图10-76 元件“sniper1”

Step 45 在第28帧插入关键帧，将工作区中所有图形全部向工作区的底部移出去。在第46帧处插入帧。

Step 46 增加图层5，在第15帧插入关键帧，绘制如图10-78所示的图形；在第16帧插入关键帧，绘制如图10-79所示的图形；在第17帧插入关键帧，绘制如图10-80所示的图形；在第18帧插入关键帧，绘制如图10-81所示的图形。在第19帧插入空白关键帧，在第21帧插入帧。

图10-77 元件“sniper1”

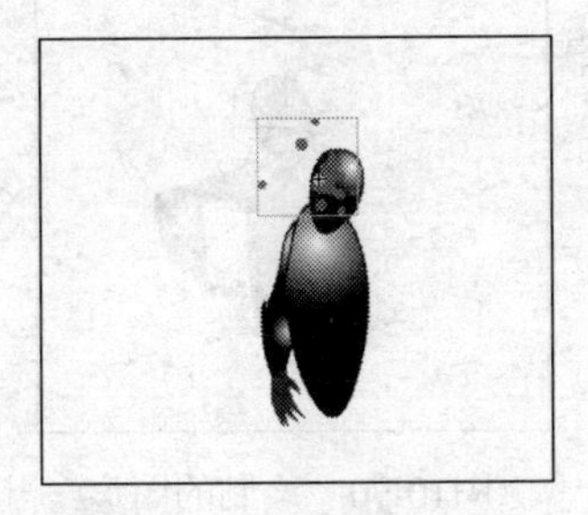

图10-78 绘制的图形

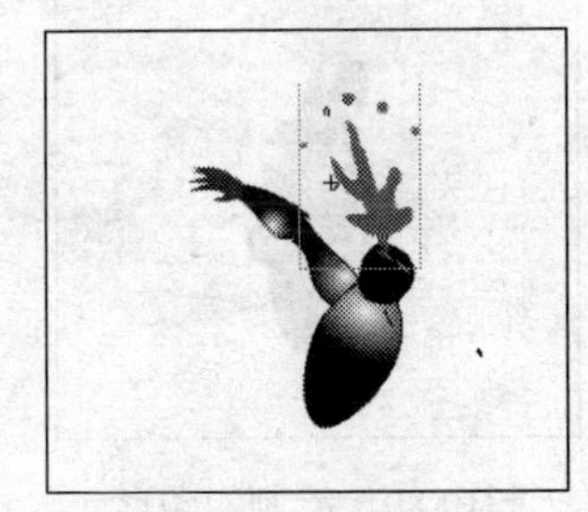

图10-79 绘制的图形

Step 47 在第22帧插入关键帧，绘制如图10-82所示的图形；在第23帧插入关键帧，绘制如图10-83所示的图形；在第24帧插入关键帧，绘制如图10-84所示的图形；在第25帧插入关键帧，绘制如图10-85所示的图形。

图10-80 绘制的图形

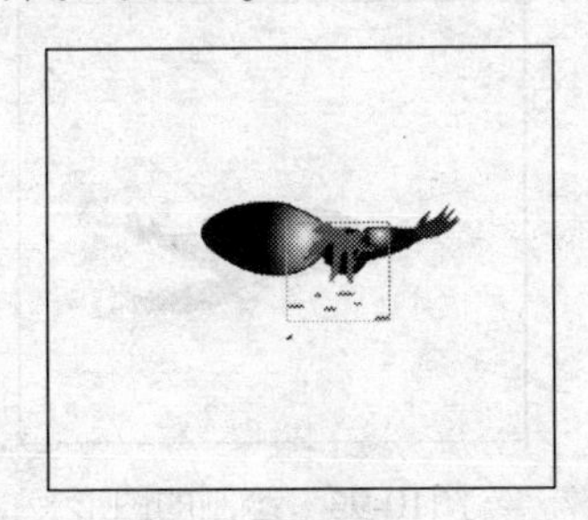

图10-81 绘制的图形

图10-82 绘制的图形

图10-83 绘制的图形

图10-84 绘制的图形

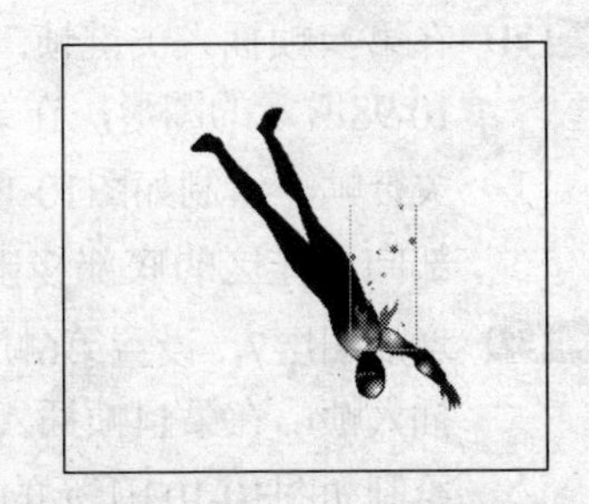

图10-85 绘制的图形

Step 48 在第26帧插入关键帧，绘制如图10-86所示的图形；在第27帧插入关键帧，绘制如图10-87所示的图形；在第28帧插入空白关键帧。

Step 49 增加图层6，设置第6帧为关键帧，在工作区绘制如图10-88所示的图形，在第13帧处插入帧；在第14帧插入关键帧，绘制如图10-89所示的图形；在第15帧插入关键帧，绘制如图10-90所示的图形；在第16帧插入关键帧，绘制如图10-91所示的图形；在第17帧插入关键帧，绘制如图10-92所示的图形。

图10-86 绘制的图形

图10-87 绘制的图形

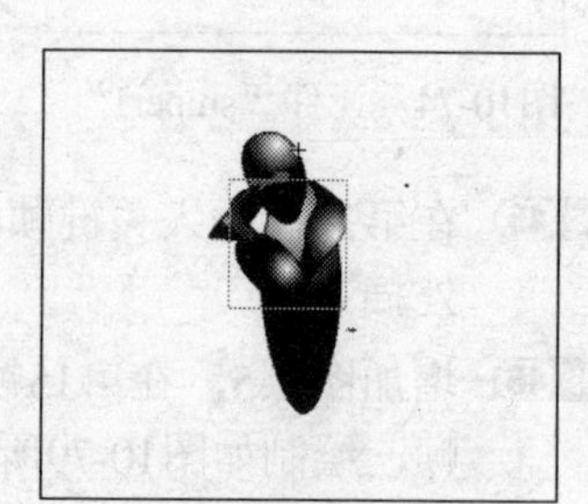

图10-88 绘制的图形

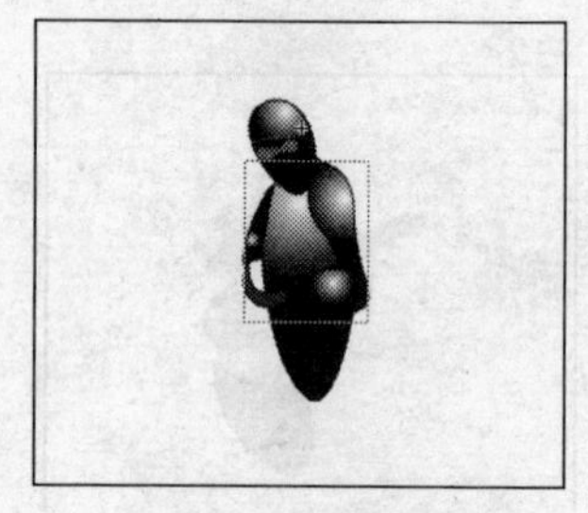

图10-89 绘制的图形

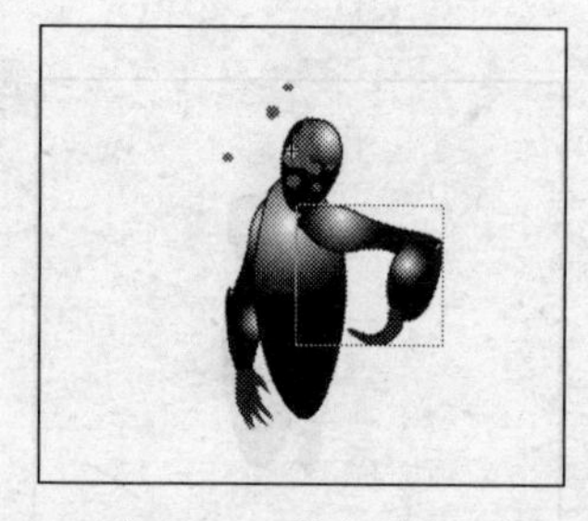

图10-90 绘制的图形

图10-91 绘制的图形

Step 50 在第18帧插入关键帧，绘制如图10-93所示的图形；在第19帧插入空白关键帧，在第20帧处插入帧；在第21帧插入关键帧，绘制如图10-94所示的图形；在第22帧插入关键帧，绘制如图10-95所示的图形；在第23帧插入关键帧，绘制如图10-96所示的图形。

图10-92 绘制的图形

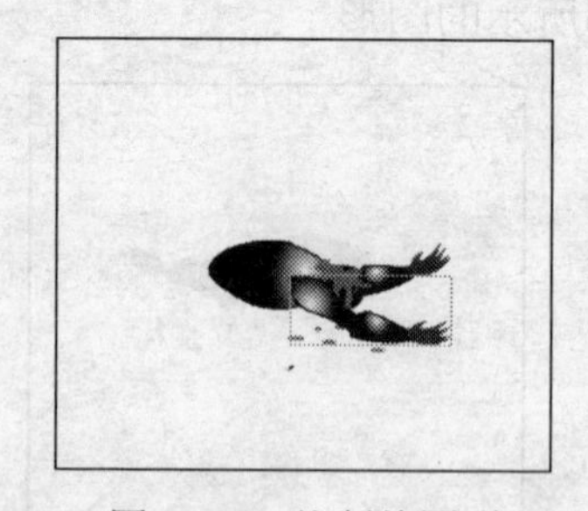

图10-93 绘制的图形

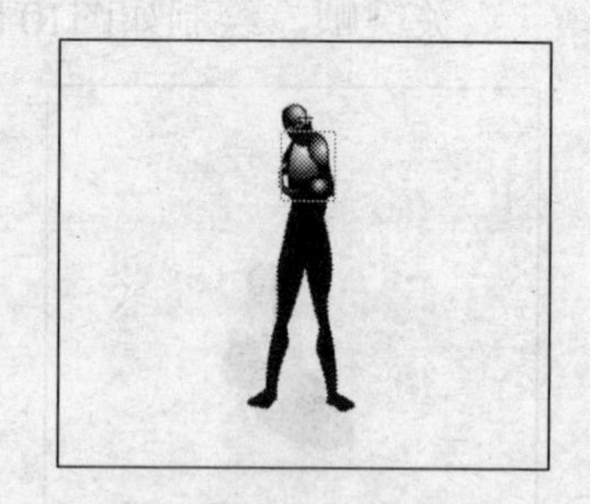

图10-94 绘制的图形

Step 51 在第24帧插入关键帧，绘制如图10-97所示的图形；在第25帧插入关键帧，绘制如图10-98所示的图形；在第26帧插入关键帧，绘制如图10-99所示的图形；在第27帧插入关键帧，绘制如图10-100所示的图形；在第28帧插入关键帧，将工作区中所有图形全部向工作区的底部移出去。在第46帧处插入帧。

Step 52 增加图层7，设置第6帧为关键帧，在工作区绘制如图10-101所示的图形，在第13帧处插入帧；在第14帧插入关键帧，绘制如图10-102所示的图形；在第15帧插入关键帧，绘制如图10-103所示的图形。在第16帧插入空白关键帧，在第20帧插入帧，在第21帧插入关键帧，绘制如图10-104所示的图形。在第22帧插入关键帧，绘制如图10-105所示的图形。

图10-95 绘制的图形

图10-96 绘制的图形

图10-97 绘制的图形

图10-98 绘制的图形

图10-99 绘制的图形

图10-100 绘制的图形

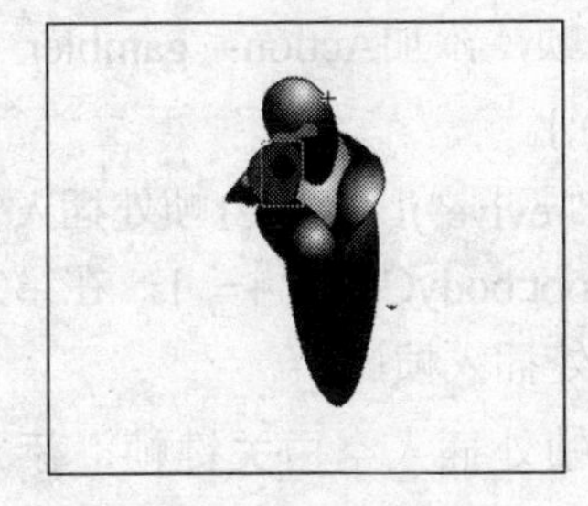
图10-101 绘制的图形

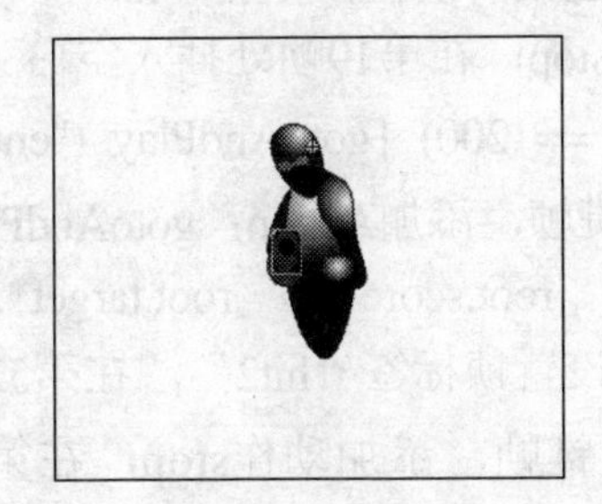
图10-102 绘制的图形

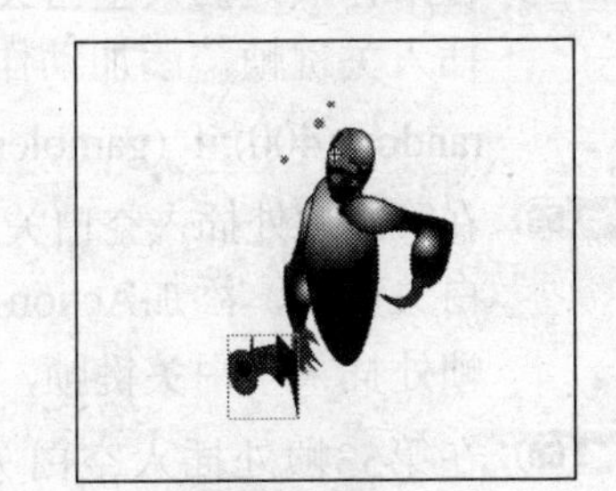
图10-103 绘制的图形

Step 53 增加图层8，设置第9帧为关键帧，将库中元件“enemy fire”拖入到工作区如图10-106所示的枪口位置。在第13帧插入帧。

图10-104 绘制的图形

图10-105 绘制的图形

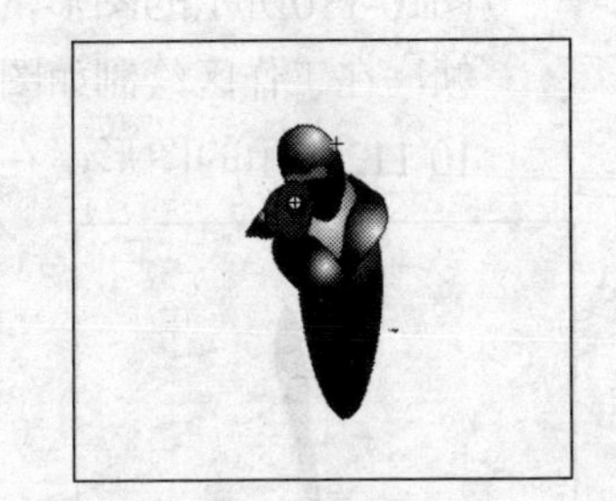
图10-106 元件“enemy fire”

Step 54 增加图层9，设置第6帧为关键帧，将库中元件“target_button”拖入到工作区如图10-107所示的枪口位置。在第13帧插入帧。

Step 55 增加图层10，设置第2帧为关键帧，在工作区绘制如图10-108所示的图形；设置第5帧为关键帧，在工作区绘制如图10-109所示的图形，并创建动画。

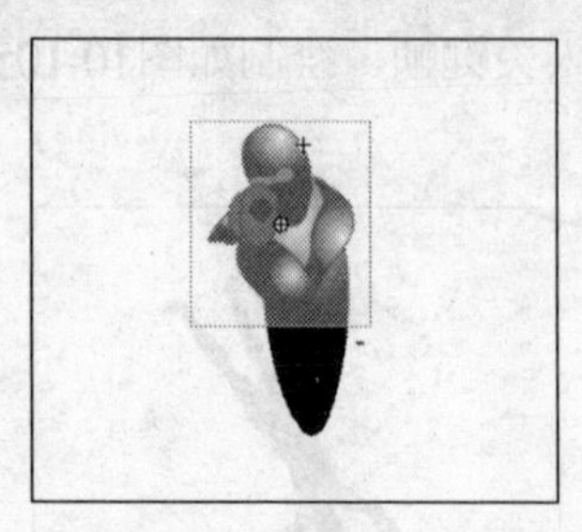

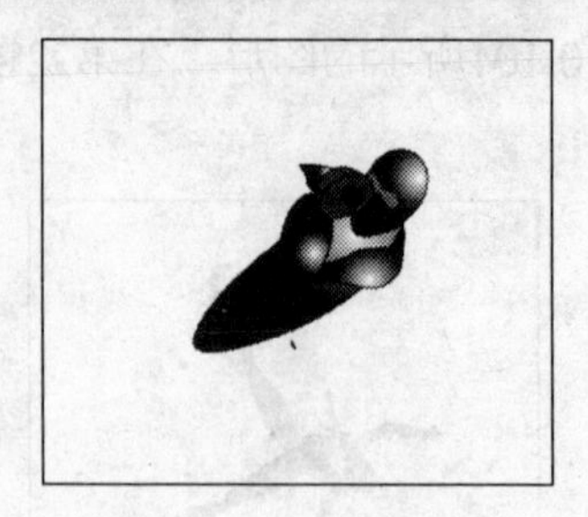

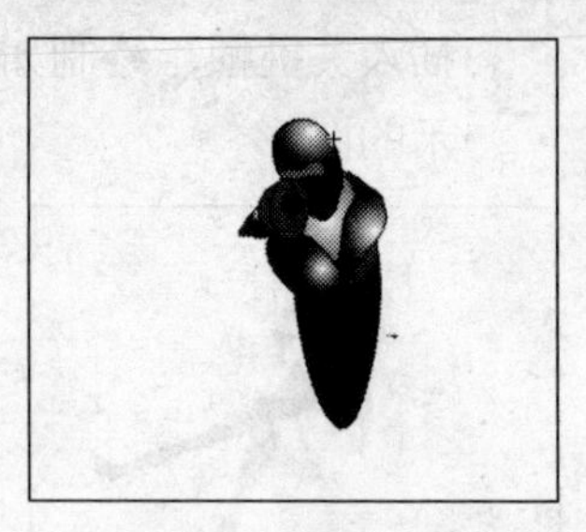

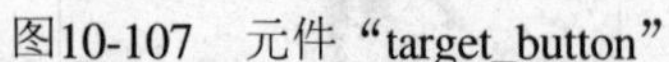

图10-107 元件“target_button” 图10-108 绘制的图形 图10-109 绘制的图形

Step 56 增加图层11，设置第1帧为关键帧，添加Action：gambler = 0;gotoAndPlay("revive");在第2帧处插入空白关键帧，设置帧标签“enter”，在第5帧处插入帧；在第6帧处插入关键帧，添加Action：gambler = random(20);if (gambler == 10) { gotoAndPlay("fire");}。

Step 57 在第8帧处插入关键帧，添加Action：gotoAndPlay("loop")，在第8帧处插入帧；在第9帧处插入空白关键帧，设置帧标签“fire”，在第12帧处插入帧；在第13帧处插入关键帧，添加Action：gotoAndPlay("loop");在第14帧处插入关键帧，添加Action：_root.score += _root.target*2;_root.bodyCount += 1。

Step 58 在第15帧处插入空白关键帧，设置帧标签“hit”，在第17帧处插入帧；在第18帧处插入关键帧，添加动作stop；在第19帧处插入空白关键帧，添加Action：gambler = random(400);if (gambler == 200) {gotoAndPlay ("enter");}。

Step 59 在第20帧处插入空白关键帧，添加Action：gotoAndPlay("revive")；在第21帧处插入空白关键帧，添加Action：_root.score += _root.target*2;_root.bodyCount += 1；在第21帧处插入空白关键帧，设置帧标签“hit2”，在第52帧处插入帧；

Step 60 在第53帧处插入空白关键帧，添加动作stop；在第54帧处插入空白关键帧，添加Action：gambler = random(400);if (gambler == 200) {gotoAndPlay ("enter");}；在第55帧处插入空白关键帧，添加Action：gotoAndPlay("revive2")。

Step 61 新建一个影片剪辑元件“soldier1”，在图层1的第6帧插入关键帧，在工作区绘制如图10-110所示的图形，在第13帧插入帧，在第14帧插入关键帧；在第15帧插入关键帧，在工作区绘制如图10-111所示的图形；在第16帧插入关键帧，在工作区绘制如图10-112所示的图形；在第17帧插入关键帧，在工作区绘制如图10-113所示的图形。

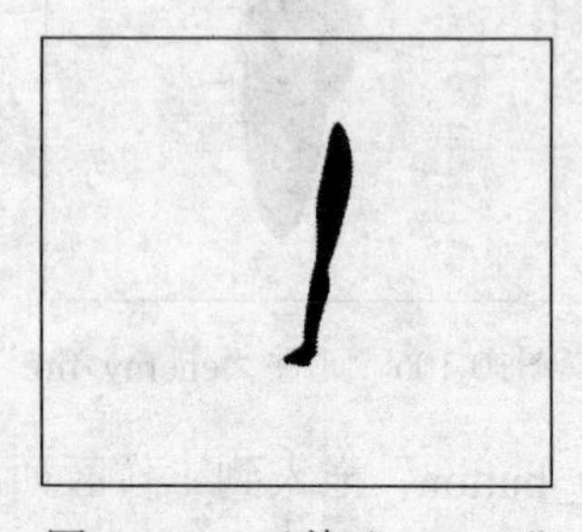

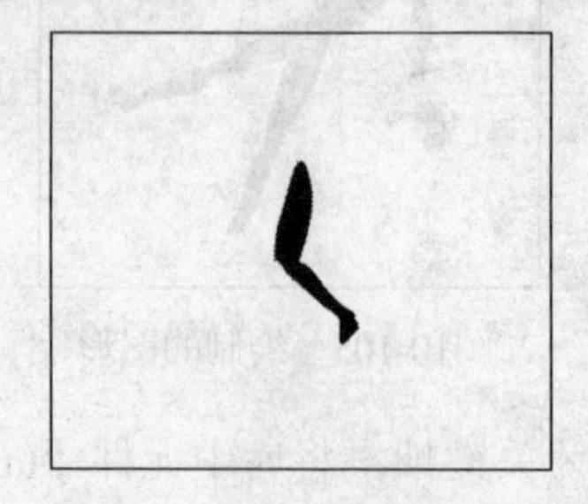

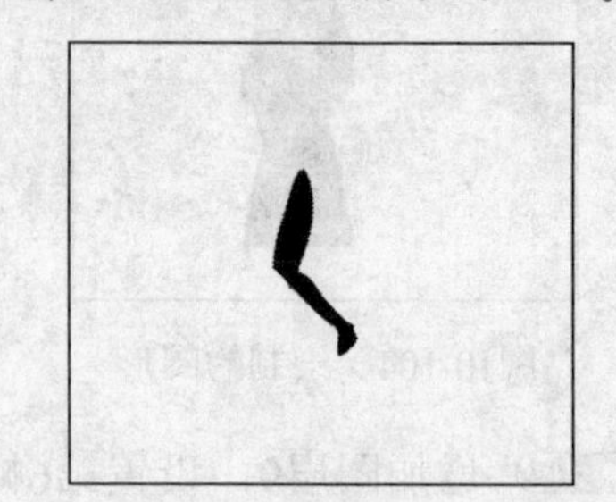

图10-110 元件“soldier1” 图10-111 元件“soldier1” 图10-112 元件“soldier1”

Step 62 在第18帧插入关键帧，在工作区绘制如图10-114所示的图形；在第47帧插入帧，在第48帧插入空白关键帧，在第55帧插入帧；在第56帧插入关键帧，在工作区绘制如图10-115所示的图形。

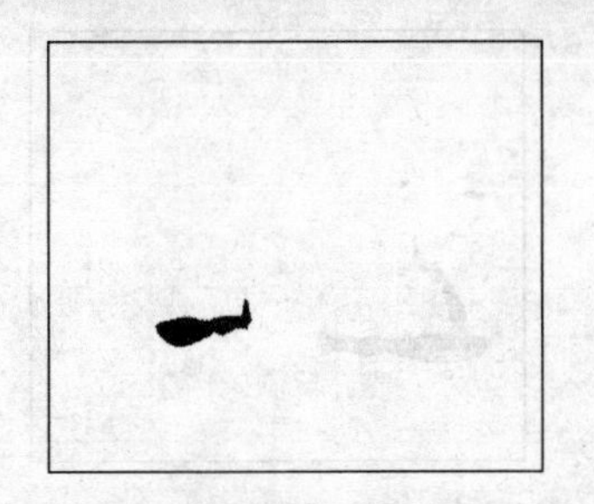

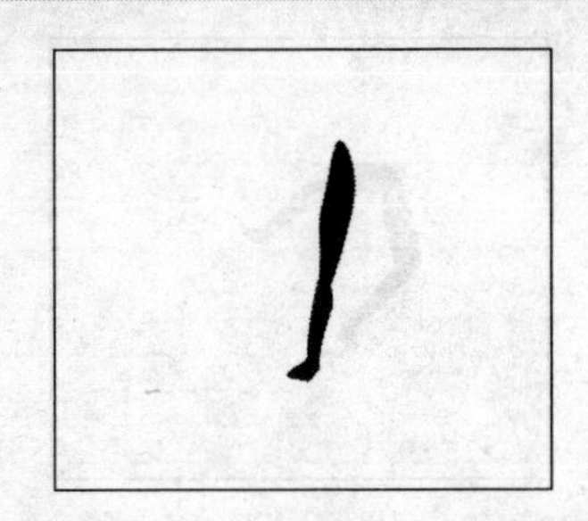

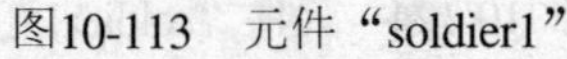

图10-113 元件“soldier1”　　图10-114 元件“soldier1”　　图10-115 元件“soldier1”

Step 63 在第57帧插入关键帧，在工作区绘制如图10-116所示的图形；在第58帧插入关键帧，在工作区绘制如图10-117所示的图形；在第59帧插入关键帧，在工作区绘制如图10-118所示的图形；在第60帧插入关键帧，在工作区绘制如图10-119所示的图形；在第89帧插入帧。

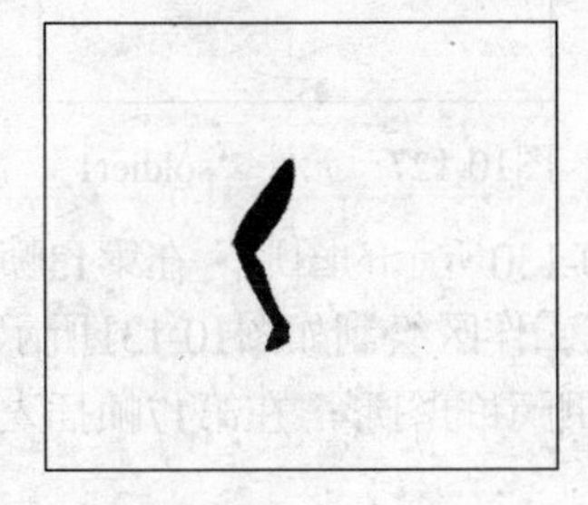

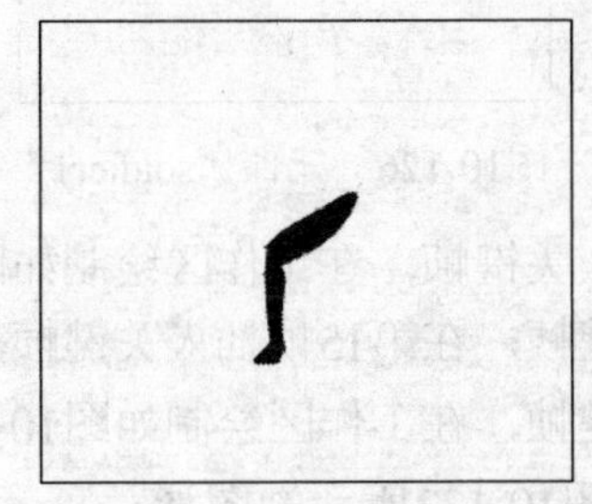

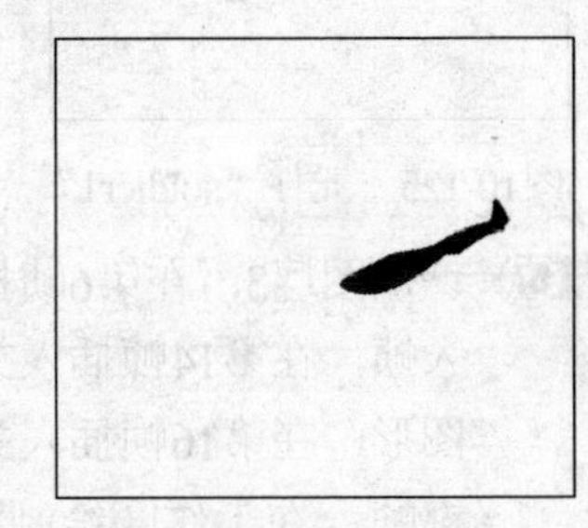

图10-116 元件“soldier1”　　图10-117 元件“soldier1”　　图10-118 元件“soldier1”

Step 64 增加图层2，在第6帧插入关键帧，在工作区绘制如图10-120所示的图形，在第13帧插入帧，在第14帧插入关键帧；在第15帧插入关键帧，在工作区绘制如图10-121所示的图形；在第16帧插入关键帧，在工作区绘制如图10-122所示的图形；在第17帧插入关键帧，在工作区绘制如图10-123所示的图形。

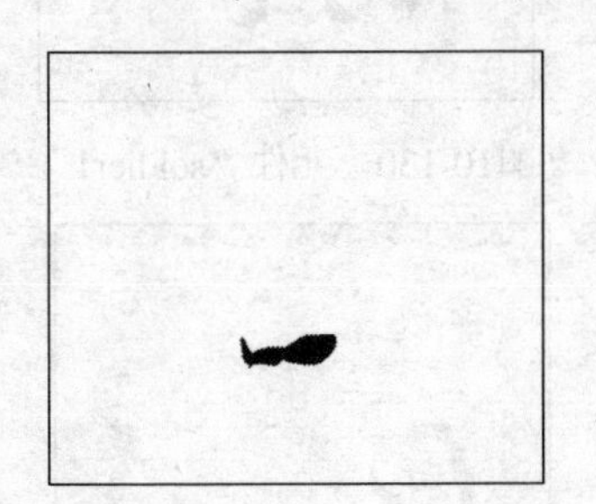

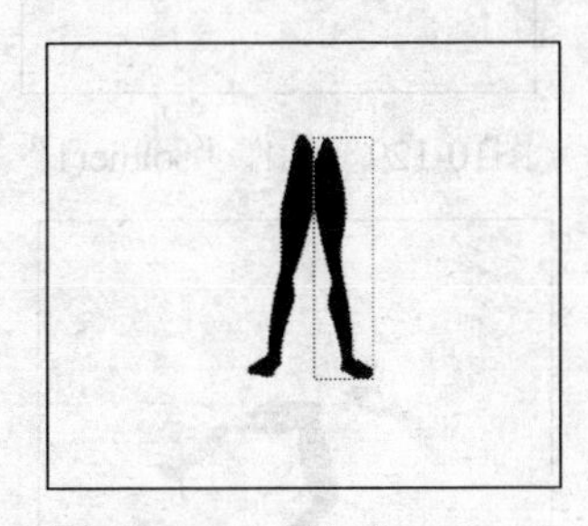

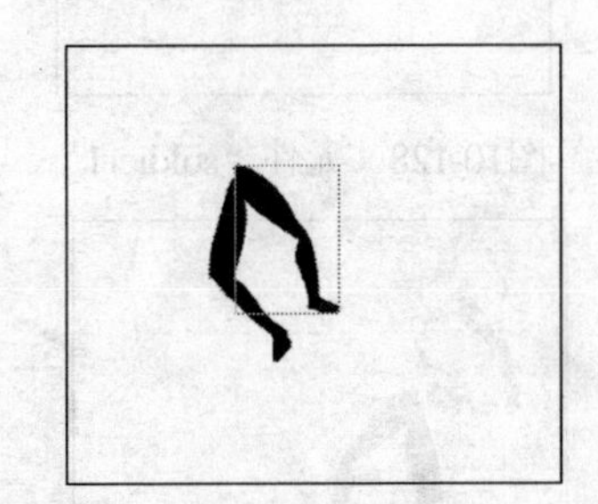

图10-119 元件“soldier1”　　图10-120 元件“soldier1”　　图10-121 元件“soldier1”

Step 65 在第18帧插入关键帧，在工作区绘制如图10-124所示的图形；在第47帧插入帧，在第48帧插入空白关键帧，在第55帧插入帧；在第56帧插入关键帧，在工作区绘制如图10-125所示的图形。

Step 66 在第57帧插入关键帧，在工作区绘制如图10-126所示的图形；在第58帧插入关键帧，在工作区绘制如图10-127所示的图形；在第59帧插入关键帧，在工作区绘制如图10-128所示的图形；在第60帧插入关键帧，在工作区绘制如图10-129所示的图形；在第89帧插入帧。

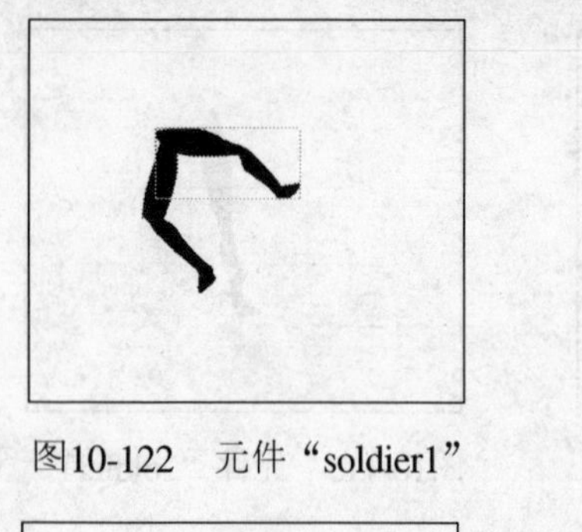
图10-122 元件“soldier1”

图10-123 元件“soldier1”

图10-124 元件“soldier1”

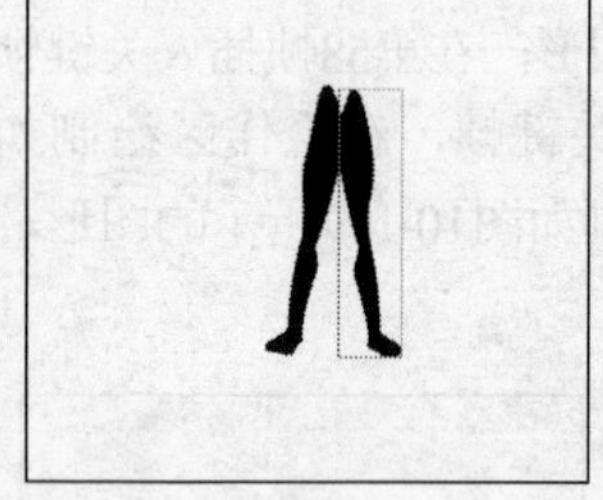
图10-125 元件“soldier1”

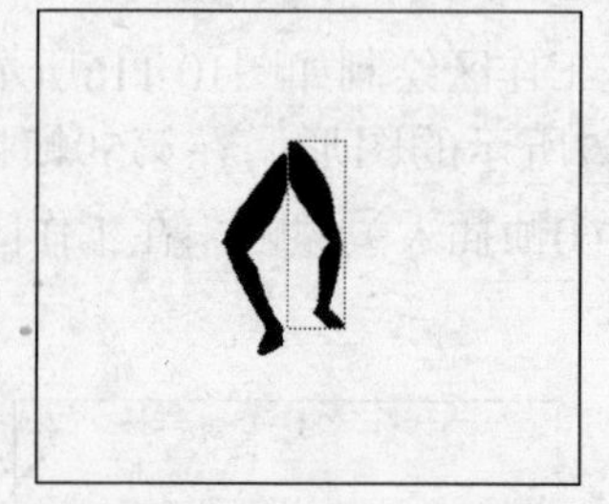
图10-126 元件“soldier1”

图10-127 元件“soldier1”

Step 67 增加图层3，在第6帧插入关键帧，在工作区绘制如图10-130所示的图形，在第13帧插入帧，在第14帧插入关键帧；在第15帧插入关键帧，在工作区绘制如图10-131所示的图形；在第16帧插入关键帧，在工作区绘制如图10-132所示的图形；在第17帧插入关键帧，在工作区绘制如图10-133所示的图形。

图10-128 元件“soldier1”

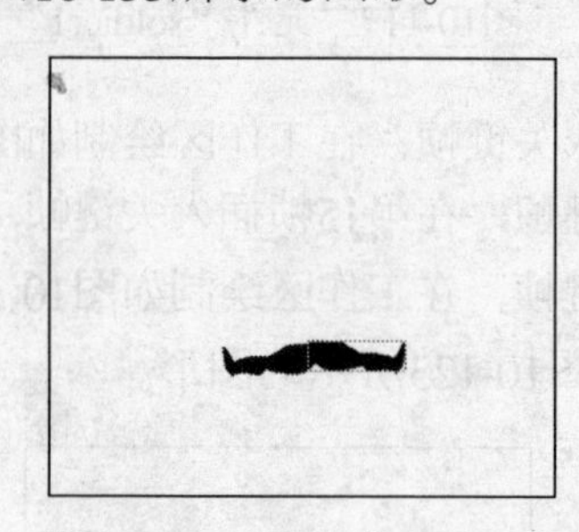
图10-129 元件“soldier1”

图10-130 元件“soldier1”

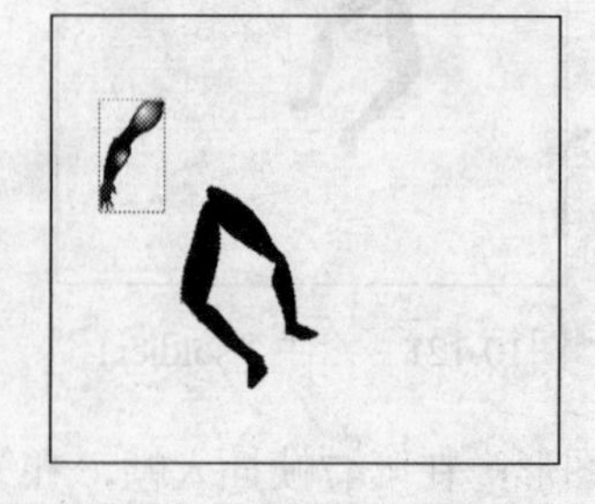
图10-131 元件“soldier1”

图10-132 元件“soldier1”

图10-133 元件“soldier1”

Step 68 在第18帧插入关键帧，在工作区绘制如图10-134所示的图形；在第47帧插入帧，在第48帧插入空白关键帧，在第55帧插入帧；在第56帧插入关键帧，在工作区绘制如图10-135所示的图形。

Step 69 在第57帧插入关键帧，在工作区绘制如图10-136所示的图形；在第58帧插入关键帧，在工作区绘制如图10-137所示的图形；在第59帧插入关键帧，在工作区绘制如图

10-138所示的图形；在第60帧插入关键帧，在工作区绘制如图10-139所示的图形；在第89帧插入帧。

图10-134 元件“soldier1”

图10-135 元件“soldier1”

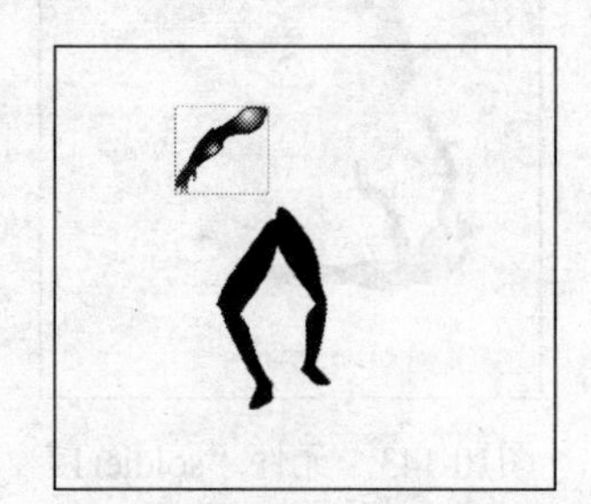
图10-136 元件“soldier1”

图10-137 元件“soldier1”

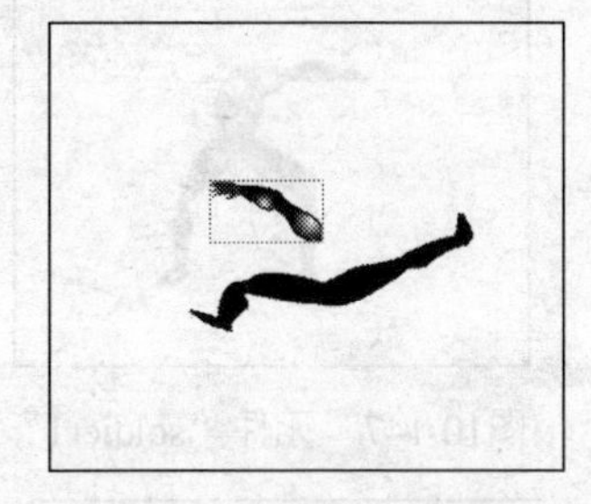
图10-138 元件“soldier1”

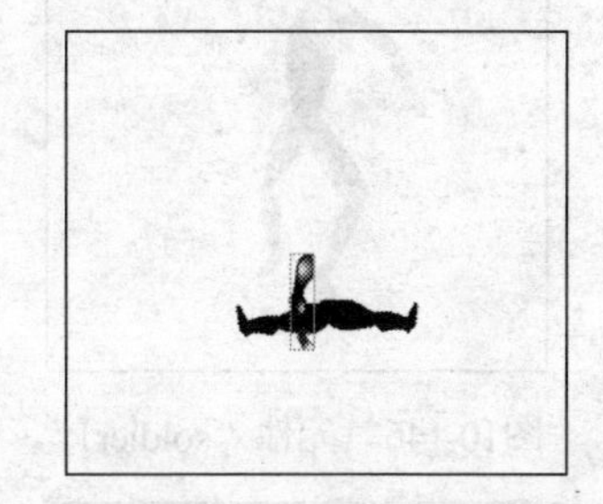
图10-139 元件“soldier1”

Step 70 增加图层4，在第6帧插入关键帧，在工作区绘制如图10-140所示的图形，在第13帧插入帧，在第14帧插入关键帧；在第15帧插入关键帧，在工作区绘制如图10-141所示的图形；在第16帧插入关键帧，在工作区绘制如图10-142所示的图形；在第17帧插入关键帧，在工作区绘制如图10-143所示的图形。

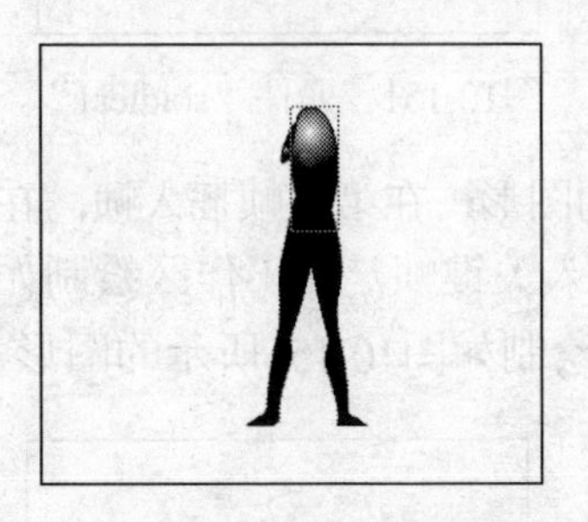
图10-140 元件“soldier1”

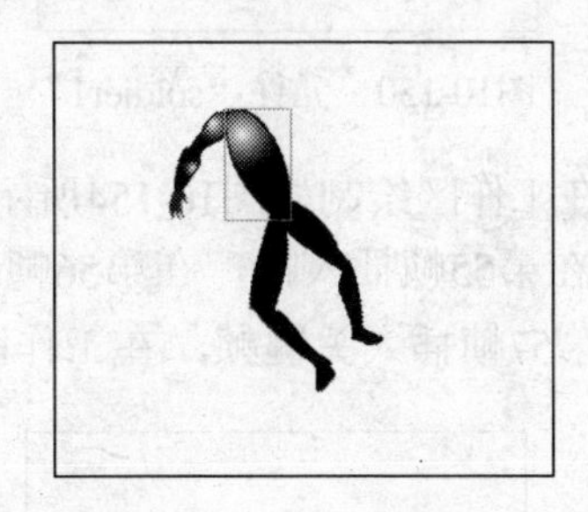
图10-141 元件“soldier1”

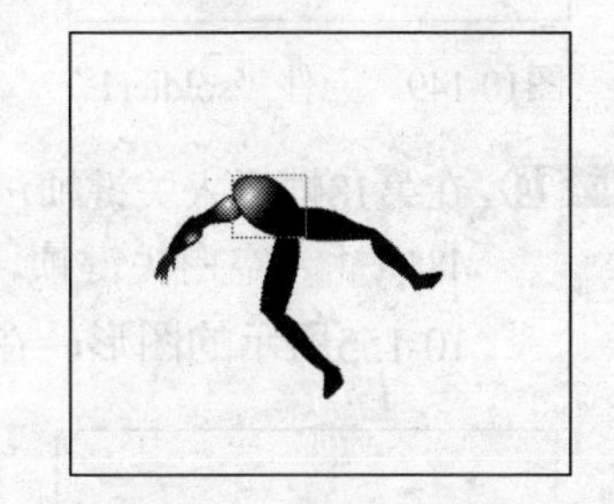
图10-142 元件“soldier1”

Step 71 在第18帧插入关键帧，在工作区绘制如图10-144所示的图形；在第47帧插入帧，在第48帧插入空白关键帧，在第55帧插入帧；在第56帧插入关键帧，在工作区绘制如图10-145所示的图形。

Step 72 在第57帧插入关键帧，在工作区绘制如图10-146所示的图形；在第58帧插入关键帧，在工作区绘制如图10-147所示的图形；在第59帧插入关键帧，在工作区绘制如图10-148所示的图形；在第60帧插入关键帧，在工作区绘制如图10-149所示的图形；在第89帧插入帧。

Step 73 增加图层5，在第6帧插入关键帧，在工作区绘制如图10-150所示的图形，在第13帧插入帧，在第14帧插入关键帧；在第15帧插入关键帧，在工作区绘制如图10-151所示的图形；在第16帧插入关键帧，在工作区绘制如图10-152所示的图形；在第17帧插入关键帧，在工作区绘制如图10-153所示的图形。

图10-143　元件“soldier1”

图10-144　元件“soldier1”

图10-145　元件“soldier1”

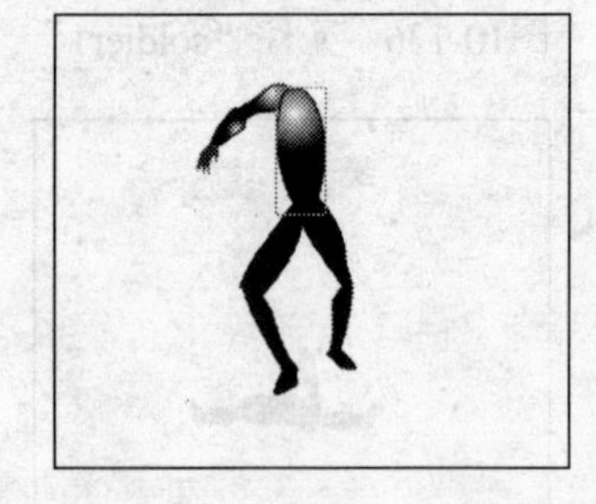

图10-146　元件“soldier1”

图10-147　元件“soldier1”

图10-148　元件“soldier1”

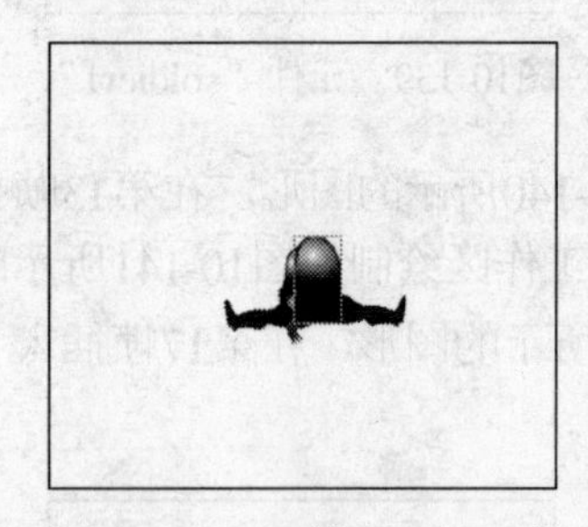

图10-149　元件“soldier1”

图10-150　元件“soldier1”

图10-151　元件“soldier1”

Step 74　在第18帧插入关键帧，在工作区绘制如图10-154所示的图形；在第47帧插入帧，在第48帧插入空白关键帧，在第55帧插入帧；在第56帧插入关键帧，在工作区绘制如图10-155所示的图形；在第57帧插入关键帧，在工作区绘制如图10-156所示的图形。

图10-152　元件“soldier1”

图10-153　元件“soldier1”

图10-154　元件“soldier1”

Step 75　增加图层6，在第9帧插入关键帧，将库中元件“enemy fire”拖入到工作区图形中枪口位置，如图10-157所示，在第13帧插入帧。

Step 76　增加图层7，在第6帧插入关键帧，在工作区绘制如图10-158所示的图形，在第13帧插入帧，在第14帧插入关键帧；在第15帧插入关键帧，在工作区绘制如图10-159所示的图形；在第16帧插入关键帧，在工作区绘制如图10-160所示的图形；在第17帧插入关键帧，在工作区绘制如图10-161所示的图形。

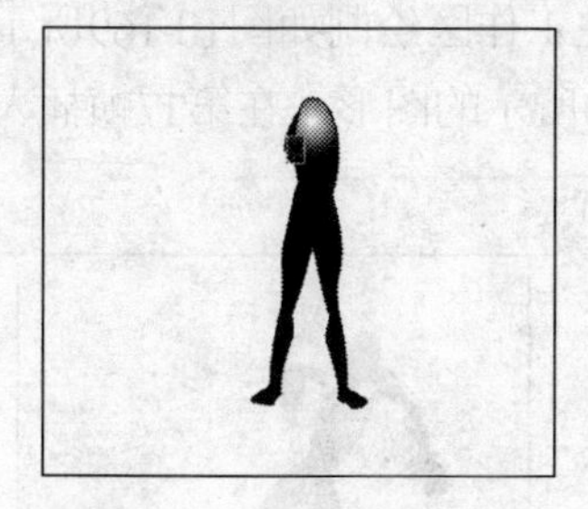

图10-155 元件“soldier1”

图10-156 元件“soldier1”

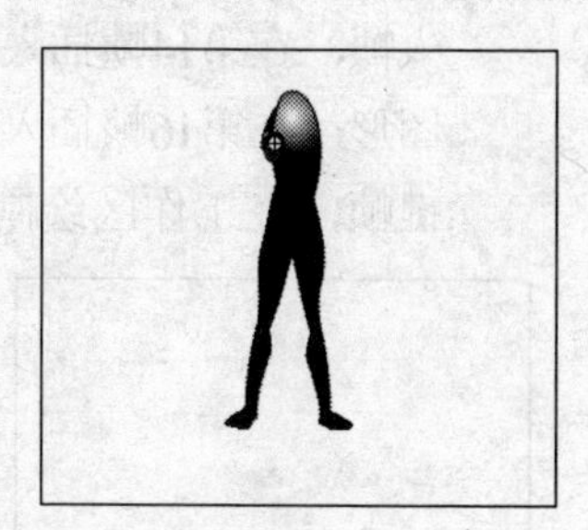

图10-157 元件“soldier1”

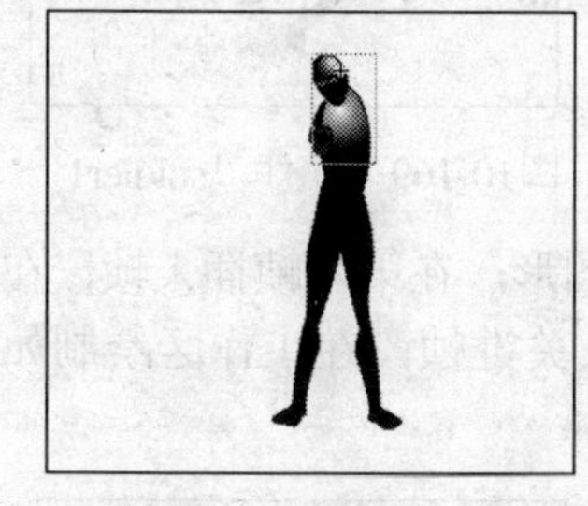

图10-158 元件“soldier1”

图10-159 元件“soldier1”

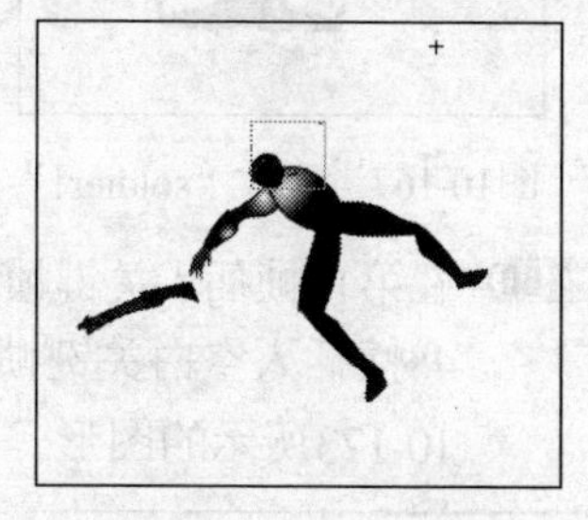

图10-160 元件“soldier1”

Step 77 在第18帧插入关键帧，在工作区绘制如图10-162所示的图形；在第47帧插入帧，在第48帧插入空白关键帧，在第55帧插入帧；在第56帧插入关键帧，在工作区绘制如图10-163所示的图形。

图10-161 元件“soldier1”

图10-162 元件“soldier1”

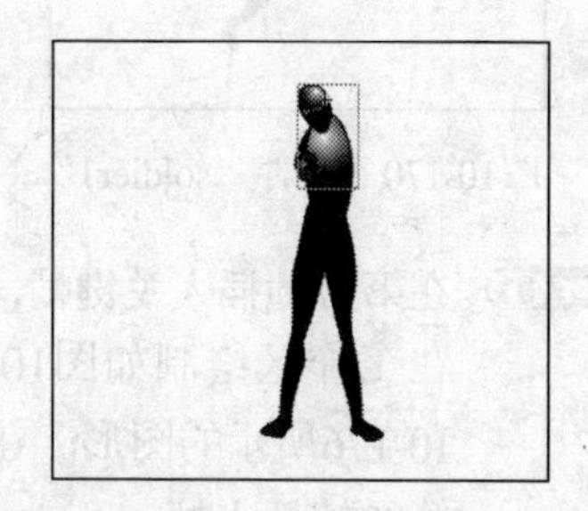

图10-163 元件“soldier1”

Step 78 在第57帧插入关键帧，在工作区绘制如图10-164所示的图形；在第58帧插入关键帧，在工作区绘制如图10-165所示的图形；在第59帧插入关键帧，在工作区绘制如图10-166所示的图形；在第60帧插入关键帧，在工作区绘制如图10-167所示的图形；在第89帧插入帧。

图10-164 元件“soldier1”

图10-165 元件“soldier1”

图10-166 元件“soldier1”

Step 79 增加图层8，在第6帧插入关键帧，在工作区绘制如图10-168所示的图形，在第13帧插入帧，在第14帧插入关键帧；在第15帧插入关键帧，在工作区绘制如图10-169所示的图形；在第16帧插入关键帧，在工作区绘制如图10-170所示的图形；在第17帧插入关键帧，在工作区绘制如图10-171所示的图形。

图10-167 元件“soldier1”

图10-168 元件“soldier1”

图10-169 元件“soldier1”

Step 80 在第18帧插入关键帧，在工作区绘制如图10-172所示的图形；在第47帧插入帧，在第48帧插入空白关键帧，在第55帧插入帧；在第56帧插入关键帧，在工作区绘制如图10-173所示的图形。

图10-170 元件“soldier1”

图10-171 元件“soldier1”

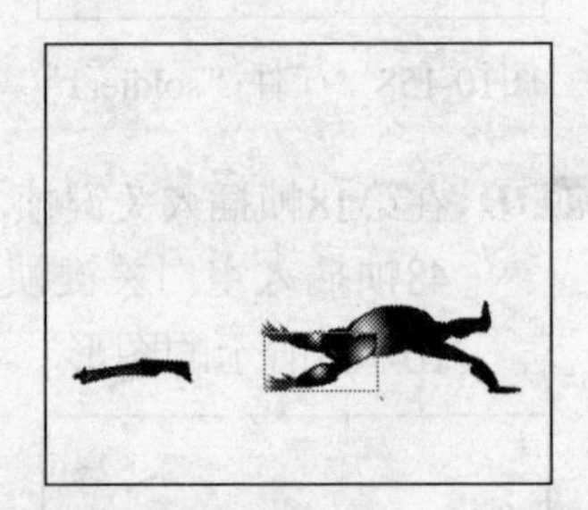

图10-172 元件“soldier1”

Step 81 在第57帧插入关键帧，在工作区绘制如图10-174所示的图形；在第58帧插入关键帧，在工作区绘制如图10-175所示的图形；在第59帧插入关键帧，在工作区绘制如图10-176所示的图形；在第60帧插入关键帧，在工作区绘制如图10-177所示的图形；在第89帧插入帧。

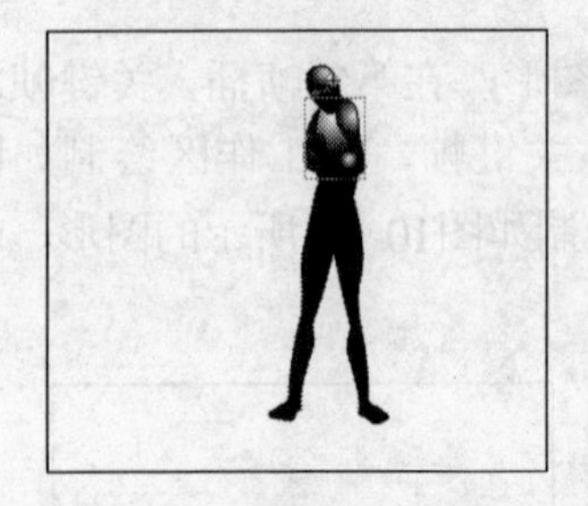

图10-173 元件“soldier1”

图10-174 元件“soldier1”

图10-175 元件“soldier1”

Step 82 增加图层9，在第15帧插入关键帧，在工作区绘制如图10-178所示的图形；在第16帧插入关键帧，在工作区绘制如图10-179所示的图形；在第17帧插入关键帧，在工作区绘制如图10-180所示的图形；在第18帧插入关键帧，在工作区绘制如图10-181所示的图形。

图10-176 元件“soldier1”

图10-177 元件“soldier1”

图10-178 元件“soldier1”

图10-179 元件“soldier1”

图10-180 元件“soldier1”

图10-181 元件“soldier1”

Step 83 在第47帧插入帧，在第48帧插入空白关键帧，在第55帧插入帧；在第57帧插入关键帧，在工作区绘制如图10-182所示的图形；在第58帧插入关键帧，在工作区绘制如图10-183所示的图形；在第59帧插入关键帧，在工作区绘制如图10-184所示的图形；在第60帧插入关键帧，在工作区绘制如图10-185所示的图形；在第89帧插入帧。

图10-182 元件“soldier1”

图10-183 元件“soldier1”

图10-184 元件“soldier1”

Step 84 增加图层10，在第6帧插入关键帧，将库中元件“target_button”拖入到工作区，如图10-186所示，在第13帧插入帧。

Step 85 增加图层11，在第2帧插入关键帧，在工作区绘制如图10-187所示的图形；在第5帧插入关键帧，将库中图形向左移动一小段距离。

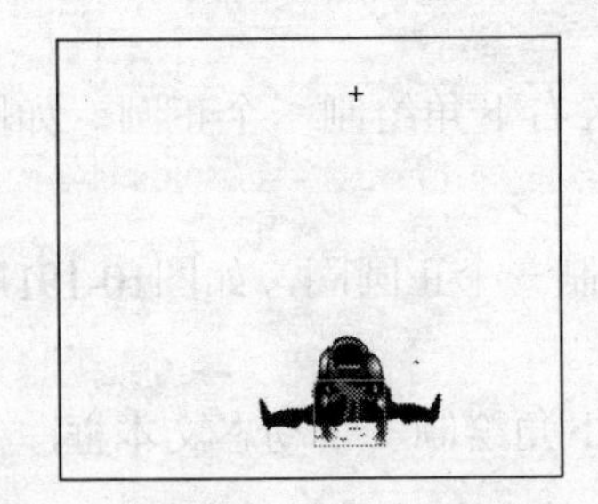
图10-185 元件“soldier1”

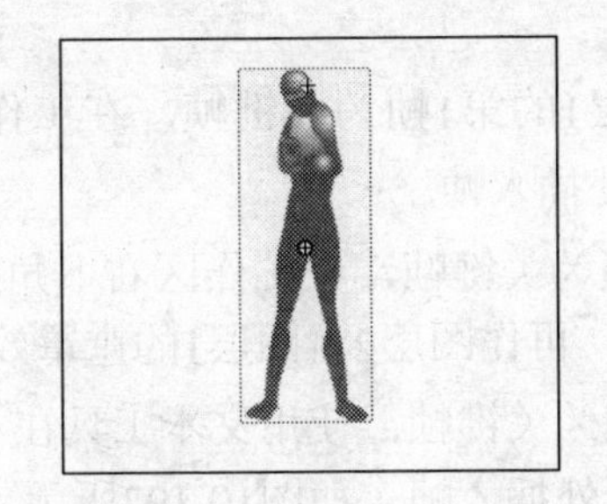
图10-186 元件“target_button”

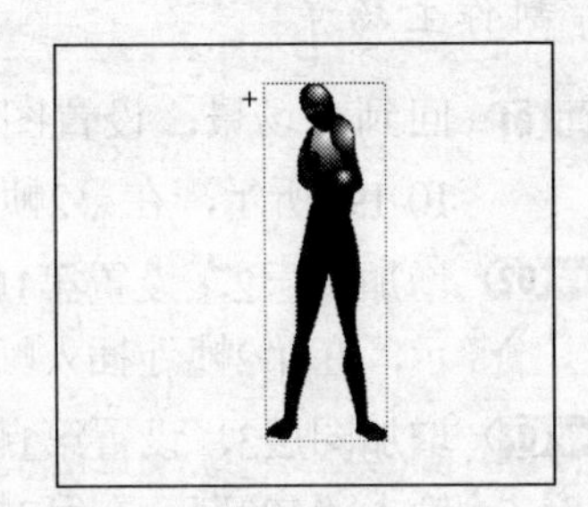
图10-187 元件“soldier1”

Step 86 在第49帧插入关键帧，在工作区绘制如图10-188所示的图形，在第50帧插入空白关键帧；复制第49、50帧粘贴到第51、52、53、54帧。

Step 87 在第91帧插入关键帧，在工作区绘制如图10-189所示的图形，在第92帧插入空白关键帧；复制第91、92帧粘贴到第93、94、95、96帧。

图10-188 元件“soldier1”

图10-189 元件“soldier1”

Step 88 增加图层12，设置第1帧为关键帧，添加Action：gambler = 0;gotoAndPlay("revive");在第2帧处插入空白关键帧，设置帧标签“enter”；在第6帧处插入空白关键帧，设置帧标签“loop”，并添加Action：gambler = random(20);if (gambler == 10){gotoAndPlay ("fire");}；在第7帧处插入关键帧，添加Action：gotoAndPlay("loop")，在第8帧处插入帧。

Step 89 在第9帧处插入空白关键帧，设置帧标签“fire”，在第12帧处插入帧；在第13帧处插入关键帧，添加Action：gotoAndPlay("loop");在第14帧处插入空白关键帧，设置帧标签“hit”，添加Action：_root.score += _root.target;_root.bodyCount += 1。

Step 90 在第17帧处插入帧；在第18帧处插入关键帧，添加动作stop；在第53帧处插入帧，在第54帧处插入空白关键帧，添加Action：gambler = random(200);if (gambler == 100){gotoAndPlay ("enter");}。

Step 91 在第55帧处插入空白关键帧，添加Action：gotoAndPlay("revive")；在第56帧处插入空白关键帧，设置帧标签“hit2”，添加Action：_root.score += _root.target;_root.body-Count += 1；在第59帧处插入帧。

Step 92 在第60帧处插入空白关键帧，添加动作stop；在第96帧处插入空白关键帧，设置帧标签“revive2”，添加Action：gambler = random(200);if (gambler == 100){gotoAndPlay ("enter");}；在第97帧处插入空白关键帧，添加Action：gotoAndPlay("revive2")。

2. 制作主场景

Step 01 回到主场景，设置图层1的第1帧为关键帧，在工作区右下角绘制一个正圆，如图10-190所示，在第2帧处插入帧。

Step 02 增加图层2，设置第1帧为关键帧，在工作区右下角绘制一个正圆圈，如图10-191所示，在第2帧处插入帧。再作图层2对图层1的遮罩效果。

Step 03 增加图层3，设置第1帧为关键帧，使用文本工具在右下角绘制一个动态文本框，并输入“100”，在第2帧处插入帧，如图10-192所示。

图10-190 绘制的正圆

图10-191 绘制的正圆

Step 04 增加图层4，设置第1帧为关键帧，使用文本工具在右下角输入文字“Loading”，如图10-193所示，在第2帧处插入帧；在第3帧处插入关键帧，将库中元件“target_button”拖入工作区，再输入文字“Play”，如图10-194所示。

图10-192 输入“100”

图10-193 输入文字“Loading”

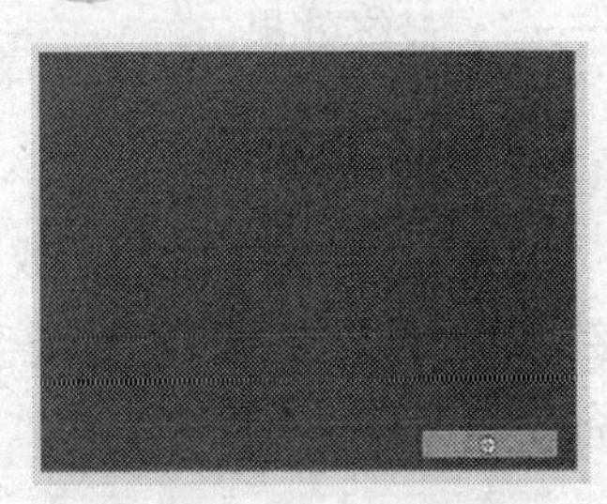

图10-194 元件“target_button”

Step 05 增加图层5，设置第1帧为关键帧，使用文本工具在左上角输入文字“Rogue's Gallery”，如图10-195所示，在第3帧处插入帧。

Step 06 增加图层6，设置第1帧为关键帧，在主场景的工作区输入游戏的简单介绍和一些说明文字，再添加三个功能按钮，如图10-196所示。

Step 07 增加图层7，分别在第1、2、3帧处插入空白关键帧，并分别添加如下所示Action：

第1个空白关键帧处Action：

```
Mouse.show( );
loadStatus = Math.round(_level0.getBytesLoaded( )/_level0.getBytesTotal( )*100);
loader._xscale = loadStatus;
loader._yscale = loadStatus;
if(loadStatus == 100) {
        gotoAndStop("ready");
}
```

第2个空白关键帧处Action：

```
gotoAndPlay("loop");
```

第3个空白关键帧处Action：

```
stop( );
```

图10-195 文字“Rogue's Gallery”

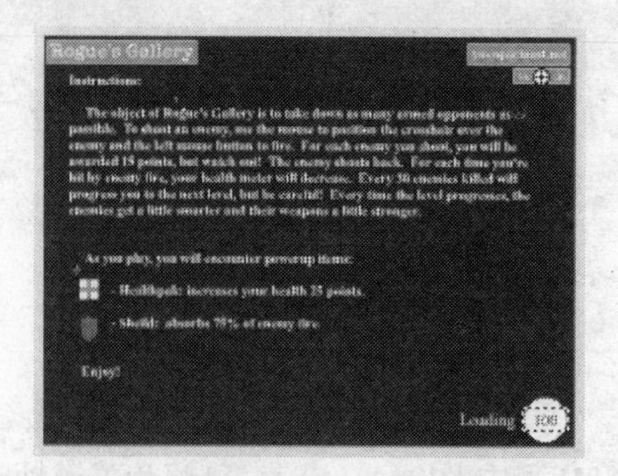

图10-196 主场景的工作区

Step 08 执行“文件”|“保存”命令，保存文档，然后按下“Ctrl+Enter”组合键，即可欣赏最终效果。

知识总结

Flash中控制动画的播放和停止、控制动画中音效的大小、指定鼠标动作、实现网页的链接、制作精彩游戏以及创建交互的网页等操作，都可以用ActionScript语言来实现。目前它已经成为Flash中不可缺少的重要组成部分之一，是Flash强大交互功能的核心。

涂鸦板 Example 02

实例效果

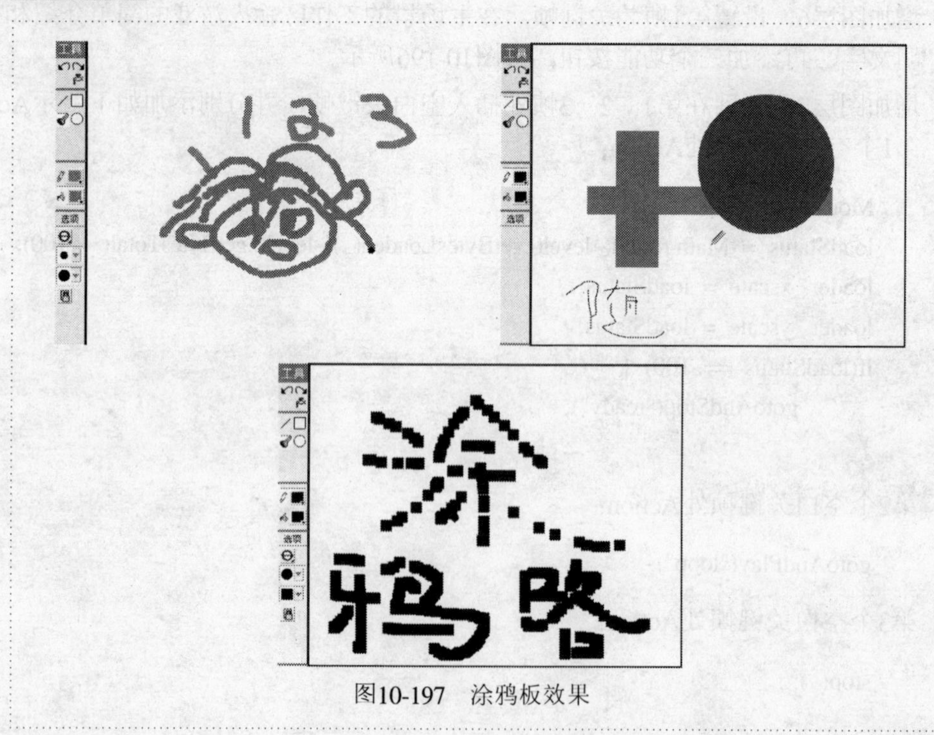

图10-197 涂鸦板效果

实例介绍

本实例将制作一个涂鸦板的Flash游戏动画效果。

制作分析

本实例主要使用创建元件功能与ActionScript技术来制作。

制作步骤

本实例所使用素材文件及结果文件如下：

上机同步练习文件：		
素材路径	素材文件	
	结果文件	源文件与素材\结果\第10章\实例2\涂鸦板.fla

具体操作方法如下。

1. 创建元件

Step 01 新建一个Flash文档，在“文档属性”对话框中将场景大小设置为“550像素×400像素”，背景色设置为白色，帧频设置为12。

Step 02 创建一个按钮元件“brushbutton”，在“弹起”帧处插入关键帧，在工作区绘制如图10-198所示的图形，在“按下”帧处插入帧，在“点击”帧处插入关键帧，在工作区绘制如图10-199所示的图形。

图10-198 “弹起”帧处元件“brushbutton”

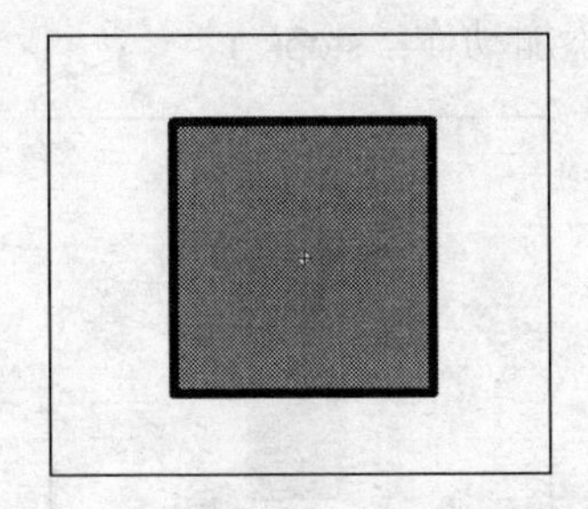

图10-199 “点击”帧处元件“brushbutton”

Step 03 创建一个影片剪辑元件“brushcircle”，在工作区绘制一个20×20大小的黑色正圆。

Step 04 创建一个影片剪辑元件“brushcurrentscale”，在第1帧处插入关键帧，在工作区绘制一个2×2大小的黑色正圆，在第2帧处插入关键帧，将正圆拖放大到5×5，在第3帧处插入关键帧，将正圆拖放大到10×10，在第4帧处插入关键帧，将正圆拖放大到15×15，在第5帧处插入关键帧，将正圆拖放大到20×20，在第1个关键帧处添加动作：stop( )。

Step 05 创建一个影片剪辑元件“brushcurrentshape”，在第1帧处插入关键帧，在工作区绘制一个15×15大小的黑色正圆，在第2帧处插入关键帧，在工作区绘制一个如图10-200所示的图形，在第3帧处插入关键帧，在工作区绘制一个如图10-201所示的图形，在第4帧处插入关键帧，在工作区绘制一个如图10-202所示的图形，在第5帧处插入关键帧，在工作区绘制一个如图10-203所示的图形，在第6帧处插入关键帧，在工作区绘制一个如图10-204所示的图形，在第1个关键帧处添加动作：stop( )。

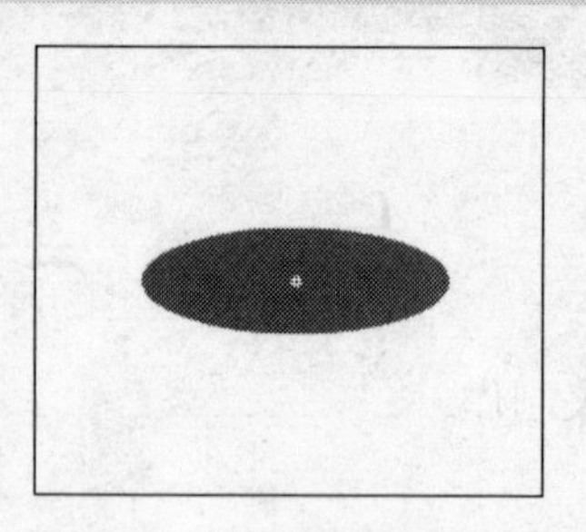

图10-200　元件“brushcurrentshape”

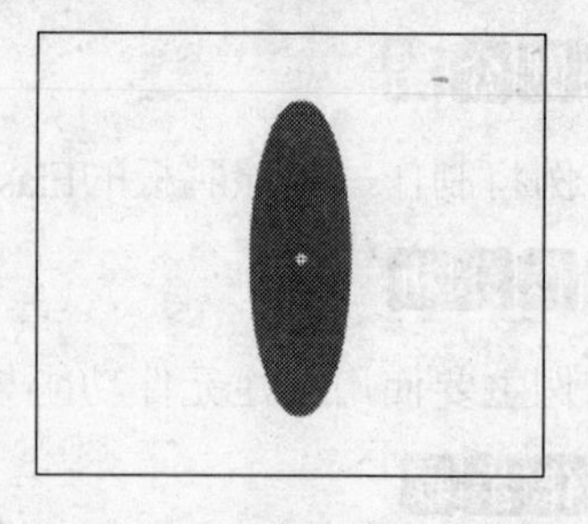

图10-201　元件“brushcurrentshape”

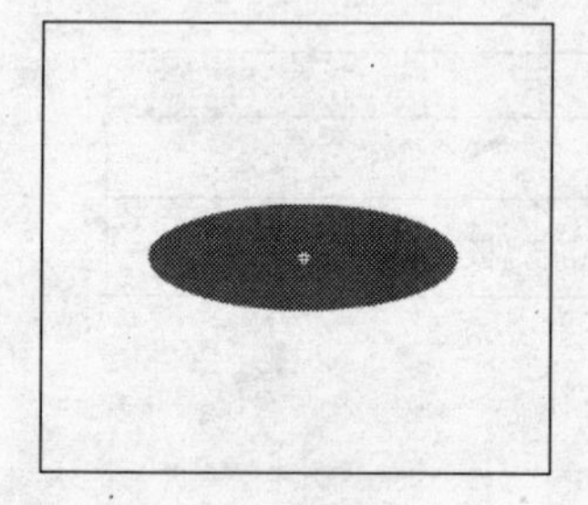

图10-202　元件“brushcurrentshape”

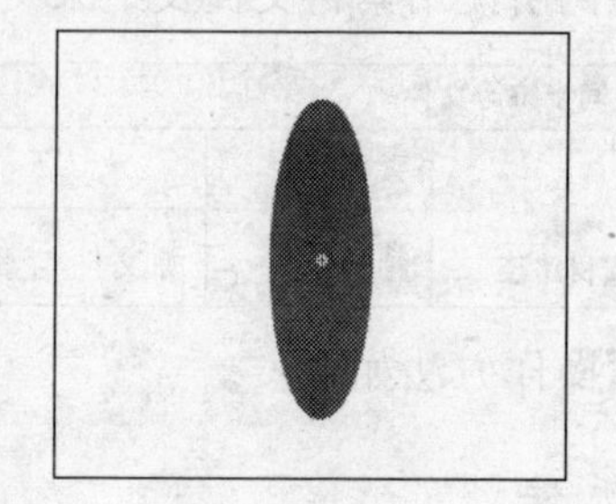

图10-203　元件“brushcurrentshape”

Step 06 创建一个影片剪辑元件“brushmc”，在图层1的第1帧处插入关键帧，在工作区绘制一个36×36大小的如图10-205所示的淡黄色正方形，在第2帧处插入关键帧，在工作区绘制一个如图10-206所示的图形。增加图层2，设置第1帧为关键帧，将库中元件“brushbutton”拖入工作区，如图10-207所示，在第2帧处插入帧，在第1个关键帧处添加动作：stop( )。

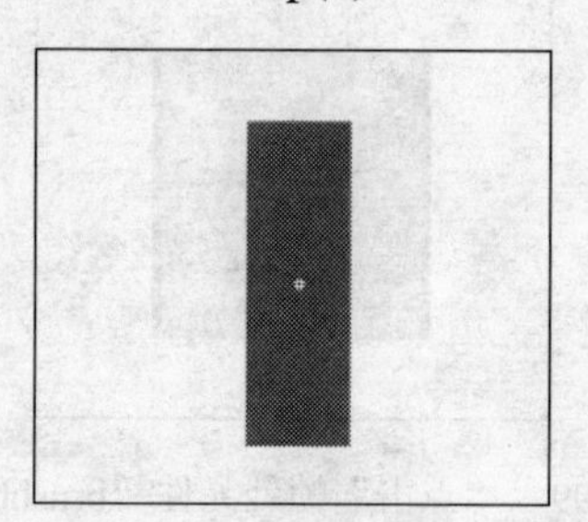

图10-204　元件“brushcurrentshape”

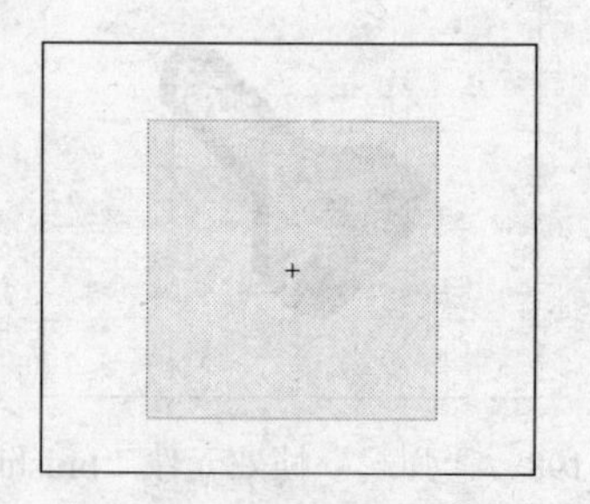

图10-205　元件“brushmc”

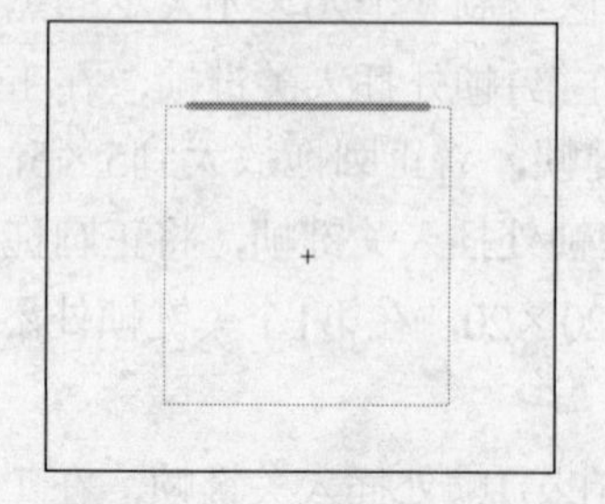

图10-206　元件“brushmc”

图10-207　元件“brushbutton”

Step 07 新建一个文件夹“brushscalebuttons”，里面装有按钮元件“brushscale1”、“brushscale2”、“brushscale3”、“brushscale4”、“brushscale5”。

Step 08 创建一个按钮元件“brushscale1”，在“弹起”帧处插入关键帧，在工作区绘制一个2×2大小的黑色正圆，增加图层2，在“指针经过”帧处插入关键帧，在工作区绘制一个32×16大小的矩形，在图层1插入关键帧，并将黑色正圆改变为白色正圆，如图10-208所示；再在图层1的“按下”帧处插入帧，在图层2的“点击”帧处插入帧。

Step 09 根据同样的方法制作按钮元件“brushscale2”、“brushscale3”、“brushscale4”、“brushscale5”，需要作改动的是把按钮元件“brushscale2” 中图层1的圆的大小改为5×5，“brushscale3”中图层1的圆的大小改为10×10，“brushscale4”中图层1的圆的大小改为15×15，“brushscale5”中图层1的圆的大小改为20×20。

Step 10 创建一个影片剪辑元件“brushscalemenu”，将库中按钮元件“brushscale1”、“brushscale2”、“brushscale3”、“brushscale4”、“brushscale5”拖入到工作区，按如图10-209所示摆放，并在其外绘制一黑色矩形框。

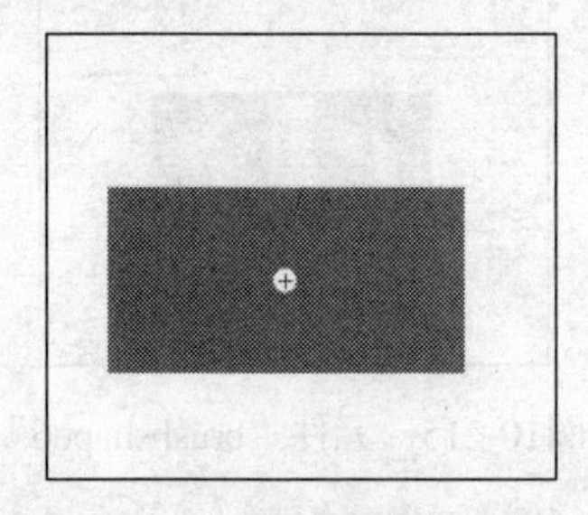

图10-208 “指针经过”帧处元件“brushscale1”

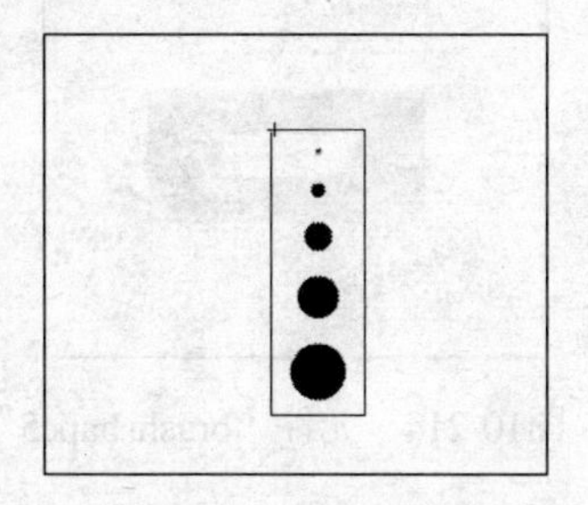

图10-209 元件“brushscalemenu”

Step 11 新建一个文件夹“brushshapebuttons”，里面装有按钮元件“brushshape1”、“brushshape2”、“brushshape3”、“brushshape4”、“brushshape5”、“brushshape6”。

Step 12 创建一个按钮元件“brushshape1”，在“弹起”帧处插入关键帧，在工作区绘制一个15×15大小的黑色正圆，增加图层2，在“指针经过”帧处插入关键帧，在工作区绘制一个32×16大小的矩形，在图层1的“指针经过”帧处插入关键帧，并将黑色正圆改变为白色正圆，如图10-210所示；再在图层1和图层2的“点击”帧处插入帧。

Step 13 根据同样的方法制作按钮元件“brushshape2”、“brushshape3”、“brushshape4”、“brushshape5”、“brushshape6”，需要作改动的是把按钮元件“brushshape2”中图层1的圆改为15×5大小的椭圆，如图10-211所示；“brushshape3”中图层1的圆改为5×15大小的椭圆，如图10-212所示；“brushshape4”中图层1的圆改为15×15的正方形，如图10-213所示；“brushshape5”中图层1的圆改为15×5的矩形，如图10-214所示；“brushshape6”中图层1的圆改为5×15的矩形，如图10-215所示。

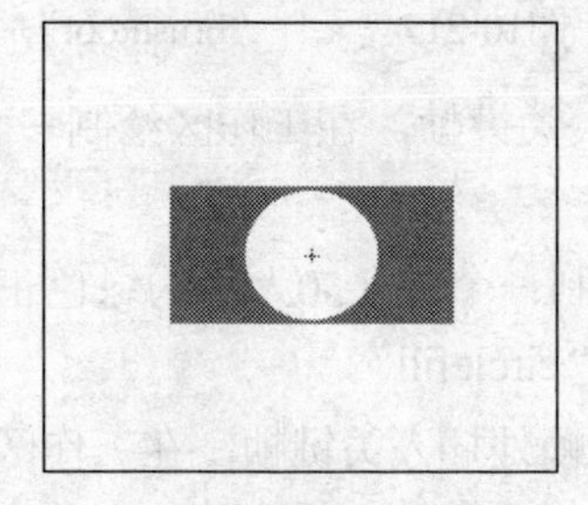

图10-210 “指针经过”帧处元件“brushshape1”

图10-211 元件“brushshape2”

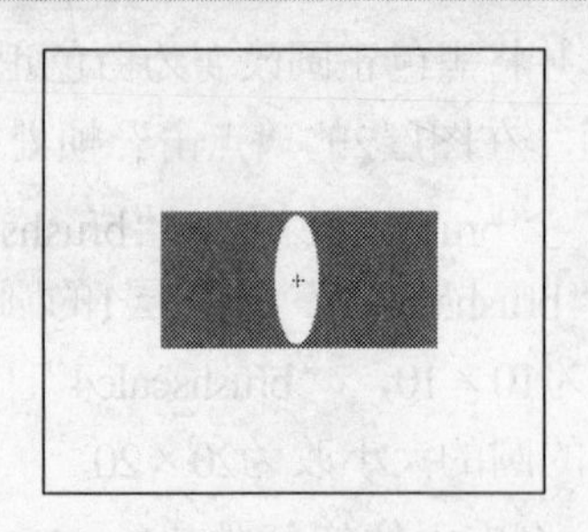

图10-212 元件“brushshape3”

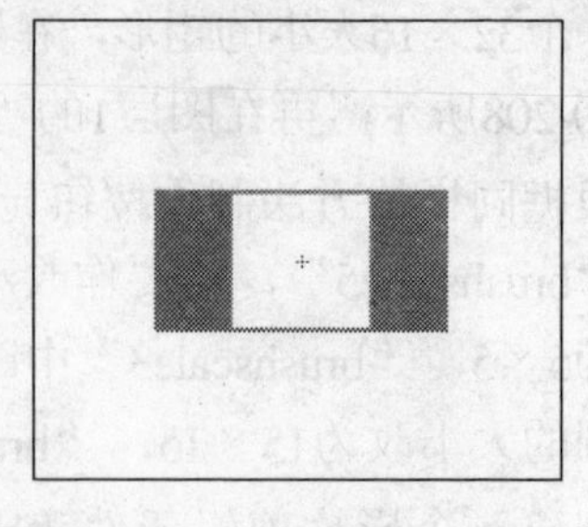

图10-213 元件“brushshape4”

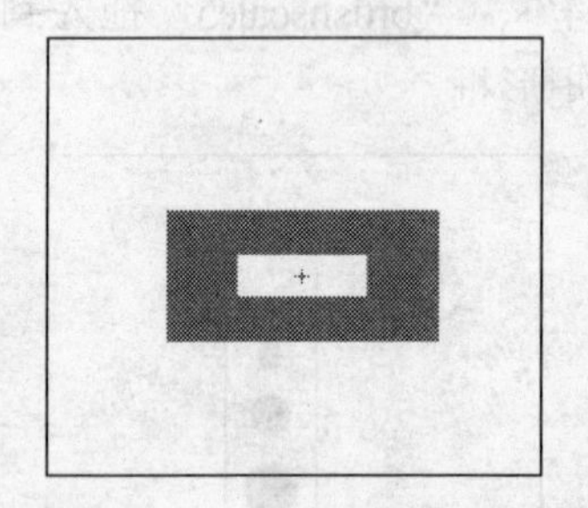

图10-214 元件“brushshape5”

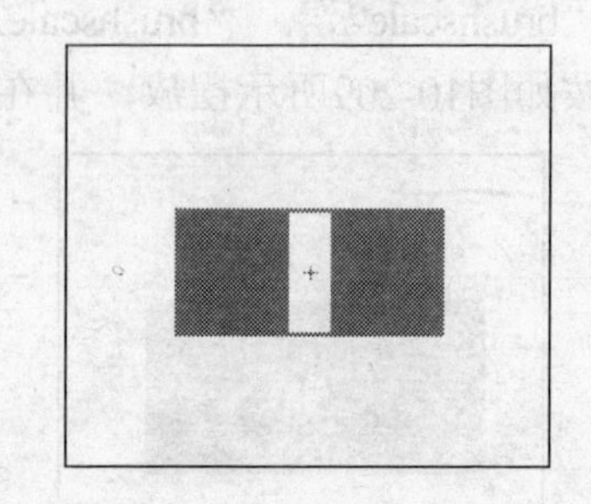

图10-215 元件“brushshape6”

Step 14 创建一个影片剪辑元件“brushshapemenu”，将库中按钮元件“brushshape1”、“brushshape2”、“brushshape3”、“brushshape4”、“brushshape5”、“brushshape6”拖入到工作区，按如图10-216所示摆放，并在其外绘制一黑色矩形框。

Step 15 创建一个影片剪辑元件“brushsquare”，在工作区绘制一个20×20大小的黑色正方形。

Step 16 创建一个影片剪辑元件“brushtool”，设置第1帧为关键帧，在工作区绘制如图10-217所示的图形；设置第2帧为关键帧，在工作区绘制如图10-218所示的图形，并在第1帧处添加动作：stop( )。

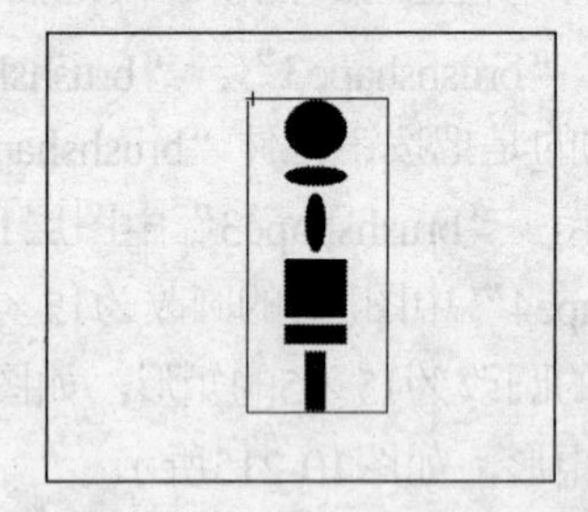

图10-216 元件“brushshapemenu”

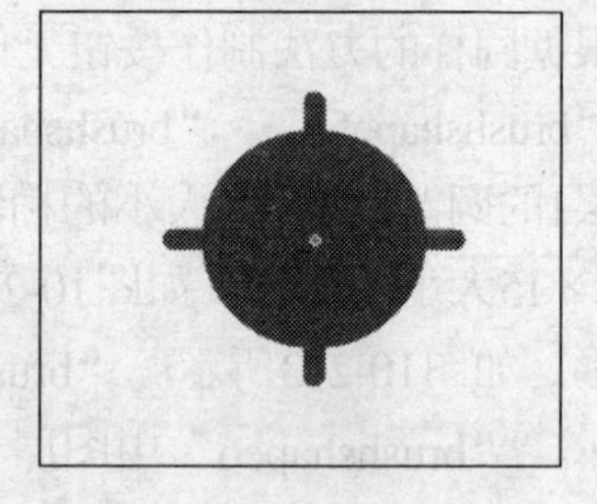

图10-217 元件“brushtool”

Step 17 创建一个按钮元件“cb”，在“弹起”帧处插入关键帧，在工作区绘制一个9.5×9.5大小的红色正方形，如图10-219所示。

Step 18 创建一个影片剪辑元件“circle”，在工作区绘制一个50×50大小的绿色正圆，如图10-220所示，在属性面板为其命名为影片剪辑“circlefill”。

Step 19 创建一个按钮元件“circlebutton”，在“弹起”帧处插入关键帧，在工作区绘制一个30×30大小的白色正圆，如图10-221所示。在“按下”帧处插入帧，在“点击”帧处插入关键帧，将圆的白色改为深绿色，如图10-222所示。

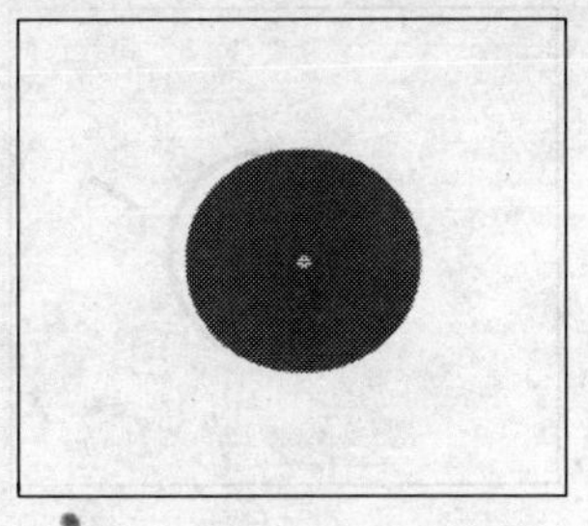
图10-218 元件“brushtool”

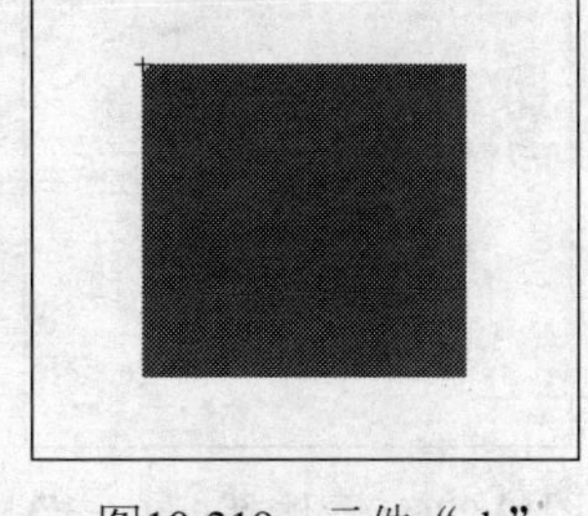
图10-219 元件“cb”

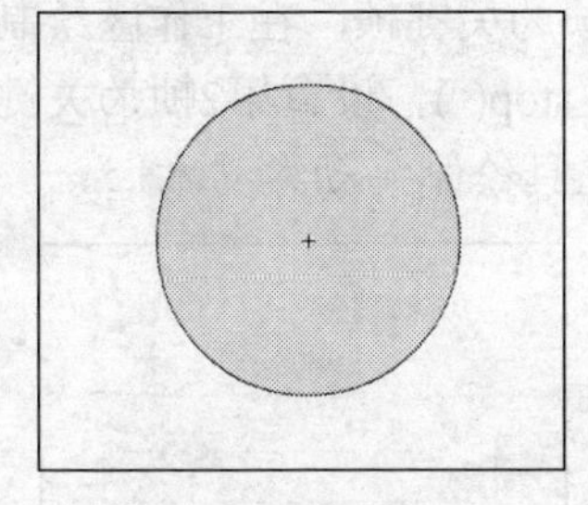
图10-220 元件“circle”

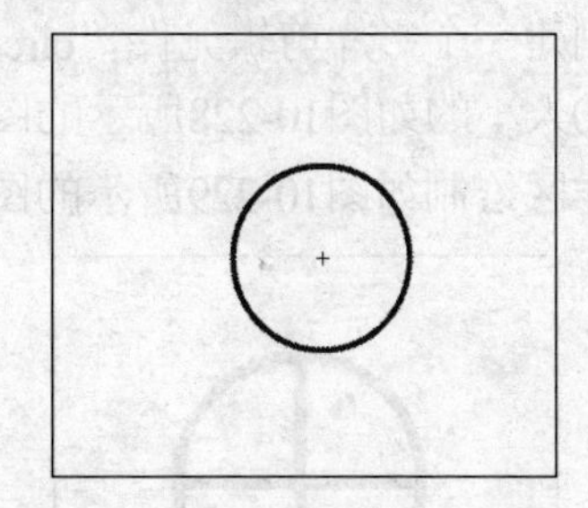
图10-221 元件“circlebutton”

Step 20 创建一个影片剪辑元件“circlefill”，在工作区绘制一个50×50大小的没有边框的绿色正圆，如图10-223所示。

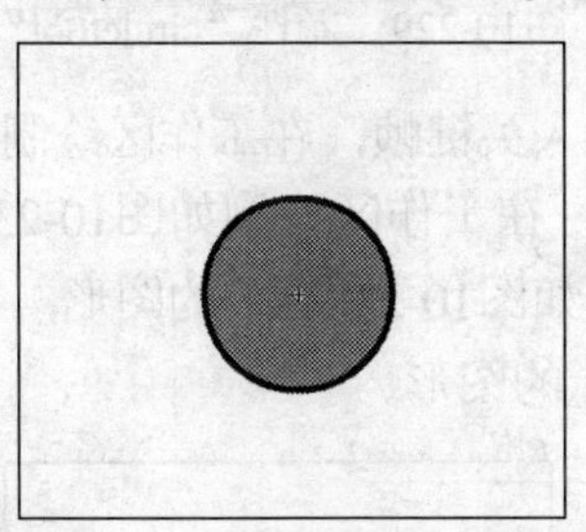
图10-222 元件“circlebutton”

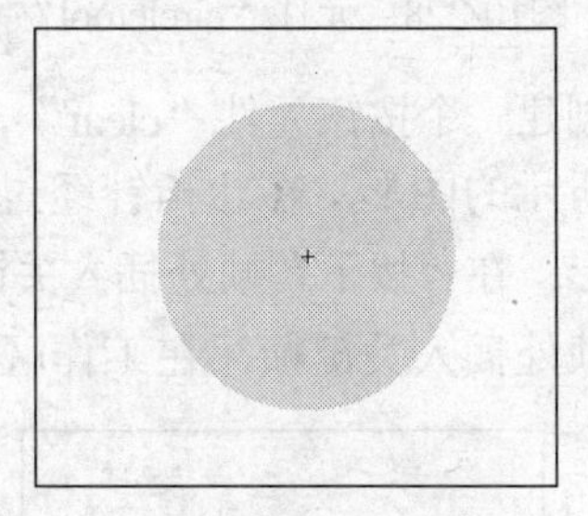
图10-223 元件“circlefill”

Step 21 创建一个影片剪辑元件“circleline”，在工作区绘制一个50×50大小的黑色边框的正圆形，如图10-224所示。

Step 22 创建一个影片剪辑元件“circlemc”，将图层1的第1帧设为关键帧，在工作区绘制一个36×36大小的如图10-225所示圆角矩形，添加动作：stop( )。设置第2帧为关键帧，在工作区绘制一个如图10-226所示的图形。

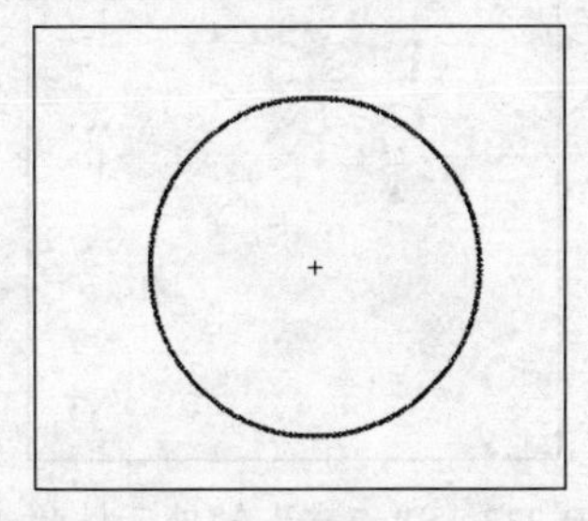
图10-224 元件“circleline”

图10-225 元件“circlemc”

Step 23 增加图层2，设置第1帧为关键帧，将库中元件“circlebutton”拖入到工作区，如图10-227所示。

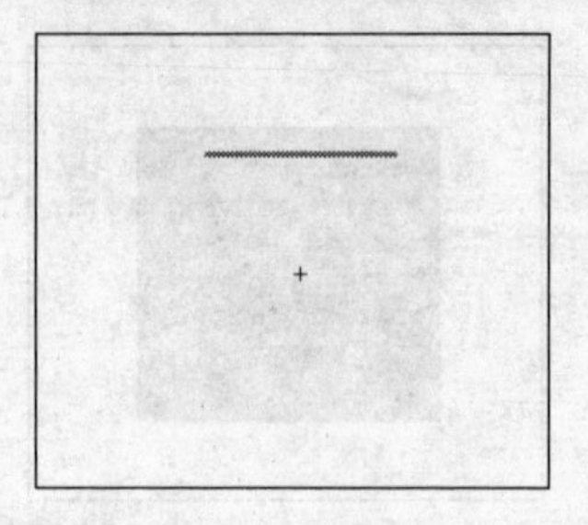

图10-226 元件“circlemc”

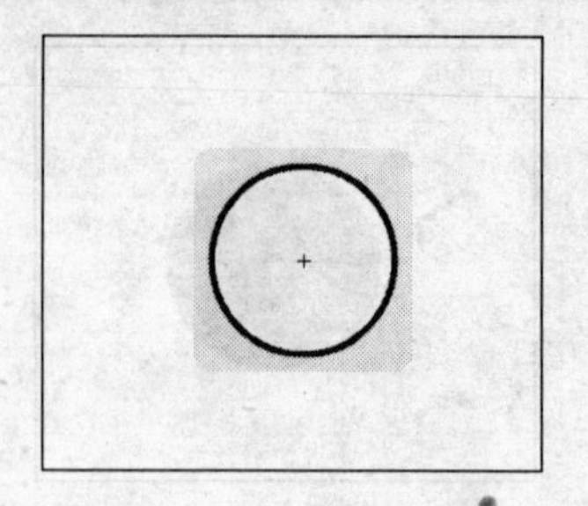

图10-227 元件“circlebutton”

Step 24 创建一个影片剪辑元件“circletool”，设置第1帧为关键帧，在工作区绘制一个20×20大小的如图10-228所示的图形，并添加动作：stop( )。设置第2帧为关键帧，在工作区绘制如图10-229所示的图形，并使用文本工具绘制一动态文本框。

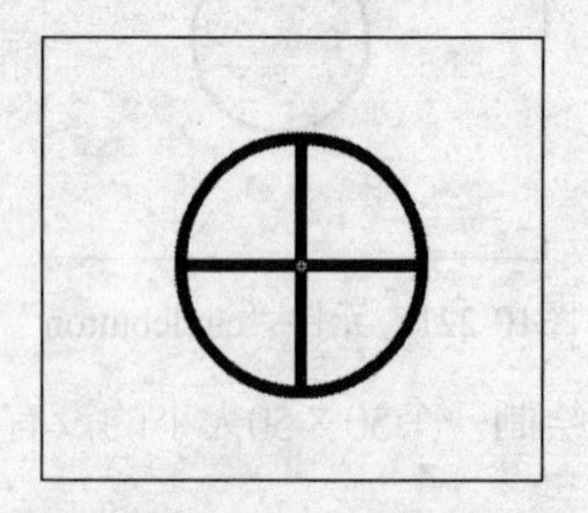

图10-228 元件“circletool”

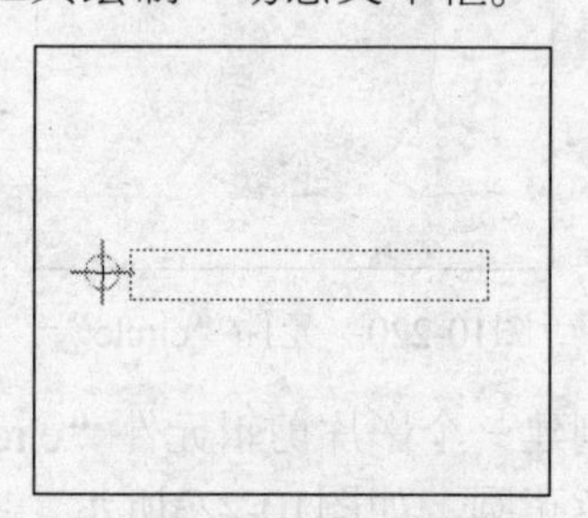

图10-229 元件“circletool”

Step 25 创建一个按钮元件“clear”，在“弹起”帧处插入关键帧，在工作区绘制如图10-230所示的图形，在“指针经过”帧处插入关键帧，在工作区绘制如图10-231所示的图形，在“按下”帧处插入关键帧，在工作区绘制如图10-232所示的图形，在“点击”帧处插入关键帧，在工作区绘制如图10-233所示的图形。

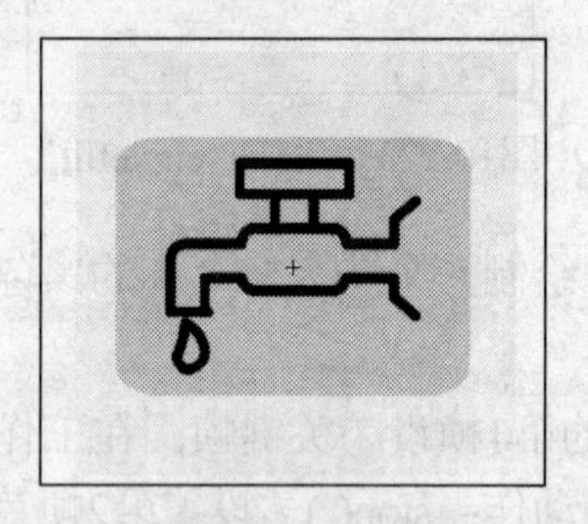

图10-230 “弹起”帧处元件“clear”

图10-231 “指针经过”帧处元件“clear”

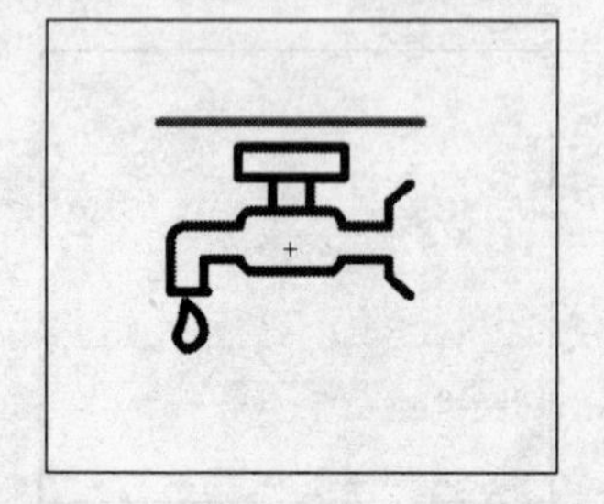

图10-232 “按下”帧处元件“clear”

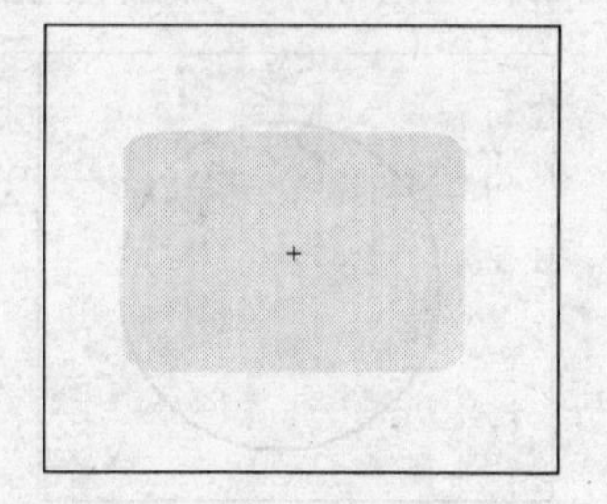

图10-233 “点击”帧处元件“clear”

Step 26 创建一个影片剪辑元件“colorarea”，在工作区绘制一个38.5×16.5大小的白色矩形。

Step 27 创建一个按钮元件“colormodebutton”，在“弹起”帧处插入关键帧，在工作区绘制18×18大小如图10-234所示的图形，在“指针经过”帧处插入关键帧，在工作区绘制18×18大小如图10-235所示的图形，在“点击”帧处插入帧。

图10-234　元件“colormodebutton”

图10-235　元件“colormodebutton”

Step 28 创建一个影片剪辑元件“colormodemc”，设置第1帧为空白关键帧，添加动作：stop( )。设置第2帧为关键帧，在工作区绘制如图10-236所示的图形。

Step 29 创建一个影片剪辑元件“colorpanel”，在工作区绘制如图10-237所示的颜色表图形。

图10-236　元件“colormodemc”

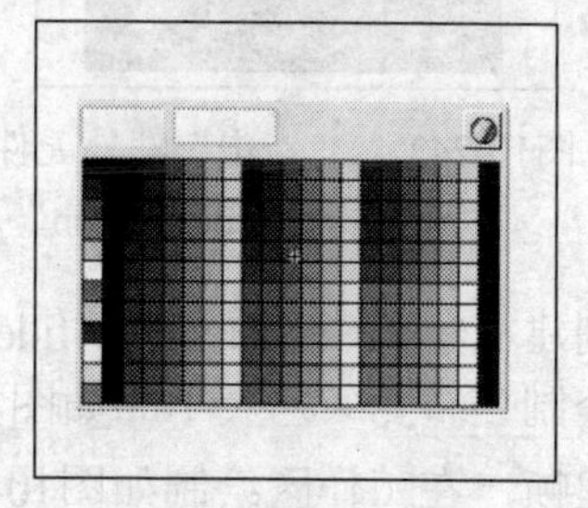
图10-237　元件“colorpanel”

Step 30 创建一个影片剪辑元件“colorpicpanel”，设置图层1的第1帧为关键帧，将库中元件“colorpanel”拖入到工作区，增加图层2，设置第1帧为关键帧，将库中元件“colormodebutton”拖入到工作区；增加图层3，设置第1帧为关键帧，使用文本工具在工作区绘制一动态文本框，如图10-238所示。

Step 31 创建一个影片剪辑元件“drawarea”，在工作区绘制如图10-239所示的500×390大小的矩形。

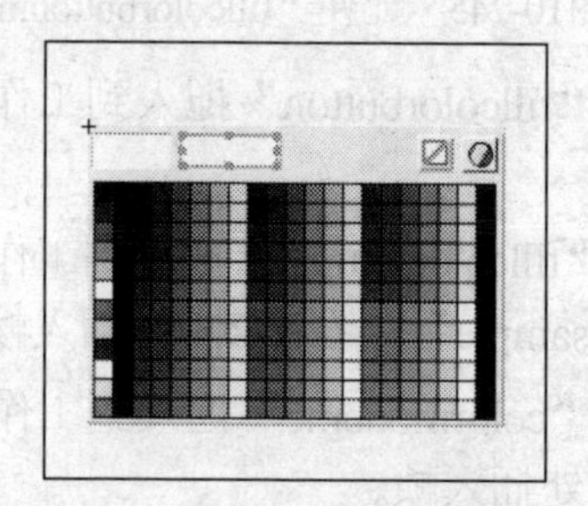
图10-238　元件“colorpicpanel”

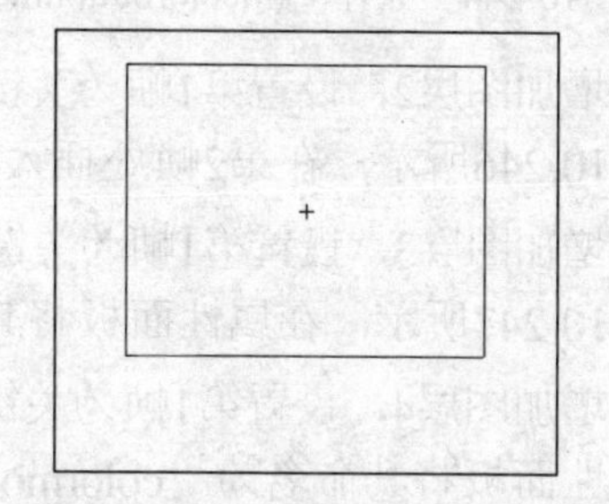
图10-239　元件“drawarea”

Step 32 创建一个按钮元件“fillcolorbutton”，在“弹起”帧处插入关键帧，在工作区绘制如图10-240所示的图形，在“按下”帧处插入关键帧，绘制如图10-241所示图形，在“点击”帧处插入帧，绘制如图10-242所示图形。

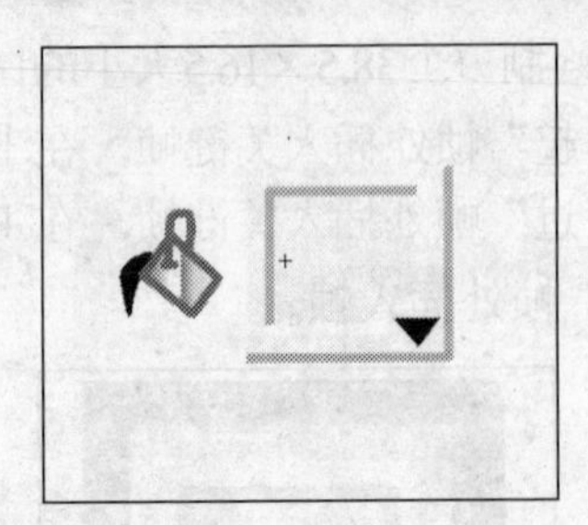

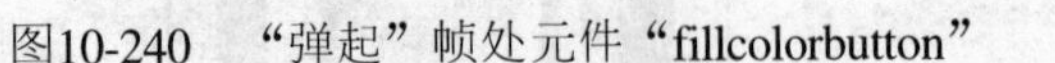

图10-240 “弹起”帧处元件“fillcolorbutton” 图10-241 “按下”帧处元件“fillcolorbutton”

Step 33 创建一个影片剪辑元件“fillcolorsample”，在工作区绘制如图10-243所示的16×14大小的图形。

图10-242 “点击”帧处元件“fillcolorbutton”

图10-243 元件“fillcolorsample”

Step 34 创建一个影片剪辑元件“fillcolorbuttonmc”，设置图层1的第1帧为关键帧，在工作区绘制一个38×25大小的如图10-244所示圆角矩形，添加动作stop( )。设置第2帧为关键帧，在工作区绘制如图10-245所示的图形。

图10-244 元件“fillcolorbuttonmc”

图10-245 元件“fillcolorbuttonmc”

Step 35 增加图层2，设置第1帧为关键帧，将库中元件“fillcolorbutton”拖入到工作区，如图10-246所示，在第2帧处插入帧。

Step 36 增加图层3，设置第1帧为关键帧，将库中元件“fillcolorsample”拖入到工作区，如图10-247所示，在属性面板将其命名为“fillcolorsample”，在第2帧处插入帧。

Step 37 增加图层4，设置第1帧为关键帧，将库中元件“colormodemc”拖入到工作区，在属性面板将其命名为“colormodemc”，在第2帧处插入帧。

Step 38 创建一个按钮元件“linebutton”，在“弹起”帧处插入关键帧，在工作区绘制如图10-248所示的倾斜45度的直线，在“按下”帧处插入帧，在“点击”帧处插入帧，绘制如图10-249所示图形。

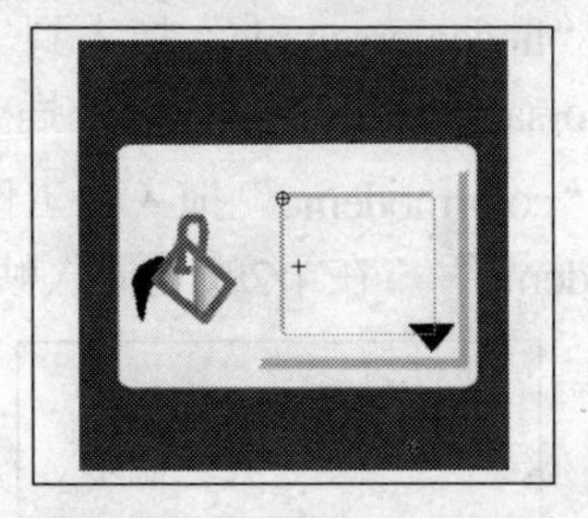

图10-246 元件“fillcolorbutton”

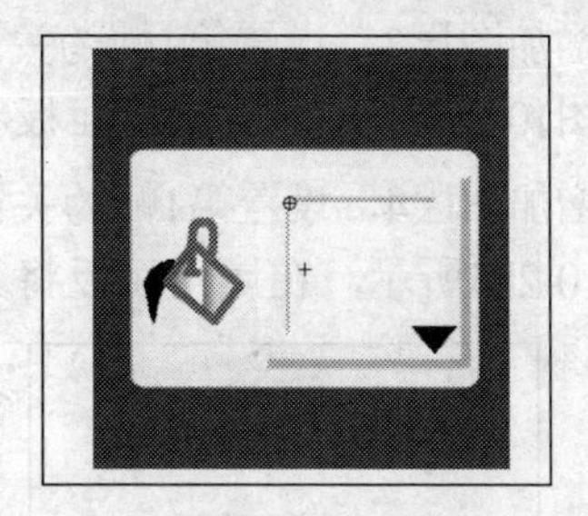

图10-247 元件“fillcolorsample”

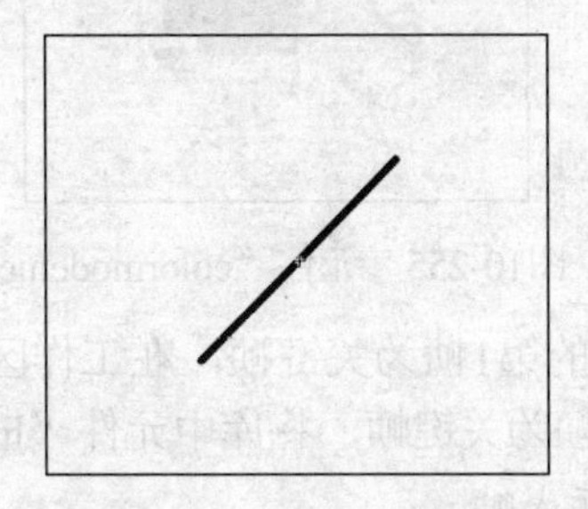

图10-248 “弹起”帧处元件“linebutton”

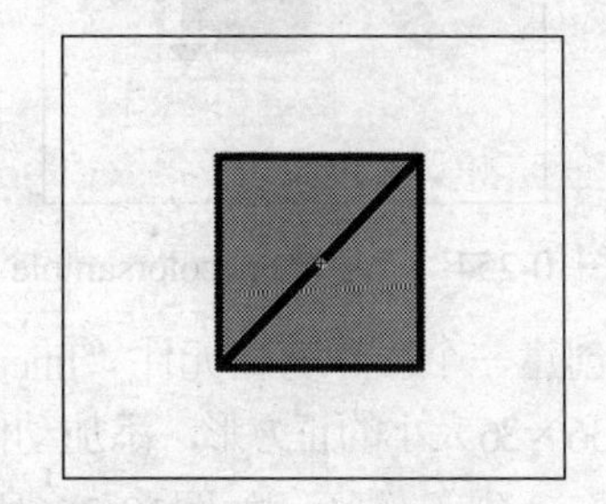

图10-249 “点击”帧处元件“linebutton”

Step 39 创建一个按钮元件“linecolorbutton”，在“弹起”帧处插入关键帧，在工作区绘制如图10-250所示的图形，在“按下”帧处插入帧，在“点击”帧处插入帧，绘制如图10-251所示图形。

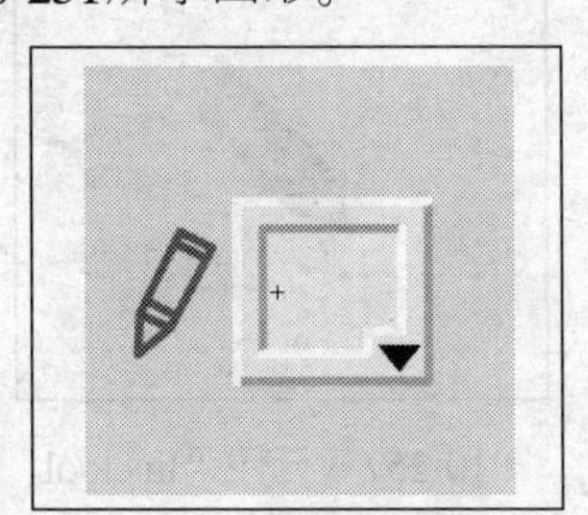

图10-250 “弹起”帧处元件“linecolorbutton”

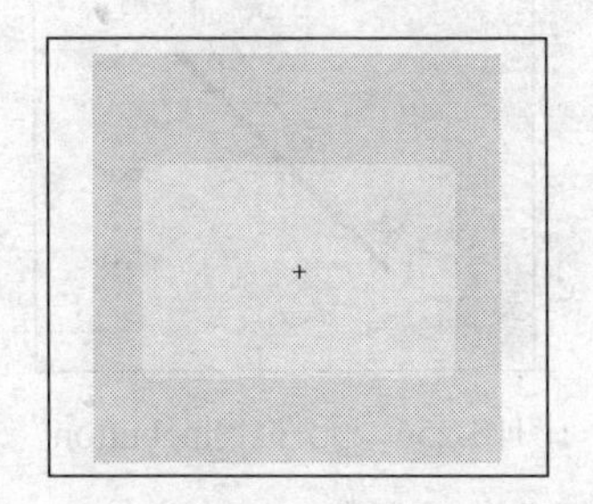

图10-251 “点击”帧处元件“linecolorbutton”

Step 40 创建一个影片剪辑元件“linecolorbuttonmc”，设置图层1的第1帧为关键帧，在工作区绘制一个38×25大小的圆角矩形，添加动作stop( )。设置第2帧为关键帧，在工作区绘制如图10-252所示的图形。

Step 41 增加图层2，设置第1帧为关键帧，将库中元件“linecolorbutton”拖入到工作区，如图10-253所示，在第2帧处插入帧。

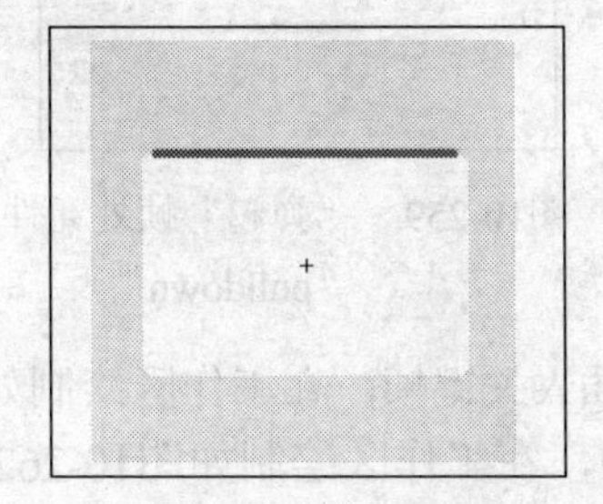

图10-252 元件“linecolorbuttonmc”

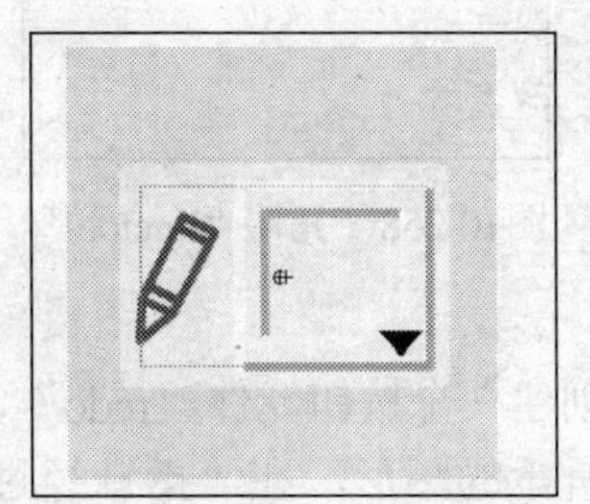

图10-253 元件“linecolorbutton”

Step 42 增加图层3，设置第1帧为关键帧，将库中元件“linecolorsample”拖入到工作区，如图10-254所示，在属性面板将其命名为“fillcolorsample”，在第2帧处插入帧。

Step 43 增加图层4，设置第1帧为关键帧，将库中元件“colormodemc”拖入到工作区，如图10-255所示，在属性面板将其命名为“colormodemc”，在第2帧处插入帧。

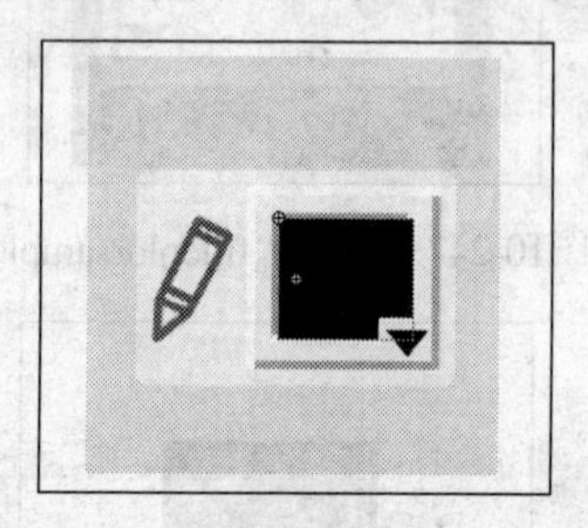

图10-254 元件“linecolorsample”

图10-255 元件“colormodemc”

Step 44 创建一个影片剪辑元件“linemc”，设置图层1的第1帧为关键帧，在工作区绘制一个36×36大小的正方形，添加动作stop( )。设置第2帧为关键帧，将库中元件“linebutton”拖入到工作区，如图10-256所示，在第2帧处插入帧。

Step 45 创建一个影片剪辑元件“linetool”，设置图层1的第1帧为关键帧，在工作区绘制如图10-257所示笔头图形，添加动作stop( )。设置第2帧为关键帧，在工作区绘制如图10-258所示的图形。

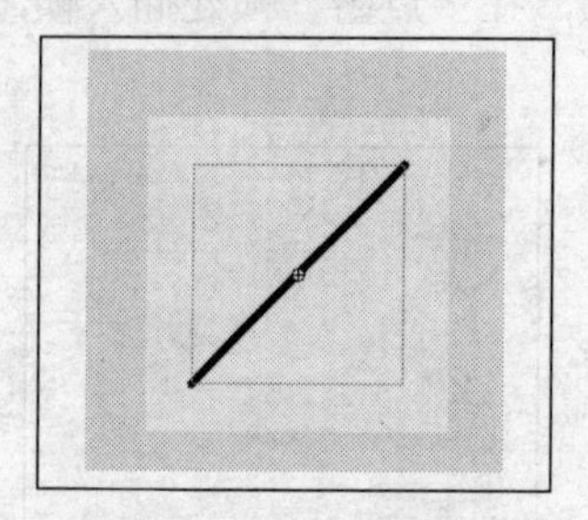

图10-256 元件“linebutton”

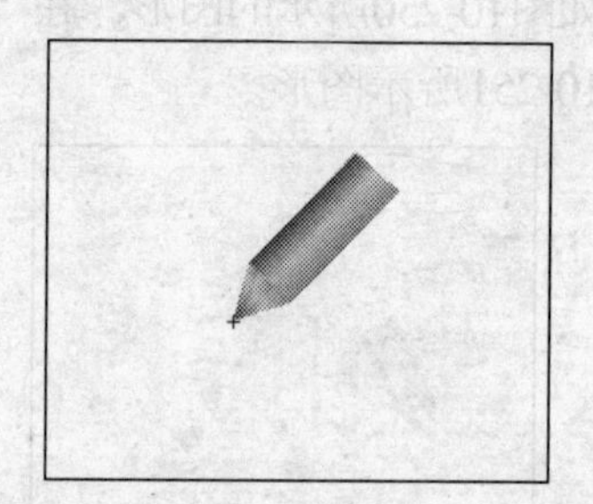

图10-257 元件“linetool”

Step 46 创建一个按钮元件“pulldown”，在“弹起”帧处插入关键帧，在工作区绘制如图10-259所示的图形，在“指针经过”帧处插入帧，在“按下”帧处插入帧，绘制如图10-260所示图形，在“点击”帧处插入帧。

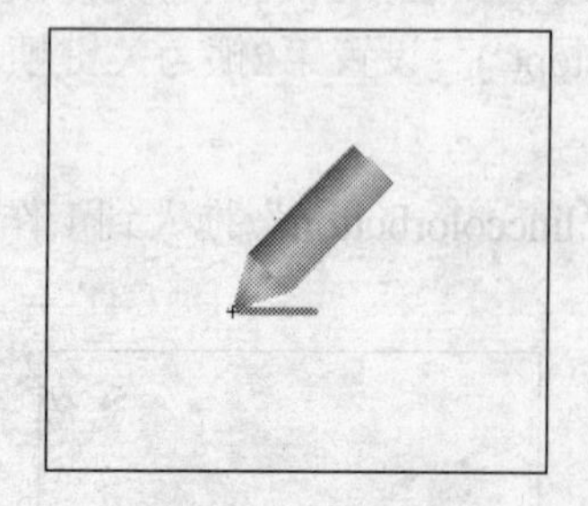

图10-258 元件“linetool”

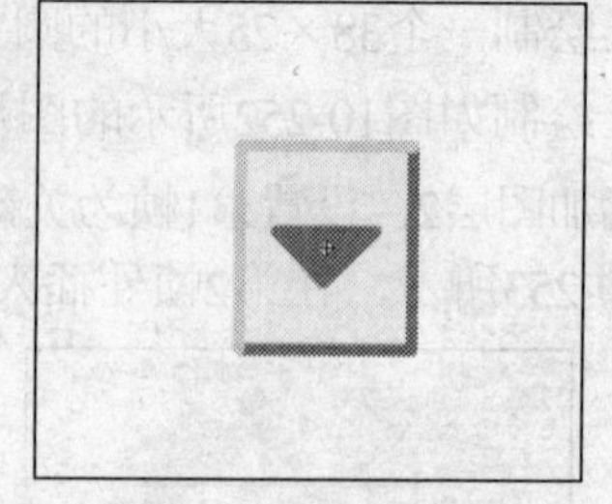

图10-259 “弹起”帧处元件“pulldown”

Step 47 创建一个按钮元件“redo”，在“弹起”帧处插入关键帧，在工作区绘制如图10-261所示的图形，在“指针经过”帧处插入关键帧，在工作区绘制如图10-262所示的图形，在“按下”帧处插入关键帧，在工作区绘制如图10-263所示的图形，在“点击”

帧处插入关键帧，在工作区绘制如图10-264所示的图形。

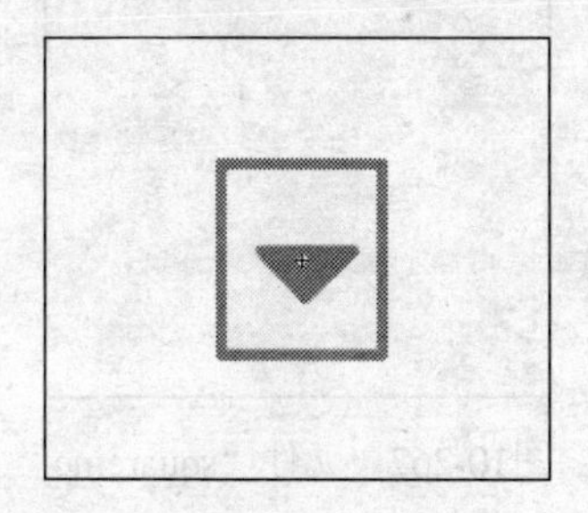

图10-260 “按下”帧处元件“pulldown”

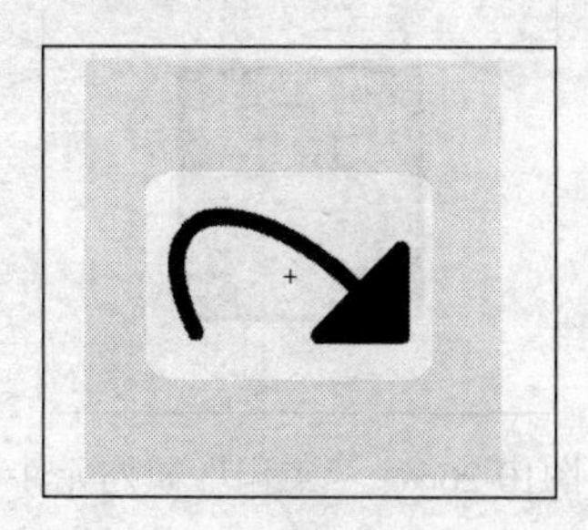

图10-261 “弹起”帧处元件“redo”

图10-262 “指针经过”帧处元件“redo”

图10-263 “按下”帧处元件“redo”

Step 48 创建一个按钮元件“squarebutton”，在“弹起”帧处插入关键帧，在工作区绘制如图10-265所示的图形，在“按下”帧处插入帧，在“点击”帧处插入帧绘制如图10-266所示图形。

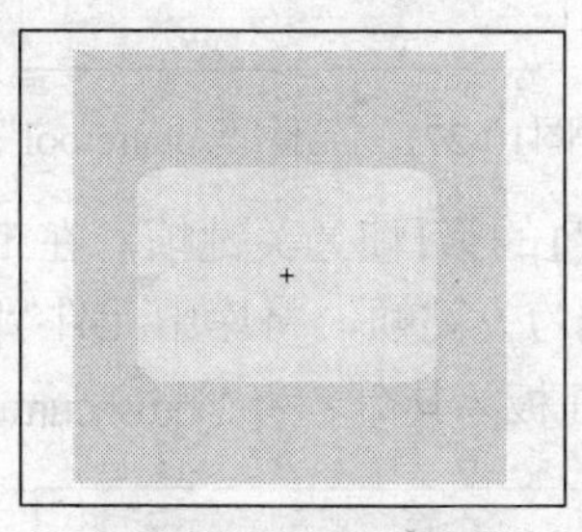

图10-264 “点击”帧处元件“redo”

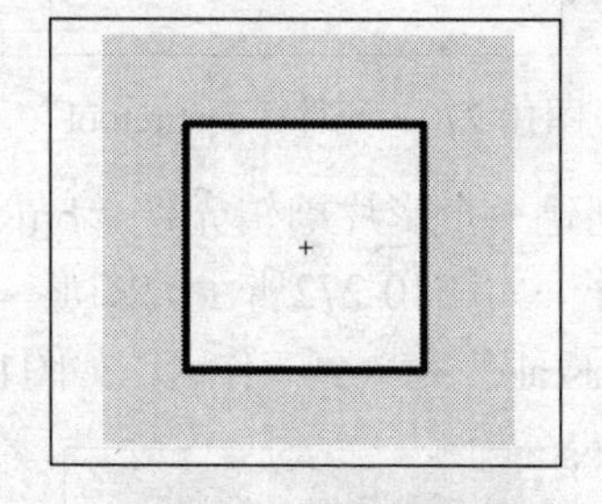

图10-265 “弹起”帧处元件“squarebutton”

Step 49 创建一个影片剪辑元件“squaremc”，设置图层1的第1帧为关键帧，在工作区绘制一个36×36大小的正方形，添加动作stop( )。设置第2帧为关键帧，在工作区绘制一个如图10-267所示的图形。

Step 50 增加图层2，设置第1帧为关键帧，将库中元件“squarebutton”拖入到工作区，如图10-268所示。

Step 51 创建一个影片剪辑元件“squareoptional”，设置第1帧为关键帧，在工作区绘制一个如图10-269所示的图形。

Step 52 创建一个影片剪辑元件“squaretool”，设置的第1帧为关键帧，在工作区绘制一个20×20大小的十字形，如图10-270所示，添加动作stop( )。设置第2帧为关键帧，在工作区绘制一个如图10-271所示的图形。

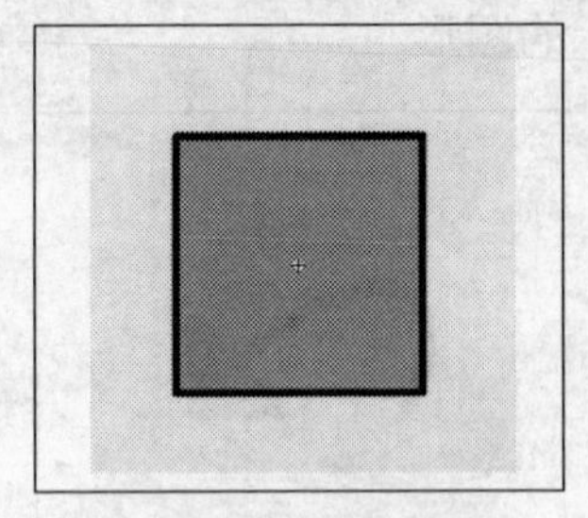

图10-266 “点击”帧处元件“squarebutton”

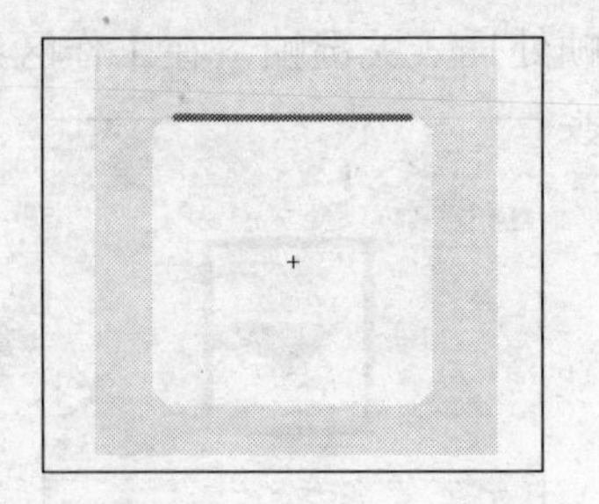

图10-267 元件“squaremc”

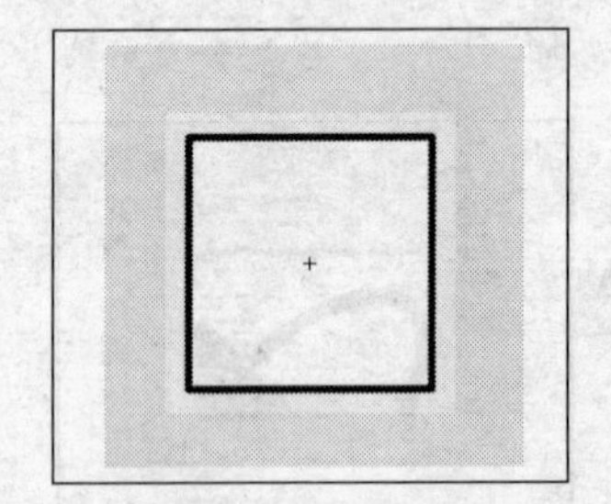

图10-268 元件“squarebutton”

图10-269 元件“squareoptional”

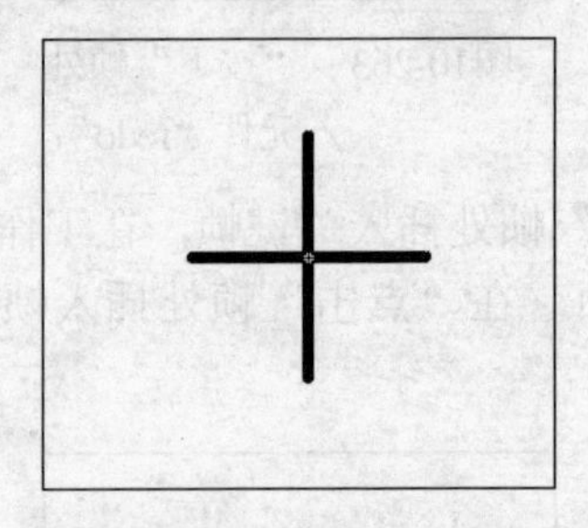

图10-270 元件“squaretool”

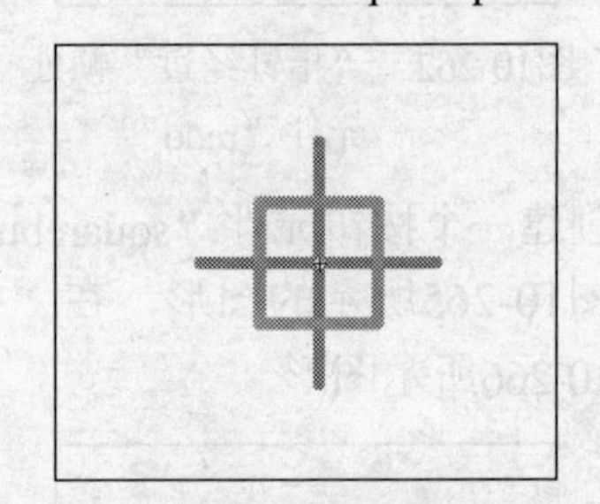

图10-271 元件“squaretool”

Step 53 创建一个影片剪辑元件“brushscale”，设置图层1的第1帧为关键帧，在工作区绘制一个如图10-272所示的图形。设置图层2的第1帧为关键帧，将库中元件“brushcurrentscale”拖入到工作区，如图10-273所示，在属性面板为其命名为“brushcurrentscale”。

图10-272 元件“brushscale”

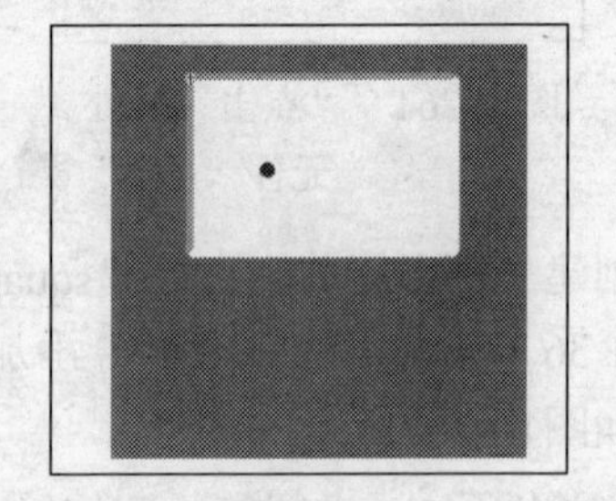

图10-273 元件“brushcurrentscale”

Step 54 设置图层3的第1帧为关键帧，将库中元件“brushscalemenu”拖入到工作区如图10-274所示，在属性面板为其命名为“menu”。

Step 55 设置图层4的第1帧为关键帧，将库中元件“pulldown”拖入到工作区，如图10-275所示。

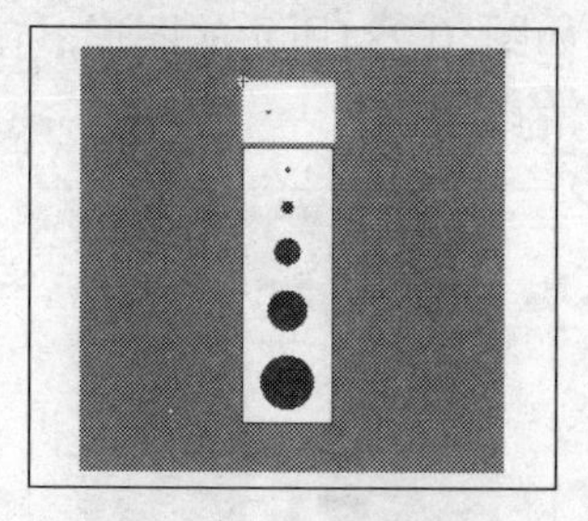

图10-274 元件“brushscalemenu”

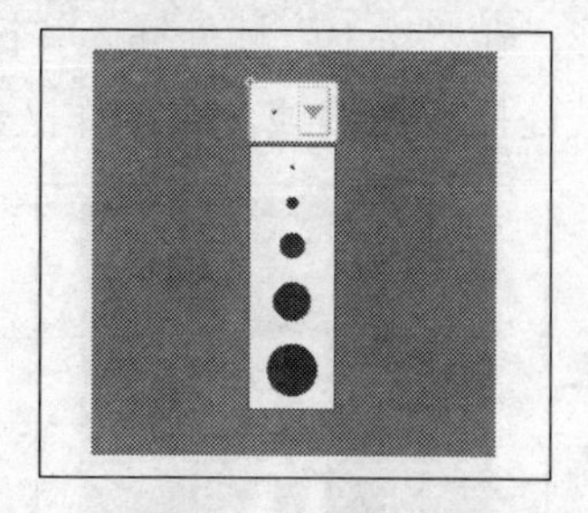

图10-275 元件“pulldown”

Step 56 创建一个影片剪辑元件“brushshape”，设置图层1的第1帧为关键帧，在工作区绘制一个34×22大小的矩形。设置图层2的第1帧为关键帧，将库中元件“brushcurrentshape”拖入到工作区，如图10-276所示，在属性面板将其命名为“brushcurrentshape”。

Step 57 设置图层3的第1帧为关键帧，将库中元件“brushshapemenu”拖入到工作区，如图10-277所示，在属性面板将其命名为“menu”。

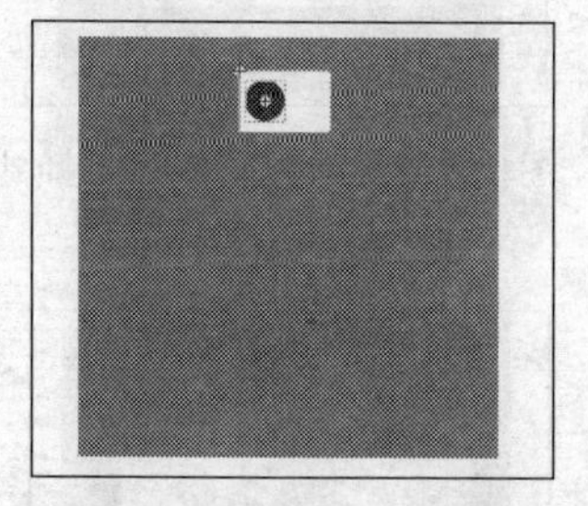

图10-276 元件“brushcurrentshape”

图10-277 元件“brushshapemenu”

Step 58 设置图层4的第1帧为关键帧，将库中元件“pulldown”拖入到工作区，如图10-278所示。

Step 59 创建一个影片剪辑元件“brushoptional”，设置图层1的第1帧为关键帧，在工作区绘制如图10-279所示的图形。

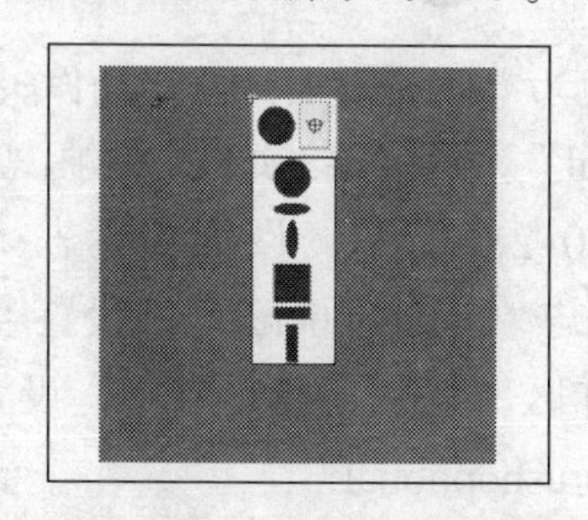

图10-278 元件“pulldown”

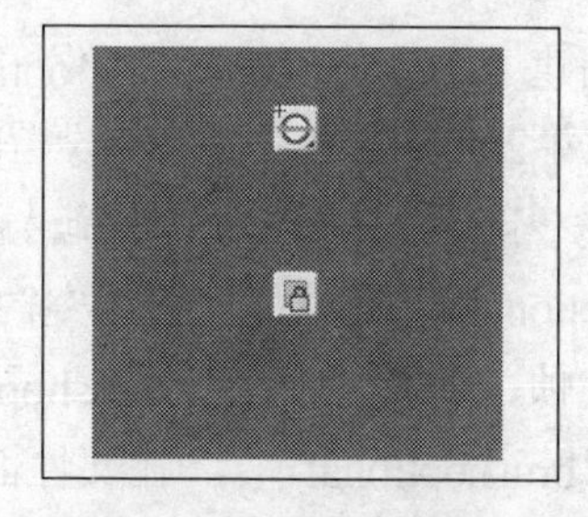

图10-279 元件“brushoptional”

Step 60 设置图层2的第1帧为关键帧，将库中元件“brushshape”拖入到工作区，如图10-280所示，在属性面板将其命名为“brushshape”。

Step 61 设置图层3的第1帧为关键帧，将库中元件“brushscale”拖入到工作区，如图10-281所示，在属性面板将其命名为“brushscale”。

Step 62 创建一个按钮元件“undo”，在“弹起”帧处插入关键帧，在工作区绘制如图10-282所示的图形，在“指针经过”帧处插入关键帧，在工作区绘制如图10-283所示的图形，在“按下”帧处插入关键帧，在工作区绘制如图10-284所示的图形，在“点击”帧处插入关键帧，在工作区绘制如图10-285所示的图形。

图10-280 元件“brushshape”

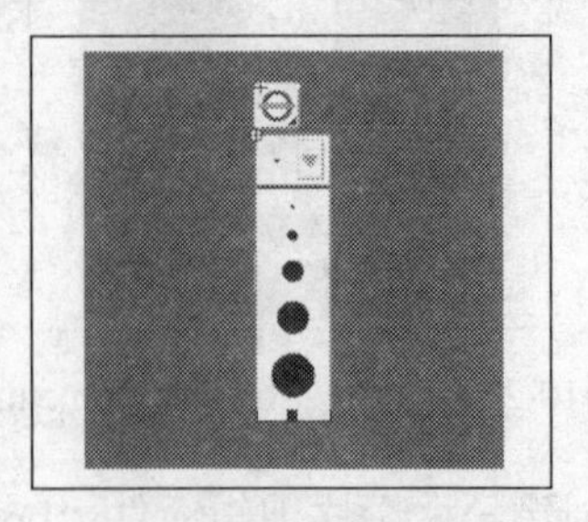

图10-281 元件“brushscale”

图10-282 “弹起”帧处元件“undo”

图10-283 “指针经过”帧处元件“undo”

图10-284 “按下”帧处元件“undo”

图10-285 “点击”帧处元件“undo”

Step 63 创建一个影片剪辑元件“optional”，设置第1帧为空白关键帧，添加动作stop( )。设置第2帧为空白关键帧，设置帧标志“lineoptional”，设置第3帧为关键帧，将库中元件“squareoptional”拖入到工作区，如图10-286所示，设置帧标志“squareoptional”。设置第4帧为空白关键帧，设置帧标志“circleoptional”，设置第5帧为关键帧，将库中元件“brushoptional”拖入到工作区，如图10-287所示，设置帧标志“brushoptional”，在属性面板将其命名为“brushoptional”。

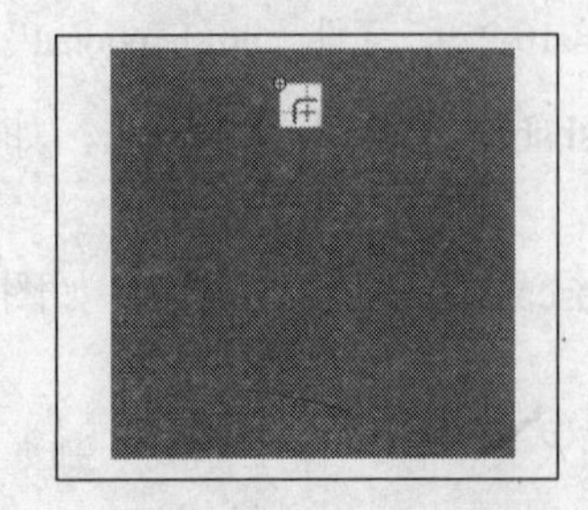

图10-286 元件“squareoptional”

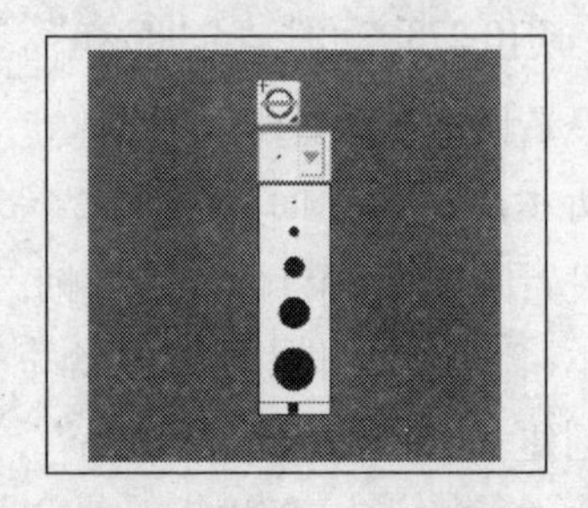

图10-287 元件“brushoptional”

Step 64 创建一个影片剪辑元件“toolbox”，设置图层1的第1帧为关键帧，在工作区绘制如图10-288所示的图形，设置图层2的第1帧为关键帧，在工作区绘制图形并添加文字，如图10-289所示，设置图层3的第1帧为关键帧，将库中元件“redo”、“undo”、“clear”、“linemc”、“squaremc”、“brushmc”、“circlemc”、“linecolorbuttonmc”、“fillcolorbuttonmc”拖入工作区，如图10-290所示；设置图层3的第1帧为关键帧，将库中元件“optional” 拖入工作区的中间位置。

图10-288 元件“toolbox”

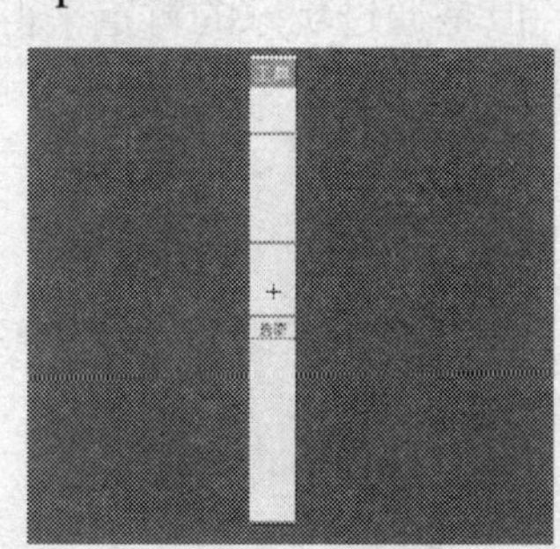
图10-289 元件“toolbox”

图10-290 元件“toolbox”

2. 制作主场景

Step 01 回到主场景，设置第1帧为关键帧，将库中元件“linetool”、“squaretool”、“brushtool”、“circletool”、“toolbox”、“colorpicpanel”、“drawarea”拖入主场景，如图10-291所示。并分别在属性面板将其命名为“linetool”、“squaretool”、“brushtool”、“circletool”、“toolbox”、“colorpan”、“drawarea”，再添加如下Action：

```
stop( );
toolbox.duplicateMovieClip("toolbox1", 10000);
linetool.duplicateMovieClip("linetool1", 9999);
squaretool.duplicateMovieClip("squaretool1", 9998);
circletool.duplicateMovieClip("circletool1", 9997);
brushtool.duplicateMovieClip("brushtool1", 9996);
colorpan.duplicateMovieClip("colorpan1", 10001);
colorpan._visible = false;
colorpan1._visible = false;
```

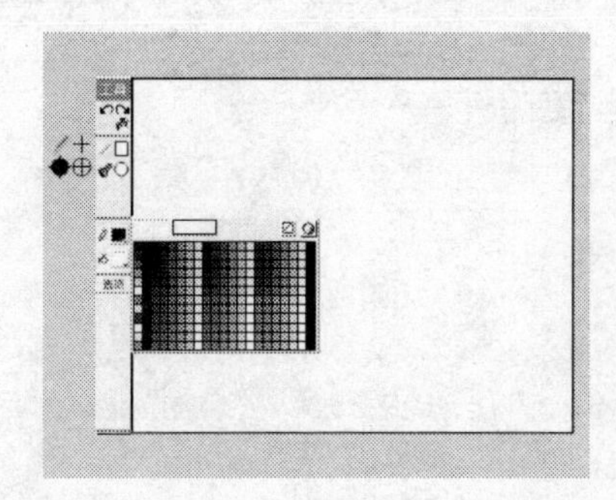
图10-291 主场景的元件

Step 02 保存文件并按下Ctrl+Enter组合键，欣赏最终效果。可以随意在画板展示你的艺术细胞，尽情涂鸦！

知识总结

在着手制作一个游戏前，必须先要有一个大概的游戏规划或者方案，做到心中有数，而不能边做边想。就算最后完成了，这中间浪费的时间和精力也会让人不堪忍受。虽然制作游戏的最终目的是取悦游戏的玩家，但是通过玩家的肯定来得到成就感，这也是激励游戏制作者继续不断创作的重要因素。

Chapter 11 上机操作实验

通过前面章节内容的学习，相信读者已经能够使用动画制作软件Flash CS4制作各种动画效果了。本章主要为读者布置多个上机实训作业，并给出完成效果及主要操作提示，让读者结合前面的学习内容，制作出不同类型的动画。

本章实例

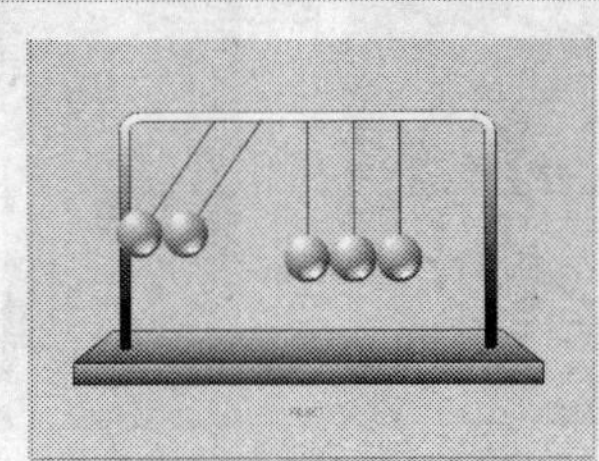

上机操作实验1：探照灯效果

完成效果

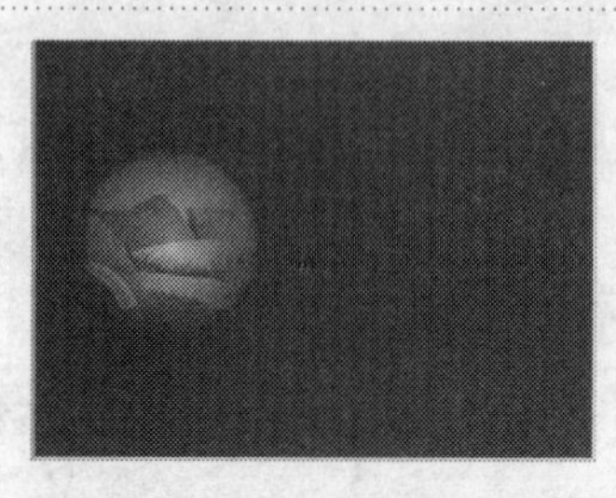
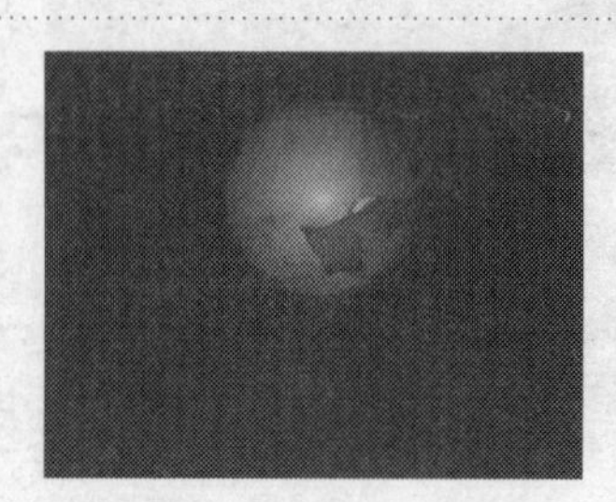

图11-1　探照灯效果

实验介绍

本实验将制作在一个漆黑的房间里，用探照灯来慢慢地照射，投射出光晕的效果。本实验使用导入功能、椭圆工具、颜色面板与ActionScript技术来编辑制作。

操作提示

本实验所使用素材文件及结果文件如下：

上机同步练习文件：		
素材路径	素材文件	源文件与素材\素材\第11章\实例1\背景.jpg
	结果文件	源文件与素材\结果\第11章\实例1\探射灯效果.fla

主要通过以下4个步骤来完成（具体操作可参考第6章鼠标特效动画实例）。

Step 01 使用导入功能，导入一幅背景图片到舞台中。

Step 02 使用椭圆工具，绘制出灯光的形状。

Step 03 使用颜色面板，调配出合适的填充色。

Step 04 使用ActionScript技术，使探照灯能随意移动。

上机操作实验2：点蜡烛

完成效果

图11-2　点蜡烛效果

实验介绍

本实验将制作火柴随着鼠标移动，当移动到蜡烛上，蜡烛被点燃的效果。本实验使用颜色面板、Alpha值的设置以及ActionScript技术来编辑制作。

操作提示

本实验所使用素材文件及结果文件如下：

上机同步练习文件：		
素材路径	素材文件	源文件与素材\第11章\实例2\背景.jpg
	结果文件	源文件与素材\结果\第11章\实例2\点蜡烛.fla

主要通过以下3个步骤来完成（具体操作可参考第6章鼠标特效动画实例）。

Step 01 使用绘图工具与颜色面板，制作出烛光。

Step 02 对Alpha值进行设置，编辑出星光的闪动效果。

Step 03 使用ActionScript技术，编辑出火柴点燃蜡烛的效果。

上机操作实验3：吸铁效果

完成效果

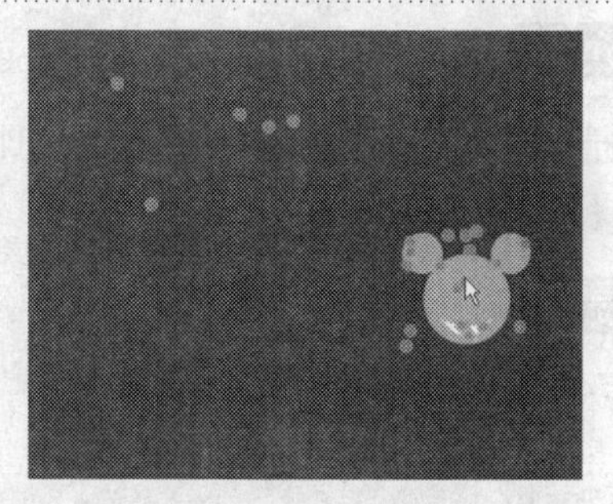

图11-3 吸铁效果

实验介绍

本实验将制作橙色的小球随着鼠标移动，将附近的小点吸附到自己身上的效果。本实验使用椭圆工具、线条工具、选择工具、创建按钮元件功能以及ActionScript 技术来编辑制作。

操作提示

本实验所使用素材文件及结果文件如下：

上机同步练习文件：		
素材路径	素材文件	源文件与素材\素材\第11章\实例3\鼠标.jpg
	结果文件	源文件与素材\结果\第11章\实例3\吸铁效果.fla

主要通过以下4个步骤来完成（具体操作可参考第6章鼠标特效动画实例）。

Step 01 使用椭圆工具，编辑出三个正圆并组合成一个头像的轮廓。

Step 02 使用选择工具与线条工具，编辑出头像上嘴的外形。

Step 03 使用创建按钮元件功能，创建按钮。

Step 04 使用ActionScript技术，编辑出头像随着鼠标移动，将附近的小点吸附到自己身上的效果。

上机操作实验4：极速鼠标

完成效果

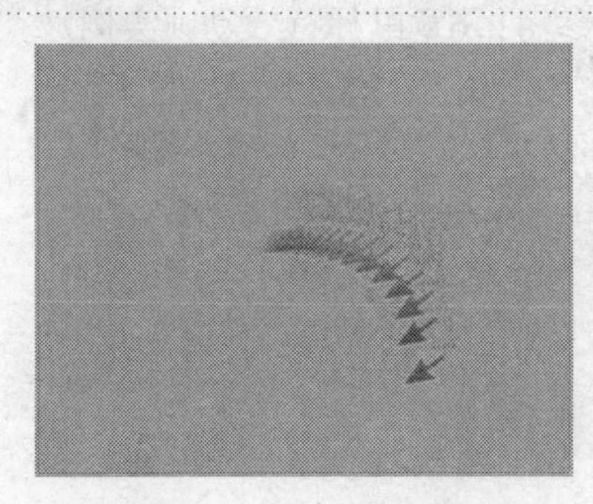

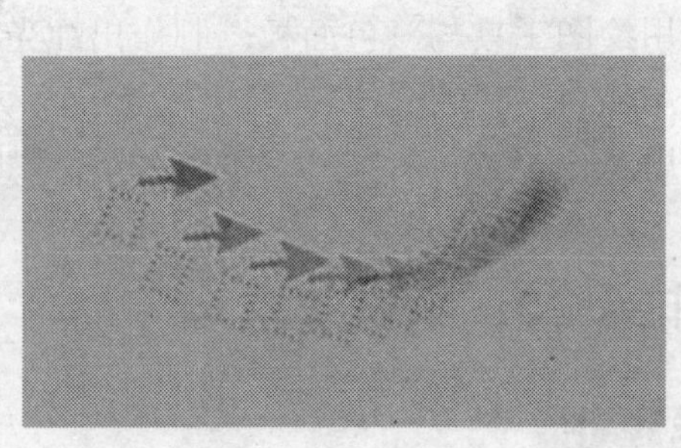

图11-4 极速鼠标

实验介绍

本实验将制作一连串的鼠标在舞台中极速运动的效果。本实验使用导入功能、旋转功能与ActionScript技术来编辑制作。

操作提示

本实验所使用素材文件及结果文件如下：

上机同步练习文件:		
素材路径	素材文件	源文件与素材\素材\第11章\实例4\鼠标.jpg
	结果文件	源文件与素材\结果\第11章\实例4\极速鼠标.fla

主要通过以下3个步骤来完成（具体操作可参考第6章鼠标特效动画实例）。

Step 01 使用导入功能，导入一幅光标图片到舞台中。

Step 02 使用旋转功能，让光标顺时针旋转一次。

Step 03 使用ActionScript技术，编辑出鼠标极速运动的效果。

上机操作实验5：纸片飞舞

完成效果

图11-5 纸片飞舞

实验介绍

本实验将制作随着鼠标的移动，纸片在空中飞舞的速度和范围会发生变化的效果。本实验使用矩形工具、引导线功能、导入功能以及ActionScript技术来编辑制作。

操作提示

本实验所使用素材文件及结果文件如下：

上机同步练习文件：		
素材路径	素材文件	源文件与素材\素材\第11章\实例5\背景.jpg
	结果文件	源文件与素材\结果\第11章\实例5\纸片飞舞.fla

主要通过以下4个步骤来完成（具体操作可参考第6章鼠标特效动画实例）。

Step 01 使用矩形工具，绘制出纸片的外形。

Step 02 使用引导动画功能，编辑出纸片沿圆圈运动的效果。

Step 03 使用导入功能，将背景图导入到舞台。

Step 04 使用ActionScript技术，编辑出随着鼠标的移动，纸片在空中飞舞的速度和范围也发生变化的效果。

上机操作实验6：别想抓到我

➡ 完成效果

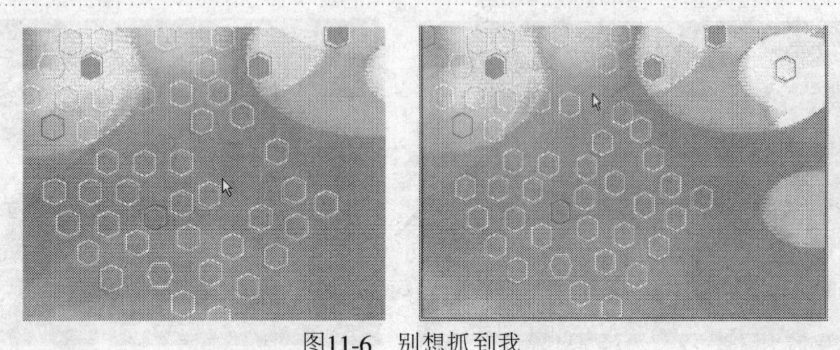

图11-6 别想抓到我

➡ 实验介绍

本实验将制作当鼠标靠近六边形小圈时，小圈会自动弹开的效果。本实验使用线条工具、导入功能以及ActionScript技术来编辑制作。

➡ 操作提示

本实验所使用素材文件及结果文件如下：

上机同步练习文件：		
源文件与素材路径	素材文件	源文件与素材\素材\第11章\实例6\背景.jpg
	结果文件	源文件与素材\结果\第11章\实例6\别想抓到我.fla

主要通过以下3个步骤来完成（具体操作可参考第6章鼠标特效动画实例）。

Step 01 使用线条工具，绘制出不规则的几何图形。

Step 02 使用导入功能，将背景图片导入到舞台中。

Step 03 使用ActionScript技术，编辑出当鼠标靠近六边形小圈时，小圈会自动弹开的效果。

上机操作实验7：震动按钮

➡ 完成效果

图11-7 震动按钮

实验介绍

本实验将制作鼠标移动到圆形按钮上，按钮会出现间歇性震动的效果。本实验使用椭圆工具、文本工具、创建按钮元件、元件间的嵌套与逐帧动画来编辑制作。

操作提示

本实验所使用素材文件及结果文件如下：

上机同步练习文件：		
素材路径	素材文件	源文件与素材\素材\第11章\实例7\背景.jpg
	结果文件	源文件与素材\结果\第11章\实例7\探震动按钮.fla

主要通过以下4个步骤来完成（具体操作可参考第7章按钮与菜单特效动画实例）。

Step 01 使用椭圆工具和文本工具相结合，编辑出按钮的外形。

Step 02 使用创建按钮元件功能，制作一个按钮元件。

Step 03 使用元件间的嵌套，将影片剪辑元件嵌套在按钮元件中。

Step 04 运用逐帧动画技术，编辑出震动效果。

上机操作实验8：吊牌按钮

完成效果

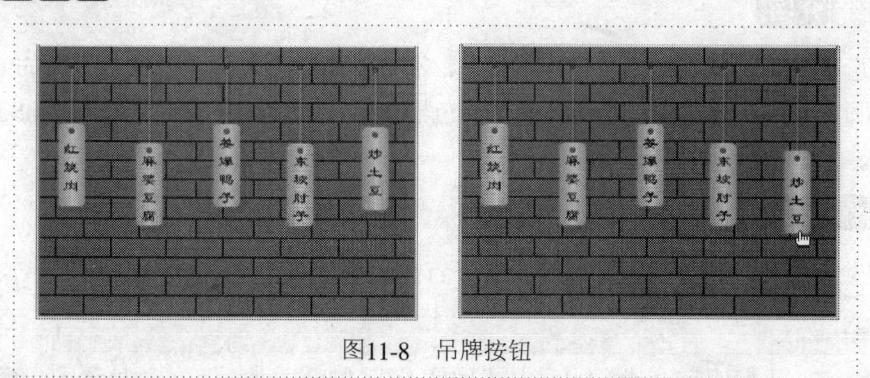

图11-8 吊牌按钮

实验介绍

本实验将制作当鼠标移动到吊牌上时，吊牌会被拉下的效果。本实验使用线条工具、创建按钮元件、文本工具、颜色以及ActionScript技术来编辑制作。

操作提示

本实验所使用素材文件及结果文件如下：

上机同步练习文件：		
素材路径	素材文件	源文件与素材\素材\第11章\实例8\背景.jpg
	结果文件	源文件与素材\结果\第11章\实例8\吊牌按钮.fla

主要通过以下5个步骤来完成（具体操作可参考第7章按钮与菜单特效动画实例）。

Step 01 使用线条工具，编辑出用来把牌子吊着的绳子。

Step 02 使用创建按钮元件功能，将牌子编辑成一个按钮。

Step 03 使用文本工具，在牌子上添加文字。

Step 04 使用颜色，编辑出牌子上的填充色。

Step 05 使用ActionScript技术，编辑出当鼠标移动到吊牌上时，吊牌会被拉下的效果。

上机操作实验9：正碰原理

完成效果

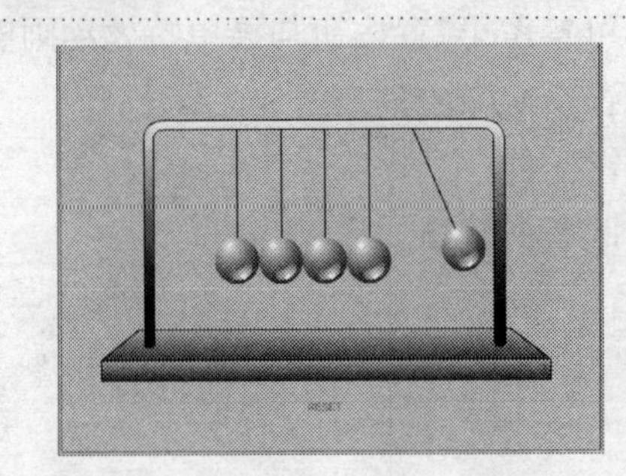

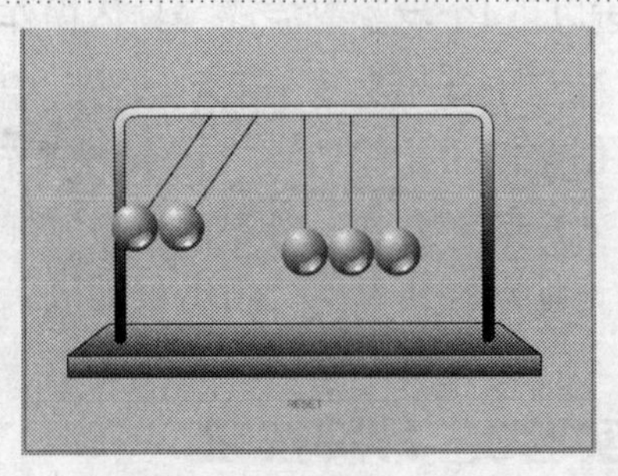

图11-9　正碰原理

实验介绍

本实验将制作用鼠标拖动小球，再放下，小球落下时与其他小球发生正碰的效果。本实验使用椭圆工具、线条工具、矩形工具、混色器工具、创建按钮元件以及ActionScript技术来编辑制作。

操作提示

本实验所使用素材文件及结果文件如下：

上机同步练习文件：		
素材路径	素材文件	源文件与素材\素材\第11章\实例9\背景.jpg
	结果文件	源文件与素材\结果\第11章\实例9\正碰原理.fla

主要通过以下5个步骤来完成（具体操作可参考第7章按钮与菜单特效动画实例）。

Step 01 使用椭圆工具，绘制出小球的外形。

Step 02 使用矩形工具，绘制出挂小球的架子。

Step 03 使用混色器工具，对小球和架子填色。

Step 04 使用创建按钮元件功能，将小球编辑为按钮元件。

Step 05 使用ActionScript技术，编辑出用鼠标拖动小球，再放下，小球落下时与其他小球发生正碰的效果。

上机操作实验10：转动按钮

完成效果

图11-10 转动按钮

实验介绍

本实验将制作鼠标移动到圆形按钮上，按钮会顺时针转动的效果。本实验使用椭圆工具、混色器工具、创建补间动画、创建按钮元件以及导入功能来编辑制作。

操作提示

本实验所使用素材文件及结果文件如下：

上机同步练习文件：		
素材路径	素材文件	源文件与素材\素材\第11章\实例10\背景.jpg
	结果文件	源文件与素材\结果\第11章\实例10\转动按钮.fla

主要通过以下4个步骤来完成（具体操作可参考第7章按钮与菜单特效动画实例）。

Step 01 使用椭圆工具，绘制出一个正圆。

Step 02 使用混色器工具，为正圆填色。

Step 03 使用创建按钮元件功能，创建一个按钮元件。

Step 04 运用创建补间动画功能，编辑出圆圈旋转的效果。

上机操作实验11：关闭和打开窗口

完成效果

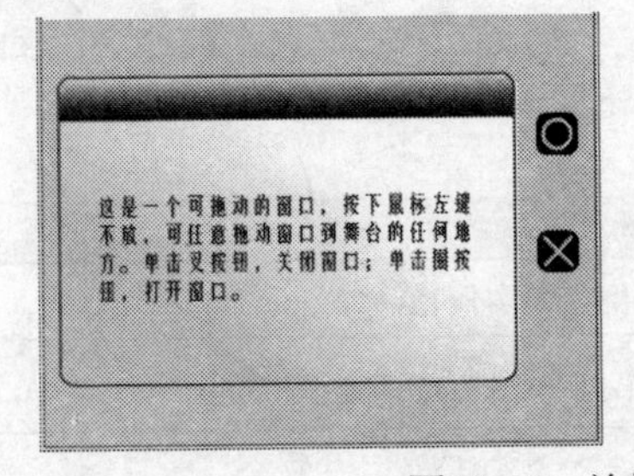

图11-11 关闭和打开窗口

实验介绍

本实验将制作一个可拖动的窗口，按下鼠标左键不放，可任意拖动窗口到舞台的任何位置。单击关闭按钮，关闭窗口；单击打开按钮，打开窗口。本实验使用矩形工具、线条工具、椭圆工具以及ActionScript技术来编辑制作

操作提示

本实验所使用素材文件及结果文件如下：

上机同步练习文件：		
素材路径	素材文件	源文件与素材\素材\第11章\实例11\背景.jpg
	结果文件	源文件与素材\结果\第11章\实例11\关闭和打开窗口.fla

主要通过以下3个步骤来完成（具体操作可参考第7章按钮与菜单特效动画实例）。

Step 01 使用矩形工具与线条工具，绘制出关闭按钮的外形。

Step 02 使用矩形工具与椭圆工具，绘制出打开按钮的外形。

Step 03 使用ActionScript技术，编辑出单击关闭按钮，关闭窗口；单击打开按钮，打开窗口的效果。

上机操作实验12：缩放文字

完成效果

图11-12 缩放文字

实验介绍

本实验将制作字母在不停地伸缩变换的动画效果。本实验主要使用了打散功能、分散到图层功能、分配时间轴上的帧、任意变形工具与创建补间动画功能来编辑制作。

操作提示

本实验所使用素材文件及结果文件如下：

上机同步练习文件：		
素材路径	素材文件	源文件与素材\素材\第11章\实例12\背景.jpg
	结果文件	源文件与素材\结果\第11章\实例12\缩放文字.fla

主要通过以下5个步骤来完成（具体操作可参考第8章文字动画实例）。

Step 01 使用打散功能，让一个整体的字母串文本分离成以字母为个体的文本，以便将每个字母分散到图层。

Step 02 运用分散到图层功能，以便让每个字母能有自己独立的运动效果。

Step 03 恰当地分配时间轴上的帧，可以更好地表现出不同的效果。

Step 04 使用任意变形工具，将单个文字变形。

Step 05 使用创建补间动画功能，使文字产生运动的效果。

上机操作实验13：星球大战文字

完成效果

图11-13 星球大战文字

实验介绍

本实验将模拟星球大战片头的文字出现方式的效果。本实验主要使用了文本工具、打散功能与任意变形工具来编辑制作。

操作提示

本实验所使用素材文件及结果文件如下：

上机同步练习文件:		
素材路径	素材文件	源文件与素材\素材\第11章\实例13\背景.jpg
	结果文件	源文件与素材\结果\第11章\实例13\星球大战文字.fla

主要通过以下3个步骤来完成（具体操作可参考第8章文字动画实例）。

Step 01 使用文本工具，将需要变形的文本输入到舞台上。

Step 02 使用打散功能，将文本打散以便编辑其整体形状。

Step 03 使用任意变形工具，将文本的整体形状调整为等边梯形。

上机操作实验14：跳动文字

完成效果

图11-14　跳动文字

实验介绍

本实验将制作文字不断在舞台中上下跳动的效果。本实验主要使用文本工具、打散功能、分散到图层与创建形状补间来制作。

操作提示

本实验所使用素材文件及结果文件如下：

上机同步练习文件：		
素材路径	素材文件	源文件与素材\素材\第11章\实例14\背景.jpg
	结果文件	源文件与素材\结果\第11章\实例14\跳动文字.fla

主要通过以下4个步骤来完成（具体操作可参考第8章文字动画实例）。

Step 01 使用文本工具，在舞台上输入文字。

Step 02 使用打散功能，将文字打散为矢量图形。

Step 03 将文字分散到图层，以便对每个图层进行不同的编辑操作。

Step 04 在各图层上创建形状补间，使文字产生跳动的效果。

上机操作实验15：彩纸文字

完成效果

图11-15　彩纸文字

实验介绍

本实验将制作舞台上的文字中有数不清的彩色纸片在飞舞的效果。本实验主要使用文本工具、ActionScript技术与蒙版功能来编辑制作。

操作提示

本实验所使用素材文件及结果文件如下：

上机同步练习文件：		
源文件与素材路径	素材文件	源文件与素材\素材\第11章\实例15\背景.jpg
	结果文件	源文件与素材\结果\第11章\实例15\打字效果.fla

主要通过以下3个步骤来完成（具体操作可参考第8章文字动画实例）。

Step 01 使用文本工具，在舞台上中输入文字。

Step 02 使用ActionScript技术，编辑出彩色纸片飞舞的效果。

Step 03 使用蒙版功能，产生遮罩效果。

上机操作实验16：电影海报文字

完成效果

图11-16 电影海报文字

实验介绍

本实验将制作舞台上的文字犹如一幅电影海报慢慢展开的效果。本实验主要使用文本工具、动作补间与蒙版技术来编辑制作。

操作提示

本实验所使用素材文件及结果文件如下：

上机同步练习文件：		
素材路径	素材文件	源文件与素材\素材\第11章\实例16\背景.jpg
	结果文件	源文件与素材\结果\第11章\实例16\电影海报文字.fla

主要通过以下3个步骤来完成（具体操作可参考第8章文字动画实例）。

Step 01 使用文本工具，在舞台上输入文字。

Step 02 使用导入功能，导入一幅背景图片到舞台中。

Step 03 运用蒙版技术，产生电影海报文字效果。

上机操作实验17：宣传广告条

完成效果

图11-17　宣传广告条

实验介绍

本实验将制作一个科技网站的宣传广告条。本实验主要使用导入功能、文本工具与蒙版技术来编辑制作。

操作提示

本实验所使用素材文件及结果文件如下：

上机同步练习文件：		
素材路径	素材文件	源文件与素材\素材\第11章\实例17\背景.jpg
	结果文件	源文件与素材\结果\第11章\实例17\宣传广告条.fla

主要通过以下3个步骤来完成（具体操作可参考第9章网页广告制作实例）。

Step 01　使用导入功能，将准备好的图片导入到舞台中。

Step 02　使用文本工具，在舞台上输入宣传的文字。

Step 03　运用蒙版技术，创建图片上有光线滑过的效果。

上机操作实验18：射气球

完成效果

图11-18　射气球

实验介绍

本实验制作一个射气球游戏，争取在最短的时间内射中20只气球。本实验主要使用导入功能、椭圆工具、铅笔工具、创建按钮元件功能与ActionScript技术来编辑制作。

操作提示

本实验所使用素材文件及结果文件如下：

上机同步练习文件：		
素材路径	素材文件	源文件与素材\素材\第11章\实例18\背景.jpg
	结果文件	源文件与素材\结果\第11章\实例18\射气球.fla

主要通过以下4个步骤来完成（具体操作可参考第10章游戏制作实例）。

Step 01 使用导入功能，导入一幅背景图片到舞台中。

Step 02 使用椭圆工具与铅笔工具，绘制出气球的外形。

Step 03 使用创建按钮功能，编辑出进入游戏与退出游戏的效果。

Step 04 使用ActionScript技术，编辑出气球不断上升的效果以及打中后的得分情况。

上机操作实验19：拼数字

完成效果

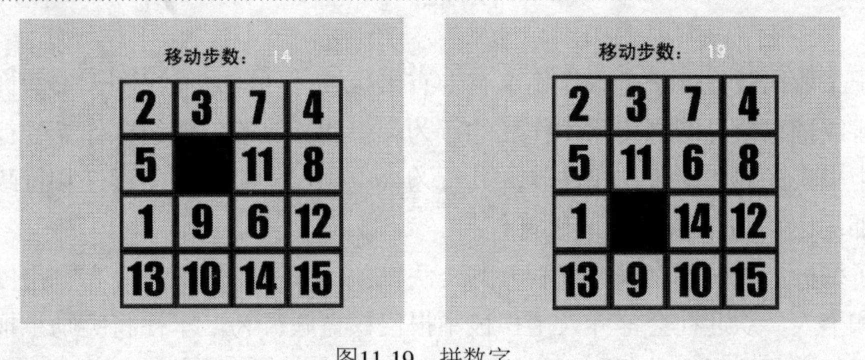

图11-19 拼数字

实验介绍

本实验制作一个拼数字游戏，把数字按由小到大的顺序排列好之后，取得游戏的胜利。本实验主要使用导入功能、椭圆工具、铅笔工具、创建按钮元件功能与ActionScript技术来编辑制作

操作提示

本实验所使用素材文件及结果文件如下：

上机同步练习文件:		
素材路径	素材文件	源文件与素材\素材\第11章\实例19\背景.jpg
	结果文件	源文件与素材\结果\第11章\实例19\拼数字.fla

主要通过以下3个步骤来完成（具体操作可参考第10章游戏制作实例）。

Step 01 使用矩形工具，绘制出方框的外形。

Step 02 使用文本工具，在方框中输入数字。

Step 03 使用ActionScript技术，编辑出按下鼠标左键时，方框与数字移动的效果。

反侵权盗版声明